dtv

Oberhalb eines Dorfes ärmlicher Fischerhütten liegt das »unruhige Haus« der Titelgeschichte: Hier treibt eine geheimnisvolle, allein stehende Frau einen merkwürdigen Kult um ihren verstorbenen Bruder. Die dunkle Vergangenheit des Hauses ist lebendig und läßt die Gegenwart nicht aus ihren Fängen.
Inhaltlich und vor allem atmosphärisch erinnert die Geschichte, wie auch die anderen in diesem Band versammelten, an Edgar Allan Poe. Und als norwegischer Poe wurde Mathiesen denn auch zu seinen Lebzeiten gefeiert – bevor man ihn vergaß. Wiederzuentdecken ist in diesem Band ein Autor, der dem Klassiker der amerikanischen Literatur das Wasser reichen kann, dessen »unheimlichen Geschichten« aber ein unverwechselbares nordisches Lokalkolorit zueigen ist.

Sigurd Mathiesen wurde 1871 im norwegischen Larvik geboren. Mit seinem Erstlingswerk ›Junge Seelen‹ erzielte er 1903 einen großen Kritikererfolg, an den er mit weiteren Werken anknüpfen konnte. Unter dem Pseudonym Leo Lønn verfaßte Mathiesen Romane konventionell-realistischer Machart. Er starb 1958 in Langesund.

Sigurd Mathiesen

Das unruhige Haus

Zehn unheimliche Geschichten

Aus dem Norwegischen von
Angelika Gundlach

Mit einem Essay von
Knut Brynhildsvoll

Deutscher Taschenbuch Verlag

Januar 2004
Deutscher Taschenbuch Verlag GmbH & Co. KG,
München
www.dtv.de

Umschlagkonzept: Balk & Brumshagen
Umschlaggestaltung: Stephanie Weischer
unter Verwendung des Gemäldes ›Figures in the Moonlight‹
von John Atkinson Grimshaw
(© bildarchiv steffens/The Bridgeman Library/
Christie's Images, London)
Gesetzt aus der Goudy 11/14˙
Gesamtherstellung: Druckerei C. H. Beck, Nördlingen
Gedruckt auf säurefreiem, chlorfrei gebleichtem Papier
Printed in Germany • ISBN 3-423-20681-0

JUNGE SEELEN

Beim Anblick bestimmter Menschengesichter ergreift mich eine unwillkürliche, seltsame Angst. Ich weiß nicht, woher sie stammt.

Ich habe einst diese Gesichter an einem fremden Ort gesehen. Ich habe sie zu einem bestimmten Zeitpunkt gesehen, an einem roten Oktoberabend. Und plötzlich wußte ich, diesen jungen Menschen würde etwas geschehen. Etwas, das auf die eine oder andere unerklärliche Weise heftig mich selbst berühren und schmerzlich in mein eigenes stilles Leben eingreifen würde.

Ich stand heute nachmittag vor der Torvgade 67. Morgen existiert sie nicht mehr. Ich selbst hörte die Dachbalken fallen und Ratten und Mäuse, die zusammen mit Dachstaub und Kalkputz pfeifend und mit erschrockenen Lauten von Stockwerk zu Stockwerk krochen ... und schließlich mit kleinen Wutschreien im Keller verschwanden. Jetzt, da dieser abscheuliche, dreckige Backsteinkasten weg ist, empfinde ich tiefe Erleichterung. Ich bin froh darüber, denn lange Zeit konnte ich an diesem Ort nicht vorbeigehen ohne eine sonderbare Furcht, daß wieder etwas Schlimmes passieren würde.

Warum blieb ich gerade jetzt hier stehen? – Es war ein eigentümlicher Zufall. Denn an diesem Nachmittag, gegen sechs Uhr, vor vier Jahren war ich hier ebenfalls stehengeblieben, in äußerst nervöser Stimmung, deren Ursache mir immer rätselhaft bleiben wird.

Ich erinnere mich an alles sehr genau. Ich stand mit dem Rücken zu diesem Gebäude und starrte hinüber zu einer hohen, graugelben Mauer. Im selben Augenblick gingen dort zwei junge Männer vorbei. Einer von ihnen warf mir einen starren, gleichsam denunziatorischen Blick zu. Woran mochte es liegen, daß ich zusammenfuhr? Ich erinnere mich noch an diesen merkwürdigen Blick. Ein blasses, eigenartiges Antlitz. Die rote Abendluft über der festen, braunen Wange des Begleiters ... Und diese unerklärliche Angst, die mich kalt durchfuhr. Ich sah zu dem Haus auf. Am Eingang hingen zwei Laternen mit farbigem Glas. Ich las *Café Nordstjernen*. Hier war es also. Ich sah wieder den beiden jungen Männern nach, die im Gewimmel weiter unten in der Straße verschwanden. Und ich fand eine bestimmte innere Verbindung zwischen ihnen und diesem abscheulichen Ort. Diese Assoziation wurde ich nicht los; sie verfolgte mich noch mehrere Tage lang.

Doch all das ist gleichgültig. Es geschah etwas ganz anderes und weitaus Furchtbareres, als ich geahnt hatte. – Ach, wo seid ihr wohl jetzt, meine jungen Freunde? Ihr, die ich euch so von Herzen liebgewonnen habe wegen eurer reinen Jugend. Vor allem aber wegen eurer Trauer und eurer Leiden.

Nun, ich will alles so erzählen, wie es passiert ist. Ich darf gestehen, ich habe über einen Monat lang kaum an die Geschichte gedacht. Sie schlief irgendwo in meiner Erinnerung ... um dann plötzlich bei einem zufälligen Lichtstreifen zu erwachen. Warum befand ich mich wieder in dieser Straße? Warum blieb ich stehen, starrte zu diesem obskuren Café *chantant*? – zu dieser Tanzkneipe, wo man am Tag Aussicht auf die graugelben Mauern des Zuchthauses hat?

Bei Nacht vergißt man allerdings diese traurige Aussicht hinter den dichten Gardinen, die der dunklen, schmutzigen Straße nie einen Lichtstrahl gönnen. Nur der wilde Lärm der Tanzmusik und die lauten, lachenden Menschen, die durch die enge Pforte ein- und ausströmen, verraten ein buntes, brodelndes Leben dort drinnen.

Am Sonntag, den 23. November, war ein Fest im Café *Nordstjernen*. Ich weiß, wie gesagt, nicht, warum ich hierhergekommen war ... Doch eine quälende Unruhe brannte in meinem Blut. Und ich saß hier dicht am Eingang und sah mich um.

Das Lokal war mit rotem Köper dekoriert, der in aller Eile zusammengenäht und in üppigen Rüschen und Plissees hochgeheftet war. Und darüber die Girlande mit langen Kränzen aus Tannenzweigen und frischem Eichenlaub. Leute saßen und standen dicht zusammengedrängt um die Tische und an den langen Wänden. Da waren schwarze Männerköpfe und Köpfe mit schreiendem Hutschmuck, die den verkommenen Schönheiten der ganzen Stadt gehörten. Wie die Maden in verdorbenem Käse fehlen diese ja nie bei solchen Anlässen. Zuweilen wogte dieses Meer von Köpfen in unruhigen Wellen dahin, die immer auf die kleine, rotverkleidete Tribüne in der Tiefe des Saals zuliefen. Der Vorhang dieser Bühne bestand aus einigen bemalten Leinwandlappen, einer Darstellung von Freiheit, Gleichheit und Brüderlichkeit, die miteinander anstießen. Ab und zu beulte er sich durch einen Stoß von innen aus oder bewegte sich sachte durch den Luftzug von der Tür.

Rohes, gellendes Gelächter, vermischt mit Schreien betrunkener Weibsbilder und ungeduldigem Füßetrampeln, wenn die Akteure zu lange ausblieben. Endlose, grölende Munterkeit, die nur etwas weniger lautstark wurde, wenn die schieläugige Sängerin ihre biergetränkten Triller und schwammigen Waden über die Köpfe der Versammlung schleuderte.

In dieser Umgebung saß ich nun. Doch sie beschäftigte mich nicht sonderlich. Sie erweckte höchstens ein Gefühl des Widerwillens. Denn etwas ganz anderes erfüllte meine Sinne. Etwas, das ich nicht erklären kann, das aber einem heftigen Wunsch glich, der mich dennoch ängstigte. Vielleicht eher – als erwartete ich eine unangenehme Begegnung. Und plötzlich durchfuhr es meinen Körper wie ein elektrischer Schlag. Sie kamen. Ich wußte es und fühlte es. Und die alte, seltsame Angst steigt mit Fieberwellen in mir auf.

Sie stehen vor mir. Sie ziehen beide den Hut und setzen sich an meinen Tisch, nachdem sie ihre Bierkrüge bestellt haben. Und jetzt sollte also diese Geschichte beginnen, die so schreckliche Folgen hatte. Und die ich nicht vergessen kann ...

Sie waren offenbar nur aus Neugier gekommen, noch waren sie ja beide so jung und schamhaft. Und um dieses Lokal kreisten die wildesten und erstaunlichsten Gerüchte. Daheim in der Fjordstadt gab es sicher viel Gerede über das *Nordstjernen.* Ja, ich hörte den dunkelhaarigen Jungen etwas reden in der Richtung, Bjanka habe sogar gesagt, es sei ein gräßlicher Laden. Jetzt sollte sie nur wissen ...

Ich beobachtete sie lange unter Schweigen. Plötzlich aber wurde ich unruhig. Ich empfand es als eine unaufschiebbare Notwendigkeit, mich vorzustellen. Gott weiß, was das bedeutete. Doch ich hatte fast den Eindruck, ich hätte es vergessen ... Beide sahen mich, den Fremden, rein instinktiv scheu und mißtrauisch an – was mochte er wohl wollen? Und dann nannten sie verlegen ihre Namen. Also, was war das eigentlich für ein albernes Unternehmen von mir? – Ich wurde indessen ruhiger. Beinah gleichgültig. Ja, ich fragte mich sogar selbst – vielleicht reduzierte sich das Ganze einfach auf einen lächerlichen Anfall von Neugier. Und ich verhielt mich dann die ganze Zeit reserviert und nur still beobachtend.

Haakon Hummel war ein dunkler Achtzehnjähriger mit festgebautem Körper, der ausgesprochen herausfordernd und frech wirkte. Über seinem weichen Kindergesicht kräuselte sich trockenes, schwarzes Haar, und aus den frischen Augen lächelte ein sorgloses Glück in die Welt hinaus. Er war sehr hübsch. Armer Junge! wie grausam und häßlich kommt mir alles vor, jetzt, da ich weiß, was später kommen sollte ...

Sein gleichaltriger Freund, Arnt Frode, besaß dieses Eigene und Lähmende, das ich Schönheit nenne. Wie soll ich es erklären? Es lag nicht in einem bestimmten Zug, nicht im Ganzen. Denn das Ganze ist rasch gesagt – ovales, feingeformtes Gesicht, zarte Hautfarbe, aschblondes, dichtes Haar. Das ist alles. Doch dieses Namenlose verbarg sich unter jeder Linie, jeder Fläche. Ja, selbst sein Anzug, der einen schlanken, starken Körper umschloß, war von einem bestimmten stolzen Duft umgeben. Und jede Bewegung enthielt gleichsam eine angeborene, überlegene Sicherheit.

Ist Ihnen auf Ihrem Weg nie ein Mensch begegnet, der Sie dazu gebracht hat, bewundernd zu stutzen – was wohnt eigentlich hinter diesem Gesicht? Was ist es wohl, das es so seltsam strahlend macht? Genau so war Arnt Frode. Ich hatte daneben noch eine sehr eigentümliche Empfindung. Bei seinem Anblick mußte ich unwillkürlich an ein Spiegelbild denken. Und merkwürdigerweise fühlte ich, daß er es selbst wußte. Ist vielleicht *das* die ewige, rätselhafte Schönheit?

Nun gut. Haakon lachte viel und redete in einem fort. Arnt Frode aber saß schweigend da, gewissermaßen lauschend. Das fröhliche Reden des Freundes mischte sich mit dem Gelächter rundherum, mit den Bierdünsten und der wilden Musik. Und ich spürte, wie alles wie eine ferne Welle betäubender Wohllaute sein Ohr erreichte. In halbwachem Dösen sah er die Beine der leichtfertigen Tänzerin ... hörte ihr sinnloses Lachen wie etwas, das weit, weit außerhalb seiner Wahrnehmung lag. Ein Kellner kläffte sein »Sofort« und balancierte ein Tablett voll klirrender Flaschen vorbei. Ansonsten der gleiche einförmige Lärm.

Arnt Frode drehte unwillkürlich ein paarmal den Kopf. Er sah in eine bestimmte Richtung. Haakon wurde schließlich darauf aufmerksam und fragte:

»Siehst du etwas Bestimmtes?«

»Nein«, doch Arnt sah weiter dorthin.

An einem der Fenster stand ein großer, magerer, dennoch grobgliedriger Mann. Er konnte kaum älter sein als vierzig, obwohl sein Gesicht erheblich älter aussah. So, wie es nach zwanzig Jahren durchwachter Nächte wird. Nächte, verbracht in einer Luft wie dieser. Seine breite, geblähte Knollennase schien sie mit Wollust zu trinken. Und in den tiefliegenden, kleinen Augen lauerte etwas wie ein wahnwitziges Geheimnis. Ein häßlicheres Gesicht habe ich, soweit ich mich erinnere, nie gesehen ... Ich fühlte mich wieder unruhig. Mir war übel, und ich spürte gewissermaßen Symptome einer heraufziehenden Krankheit. Ich wollte aufstehen und gehen ... aber ich blieb dennoch sitzen.

Dieser Mann starrte die beiden direkt an. Arnt Frode aber wandte den Blick nicht ab. Plötzlich stand er auf.

Was waren das jetzt wieder für Einfälle von ihm? Haakon wurde ärgerlich. Immer war irgend etwas mit Arnt. Jetzt gehen – wo der Spaß gerade erst angefangen hatte ... Was sollte das? Hatte er den Tanz vergessen, den zu sehen sie doch hergekommen waren?

Wenn die Mädchen betrunken waren und anfingen, sich um ihre Männer zu prügeln. Das war ja doch das Lustigste. Nein, jetzt sollten sie besser nicht dumm sein ... Haakon lachte und hielt ihn am Arm fest.

Arnt sah ihn nur gleichsam etwas gekränkt an. Doch er sagte nichts und setzte sich wieder. Zwei angejahrte, betrunkene Weibsbilder schwankten vorbei. Mit ihrem unsicheren Gang stießen sie gegen gute Freunde und die Tische von Bekannten, so daß Flaschen und Gläser klirrend umfielen. Dann mußten sie natürlich eine Weile dorthin stieren und kichern. Meist begleitet von saftigen Spottreden.

Eine stützte sich im Vorbeigehen auf Arnt Frodes Schulter. Er schüttelte das widerliche Weibsbild ab. Sah ihr verblüfft und indigniert nach. Haakon genoß dies ungeheuer und trat nach ihr, um ebenfalls seine Verachtung auszudrücken. Doch sie drehte sich plötzlich um, hielt ihr übernächtigtes Gesicht seinem entgegen und lachte gutmütig, während sie ihm weich durch das Haar strich.

»Ach, so ein junges Fleisch«, sagte sie mit heiserer Stimme, »so junges, knackiges Fleisch ...« Und sie wiederholte dies immer wieder so seltsam kindisch, bis die andere mit ihr abzog.

Jetzt aber folgte ihr Arnt Frode eilig ein paar Schritte und zog fest an ihrem langen Zopf, der ihr trotz ihrer dreißig Jahre den Rücken hinunterhing. Lachte dann kalt und glucksend und kam wieder zurück. Haakon wurde immer unruhiger und redete unaufhörlich von den beiden Weibsbildern, den »Verirrten«. Und daß Arnt es ihnen so gründlich gezeigt hätte ...

Der Lärm rundherum nahm zu. Er wurde zu einem siedenden, brüllenden Meer. Dicht neben uns brach ein Gelächter los. Es nahm die Nächstsitzenden mit und schien dann den Saal zu überspülen ... wie eine riesige, wilde Welle. Abgesehen von allen möglichen Geräuschen, die im Lärm aufflackerten und erloschen. Eine Flasche, die weiter hinten klingend herunterfiel. Ein paar Teller, die ganz in der Nähe über eine Tischplatte schrammten. Und unter alledem die Tanzmusik wie eine schwere Unterströmung.

Arnt stand erneut auf – jetzt ging er, ob der andere sitzen blieb oder nicht. Nein, auch Haakon fühlte sich allmählich übersättigt. Sein Lachen wurde träger. Er steckte die Hand unter Arnts Arm und überließ es ihm, sich zwischen den Tischen fortzuschlängeln.

Ich spürte auf einmal deutlich, daß ich hier nichts mehr zu suchen hatte. Ich rief ungeduldig nach dem Kellner. Fast konnte ich es nicht mehr abwarten, bis ich endlich gezahlt hatte. Ich ängstigte mich geradezu, die beiden aus den Augen zu verlieren. Ängstigte mich, zu spät zu kommen. Und ich folgte ihnen eilig. Doch, Gottlob – da waren sie. Direkt vor mir. Doch ich hatte auch noch einen anderen neben mir. Den Fremden. Ein häßlicher Schauer durchfuhr mich. Ich wagte nicht aufzusehen.

Von jetzt an bis zu dem Augenblick, als ich bei dem Verbrechen erwachte, bin ich mir meiner selbst nicht bewußt. Ich bewegte mich wie in Hypnose. Obwohl ich jede Einzelheit sah und selbst die kleinsten Stimmungseinzelheiten empfand. Doch hätte mich jemand in dem Augenblick danach gefragt, ich hätte ihn ohne

Zweifel angestarrt wie ein Idiot. Denn von nun an lebte ich nur noch unter dem Druck einer qualvollen Angst ... einer Angst, für die mir jeder Ausdruck fehlt.

Am Ausgang stand man tüchtig zusammengestaut. Jedesmal, wenn die Tür aufging, ging eine Druckwelle durch die Menge. Gab es ein Schieben, ein Stoßen vorwärts. Ja, man legte sich so über seinen Vordermann, daß man Mühe hatte zu atmen. Die Leute ließen sich reichlich Zeit. Seltsamerweise befällt alle Menschen ein eigenartig gemeinsames Körpergefühl, wenn sie auf Treppen und Korridoren zusammengepreßt werden. Das Gedränge nahm in Richtung auf die Türen zu.

Einmal war mein Gesicht in der Nähe von Haakon Hummels Haar. Es haftete ein eigentümlich frischer Geruch wie von Heublumen daran. Ich kann diesen Duft nicht vergessen. Er hatte etwas Kindliches und Gesundes, das mich in diesem Augenblick schmerzlich berührte ...

Und dann diese quälende Hitze! Alle Gesichtsmuskeln spannten sich; das Netz der Adern schwoll an. Der Schweiß sickerte kalt und unangenehm unter den Augen hervor. Bei jedem Hauch von der Tür schnappten die Leute nach Luft. Und dieser Seufzer pflanzte sich zu denen fort, die dahinter standen. Denn da waren nicht nur Leute, die hinaus drängten. Der Besuch war beachtlich heute abend. Es kamen ständig neue lüsterne Gäste.

Endlich waren wir auf der Straße. Die regenschwere Nachtluft wirkte eisig. Haakon fragte seinen Freund ein paarmal verblüfft:

»Frierst du nicht? frierst du denn nicht?«

»Nein.« Arnt Frode sah die düstere Straße hinunter und schüttelte sich leicht, als wäre er eine schwere Last losgeworden.

Die sparsamen Gaslichter flackerten mit schmutziggelbem Schein über dem Straßenpflaster, das in jener graugelben, fetten Sauce von Herbstmatsch schwamm. Ungefähr zehn Schritte weiter unten in der Straße war eine dunkle, nasse Mauer mit einem einsamen Ladenfenster, aus dem spärliches Licht über einen Streifen des Trottoirs kroch. Ein Milchladen mit einer alten Kurtisane, die Bier und einfachen Wein an die Stammgäste ausschenkte ... Leute kamen und gingen eilig vorbei. Unten an der Zuchthausmauer zankten ein paar Dirnen; sie wateten mit platschenden Schritten durch diese abscheuliche Före. Man spannte auch die Regenschirme auf. Aus den lockeren, niedrigen Nebelwolken begann es zu tröpfeln. Haakon ging schneller. Er fröstelte und jammerte in einem fort über die Kälte.

»Hansen, Hansen« – jemand kam hinter uns her. Mit schnellen und unregelmäßigen Schritten. Er hatte ein etwas scharfklingendes Organ, doch durchaus nicht unangenehm. Sie drehten auf einmal die Köpfe und blieben stehen. Für einen Augenblick war es völlig tot in der Straße. Auch ich war ein paar Schritte von ihnen entfernt stehengeblieben. Und ich sah jetzt die unheimliche Mannsperson, dessen Augen den ganzen Abend nicht von ihnen gewichen waren. Er ging ganz an ihnen vorbei und drehte sich dann plötzlich um.

Haakon ließ den Arm seines Freundes los. Er wollte den Fremden gerade aufklären, daß keiner von ihnen das Glück habe, Hansen zu heißen, als er plötzlich innehielt und sich einen Schritt zurückzog – in den Lichtstreifen des Milchladens. Denn der Fremde stand über ihm. Starrte ihn mit einem klebrigen Grinsen an, das ein paar außerordentlich breite, abstoßende Schneidezähne entblößte. Durch seine braungelbe Gesichtshaut verliefen zahlreiche grobe Querfalten, die mich an einen Kentauren denken ließen. Und seine matten, trüben Augen waren für einen Augenblick funkelnd und haßerfüllt.

Eine kaltheiße Welle jagte durch meine Adern. Ich sah unverwandt dieses teuflische Gesicht an, das noch näher und näher zu kommen und sich zu einem sinnlichen Ungeheuer auszuwachsen schien ... Auf einmal war es über mir, er beugte sich herunter. War ich selbst das Opfer? Ich fühlte den Schweiß Rücken und Bauch hinunterfließen, so daß meine Unterwäsche wie nasse Lappen um den Körper hing. Meine Kehle brannte trocken, und mein Herz hämmerte gewaltsam. Eine seltsame Angst schnürte mir die Brust ein. Ich wollte etwas sagen – schreien, weglaufen ... aber ich vermochte es nicht. Es war, als hätte eine Lähmung alle Nervenfasern befallen ... Dann verschwand diese widerwärtige Raubtierschnauze. In der nächsten Sekunde war alles klar über mir.

Und bevor einer von uns es verhindern konnte, hob dieser Unmensch seine geballte Faust und pflanzte sie mit seiner ganzen mageren, gewaltigen Sehnenkraft in das Gesicht des Jungen. Haakon rutschte auf den schlüpfrigen Steinfliesen und fiel ohne einen Schrei hintenüber. Jetzt aber stürzte sich der andere auf ihn und schlug wie ein Wahnsinniger auf sein Gesicht los – die ganze Zeit nur sein Gesicht. Er mußte irgendein spitzes Instrument in der Hand haben, am ehesten ein Messer. Ich konnte es nicht sehen; aber das Blut schoß stoßweise hervor, wie beim Einschenken aus einer vollen Flasche. Einmal gab es ein schmatzendes Geräusch, und ein feiner Strahl spritzte in die Luft. Ein paar Tropfen fielen auf Arnt Frodes weiße Hand. Er fuhr zusammen, zog mechanisch sein Taschentuch heraus und wischte sie ab. Sah gleichgültig auf die roten Flecken und knüllte es wieder in die Tasche. Sonst bewegte er sich nicht, rührte keinen Fuß. Aber sein Blick hing wie festgezaubert an diesem entsetzlichen Anblick.

Acht bis zehn Sekunden mochten vielleicht vergangen sein. Da überquerte ein Mann die Straße. Eine Ladentür ging klingelnd hinter mir auf. Ich wurde hellwach und schrie:

»Mensch – sind Sie verrückt? Stehen da und sehen zu, der bringt ihn noch um!« Ich eilte hin, drehte mich im selben Augenblick um und sah ihn an.

Es ging ein Ruck durch Arnt Frode. Seine Brauen zogen sich leicht zusammen, und er stieß mich plötzlich an. Schlich sich dann zu dem wahnsinnigen Menschen und packte ihn an seinem ziemlich langen, schwarzen Nackenhaar. Schleppte ihn ein Stück die Straße hinauf, obwohl der sich sträubte und schrie und fluchte. Arnt Frode ließ ihn jetzt los, stellte aber den Fuß auf seine Brust – direkt am Zwerchfell – und trat zu. Da drinnen knackte gewissermaßen etwas, und der Mann stöhnte schwer. Gleichzeitig sah ihm Arnt Frode starr in die Augen. Hätte jemand diesen Blick gesehen, ich glaube, er würde an eine dunkle Glasscheibe denken ...

Der Verbrecher rührte sich in den ersten Sekunden nicht. Dann versuchte er, Arnt Frodes Blick auszuweichen und aufzustehen. Mit beiden Händen umfaßte er wütend dessen Fuß. Doch der stand wie verspleißt. Wie ein gewaltiger Eisenklotz, der seine Brust zusammenpreßte und ihm die Luft nahm. Er wand sich wie ein Wurm; er fluchte und lachte wild, abwechselnd ...

Schließlich gelang es ihm, den Arm unter seinen Mantel zu stecken. Er grub und wühlte dort herum, während er still lag und blinzelte. Die Hand kam mit einem kleinen vernickelten Gegenstand wieder heraus.

»Loslassen, oder ...«

Arnt spürte die Revolvermündung an seinem Fuß. Er trat nur noch fester auf, und seine Brauen zogen sich noch ein wenig zusammen. Ein fernes, kaltes Lächeln fuhr über sein schönes Gesicht, und er starrte den Mann weiter ruhig an. Jetzt aber geschah das Merkwürdige. Die Augen des Mannes öffneten sich weit. Es war, als könnte er diesem geheimnisvollen Blick nicht länger ausweichen. Der Revolver glitt ihm aus der Hand ... Er lag nur da und ächzte leise. Schließlich hörte auch dieses Jammern auf, und seine Augen schlossen sich halb. Arnt Frode starrte noch immer auf ihn hinunter. Dann richtete er sich schließlich auf und atmete tief. Hob den Fuß und trat nachlässig nach dem Mann, als er ging.

Ich versuchte, mich durch den Menschenring zu quetschen, der sich um den Schauplatz gebildet hatte. Er wurde immer dichter und dichter. Leute kamen aus Torwegen und Türen. Es wurde plötzlich lebendig in der toten Straße. Drei, vier hintereinander, noch mehr, kamen von überall angelaufen. Fenster gingen auf, Fragen und Bedauernsäußerungen kreuzten sich in der Luft. Bald war die Straße voll von allen möglichen Menschen. Und es kamen immer mehr. Bittere Fragen drängten sich mir auf, trotz meiner heftigen Gemütserregung. Warum kamen all diese neugierigen Menschen erst jetzt? Warum waren sie nicht vor nur fünf Minuten gekommen? Was sollte jetzt all ihr Mitgefühl? In einer Straße voller Menschen und Licht fühlen sich diese giftigen Verbrecherbakterien sicher nicht recht wohl ... Und ich drängte mich ganz bis zum innersten Ring.

Ein Polizist war endlich auch zur Stelle und hielt die Leute davon ab, auf das Opfer zu treten. Ich sah ihn nur ganz kurz. Haakons Gesicht glich einer Blutlache ... Ich wandte mich ab. Ich ertrug es nicht, dieses junge Gesicht so jämmerlich verstümmelt zu sehen ... Seine kindlichen, guten Züge von vorhin waren mir lebhaft gegenwärtig. Mit dem wehmütigen Duft seines dunklen Haars wie von Heublumen. Plötzlich war es so, als hätte ich selbst ihm diese Wunden zugefügt ... Es war, als sähe ich einen Bruder, einen Sohn tot daliegen, mit tausend lieben, glücklichen

Erinnerungen. Und ich zog mich heftig bewegt wieder in die Schar der Schaulustigen zurück.

Wie er da lag, die Arme schlaff auf den Steinplatten, mußte man ihn sicher für tot halten. Für einen Menschen, der aus dem dritten oder vierten Stock gefallen war. Man fragte einander auch lautstark und heftig, wie es wohl passiert sei. Und der Polizei galten viele giftige Worte.

»Ist er wirklich tot?« fragte eine Stimme in der Schar.

»Ja, weiß Gott ...« murmelte eine zweite.

»Puh, ich kann ihn nicht ansehen.« Ein junges Mädchen drängte sich vor, des besseren Überblicks wegen.

»Der macht es nicht mehr lange«, flüsterte ein dünner, alter Mann neben mir. »Soweit ich sehe, ist sein Puls aufgeschnitten, und da kann man immer sicher sein.«

Ich machte mir unnütze und bittere Vorwürfe. Warum hatte ich nicht –? Warum? Ach, und jetzt war dieses Unglück einmal passiert. Und auf diese Art. Könnte ich nur begreifen ... Und meine Tränen flossen. Mehr und mehr ...

Eine dicke Madam kam mit einer alten Waschschüssel und einem Handtuch aus dem Milchladen. Ich entriß ihr beides trotz ihres eifrigen Protestes. Sie wollte natürlich mit ihrer elenden Waschschüssel selbst Ehre einheimsen. Und ich hörte sie hinter mir heftig schimpfen. Doch eine merkwürdige Entschlossenheit hatte mich ergriffen. Ich wollte helfen, nur helfen ... An eine Rettung glaubte ich nicht mehr.

Und ich kam jetzt mit dem Wasser einigermaßen ungehindert durch.

Ein junger Mediziner lag auf den Knien vor Haakon und hielt einen Lappen fest unter dessen linken Kiefer. Als ich mit dem Wasser kam, fluchte er über meine Langsamkeit. Ich setzte die Schüssel zitternd ab und stammelte eine lächerliche Entschuldigung. Wie im Nebel sah ich, daß er die Wunden wusch. Ich gehorchte linkisch und ohne Reflexion all seinen Befehlen ...

Haakons Gesicht war schrecklich zugerichtet. Doch nur ein paar der Wunden schienen tiefer zu sein; die übrigen waren zum größten Teil eher oberflächlicher Natur. Die eine verlief vom linken Auge zum Ohr hin, und der zweite Schnitt hatte die umgekehrte Richtung hinunter zur Oberlippe. Dieser hatte die rechte Wange in zwei Teile gespalten, die in den Mund einsanken. Auch vom Kinn war ein riesiger Hautlappen abgerissen, der am Hals klebte, während das Blut unaufhaltsam hinuntersickerte und die Hemdbrust ganz rot färbte. Dieser Riß war es, den der Mediziner zunächst für die gefährlichste Wunde gehalten hatte. Er drückte jetzt nach dem Waschen die Hautstücke zusammen und verband das Ganze oberflächlich.

Eine Droschke hielt an.

Ich sah jetzt, wie Arnt Frode, der schweigend und unablässig Haakons blutiges Gesicht angestarrt hatte, sich mit einem Ausdruck des Abscheus abwandte. Der Mann, der die Straße in dem Augenblick überquert hatte, als das Verbrechen begangen wurde, war aus der Droschke gestiegen. Sein Blick fiel auf Arnt, und er fragte kurz:

»Wo ist er abgeblieben, der Täter?«

»Da hinten liegt er.« Arnt zeigte die Straße hinauf.

»Aber Sie haben ihn doch nicht umgebracht, Mensch?«

Arnt Frode schwieg und sah wieder seinen Freund an, den man vorsichtig in den Wagen bugsierte. Die Leute guckten einander entsetzt über die Schultern und zu ihm hin. Der Polizist drehte sich um und sagte in brutalem Ton:

»Sie wissen also auch, wie die Sache zugegangen ist? Sagen Sie's dem Onkel?«

»Sie können ja hingehen und selber nachsehen ...« Arnt sah unwillig in eine andere Richtung.

Der Polizist starrte verblüfft zunächst Arnt an, dann die Straße hinauf. Durchbrach dann das Menschengewimmel, das immer dichter und zudringlicher wurde, und rief ihm zu, er solle ihm folgen.

Arnt aber rührte sich nicht. Sein Blick hing am Wagentrittbrett, über dem Haakons bewußtloser Körper lag. Einer von ihnen – ich glaube, es war der Droschkenkutscher – hatte losgelassen, als Haakon hineingehoben werden sollte. Der junge Mediziner fluchte und wetterte, man könne da oben im Reichshospital nicht Toten Leben einhauchen – auch wenn man sonst Wunder tat. Ich ging eilig hin, um mit anzufassen. Aber ich wurde unsanft als überflüssig weggestoßen.

Zwei Weibsbilder drängten sich zum Wagen. Es waren die beiden betrunkenen Freudenmädchen aus dem Café. Die dickere der beiden beugte sich vor und jammerte:

»Mein Gott – der arme, hübsche Junge! O je, o je, wie traurig.«

»Ja, Mutter« – auch die zweite sah jetzt genauer hin – »wart's nur ab, da ist wieder ›Der Schleifer‹ unterwegs.«

Inzwischen hatte man Haakon vorsichtig im Wagen untergebracht. Ein Polizist und der Mediziner stiegen auf, und der Wagen rollte über den fetten, glänzenden Straßenmatsch davon.

Arnt sah dem Wagen nach, als ihm eine schwere Hand auf die Schulter fiel. Er sah geistesabwesend auf. Es war der Polizist, der die Straße untersucht, aber selbstverständlich keinen Verbrecher gefunden hatte.

»Sie kommen jetzt mit.«

»Was wollen Sie?«

»Sie sollen mit zur Wache, verstehen Sie?«

Der Polizist packte ihn wieder an der Schulter.

Arnt Frode riß sich los und sah ihn verächtlich an. Dann drehte er sich ruhig um und sagte nur:

»Kommen Sie bitte.«

Da trat ich vor. Ich hatte Angst vor einem Ausbruch von seiten der Polizei; ich kannte ja ihre Brutalität. Und außerdem fühlte ich mich glücklich bei dem Gedanken, ihm jetzt etwas Hilfe erweisen zu können. Und ich wandte mich vorsichtig an ihn:

»Ich möchte gern Ihr Zeuge sein, wenn Sie es wünschen, Herr Frode.«

Doch er antwortete nicht. Gönnte mir nicht einmal einen Blick. Ich war verwirrt, mir war vor ihm sonderbar zumute, und ich sagte nichts mehr. Selbst der Polizist machte keine Einwendungen gegen diesen eigenartigen Menschen. Wir folgten ihm unter Schweigen.

Es gab Augenblicke, da war ich von meiner Schuld fest überzeugt, und ich litt sehr. Besonders während der Krise des Wundfiebers. Die Krämpfe, der fieberglühende Körper, das weiße Bündel von Bandagen, einst der Kopf, mitten in dieser grünen Dämmerung ... Die entsetzlich drückende Luft scharfer Medikamente – die Stickigkeit und der Geruch der Hoffnungslosig-keit im Krankenzimmer. Es waren schlimme, sehr schlimme Tage. Hätte ich diese Untat wirklich verhüten können? Ich fragte Arnt einmal danach. Er schwieg und sah mich mit gekränktem Blick an. Ich stellte meine Frage dennoch von neuem. Da antwor-tete er kalt und abweisend:

»Nein, das glaube ich nicht.«

»Und warum nicht ...?«

Einige Minuten Schweigen. Dann mit plötzlicher Weichheit in der Stimme:

»Warum denken Sie ständig daran? Denken Sie nicht daran! Sie sind ein guter Mensch«, fügte er mit seinem fernen, merkwürdig fernen und bleichen Lächeln hinzu. Und reichte mir unerwartet die Hand – die einzige Freundlichkeit, die er mir je erwies.

Wir besuchten Haakon oft, während er im Hospital lag. Die Krise war jetzt längst vorbei. Und die Angst vor den gefährlichen Quetschungen und Prellungen am Gehirn nahm mit dem Wundfieber ab. Die Bandagen begannen weniger zu werden, und Haakons bleiches, leidendes Gesicht kam zum Vorschein. Ich werde nie vergessen, wie er uns zum erstenmal erkannte ... Er lag still, bewegte sich zunächst nicht. Nur seine dünnen Finger zupften nervös an der Bettdecke. Plötzlich versuchte er, sich aufzurichten, sank aber zurück. Streckte dann die Hand aus und murmelte:

»Arnt – verstehst du ...? Wer ist das?« Er zeigte auf mich.

Arnt Frode wollte gerade erklären ... Doch Haakon unterbrach ihn mit einem bestimmten: »Nein, nein – ich weiß wieder alles.« Und er nannte sogar meinen Namen und reichte auch mir die Hand. Ich ergriff sie bewegt und dankbar. Ich fand, diesem Menschen war so grausames Unrecht geschehen, daß ich deshalb ewig in seiner Schuld stand. Und daß ich ihm deshalb mein Leben lang all meine Sympathie opfern konnte. Denn er beklagte sich nie. Er machte uns keine Vorwürfe. Nur einmal sagte er mit tränenerstickter Stimme:

»Oh, warum mußten wir nur dorthin gehen?« Dann wandte er sich von uns ab. Ich hörte ihn schluchzen. Und ich nahm an, es waren vielleicht die schmerzlichen Erinnerungen an jenen unglücklichen Abend, die auf ihn einströmten. Ach, ich wußte noch nicht, daß ihm eine noch weit, weit größere Qual bevorstand.

Eines Tages erwies sich Arnt Frode auf dem Heimweg als sehr aufgeräumt und mitteilsam. Er kam mir beinah glücklich vor. Ich schrieb dies den überstandenen Leiden seines Freundes zu. Es war jedenfalls das erstemal, daß er sich mir gegenüber vertraulich zeigte. Und das wunderte mich etwas.

Wir hatten fast drei Wochen lang Wand an Wand gewohnt. Doch außerhalb unserer gemeinsamen Hospitalbesuche sahen wir uns so gut wie gar nicht. Ein paar Tage nach der Katastrophe war ich nämlich bei meiner früheren Wirtin ausgezogen. Und Arnt hatte mir dieses Quartier besorgt. Es war nicht sehr geräumig; es glich am ehesten einer lilafarbenen Bonbonschachtel. Denn es war unglaublich viereckig, mit der armseligsten Ausstattung – die Möbel der reine Schrott. Doch ich war damit zufrieden. Es paßte ja am besten zu meiner gegenwärtigen Verfassung. Obwohl ich oft voller Kummer an mein voriges Zimmer dachte, das groß und hell war, mit Bäumen und Sommer davor. Meine Mittel hatten indessen zu schwinden begonnen ...

Aber warum sollte ich darüber reden? Meine kleinen privaten Sorgen und Freuden können wohl kaum jemanden interessieren. Und ob ich in einem Zimmer im Parterre draußen in einem Villenviertel oder in einer jämmerlichen Bodenkammer in der Vorstadt wohne – ist das für jemanden von Bedeutung? Was hat es mit der Sache zu tun, ob ich überhaupt irgendwo wohne? Ob ich Hunderte von Kronen im Monat verdiene oder gar nichts? Hier kommen augenblicklich diese naseweisen, undelikaten Fragen: Wo und wann und was ... Ja, sie ärgern mich, denn sie sind so brutal, so zutiefst norwegisch.

Nun gut. Ich will absolut nicht von mir selber erzählen. Ich will dieses Thema so weit wie möglich vermeiden. Ich wiederhole es – es ist sogar höchst gleichgültig. Denn all dies geschah trotzdem so, ohne daß ich auch nur das geringste verhindern konnte. Es geschah, obwohl ich jetzt nebenan wohnte. Und es geschah bis in die kleinste Einzelheit ohne mein Zutun. Was habe ich also, um mich hier vorzudrängen? Nichts, rein gar nichts. Denn was haben meine Gefühle mit dieser Geschichte zu tun? Sie machen sie weder schlimmer noch besser. Eben. Nein, das ist es ja ... Sehr gut möglich, daß die Geschichte andere sogar langweilt. Daß sie sie dumm finden, ordinär und naiv – ja, sogar schlecht geschrieben. All dies kann sehr gut zutreffen. Ich räume gern ein, daß ich schlecht schreibe. Ich bin auch kein literarischer Mensch – nur ein elender Kontorist, ein Dutzendmensch. Ich räume ferner sehr gern ein, daß ich damals jede Stimmung übertrieben habe. Ja, denn ich war noch jung, als dies geschah. Es ist schon vier Jahre her, und jetzt bin ich dreißig. Und jetzt geht es bergab ... Denn vier Jahre, die sind genug, um einen Menschen zu verwandeln. Jetzt bin ich ja auch kein Mensch mehr. Jetzt sollte die schöne, junge Sphinx mich nur sehen ... Möchte wissen, ob er mich dann noch »Mensch« und »gut« nennen würde. Nein, ein haßerfülltes, mißtrauisches, altes Insekt bin ich. Sogar ein sehr schädliches Insekt, das sich ständig von allen verfolgt glaubt ... Und wissen Sie, woher das kommt? Gehen Sie jeden Tag vier Jahre lang in ein Büro und stecken Sie Ihre Nase in ein halbes Dutzend Büro-türen und flehen Sie um das bißchen Arbeit, von dem Sie leben können ... Spekulieren Sie jeden sorgenvollen Tag darüber, auf welche Weise Sie sich eine anständige Mahlzeit beschaffen oder hungern sollen, ohne allzu blamables Aufsehen zu erregen ... Die leidige Kleidung will ich nicht einmal erwähnen – wenn die Lumpen zu viel Tageslicht abbekommen und der Umweg durch die Nebenstraßen häufiger und häufiger wird ... Ach nein, das ist eine sehr lange und traurige Geschichte, »nichts Festes zu haben«, wie es heißt.

Doch das war nicht das Thema. Ja, ich war damals noch jung. Deshalb kamen Tränen und Mitgefühl so leicht. Ich habe die Menschen damals anders und schöner gesehen. Aber darum geht es nicht. Ich schreibe diese Geschichte nicht, um Mitleid mit mir selbst zu erregen. Ich hasse Mitleid. Ich schreibe sie, weil sie mich so stark beschäftigt hat. Weil sie in diesen vier langen Jahren sozusagen flüsternd in der Tiefe meiner Seele gelegen hat. Denn es war ein Erlebnis – mein einziges wirkliches und großes Erlebnis. Das ist der armselige Grund. Und vielleicht erzähle ich sie doch, um Verständnis und Mitgefühl zu wecken. Nicht mehr mit mir. Sondern mit all diesen jungen Leuten, die noch Glauben haben, Hoffnung und einen feurigen Überfluß an Lebenswärme. Diese jungen Menschen, für die das Leben noch Ziele hat und die es mit einer inneren Siegeshymne leben. Für sie will ich von Herzen gern wenigstens einen Funken von Sympathie entzünden ...

Dann werde ich nicht öfter auf mich zurückkommen.

Was mir Arnt Frode jetzt anvertraute, machte mir viele neue Sorgen. Er erzählte mir nämlich, Haakon sei daheim in der Fjordstadt verlobt. Und seine Verlobte wisse nicht das geringste von diesem Unglück ... Und in acht Tagen komme sie in die Stadt; das habe sie jetzt geschrieben. Daß sie außerdem sehr erstaunt darüber sei, von Haakon keine Briefe mehr zu erhalten. Aber das sei wohl dieses schreckliche Examen – oder etwa nicht? Es tat mir bitterlich leid, als er mir dies erzählte. Sie wußte also nichts. In acht Tagen war er sicher aus dem Hospital entlassen, dank seiner kräftigen Konstitution. Und dann kam sie. Wie würde diese Begegnung verlaufen? Davor hatte ich entschieden Angst. Es war klar, sie mußte vorbereitet werden – aber wie?

Ich konnte nur nicht begreifen, daß Arnt bei diesen traurigen Mitteilungen so aufgeräumt war. Und mir kam der schlimme Verdacht, daß er diese Verlobung gern auseinandergehen sah. Jetzt war mir auch klar, was Bjanka bedeutet hatte, damals an jenem Abend im Café *Nordstjernen*. Nein, nein, es war nur verständlich, wenn Haakon nicht wünschte, daß Bjanka von diesem Ausflug etwas erfuhr ...

Am nächsten Tag ging ich allein zu ihm. Als ich das Gespräch auf Bjanka brachte, glaubte ich, es werde ihn peinlich berühren. Aber nein. Haakon war zwar ziemlich unruhig, wie sie die Sache aufnehmen würde. Vor allem wegen des berüchtigten Lokals, das er besucht hatte. Darüber hinaus war er nur sehr naiv-glücklich, als er mich ihren Namen nennen hörte. Und er vertraute mir einiges über ihre Beziehung an.

Er kannte sie erst seit einem Jahr, und diesen Sommer hatten sie sich verlobt. Er erzählte lächelnd, daß eigentlich sie es war, die angefangen hatte. Denn er hatte sich nicht besonders viel aus ihr gemacht. Es war eine sehr kindliche Beziehung, soweit ich verstehen konnte. Seine Liebkosungen waren jedenfalls nicht übertrieben hitzig gewesen. Gleichgültig, meist ganz unwillig ließ er sich küssen ... Er lachte sonderbar, als er mir dies erzählte.

»Du glaubst mir natürlich nicht«, sagte er zufrieden, »aber es ist trotzdem wahr.«

Er zog mich ganz zu sich hinunter, sah sich vorsichtig um und flüsterte mir dann etliche Geheimnisse ins Ohr ... In diesen Tagen hatte er dennoch viel an sie gedacht. Besonders seit der Brief gekommen war. Ja, es hatte lange gedauert, bis er eingeschlafen war. Und heute morgen war er mit einem Gefühl unerträglicher Sehnsucht aufgewacht. War es nicht närrisch, so dazuliegen und zu denken? Doch, doch, das war dumm und lächerlich bei einem Mann ... Aber er konnte schließlich nichts dafür. Er war nun einmal so. Und plötzlich wurde er ernst und still und zog sich ganz in sich zurück.

Als ich ihm schließlich vorschlug, sie ein wenig im voraus zu unterrichten, wollte er durchaus nicht auf mich hören. Ja, er wurde richtig böse und ungeduldig wie kranke Menschen oft, als ich versuchte, ihm die Notwendigkeit dessen klarzumachen. Wollte sie ihn nicht nehmen, wie er war, konnte sie es bleibenlassen, meinte er. Ich wagte dann nicht, ihn weiter damit zu quälen.

Als ich aufstand, um zu gehen, hielt er mich zurück und fragte:

»Hast du einen Spiegel bei dir?«

Als ich dies verneinte, wurde er sehr niedergeschlagen und still. Ich verstand, warum er einen Spiegel wünschte. Er wollte sich vergewissern, wie verändert sein Aussehen war. Und ob Bjanka ihn wirklich wiedererkennen würde.

»Aber willst du schon gehen?« sagte er plötzlich. »Du bist doch nicht böse auf mich?«

»Nein – wie kommst du denn darauf?«

»Ich dachte nur ... Und das will ich auf keinen Fall, auf gar keinen Fall. Ich habe bestimmt keine Freunde mehr zu verlieren.«

Ich drückte ihm mehrere Male die Hand und versicherte ihn meiner Ergebenheit. Er fühlte sich ganz bestimmt oft schrecklich einsam. Ich wußte, er war Waise.

Später redete er munter und lange davon, wie geradezu unsinnig er sich darauf freute, hinauszukommen. Dann würden wir im Ernst gute Freunde werden. Bjanka würde natürlich dabeisein! Und wir würden herumziehen und uns nur amüsieren. Denn im Grunde hatte er die Welt und die Menschen so gern ...

Armer Junge – er wußte nicht, wie seine Illusionen zerplatzen würden, wenn er einmal hinauskam.

Die letzte Bandage war abgeworfen. Und Haakon war zu uns zurückgekehrt. Die Tür zwischen unseren Zimmern war gestern geöffnet worden; es geschah auf Haakons ausdrückliche Forderung hin. Er war ja jetzt so allein, wenn Arnt Frode in seine Stunden ging. Sie absolvierten hier nämlich einen Kursus in Telegraphie. Haakon mußte sich noch eine Zeitlang ruhig halten. Und ich war außerdem den größten Teil des Tages zu Hause.

Die Zimmer waren aus Anlaß von Bjankas Ankunft ganz feiertäglich hergerichtet. Das heißt, ich hatte unsere arme, trunksüchtige Wirtin dazu gebracht, den Boden zu wischen und die Kommode etwas abzustauben ... Außerdem hatte sie im Zimmer der beiden, das etwas größer als meines war, sogar eine weiße Serviette für den Tisch spendiert. Dieser Raum war wie mein eigener äußerst armselig und sparsam möbliert. Er hatte jedoch ein altes Monstrum von Sofa. Und über diesem hing ein schlechter Öldruck von Prinz Karl – dieser unvermeidliche Schmuck von Untermieterzimmern. Darüber hinaus waren die Wände kalt und nackt, wenn man eine blaue Winterlandschaft deutschen Fabrikats ausnahm. Der Dezembertag füllte das längliche Zimmer mit seinem regenschweren Dämmerlicht und klebte sich mit ölartigem, starrem Glanz an die tristen, blaugrauen Holzpaneele.

»Glaubst du, sie erkennt mich wieder?« Haakon saß zusammengesunken in der Sofaecke und zupfte unablässig an einer Faser an seiner Jacke.

»Weiß nicht.« Arnt wandte den Blick nicht von den elektrischen Konvertierungsregeln, in denen er las.

»Kommt sie denn nicht? Es ist bald halb zwei, und der Zug ist vor zwanzig Minuten angekommen.« Haakon stand auf und schlenderte zum Fenster.

Bjanka hatte ihm geschrieben, er solle sich nicht die Mühe machen, sie abzuholen, wenn er viel zu tun hatte. Außerdem kannte sie ja den Weg vom letzten

Herbst. Er war froh, daß ihm dies erspart blieb. Ein brennendes Gefühl der Scham stieg in ihm auf, als er an diese Begegnung unten auf dem von Menschen wimmelnden Bahnsteig dachte. Und jetzt zitterte er vor neugieriger Sehnsucht danach zu wissen, wie sie es aufnahm.

»Dieses Fenster liegt auch so absurd ... Man kann ja nichts sehen.« Er wurde ungeduldig. Diese Unruhe und Spannung, die Wartezeiten immer erzeugen, nahmen zu. Und er hatte das quälende Empfinden, eingesperrt zu sein. Mit einem resignierten Seufzer setzte er sich wieder.

Eine gewisse wächserne Blässe hatte sich über seine Wangen geschlichen, und die tiefen Narben erzählten, wo die Wunden gewesen waren. Die Haut war hier ein wenig entzündet. Und in der verwitterten Haut der Narben begann schon die leicht bläuliche Schimmelfarbe, die so stark vorherrscht, wenn diese alt werden.

Es war für mich so schmerzlich, dieses Gesicht zu sehen, das so alt und krank geworden war. Eine plötzliche Übelkeit befiel mich ... Ich ging in mein Zimmer und warf mich aufs Bett. Von hier aus konnte ich ein Stück in das andere Zimmer sehen, wenn die Tür angelehnt war. Ja, ich bildete mir ein, ich könnte noch weiter sehen – bis in das Innere der beiden Menschen, deren junges Drama jetzt dort drinnen zu Ende gespielt werden sollte ...

Es klopfte. Ein junges Mädchen um die siebzehn machte die Tür auf, gefolgt von der Dame des Hauses, die ihr neugierig nachguckte. Es war Bjanka. Ein hübsches, kleines Gesicht, in dem die blutvollen Lippen stark vorsprangen und die kleine Stupsnase vor Sinnlichkeit vibrierte. Unter dem dunklen Hut wirkte die flammende Röte der Wangen fast unangenehm. Über den blaugesprenkelten Augen lag sozusagen Sonnendunst über dem See, was ihren Blick unklar und unruhig machte. Ihre Gliedmaßen waren geschmeidig. Beinah einschmeichelnd. Und an ihrem ganzen kleinen Körper haftete der Duft heißer Umarmungen.

Ein bleiches, angestrengtes Lächeln flog über Haakons Gesicht, als sein Blick auf sie fiel. Seine Lippen zitterten, und einige krampfartige Zuckungen durchfuhren ihn. Er wollte aufstehen ... Doch er spürte plötzlich, daß er seine Bewegungen nicht mehr kontrollieren konnte, und streckte dann nur die Hand aus.

»Nein, du sitzt wirklich hier?« Sie eilte glücklich zu ihm.

Doch gerade als sie ihn umarmen oder sich neben ihn setzen wollte, hielt sie inne und starrte ihn erschrocken an. Schließlich brach es aus ihr heraus:

»Du? Mein Gott! was hast du ... hast du getan, daß du so ... so häßlich bist?«

Er schlug die Augen nieder. Eine schmerzliche, zarte Röte fuhr ihm über das Gesicht. Und er flüsterte leise, als ob er es wäre, der sich vergangen hatte:

»Ich habe ...« Weiter kam er nicht, seine Stimme versagte, und er begann, heftig zu schluchzen.

»Aber so sag doch, was ist es?« Ihre Worte hatten einen ungeduldigen, beinah harten Klang.

Er erschauerte und biß in sein Taschentuch, um das Weinen zu ersticken. Sein ganzes Inneres war in wildem Aufruhr. Er konnte kein Wort herausbringen. Arnt Frode, der Bjanka schweigend begrüßt hatte, wandte ihnen den Rücken und schlenderte zu mir herein. Hier blieb er die ganze Zeit über am Fenster stehen.

»Ach«, sagte sie verzweifelt, »wußte ich nicht, daß etwas Schlimmes passiert ist? Aber daß es so sein mußte ... Nein, das hätte ich mir nicht träumen lassen.«

»Woher wußtest du es?« Haakon sah mit gedrücktem Blick rasch auf. Plötzlich aber hatte er seine Energie wieder beisammen und fragte heftig: »Am Ende glaubst du, ich lasse mich auf Schlägereien ein?«

»Was weiß ich? Du schreibst ja nicht. Schreibst nicht seit über einem Monat. Gott, bist du grausam, Haakon.«

»Ich grausam –?«

»Ja, das bist du ... Du kannst doch wohl begreifen, daß das hier schrecklich ist? Und du hast mir keinen Piep davon gesagt. Nein, keinen Piep hast du gesagt.«

Er erzählte ihr jetzt in gleichgültigem, müdem Ton das Geschehene. Es handelte gleichsam nicht von ihm, was er erzählte, sondern von einer wildfremden Person in einer anderen Zeit, die sehr weit zurücklag. Was in aller Welt ging das ihn an? Er sah aus dem Fenster, und eine unbezwingbare Lust zu lachen überkam ihn. Es lag eine höllische Ohnmacht darin. Er kämpfte dagegen an, versuchte, die Halsmuskeln zu straffen und den Mund zuzukneifen. Doch sie waren zu schlaff, die ganze Muskulatur war zu schlaff ... Er konnte ihm nicht widerstehen, diesem abscheulichen, kitzelnden Gefühl, das vom Magen heraufkroch und gleichsam jede Faser seines Körpers berührte. Und er lachte aus vollem Hals – lachte, daß die Nasenlöcher zitterterten und der kalte Schweiß an den Haarwurzeln hervorschoß.

»Warum lachst du?« – Sie zog ängstlich ihren Stuhl zurück.

Doch er antwortete nicht und lachte immer wilder, warf sich rückwärts aufs Sofa und lachte. Es spannte in den Narben. Sie schwollen an, und gleichzeitig wirkte das Gesicht magerer und entstellter als sonst. Über der Nase war die Haut auch fleckig – diese großen, braungelben Flecken, die für Rekonvaleszenten so typisch sind. Bjanka fand auch seine Zähne nicht mehr so schön und weiß. Und ihr Blick wanderte wieder zu den Narben – den grausamen Narben, die sein hübsches Gesicht zerstört hatten ... Und als sie ihn anstarrte, schnürte ihr eine sonderbare, beklemmende Angst die Brust zu.

»Ach, du bist so seltsam geworden, Haakon ... Ich kann nicht mehr bei dir sein!«

Sein krampfhaftes Gelächter hörte schließlich auf. Und er wurde wieder still. Dann tastete er nach ihrer Hand; doch sie zog sie unwillkürlich zurück. Und er murmelte kurzatmig und heftig:

»Warum küßt du mich nicht? Du willst nicht, wie?« Er schluckte etwas und wiederholte die Frage. Sie aber hörte ihn nicht; eine taube Haut hatte sich über ihr Ohr gelegt. Und ihr Blick heftete sich an ein Astloch im Fußboden. Ein kleines, braunes Astloch mit einer schwarzen Narbe. Sie war so jung, so stark und weich. Ihr Busen wogte ... Einen Augenblick schien sie aufzuwachen. Und da stellte sich ihr die unklare, unfaßbare Frage: Was soll ich eigentlich hier? Sie wollte gerade aufstehen; doch da passierte etwas.

Haakon hatte sich plötzlich über sie geworfen und sie an den Armen ergriffen. Seine Hände zitterten vor Erregung.

»Was willst du von mir?« Sie stieß einen leichten Schrei aus und wand sich, um seinen Griff zu lösen.

»Ich will ... will dich küssen!« Haakon drückte sie an sich. Sie hielt dagegen, versuchte, aufzustehen. Aber dabei kippte der Stuhl um. Haakon riß sie mit sich zu Boden und hielt sie eng umschlungen.

»Haakon! bist du verrückt?« Ihre Worte kamen gepreßt, heiß und halberstickt. »Laß mich los, laß mich – oder ich schreie ...«

Er fühlte ihren Hals dicht bei sich brennen und pochen, und er kämpfte, um ihre Hände unten zu halten und ihren kleinen Mund zu finden. Doch sie drehte immer wieder das Gesicht weg. Es schob sich an seine Brust, verbarg sich an seiner Schulter. Und er küßte nur leidenschaftlich ihren flammenden Hals.

»Küß mich nicht – ach, küß mich nur nicht ...« Sie jammerte wie ein verängstigtes Kind. »Ich halte das nicht aus – bei Gott, Haakon, laß mich los!«

Und mit einer gewaltigen Anstrengung zog sie den Kopf durch seine Arme und wand sich geradezu heraus. Er aber hielt sie noch an den Handgelenken fest. Sie sah ihm einen Augenblick starr in die Augen, beugte sich dann blitzschnell hinunter und schlug ihre kleinen, weißen Zähne in seine Hand und biß zu ...

Er ließ sie los, blieb aber selbst liegen. Rasch stand sie auf und glättete ihr Kleid. Zog einen Taschenkamm heraus und glättete ihr Haar, wobei sie sich bemühte, in einen kleinen Spiegel zu sehen, der hoch oben an der Wand hing. Schließlich setzte sie den Hut auf und knöpfte die Strickjacke zu.

Haakon lag mit halbgeschlossenen Augen da und verfolgte genau jede ihrer Bewegungen. Doch als sie auf die Tür zuging, richtete er sich halb auf.

»Gehst du?« fragte er. Sie aber antwortete nicht, und er fragte erneut:

»Gehst du, frage ich?«

»Das siehst du doch.« Sie drehte sich nicht um, wandte nur den Kopf ein wenig zur Seite und warf einen mißvergnügten Blick in mein Zimmer. Ging dann geradewegs zur Tür hinaus.

»Gut. Ich weiß, warum du mich verläßt, du ... Ich habe ja kein Gesicht mehr.«

Haakon war ganz aufgestanden und stützte sich auf den Tisch. Seine Knie zitterten so, daß man es sehen konnte. Und eine bohrende Mattheit zog vom Unterleib in alle Gliedmaßen. Ihm wurde schwarz vor Augen. Die Luft um ihn flimmerte von schwarzen Sternen mit hellen Ringen, die rund, rund, rund herumwirbelten – immer schneller und schneller. In seiner Brust zog es sich zusammen, und er begann zu würgen. Und das Dunkel wurde immer dichter. Es wurde zur pechschwarzen Nacht. Er starrte noch in Richtung auf die Tür mit der Messingklinke, die sich hinter ihr geschlossen hatte ... Und dort loderten eigentümliche, brandrote Feuerzungen, die flackerten und sich immer höher und höher in die Luft reckten. Sein Kopf war schwer und eiskalt, er fühlte sich, als müßte er sterben ... Doch noch schien er gegen den Anfall kämpfen zu wollen.

»Oh, ich bin wohl krank ...« Er hob die Hand an die Stirn. Sie war wie ein Stück Eisen. Er versuchte, einen Schritt zu tun, schwankte jedoch und fiel mit einem Schrei zu Boden.

Wir eilten zu ihm.

Arnt Frode kniete bei ihm und badete seine Stirn mit kaltem Wasser. Ich lief verwirrt aus und ein und holte ununterbrochen frisches Wasser in der Karaffe. Unsere Wirtin stand auch im Zimmer und sah mit gefalteten Händen erschrocken zu. An ihren blinzelnden, wäßrigen Augen sah ich, daß sie schon vom Schnaps gekostet hatte. Jetzt würden natürlich die Nachbarn von diesem bemerkenswerten Vorfall unterrichtet werden. Und ich haßte plötzlich dieses widerliche, alte Weib, das so überaus aufdringlich war.

»Wenn er nur nicht stirbt«, seufzte sie. »Ja, ja. Konnte man sich ja denken, daß da etwas hinterherkommt ...« Und sie wollte ihn partout aufs Sofa gelegt haben. Doch Arnt bat sie nur, sich zu beruhigen und sich rauszuscheren.

Endlich schlug Haakon die Augen auf und sah sich verwirrt um.

»Du ...? Aber was ist denn?« Er griff sich an die Stirn und versuchte, sich an etwas zu erinnern. Plötzlich hatte er alles vor sich. Von Anfang an, bis er umgefallen war – so deutlich, wie man Dinge in wirklich klarer, scharfer Winterluft sieht. Und er fragte erneut:

»Ist sie jetzt weg?«

»Das weißt du doch.« Arnt stand auf. Ich ging wieder mit der Wasserkaraffe hinaus und kam sofort zurück. Gott weiß, warum ich rannte … Arnt nahm sie und stellte sie hin.

»Ach so – sie ist weg?« Haakon wackelte mit dem Kopf wie ein alter Mann und bekam Wasser in die Augen. Auf einmal wurde er unendlich weich; er mußte weinen …

»Und jetzt ist Bjanka mich los …« Haakon warf sich zurück, und heiße, stille Tränen flossen und brannten in den Narben. »Ach, wäre ich nur tot … Ich kann ja auch kein Examen machen. Und dann verliere ich die Stelle, und, und … Dann ist es aus mit mir. Oder …« Hier stützte er mit der Hand den Kopf und sah aus dem Fenster. »Oder vielleicht fahre ich zur See? Es macht sich ja doch keiner etwas aus mir …«

Er merkte nicht, daß Arnt sich hinuntergebeugt hatte und jetzt neben ihm lag. Er fühlte einen Arm um seinen Hals, einen festen, starken Arm, und er ließ sich hilflos hineingleiten. Arnt Frode sah ihn mit seinem fernen, seltsamen Lächeln an und kam mit seinem Gesicht dem Haakons immer näher.

»Arnt? machst du dir denn etwas aus mir? Wo ich so häßlich bin …« Es war etwas in Haakons Augen, das ich einmal gesehen hatte. Etwas von einem feucht schimmernden Glück.

Und Arnt Frode küßte langsam seine beiden Augen und blieb bei ihm liegen, den Arm um seinen Hals.

Ich schlich mich leise hinaus ... Ich spürte wieder, ich war überflüssig.

1898

Die schwarze Woche

Die Stadt hier verharrt in einer sonderbaren Luft. In einer Luft von Auflösung, Tod und Verwesung.

Ich weiß nicht ganz genau, woher dieser schwarze Sonnenschein kommt. Dieses scheppernde Silberlicht mit tiefen Metallschatten, das sich drückend, schmerzend vor die Stirn legt. Ich weiß es nicht ... Das Phänomen dauerte indessen an. Und das ist im Grunde eine Seltenheit für diese heitere und sommerliche Stadt.

Denn auf der Straße ist kein Lachen mehr zu hören. Die Leute, denen ich begegne, haben kein Lächeln. Leuchtet eines auf, erlischt es rasch. Und ihre Blicke heften sich wieder mit zähem Trotz an die Erde, als wollten sie sie unter sich wegstarren. Kranke Seufzer pressen sich hervor; alle Menschen haben einen schlechten Atem. Also, Sie haben etwas einzuwenden? Nun gut, möglicherweise empfinde nur ich diese Leichenluft über der Stadt.

Aber deshalb kann es doch gut seine Richtigkeit haben mit dieser Stimmung. Ja, warum auch nicht? Ich räume gern ein, ich bin ein äußerst empfindlicher Mensch. Ich gebe sogar zu, daß meine Wahrnehmungen oft betrüblich mangelhaft sind ... Daß sie mit der

Terminologie bestimmter Menschen nur schwer übereinstimmen. Es fällt mir überhaupt schwer, meine allertiefste Meinung zum Ausdruck zu bringen. Deshalb habe ich seit langem aufgehört, auf offener Straße überflüssige Bemerkungen zu machen. Nun, mag sein – meine Beobachtungen sind unrichtig, lächerlich. Ich bilde mir nicht existierende Verhältnisse ein. Ich mache Schwierigkeiten, wo nur Sonne, salzige See und karger Sandboden sind.

Denn ich höre die Leute ganz bestimmt etwa folgendes sagen: Sonnendunst über dem Meer, leichte Brise aus Süd-Südwest, stilles Rauschen in den Pappeln des Friedhofs. Oder vielleicht nicht das stille Pappelrauschen ... Aber ich frage: Von woher weht diese Luft, die die Menschengesichter fahl und schweißig und den Blick stumpf macht, selbst an diesem klaren Sommervormittag?

Hm. Ich muß mich oft selbst korrigieren. Aber sagen Sie mir jetzt einmal, woher diese Luft kommt. Beweisen Sie einfach, daß sie nicht da ist ... Und ich glaube es. Diese Müdigkeit im Hirn, diese Stumpfheit der Sehnerven, dieser Appetit auf Schweißgeruch bei allen ... Hunger nach gebratenem Fisch – oder was ist es? Also. Das klingt närrisch. Aber es ist wirklich so. Selbst bei armen Leuten, die sich sonst aus Fisch nichts machen. Beweisen Sie, sage ich, daß dieses Phänomen sich nicht überträgt.

Denn ich – ich, der ich einen großen, starken Körper habe ... Ich, der ich keinen Tag krank gewesen bin, seit ich als Kind die Masern hatte ... Ich, der ich ruhig und regelmäßig und ohne wirtschaftliche

Sorgen lebe und jeden Tag im kalten Meer bade – ich habe gespürt, daß diese Luft wie eine Pestwolke regelmäßig jeden Sommer eine Woche über der Stadt liegt. Das war meist im Juli. Aber gespürt habe ich sie auch schon erst im August. Und in dieser Luft geschehen viele merkwürdige Dinge.

Eben davon will ich erzählen.

Ich sehe das alte Männchen mit dem wettergegerbten Gesicht. Ich sehe seine bösen, kleinen, bräunlichweißen Kulleraugen an den Fleischkarren. Blitzend, kauflustig. Auf dem Markt tauchte er immer an den Bauerntagen auf – jeden Dienstag und Freitag.

Ich wußte, wer er war. Das weiß man ja leicht in der Kleinstadt. Er hieß Kale Enersen. Hatte einen Kramladen draußen auf Sand, wo die Fischer- und Arbeiterhütten liegen.

Dieser Mensch war bekannt für seinen unbegreiflichen Geiz. Obwohl er unverheiratet war und mehrere Tausend auf der Bank hatte. Ich selbst habe ihn mit einer alten, verschlissenen Leinentasche heraus- und hineingehen sehen. Dennoch knauserte er mit Maß und Gewicht und kniff seine Nichte, wenn sie eine Kaffeebohne zuviel nahm. Er hatte auch noch andere Eigenheiten. Er trank nie etwas – nicht einmal Wasser. Rauchte nur junge Kirschblätter, die er gewissenhaft jeden Frühling in seinem Garten zum Trocknen an der Sonne sammelte. Und er hatte eine starke Neigung zum Fluchen. Einen miserablen Ruf hatte er also.

Aber vor allem erinnerte ich mich doch an diese bösen Kulleraugen ... Jetzt, da ich auf so seltsame

Weise Zeuge seines Todes wurde, haben sie eine ganz besondere Bedeutung für mich bekommen. Denn diese Blicke waren boshaft und gehässig. Sie scheinen mir jetzt einen rachsüchtigen Neid auf meine Kraft und meine Jugend auszudrücken. Ja, jetzt, da sie tot sind ...

Jedoch – das ist nicht der Rede wert. Ich habe absolut keinen Hang zum Mystifizieren. Ich will nur erzählen, was wirklich passiert ist.

Am vorigen Freitag gegen neun Uhr morgens ging ich zufällig an seinem Haus vorbei. Ich wohne nicht in dieser Gegend der Stadt. Mein Weg zum Büro führt mich auch nie hierher. Aus sehr unverständlichen Gründen befand ich mich trotzdem in dieser Straße, genau in dem Augenblick, als ein zerlumpter, versoffener Schauermann aus Kale Enersens Tür stürzte. Er hatte ein abscheuliches, blaurotes Gesicht und lief leicht torkelnd. Ihm fehlten drei Finger der rechten Hand. Man nennt ihn Zottel; ich kenne keinen anderen Namen für ihn.

Er winkte über die Straße einem großen, grobgliedrigen Mann zu, der in einer Haustür stand und rauchte. Ab und zu starrte dieser Mann in die Luft, so daß man unter seinem dunklen Bart den sehnigen Hals sah. Der Schauermann rief eifrig, während er auf ihn zu schlenderte:

»Beeil dich, Ingar – gleich siehst du was!«

Ich hörte nun den anderen fragen, was denn los sei. Aber Zottel machte nur ein paar seltsame Grimassen. Blinzelte und zeigte mit der fingerlosen Hand mehrmals in Richtung auf das kleine, weiße Haus.

Ingar tappte in ein Paar schweren Seestiefeln träge über die Straße. Und jetzt hörte ich den Schauermann, mit knochentrockenem Ernst und morgenheiserer Stimme etwas erzählen ...

Nun, er fand, er müsse Ingar als ersten davon unterrichten. Denn das war ja der springende Punkt – Kale Enersen war Ingars Onkel. Um der Wahrheit die Ehre zu geben, hatte er, Zottel, hier vor genau einer Viertelstunde mit einem Sack Leergut von der vorigen Woche herumgepusselt.

Ja, aber was zum Teufel hatte Ingar mit Zottels Leergut zu schaffen?

Nein, nein – *darum* ging es gar nicht. Er solle doch bitte vielmals entschuldigen. Sondern da gab's ja 'ne schlimmere Schweinerei. Nun mußte er aber zugeben, er hatte ein Messer, das war so stumpf, daß man bequem drauf sitzen konnte. Ja, und was sollte er dann nehmen? Aber weiß Gott, Kale war das Ganze leid, läßt sich einfallen, sich selbst ...

Gegraust hätt' es ihn, als er den Kopf durch die Tür steckte. Denn da hing wirklich Kale Enersen und baumelte unter –

Ingar raste mit einem kräftigen Fluch im Bart los. Der andere schlenderte hinterher, redete aber weiter, halb in meine Richtung.

Ich hörte nichts mehr. Ich lief ebenfalls von ihm weg und zur Tür hinein. Obwohl mir davor graute, diesen gehässigen Altmänneraugen zu begegnen ... Aber ich lief, wie gesagt, trotzdem.

Die Tür zu einer kleinen, halbdunklen Küche, in der einige Kupfer- und Blechutensilien glänzten, stand offen. Saurer Fischgeruch schlug mir entgegen. Ich blieb auf der Schwelle stehen. Denn ich sah schon ein Paar weiße verdrehte Augen, die mich direkt anstarrten. Da hing das kleine, wettergegerbte Männchen an einem Haken unter der Dachbodentreppe. Ingar war dabei, ihn abzuschneiden. Der Stuhl, den er benutzt hatte, lag noch umgekippt da.

Ich erbot mich zu helfen. Und ich nahm den Stuhl und wollte ihn darunterstellen. Da bat er mich zornig, es zu lassen.

Ich war einen Augenblick sicher, daß noch Leben in dem Alten war. Denn ich beobachtete einzelne seltsame Zuckungen, die den mageren Körper in dem schwarzen, verschlissenen Gehrock durchfuhren. Die Hände waren unter der Brust zusammengekrampft, als hätten sie den dicken Strick nicht zu erreichen vermocht. Seine Haltung war wie ein verzweifelter Schrei um Hilfe...

Eine unheimliche Empfindung befiel mich. Dieser menschliche Körper wartete augenscheinlich nur ungeduldig auf seine Befreiung von diesem Strick ... Um dann mit neuen angstwunden Blicken ins Leben zurückzukehren. Was, wenn er plötzlich herunterstiege und zu mir käme – meinen Arm ergriffe und mir ohne Worte das geheime Grauen des Todes zuflüsterte? Ich wünschte in diesem Augenblick wirklich, er wäre tot.

Da hörte ich das Seil reißen. In der nächsten Sekunde lag er steif und ohne ein Zeichen von Leben auf dem Boden. Ich wandte mich ab. Ich hielt es nicht aus, daß diese weißen, grauenvollen Augen mich anstarrten. Und ich sagte kurz:

»Herrje, drücken Sie dem Mann die Augen zu – Sie sehen doch, daß er tot ist!«

Der andere sah mich einen Augenblick mit mürrischer und fragender Miene an, als wollte er fragen, warum ich wohl in ein fremdes Haus eindrang. Schließlich aber legte er sich hin, riß den Rock des Mannes auf und lauschte an seiner Brust. Schüttelte dann leise den Kopf und schickte sich an, ihm die Augen zuzudrücken.

Jetzt kam auch der Schauermann dazu. Er fing an, auf lächerliche Weise Abbitte dafür zu leisten, daß der Verstorbene Farbe von der Wand getreten hatte – während er selbst nur in diesem Augenblick drau-ßen gewesen war. Dann wollte er unbedingt die Beine des Alten auf einen Stuhl gelegt haben. Denn wenn nun vielleicht doch noch ein Funken in ihm war?

Doch der andere verbot ihm barsch, den Toten zu berühren. Sie fingen an zu streiten und benutzten grobe Schimpfworte. Ich glaubte Kale Enersens geizigen Zug in Gesicht und Stimme des Neffen Ingar deutlich wahrzunehmen. Selbst der Blick war der gleiche kleinlich-gehässige. Ich konnte ihre brutale Gleichgültigkeit nicht fassen und eilte hinaus.

Draußen hatten sich schon einige Neugierige versammelt, die sich unter vernehmlicher Teilnahme durch die Tür drängten. Mir war unerklärlich, wie sich das Gerücht so schnell verbreitet hatte. Es kam mir beinah so vor, als würde Unglück in dieser Woche durch die Luft erahnt. Leute strömten aus den unglaublichsten Gegenden der Stadt zusammen.

Ich drängte mich durch die Schar. Doch jetzt fiel mein Blick plötzlich auf einen Menschen, der mich innehalten ließ ... Und ich wurde Zeuge eines recht seltsamen Auftritts, der die Gestalt des Toten für einen Augenblick vor einem dunklen Hintergrund aufleuchten ließ.

Denn mitten auf der Straße stand eine Frau mit zwei dreckigen Kindern an der Hand und gaffte mit einem merkwürdig versteinerten Lächeln zum Giebel hinauf. Zunächst aber muß ich noch etwas anderes erzählen ...

Ich erkannte nämlich dieses gelbbleiche Gesicht von früher wieder. Ich hatte die Frau an einem ganz anderen Ort und unter ganz anderen Umständen gesehen. Ich war durch Lien – den oberen Stadtteil – gegangen. Da wurde ein Kind überfahren. Ein fünfjähriges Mädchen in einem unglaublich zerschlissenen, grauen Kleid. Das Rad eines schweren Arbeitskarrens überfuhr ihre Beine. Sie hatte durch den Sturz auch eine häßliche Verletzung am Kopf davongetragen. Bei ihrem Geschrei strömten die Leute zusammen.

Eine Frau in einem alten, geflickten Rock, einer schmutzigen, roten Nachtjacke und mit verfilztem, schwarzem Haar drohte dem unglücklichen Fahrer. Ja, sie überschüttete ihn mit infamen Schimpfworten und heulte ... Ein paar wohlwollende Nachbarinnen wollten sie zum Schweigen bringen und wegziehen. Sie aber machte weiter und bekam schließlich einen Schluckauf vor Raserei ... Drohte mit ihren mageren

Fäusten dem Fahrer und wollte auf ihn zu stürzen, so daß man sie an den Armen festhalten mußte.

Ich hob das verunglückte Kind auf und trug es durch die jammernde Menschenmenge. Ein wichtigtuerisches kleines Mädchen um die zwölf zeigte mir den Weg, ungeheuer befriedigt über all das unerwartete Aufsehen.

Das enge, dunkle Kämmerchen, in das ich kam, gehörte zu einem Keller. Ich kann mich an kein elenderes Loch einer menschlichen Behausung erinnern. Das kleine Mädchen zeigte mir das Bett. Es war aus ein paar ungestrichenen Brettern zusammengenagelt und nur mit Lumpen gefüllt. Ich legte das verletzte Mädchen so vorsichtig wie möglich auf dieses harte Lager und sah mich verzweifelt um. Es gab kein anderes Mobiliar als einen Schemel, einen Stuhl und einen einfachen Holztisch. In einer Ecke stand ein Herd. Das war alles. Selbst jetzt im Juli herrschte hier feuchte, muffige Kellerluft.

Ich war gerade im Begriff, all diesem Elend den Rükken zu kehren, als man dieses halbverrückte Weibsbild hereintrug und sie auf den Boden legte. Sie hatte einen epileptischen Anfall bekommen. Sie kaute unablässig und knirschte mit den Zähnen, während ihre langen, mageren Arme herumfuchtelten.

Ich schickte nach einem Arzt und holte frisches Wasser. Schließlich kam sie zu sich. Einen Augenblick hielt sie sich die langen Arme vors Gesicht und wiegte den Oberkörper. Dann sprang sie plötzlich auf und sah wild umher. Ich wollte sie gerade bitten, sich etwas Ruhe zu gönnen, und ihr meine Hilfe anbieten, da schrie sie:

»Wer bist du?« und bedachte meine hellen Sommersachen mit einem giftigen Blick.

Ich sagte, wer ich sei und wie ich hierhergekommen war. Da zog sie mich zum Fenster und musterte mich mit einem scharfen Blick aus den stechenden, wassergrauen Augen.

»Ach so, *Sie* sind's«, sagte sie mit seltsamem Nachdruck auf dem vorletzten Wort. »Ich habe, kann ich sagen, darauf gewartet ...«

Dann ließ sie mich wieder los und stürzte sich rasend auf die neugierigen Nachbarn, die sich hereingedrängt hatten. Ihre Stimme war heiser und bellend. Sie schrie abgehackt und kurzatmig.

Was standen sie da und glotzten? Was – helfen? Klar doch. Tratschen und andere Schurkereien ... Deshalb waren sie gekommen. Ja doch. Als ob sie Hilfe brauchte von solchem Pack, das ihr jeden lieben Tag die Tür einrannte. Nee, hier waren wahrhaftig andere, weit feinere Personen, die sie kannte ... Sie nickte triumphierend in meine Richtung. Ja, sie verneigte sich sogar ungeheuer tief vor mir und nannte mich den *Leutnant*. Die Leute liefen lachend und johlend hinaus und riefen, jetzt habe sie wieder einen ihrer Anfälle. Sie trat verärgert nach dem letzten.

Ich entdeckte zwei kleine, zerlumpte, dreckige Kinder, die sich wimmernd in der Herdecke verkrochen hatten. Doch sie beachtete sie nicht, ging nur im Raum auf und ab, zitternd vor ohnmächtiger Wut. Sie sahen einen notleidenden, aber ehrlichen Armen gern tot, diese Schurken. Aber sie wollte leben ... nur aus Trotz ... um es ihnen zu zeigen. Ha, stammte sie vielleicht nicht von besseren Leuten? Sie hieß Jakobine und kam von einem Hof, der Gjenne hieß. Und dann dieses Teufelspack ... Ha, hätte doch ihr Mann noch gelebt. Zwar hatte sie mit Peder Olufsen nie einen guten Tag gehabt. Er trank wie ein Schwein und schlug sie ständig. Nein, aber – ein Mann war doch immerhin ein Mann. Und dann wären ihr jedenfalls solche Nattern wie diese am Haus erspart geblieben.

Ich beschäftigte mich indessen mit dem Kind, dessen geduldiges Jammern ab und zu von langen Schmerzensschreien unterbrochen wurde. Ich versuchte, ihr zerschlissenes Kleid etwas zu lockern, um der kleinen, zerbrechlichen Brust das Atmen zu erleichtern. Denn sie lag die ganze Zeit da und schnappte nach Luft. Und ich fragte Jakobine, ob sie nicht etwas Naphtha besorgen könne.

Sie antwortete mir nicht, sondern ging nur zu einem Bord. Dort nahm sie ein blaukariertes Bündel, das sie vorsichtig auf den Tisch legte. Und während sie es entknotete, ging ihr Mundwerk unaufhaltsam.

Naphtha, ha! – Nein, Doktor und Naphtha – das war nichts für arme Leute. Aber hier hatte sie etwas, das war besser als ein Doktor und Medizin. Sie entknotete etliche blaue und rote Tücher, die sorgfältig um ein ansehnliches Viereck aus Kalbsleder gewickelt waren. Es war ein deutsches Predigtbuch von 1713. Ehrfürchtig öffnete sie es mit unbeholfenen, zittern-den Händen. Ich las eilig folgenden Titel in Rot:

SUSCITABULUM CONSCIENTIÆ EVANGELICUM INTERPOLATUM

Dieses Buch hatte eine eigentümliche Wirkung. Sie verwendete es gegen Halsschmerzen und allerlei Krankheiten. Einfach das Buch auf die kranke Stelle legen ... Und sofort ging es den Kindern wieder gut.

Ich begriff, daß mit ihrer fixen Idee nicht zu spaßen war. Gleichzeitig brauchte das Kind rasche Hilfe. Und ich griff in meine Tasche. Ich hatte zufällig ein paar wenige Kronen bei mir – den Rest meines kleinen Monatslohns. Wie konnte ich einen Augenblick so töricht sein, in einem leeren Haus an Naphtha zu denken? Aber, aber. Nein, hier wohnten nichts als Hunger und Bitterkeit ... Vier unglückliche Menschenleben, gefristet in jämmerlichster Armut. Ich gab ihr, was ich hatte. Es war nicht viel. Doch dieses Geld brauchte ich selbst dringend. Ich mußte meine Waschfrau und meinen Morgenkaffee bezahlen ... Aber ich gab es ihr trotzdem. Gab es ihr voller aufrichtiger Opferbereitschaft.

Sie stieß mit einem bösen, verbitterten Lächeln um den Mund meine Hand weg. Ich legte das Geld auf den Tisch, fest entschlossen, es nicht mehr anzurühren. Da wurde sie rasend. Sie schrie, sie nehme Almosen nicht an.

»Nun gut«, meinte ich. Dann könne sie mir ja dafür dieses alte Buch geben. Niemals – das war ihr mehr wert als alles Gold der Welt. Ob sie es überhaupt verstand? Ha, das war egal. Es war das einzige, was sie von ihrem Elternhaus noch besaß ... Hier brach sie in trockenes, krampfhaftes Schluchzen aus.

Ich wollte hinauseilen und jemanden rufen. Ich hatte Angst, mit ihr allein zu sein, falls ihr Anfall wiederkäme. Aber da fuhr sie auf. Ob ich mich erdreistete, jemand von der Kainsbrut der Straße hereinzuziehen? Doch, sie würde es ihnen zeigen ... Und sie ballte die Fäuste und schrie. Gewiß war sie arm. Aber wer hatte mich darum gebeten, mich mit meiner Armenunterstützung hier hereinzudrängen? So, da hatte ich meinen schnöden Mammon zurück ... Sie warf das Geld auf den Boden. Ha, konnten all diese unverschämten Menschen sie nicht in Frieden hungern lassen? konnten sie sie nicht sterben lassen mit ihren armen Würmchen – oder wie? wollten sie ihr *das* jetzt auch verweigern?

Und sie schleppte das schwere Buch zu dem verstümmelten Kind. Sie wollte es unbedingt auf die schmerzenden, geschwollenen Beine legen ... Ich versuchte, sie davon abzuhalten. Schließlich kam der Arzt. Und ich ging. Ich hatte schon beinah eine Stunde im Büro versäumt.

In den folgenden Tagen war ich verhindert, diese unglücklichen Menschen, an denen mir so viel lag, aufzusuchen. Und als ich schließlich kam, fand ich die Tür verschlossen. Ich traf das kleine, zwölfjährige Mädchen, und sie sagte, sie seien erst gestern umgezogen. Aber sie konnte mir nicht sagen, wo sie wohnten. Dagegen erzählte sie mir, Jakobine trage die Nase sehr hoch und wolle nie etwas tun. Nur ganz selten gehe sie einmal hinaus zum Waschen. Mehr wußte sie nicht. Ich fragte auch einige andere nach ihnen. Denn an diesen Menschen lag mir wirklich viel. Aber nirgends wußte man etwas von ihnen.

Und dann vergaß ich sie schließlich.

Jetzt stand plötzlich mit ihrem gelbbleichen Gesicht und dem verbitterten Ausdruck um die bläulichen, dünnen Lippen diese Frau vor mir. Stand da und gaffte mit besinnungslosem Blick zum Giebel hinauf. Ich empfand es nahezu als eine Erleichterung von etwas, das mich lange und unbewußt gequält hatte. Und ich eilte auf sie zu, als ein junger Mensch, im schwarzen Anzug und auf einen dicken Stock gestützt, zwischen uns trat.

Er hatte einen stark gebeugten Gang, ein kränkliches Gesicht mit weißer, schweißiger Haut. Sein blauer Blick war unangenehm und irgendwie voller Lüge. Ich fühlte mich unangenehm berührt und blieb stehen. Woher kam dieses Gesicht? Es war so merkwürdig *bekannt*. Außerdem war noch etwas anderes an ihm. *Leichengeruch*. Da murmelte dieser junge Mensch vor sich hin und mit unnatürlich mitleidiger Stimme:

»Jaja, *der* kommt bestimmt in die Hölle ...«

Jetzt aber kam Leben in Jakobine. Sie ließ die Kinder los, die anfingen zu heulen. Ging auf den jungen Menschen los und schrie:

»Du kommst selber in die Hölle, du Lügner! Ha, als hätte ich nicht eben zugesehen, wie Kale Enersen als ein winziger Funken durch das Dach aufgefahren ist. Und geradewegs ins Himmelreich ist er gefahren ...«

Und sie schalt ihn weiter aus. Sie nannte ihn ein elendes, schleimiges Schellfischmaul. Ich mußte lächeln. Sein Gesicht hatte wirklich etwas davon. Sie schrie, er berausche sich an anderer Leute Tod und Begräbnis. Jetzt erinnerte ich mich auch, woher ich ihn kannte. Ich hatte ihn tatsächlich einmal bei einer Beerdigung gesehen.

Daraufhin aber hob er den Stock und stieß ein paar schreckliche Drohungen aus, die starken Eindruck auf sie gemacht haben müssen. Denn sie packte ihn am Schopf. Zog ihn an den Haaren rasend schnell im Kreis herum. Er warf sich auf den Boden, trat und schrie. Hierbei bekam er einen heftigen Hustenanfall. Ich sah Blut aus Nase und Mund stürzen. Die Leute lachten und brachten sie schließlich auseinander.

Ich ging mit ihren beiden kleinen Kindern weg und versuchte, sie zu beruhigen. Einen Augenblick sahen sie mich auch an und schwiegen. Aber im nächsten fingen sie wieder an zu heulen. Da kam sie. Und ich fragte:

»Kennen Sie ihn?«

»Oh, ich weiß schon, wer er ist ...«, sagte sie in trockenem, verschlossenen Ton.

Sie schüttelte die Kinder, um sie zum Schweigen zu bringen. Die aber heulten nur noch schlimmer. Da begann sie, sie zu streicheln und zu besänftigen.

Eine Stimme rief ihr jetzt zu, sie solle sich in acht nehmen, wie sie mit Leuten umgehe. Der junge Mann sei beinah krepiert.

Aber da schrie sie erneut los. »Der, sterben?« O nein. Der feige Schuft konnte doch keinen ehrlichen Tod sterben.

Beten und singen konnte er. Immer in der Nähe von Talar und Erbauung ... Anderen Schlechtes wünschen ... Und in seinem eigenen nahen, seligen Ende schwelgen – das gefiel ihm. Pfui, was für ein jämmerlicher Heuchler!

Kam er denn nicht her und wollte den seligen Enersen den bösen Weg schicken ... O ja, aber daraus wurde nichts. Dafür würde sie sorgen. Denn Enersen war nicht der Mann, für den ihn die Leute hielten. Hatte er ihr vielleicht nicht jedes Weihnachten ein Pfund Kaffee und zwei Weihnachtskerzen für ihre Kleinen geschickt? Und nicht einmal Dank hatte er dafür verlangt. Aber er hatte ja auch ihren Vater gekannt. Und hatte Achtung für den guten Stand, aus dem sie stammte.

»Wie geht es Ihrer ältesten Tochter?« fragte ich.

Sie antwortete mir zunächst nicht. Bedachte mich nur mit einem mißtrauischen Blick. Dann nahm sie die Kleinen bei der Hand und kehrte mir den Rücken, während sie wie nebenbei hinwarf:

»Das Mädel sitzt zu Hause, Mann. Kann sich nicht rühren. Sie haben ihr die Beine abgenommen. Das hab' ich Ihnen zu verdanken.« Dann trollte sie sich.

Folgendes ist mir erzählt worden:

An Kale Enersens Begräbnistag hatte sich Jakobine am Kirchenportal postiert. Als der Trauerzug kam, verneigte sie sich dreimal sehr tief und ehrfürchtig vor dem Pastor und wollte ihm unbedingt ein gewaltiges Buch in Kalbsleder überreichen. Es sollte oben auf dem Sarg liegen. Als er dies jedoch ablehnte, wurde sie wütend und wollte ihm das Buch auf den Kopf schlagen. Im selben Moment fiel ihr Blick auf den bleichen, schwindsüchtigen Jüngling im Trauerzug. Sie vergaß das Buch und ging jetzt auf ihn los, der sich ängstlich unter dem Leichenwagen verkroch. Zwei Männer mußten sie halten, bis die Beerdigung vorbei und das Grab zugeschüttet war.

Aber in der halbhellen Sommernacht erschollen seltsame, klagende Laute vom Friedhof. Es klang wie Choralgesang, wie Seufzer von Menschen, die sich in schwerem, hoffnungslosem Schmerz winden. Wie wahnwitziges Heulen von Seelen in äußerster Angst. Leute, die dort vorbeigingen, schauderten und bekreuzigten sich.

Am nächsten Tag morgens gegen fünf hatte der Totengräber Jakobine auf dem Grab des Verstorbenen sitzend gefunden. Dort sah es nun ziemlich sonderbar aus. Denn die Kränze, die gestern daraufgelegt worden waren, hatte sie in eine Ecke geworfen. Sie selbst hatte zwei zerzauste Stiefmütterchen und einen Goldregenzweig hineingesteckt. Diese hatte sie von einer Grabstätte in der Nähe gestohlen. Außerdem hatte sie das merkwürdige Buch mit dem Kalbsledereinband ans Ende des Grabhügels gelegt. Und rundherum hatte sie im Sand eigentümliche Zeichen und Striche gemacht.

Sie selbst aber saß auf dem Grab und sang einige langsame Choräle aus Guldbergs altem Choralwerk. Und in der Hand hielt sie einen brennenden Kerzenstummel.

JANUAR 1899

Asser Hein

Asser Hein ist ein eigentümlicher junger Mensch. Ich bin ihm nur ein einziges Mal in meinem Leben begegnet – in der Nacht, von der ich erzählen will.

Er ist einundzwanzig Jahre alt, von schlankem Wuchs, mit starkem, regelmäßigem Körperbau. Das Haar von hübscher, unbestimmbarer blonder Farbe – einem Goldton nahekommend. In einem weichen Gesicht von ganz eigener zarter, kindlicher Schönheit brennen zwei nervöse, schwarzgraue Augen. Sie können zuweilen ein unheimliches Funkeln wie von Phosphor annehmen. Ich habe diese Feuerblicke gesehen. Aber davon später.

Als Eigentümer des Gutes *Hein* in der Nähe kommt er ab und zu in Geschäftsangelegenheiten hier in die kleine Stadt. Diese Fahrten sind in der letzten Zeit häufiger geworden, wird erzählt. Er pflegt dann im allgemeinen einen Teil der Nacht im Hotel zu bechern, mit wem es sich gerade trifft. Bei einer solchen Gelegenheit begegnete ich ihm.

Er ist verheiratet mit einer sehr reichen Dame, die fünf Jahre älter ist als er. Leute erzählen, sie sei ungewöhnlich klug und gebildet. In ihrer zweijährigen Ehe haben sie keine Kinder.

Ihr Haus soll luxuriös ausgestattet sein. Man erzählt von einem Saal, dessen Deckenstukkatur kunstvoll ist und dessen Wandmalereien schon Tausende gekostet haben sollen. Doch er wird nie fertig.

Ich habe seine Frau selbst gesehen, am selben Tag. Es war nachmittags gegen fünf. Es begann zu dämmern. Eine dunkle, steinblaue Wolkendecke lag bewegungslos über dem Himmel. Aber von einer Linie im Westen aus zog sich ein schwefelgelber Unwetterstreifen über das Wasser. Die öde Straße und die Hauswände lagen im drohenden Schein des sterbenden Tages gewissermaßen schlafend da. Und in der Mitte der Straße vor dem düsteren Eingang des Hotels war eine elegante Equipage abgestellt.

Im selben Augenblick, als ich in diesen Eingang einbog, in dem immer ein säuerlicher, leichtsinniger Geruch von Spirituosen stand, kamen ein junger Mann und eine schwarzgekleidete Dame heraus. Die Gewißheit erfüllte mich mit Angst: Sie waren es. Ich blieb im Dämmerlicht des Eingangs stehen und beobachtete sie. Sie hatte ein vornehmes Gesicht – vielleicht etwas kränklich spitz und blaß. Ich konnte es nicht deutlich sehen. Aber mir fiel mit Bestimmtheit auf, daß ihr Blick ihn die ganze Zeit suchte, als sie in den Wagen stieg. Dann umarmte und küßte sie ihn heftig, als käme eine lange Trennung auf sie zu. Und ich hörte sie mit inniger, etwas trauriger Stimme sagen: »Bleib nicht so lange – du weißt, ich warte!«

Er nickte nur still und ungeduldig. Ich sah, wie er sich mit mißvergnügtem Gesichtsausdruck abwandte. Der livrierte Kutscher schlug die Wagentür zu und setzte sich auf den Bock. Ich hörte den Wagen davonrollen und ging eilig hinein. Eine müde Bedrücktheit hatte meine Nerven gefangen.

Jetzt hatte ich sie ja endlich gesehen, sie, über die so viel geredet wurde. Davon leitete sich also dieses unglückliche Gefühl her, das mich den ganzen Tag hindurch – seit ich am Morgen aufgewacht war – bestimmte. Ich soll *ihnen* begegnen ... Denn ein seltsamer Druck lag über der Herzgrube. Und zugleich war das Blut heftig in Wallung: Es rauschte in meinem Gehirn. Dieses kranke Gefühl war, wie gesagt, gegen fünf so stark, daß es mich hinaus und zum Hotel trieb.

Gewöhnlich besuchte ich es nie zu dieser Zeit des Tages. Ich aß nur meine Mahlzeiten hier. Als es zu diesem Vorfall kam, hatte ich mich nämlich schon einige Zeit in der kleinen Provinzstadt aufgehalten. Ich hatte hier etwas zu erledigen – was, ist gleichgültig. Ich kannte nicht viele Leute in der Stadt. Doch es gab eine Person, um die man nicht herumkam. Dieser Mann kannte alle Neuankömmlinge: selbstverständlich also auch mich.

Es war der Apotheker Dreng. Ich erwähne ihn, weil er mich an ein Menschenleben binden sollte, das ich als Ausdruck bestimmter unerklärlicher Triebe bei mir selbst empfinde. Mich mit diesem Menschen verbinden sollte, ein paar angsterfüllte Augenblicke lang ...

Als ich ins Café trat, winkte er mir zu. Er saß an einem Tisch mit einigen anderen. Apotheker Dreng wirkte im höchsten Grad enervierend und widerlich auf mich. Seine schwere, zusammengesunkene Gestalt und die fette, schleimige Stimme erzählten von ausdauerndem nächtlichen Zechen. Er war immer schlampig gekleidet und trug einen langen, unordentlichen Bart. Hinzu kam, daß er nie ganz nüchtern war.

Diese Person war im Café ständig zugange. Er ließ sich gern von seinen vielen Bekannten einladen, denn er übte auf sie eine bemerkenswerte Anziehungskraft aus. Worin sie bestand, weiß ich nicht. Ihm mangelte es völlig an jeder Art von seelischer Bewegung. War das interesseloseste und nichtssagendste Individuum, auf das ich je getroffen war. Die absolute Leere. Seine Geschichten reduzierten sich auf eine einzige, von der er viel Aufhebens machte. Sie handelte nichtsdestoweniger nur von einem Zahn, den er einst – bevor die Stadt einen Zahnarzt bekam – einer dänischen Schauspielerin gezogen hatte, während sie schwanger war. Und er behandelte diese harmlose Geschichte mit einer Geheimnistuerei und einer Dezenz, die unglaublich komisch wirkten. Außerdem hatte er den naivsten Respekt vor jeder Autorität. Und verfügte außerdem über eine Menge Hintergrundwissen zu jeder seiner Bekanntschaften.

Die hingegen, die außerhalb seines Kreises standen, behandelte er mit einer so bornierten Verachtung, daß sie mich vor Zorn beben ließ. Gleichwohl übte dieser Mann einen seltsamen Einfluß auf alle aus, die mit ihm in Berührung kamen.

Dies ist allerdings gleichgültig. Ich erinnere mich an ihn nur, weil er mit dieser Geschichte etwas Besonderes zu tun hat. In ihr scheint er mir nämlich merkwürdig bestimmend gewesen zu sein. Obwohl ich weiß, daß er in dem verhängnisvollen Augenblick, als das passierte, wodurch ich für mein ganzes Leben beschädigt bin, gar nicht anwesend war ... Aber er ist für mich der böse Schatten des Horroraugenblicks. Ich glaube, er war es, der die geheimen Federn in Bewegung setzte. Diesen unsichtbaren Mechanismus, der die Katastrophe herbeiführte und einen blutroten Schein des Grauens über die Nacht, den Ort und die Menschen warf.

Ich ließ mich am Tisch des Apothekers nieder. Ich erinnere mich nur noch an einen der zwei Männer, denen er mich vorstellte, einen Holzhändler Malo. Der Apotheker flüsterte mir ins Ohr, er sei von finnischem Blut. Er sah auch sehr dunkel und listig aus, dieser Malo. Kräftig und untersetzt, ein wenig dick und übernächtigt in seinem dunkelhäutigen Gesicht mit den breiten Kieferknochen. Er machte jedoch manchmal einen gutmütigen Eindruck.

Apotheker Dreng trank unaufhörlich. Mir fiel ein, daß er gottesfürchtig war. Vielleicht litt er unter der unbestimmten Furcht, daß er in einem nüchternen Augenblick seinem Herrn und Meister von Angesicht zu Angesicht gegenübergestellt würde.

Gleich nachdem ich mich gesetzt hatte, ging der junge Mann, den ich eben gesehen hatte, durch den Raum. Er hatte einen stolzen, weichen Gang.

Der Apotheker stand mit einer demütigen Verbeugung auf. Sofort kam etwas Feiges, Kriecherisches über diesen Wichtigtuer. Er wagte zunächst nicht, ihn anzusprechen, was seine Frechheit sonst zuließ.

Der junge Mann blieb stehen und warf einen scheuen Blick zu unserem Tisch. Es war, als überlegte er einen Augenblick. Kam dann rasch und grüßte etwas reserviert und kühl. Der Apotheker wollte vorstellen. Er aber unterbrach ihn und wandte sich uns zu. Ich war ungeheuer gespannt darauf, seine Stimme zu hören. Denn ich war sicher, sie würde sympathisch und weich klingen. Ich empfand sie deutlich durch bestimmte Züge am Mund – einen hellen, gedämpften Alt. Und doch ängstigte ich mich davor, diese Stimme zu hören, wie vor einem Todesurteil. Schließlich sagte er etwas schnell und nervös, den Blick starr auf mich gerichtet:

»Mein Name ist Asser Jonssen Hein. Gestatten Sie, meine Herren?« – Und er nahm Platz.

Es zuckte in jeder Faser meines Körpers. Ich tastete nach meinem Glas und versuchte zu trinken. Denn das hier war so seltsam ... Ich traute meinen Sinnen nicht mehr. Es war, als ob ich mich selbst verlor und in eine momentane Verwirrung hineinglitt. *Kannte* ich nicht diese Stimme? Wo hatte ich sie gehört? Ich konnte mich nicht erinnern ... Da erhob ich mich willenlos von meinem Stuhl und sagte die sinnlosen Worte:

»Ich bin sehr dankbar ...«

Was war das? – Dieser Druck über der Herzgrube, dieses Rauschen im Hirn. Ich mußte mich an der Wand abstützen. Meine Stimme, o Gott! meine eigene Stimme hatte ich gehört.

Der Apotheker stand auf – ebenso die anderen. Sie wollten mir helfen. Sie glaubten, ich sei krank. Es dauerte nur einen Augenblick. Dann setzte ich mich wieder, wobei ich in gleichgültigem Ton äußerte, es komme mir hier nur etwas stickig vor.

Die anderen kamen bald wieder in Stimmung. Der junge Gutsbesitzer aber verhielt sich still. Betrachtete mich nur mit einem unverwandtem Blick, der jeden dunklen Winkel meiner Seele zu durchforschen schien. Dann jedoch leuchtete einmal ein eigentümliches Phosphorfunkeln in seinen Augen auf. Und er fragte mich plötzlich mit einem erinnernden, undeutlichen Lächeln:

»Wo habe ich Sie getroffen? Ich meine, ich kenne Sie.«

Ich verneinte dies.

Wieder dieselbe Stimme, derselbe zitternde Angstschauer. Die Beklemmung nahm zu. Ich entzog mich. Er rückte hinterher. Ich versuchte, aufzustehen und wegzukommen. Er aber drückte mich vorsichtig wieder auf den Stuhl. Und er sagte mit großem Ernst und einer Stimme, die ich selbst in bestimmten traurigen Augenblicken anzunehmen pflege:

»Wir beiden werden bestimmt Freunde. Geben Sie mir Ihre Hand?«

Ich reichte sie ihm widerstandslos und sah mich verwirrt um. Nur Malo saß noch da und betrachtete uns aufmerksam. Der Apotheker war weg. Er schlich sich gern davon, wenn es auf die Essenszeit zuging. Man behauptete, er fürchte ebensosehr den Zorn seiner Frau wie den Augenblick, in dem er nüchtern wurde.

Die Abendtafel war voller fremder Menschen. In der Stadt war Pferdemarkt. Gaukler, Pferdehändler und Verkäufer aller Art waren hierhergezogen. Und außerdem etliche andere, die keinen offensichtlichen Zweck verfolgten. Zwielichtige Personen, die sich ziellos herumtrieben und von denen niemand wußte, woher sie kamen.

Hier drinnen im Speisesaal war ein unerträglicher Dunst von grobem, nassem Stoff. Denn draußen hatte es zu schütten begonnen; es war am Anfang eines feuchten Oktobers. Lautstarkes Prahlen und treffende Bemerkungen zu den diesjährigen Pferdepreisen rundherum.

Ich konnte nicht essen, sondern beobachtete nur scharf Asser Hein. Er saß schweigend neben mir und nahm von mir augenscheinlich nicht einmal Notiz. Er schien auch keinen übertriebenen Appetit zu haben. Führte nur ab und zu die Gabel an den Mund und trank einen Schluck Bier. Plötzlich drehte er sich mit dem alten, forschenden Blick zu mir.

»Sie denken daran zu gehen?« fragte er mit einem unruhigen Lächeln.

Ich streite es nicht ab, das frappierte mich. Also deshalb konnte ich nicht essen ... Jetzt begriff ich auf einmal die kranke Unruhe, die mit einer unklaren Frage in meinem Bewußtsein geglommen hatte: *Ich wollte vor diesem Menschen flüchten.*

Sofort fügte er freundlich und einschmeichelnd hinzu:

»Das sollen Sie nicht. Ich lade Sie ein in mein Zimmer; ich bleibe nämlich heute nacht hier.« Und er neigte sich ein wenig zu mir und flüsterte:

»Es ist vielleicht das erste und letzte Mal, daß wir uns treffen. Eine neue Bekanntschaft kann oft ihren Reiz haben.«

Lauter fuhr er mit einem Anstrich persiflierter Animosität, wie ich ihn von mir selbst kenne, fort:

»Sie brauchen keine Angst zu haben, daß wir uns langweilen. Herr Malo kommt bestimmt mit? womöglich auch seine Bekannten?«

Er lachte kurz. Selbst Mienenspiel und Bewegungen schienen jetzt mir zu gehören. Ich dankte ihm bestürzt und sah zu Malo am Ende des Tisches.

Dieser redete eifrig mit zwei Männern von etwas über zwanzig, die uns gegenüber saßen. Der eine war dunkel mit einem mageren, scharflinigen Gesicht, das keineswegs unschön war. Es lag jedoch ein gewisser düsterer Ausdruck darin, der abstoßend wirkte. Außerdem hatte es einen bestimmten Zug, mit dem man nicht fertig wurde: einen Raubvogelschnabel.

Der zweite sah ein paar Jahre jünger aus. Er hatte eine widerliche, blasse Visage, flache, gedehnte Nasenlöcher, eine grobe, hornartige Haut. Seine Augen flackerten unaufhörlich. Ich konnte seinen Blick nie einfangen. Er war so sonderbar schwimmend und die Augenfarbe unbestimmbar. Einen so lasterhaften und lichtscheuen Eindruck hat kaum jemand auf mich gemacht. Ich konnte mich nicht erinnern, diese Menschen beim Essen gesehen zu haben. Sie mußten gerade gekommen sein.

Sie schienen sehr stark angeheitert zu sein. Die Branntweinkaraffe ging auch zwischen ihnen fleißig von Hand zu Hand. Besonders der Letztgenannte war äußerst lustig. Allerdings empfand ich diese Munterkeit als Maske, die seine offenbar schlechten Gedanken verdecken sollte. Denn seine flackernden Augen verfolgten mich weiter. Ich spürte, wie sein Blick unruhig auf mir lag, wenn ich wegsah. Und ich sah am liebsten weg. Ich hegte eine merkwürdige Furcht davor, ihm zu begegnen.

Malo dankte und stellte eilig über den Tisch hinweg vor: Hoel-Hansen und Svante. Sie wollten aufstehen. Doch Asser Hein machte eine abwehrende Handbewegung und fing plötzlich ein lebhaftes Gespräch an. Was mir nach seinem vorigen langen Schweigen reichlich unmotiviert vorkam. All dies mißfiel mir. Es wirkte beinah wie ein geheimes Spiel. Als kennten die übrigen einander und wollten mich jetzt in eine gemeine Falle locken.

Da sah ich auf und erhaschte einen Blick aus Svantes flackernden Augen. Ich zog den Fuß an mich, als wäre ich von einem giftigen Insekt gestochen worden. Ein häßlicher Schauer durchrieselte mich. *Schlangenaugen.* Schlangenaugen nannte sie der Volksmund. Endlich sah ich nun seine gefährlichen Augen, die gewissermaßen ständig auf Beute lauerten. Sie waren gelb und schleimig. In der Tiefe war dieses Schlangengelb ins Orangefarbene gesteigert. Und rund um die Netzhaut verlief ein scharfer und gezackter, schwarzer Rand.

Im selben Augenblick standen sie vom Tisch auf. Ich war jetzt fest überzeugt davon, daß etwas Böses passieren würde. Nichtsdestoweniger folgte ich ihnen willenlos. Obwohl mich niemand mehr nötigte und ich ausgezeichnet ungesehen hätte entkommen können.

Das Hotel war ein altes Steinhaus. Eine dunkle, feuchte Treppe führte hinauf in den ersten Stock. Die langen, unebenen Korridore waren erbärmlich beleuchtet und in der Mitte mit einem ziemlich schäbigen Kokosläufer belegt. Wir standen vor einer Tür. Asser Hein öffnete sie und ließ die anderen hineingehen. Nur ich zögerte noch, das Zimmer zu betreten.

Ich stand da und starrte auf die Nummer. Nr. 13. Ich erinnerte mich, daß ich selbst in der ersten Nacht, in der ich in dieser Stadt schlief, das Zimmer nebenan gehabt hatte. Daß ich mich jedesmal sehr unglücklich gefühlt hatte, wenn ich an der Nr. 13 vorbeiging, deren Tür ständig offenstand. Das Zimmer war damals nämlich unbewohnt. Natürlich – alles hatte seine volle Richtigkeit. So mußte es ja notwendigerweise enden. Und einmal kam ja doch dieser Augenblick.

»Sie sehen die Nummer an?« sagte Asser Hein lebhaft. »Ich verstehe Sie. Ich interessiere mich auch sehr für Nummern. Besonders für diese. Ich liebe sie geradezu.«

Er schubste mich sanft zur Tür hinein. Dann zog er mich in eine Ecke und fuhr fort:

»Die Sache ist nämlich die, daß ich hier immer etwas erlebe. Ja, mißverstehen Sie mich jetzt nicht. Ich meine nur, hier habe ich doch ein bißchen Abwechslung. Und außerdem den einzigen Ort, wo ich mich richtig zu Hause fühle. Nanu, Sie frieren? – Nun, hier ist es auch wirklich kalt ...«

Er klingelte nach dem Diener, und unterdessen hörte ich ihn ununterbrochen mit einer Stimme sprechen, die auf den Punkt meiner eigenen glich:

»Wir haben offenbar viele gemeinsame Interessen. Sie haben Ahnungen – stimmt's? Sehen Sie, ich rate richtig. Da war die Sache mit der Nummer. Höchst merkwürdig. Ich habe selbst oft sehr genau Vorahnungen bei bestimmten Zahlen. Ich hatte zum Beispiel eine Aversion gegen 5 und 8. Von 13 ganz zu schweigen. Aber 11 und 2 sind auch sehr unglückliche Zahlen – Sie verstehen?

Ach was, außerdem ist es formidabler Blödsinn, das Ganze. Geistesschwacher Nonsens für Frauenzimmer im neunten Monat – hören Sie? Aber ich sage –: Mit unserer Bekanntschaft ist es etwas anderes. Ich glaube, sie war keinesweg zufällig. Wissen Sie – Sie sind mir aufgefallen, gleich als Sie im Eingang an uns vorbeigingen. Sie hatten etwas, das mir so *bekannt* vorkam. Nein, nein, spielen Sie jetzt nicht den Furchtsamen ... Wovor haben Sie Angst?«

Jetzt stand der Diener in der Tür. Asser Hein verlangte in heftigem, rücksichtslosem Ton, daß der Ofen geheizt würde. Außerdem bestellte er ein paar Flaschen *Pommery sec*. Dann wandte er sich wieder an mich.

Ich saugte mit der Begierde eines Hungernden jedes seiner Worte auf. Sie erschienen mir im Augenblick im Besitz eines außerordentlichen und mystischen Wertes. Ich lauschte in ängstlicher Spannung der kleinsten Farbschattierung, der unbedeutendsten Nuance seiner Stimme. Es war mir sehr daran gelegen, eine einzige winzige Nichtübereinstimmung mit meiner eigenen zu finden. Aber nein. Nicht ein einziges Mal versagte sie. Nur wurden alle Worte geläutert und ideal in seinem Mund. Sie glitten so kühl-melodisch über seine wohlgeformten Lippen. Das war die einzige Differenz, die ich entdecken konnte.

»Sie sehen mich so an – stimmt etwas nicht an mir? Nun ja. Das glaube ich übrigens nicht.«

Da sammelte ich all meine Energie und murmelte, den Blick unablässig auf ihn gerichtet:

»Ihre *Stimme* ...«

Er fuhr zusammen. An einem Mundwinkel stellte sich ein schwaches, krampfhaftes Zucken ein. Er wich meinem Blick aus. Ein paar Augenblicke lang stand er schweigend da. Er war augenscheinlich unangenehm berührt. Dann sagte er lächelnd, wobei er mir vertraulich die Hand auf die Schulter legte:

»Aha – das hat sie auch verblüfft? Dies ist meiner Aufmerksamkeit keineswegs entgangen. Ich wußte es augenblicklich, als ich Sie sah. Sie mußten notwendigerweise das gleiche Organ haben wie ich. Und, wäre das so merkwürdig? Wissen Sie – mir geht mehr und mehr auf, daß wir beiden füreinander unentbehrlich sind. Wir ergänzen einander im Wesen. Meine Gefühlswelt ist Ihre und umgekehrt. Ich denke die gleichen Gedanken – stimmt's? Warum bilden Sie sich nur ein, ich wäre so verdammt unintelligent? Wer hat das gesagt? – Sie hören ja, ich bin viel gereist, habe viel gesehen. Aber wenig erlebt. Ja doch. So ist es – stimmt's?«

Ich wich einen Schritt zurück. Mein ganzes Inneres revoltierte dagegen. Ich wollte nicht ... wollte nicht mein empfindsames Seelenleben mit jemandem teilen. Und jetzt kam da plötzlich ein aufdringlicher, ein wahnsinniger Mensch und sagte, all dies sei ursprünglich *seines*. Allein der Gedanke war mir widerwärtig.

In diesem Augenblick kam der Diener zurück. Asser Hein ließ mich los und stürzte auf ihn zu:

»Ist das eine Art zu servieren? Sagte ich nicht, *augenblicklich*?« Griff sich dann ein Champagnerglas, zerbrach es mit den Fingern und schleuderte die Scherben mit einem kalten Lachen in die Ofenecke.

Der Diener stammelte etwas zur Entschuldigung und stellte das Tablett ab. Ein Mädchen kam herein, um den Ofen zu heizen. Sie sah uns verstört an und beeilte sich sehr. Aber Asser Hein wandte sich ruhig an seine Gäste, als wäre nichts geschehen, und sagte in äußerst liebenswürdigem Ton:

»Sie vergessen zu rauchen, meine Herren? Hier sind ein paar ganz gute Hamburger Zigarren. Gerade heute besorgt.«

Als der Diener sich entfernte, entstand an der Tür merkwürdiger Lärm. Ich sah drei, vier Männerköpfe draußen und hörte den Diener schimpfen. Dann schlüpfte der Apotheker herein. Die Tür blieb offen.

Ein breitschultriger, graubärtiger Mann drängelte sich vor und wollte herein. Er sah aus, als wäre er erheblich betrunken. Der Kellner protestierte und versperrte ihm den Weg. Der Mann ballte seine gewaltige Faust zum Zimmer hin und brüllte, er werde die Kerle kriegen, die ihn gestern im *Oplandsken* beklaut hätten. Und er ließ die Faust dem Kellner auf die Schulter fallen und schüttelte den schmächtigen Burschen.

Malo ging zur Tür und nickte den beiden Fremden zu, die lautlos an die gleiche Wand glitten. Svante gab darüber hinaus Malo ein Zeichen, ihre Anwesenheit nicht zu verraten.

»Was willst du, Ketil Klo?« fragte er ruhig.

»Was ich will? Mein Geld will ich ham, sag' ich.«

»Was redest du! hier hat keiner dein Geld gestohlen.« Malo schloß plötzlich die Tür.

Und Apotheker Dreng lachte und sagte etwas in der Richtung, daß Bauer Klo immer außer Rand und Band sei, wenn er trank. Ich hörte den wütenden Mann draußen an der Tür rütteln und auf den Boden stampfen. Alle standen lauschend da; ein peinliches Schweigen hatte nach diesem unerwarteten Besuch um sich gegriffen. Draußen auf dem Gang hörte man dumpfe, unsichere Schritte, betrunkene Stimmen und Gelächter. Dann wurde es ganz still.

Es war hier drinnen seltsam unangenehm. Ein kalter, heftiger Herbstregen schlug gegen die Scheiben. Die heulenden Sturmböen fegten gegen die Hauswand und drangen mit dünnem Pfeifen durch den Schornstein. Ich sah mich frierend um. Es war nichts Apartes an dem Zimmer. Es sah genauso aus wie jedes Hotelzimmer – allerdings etwas größer als die meisten. Langweiliges rotes Plüschmobiliar, hochrote Wände. Es machte nahezu den Eindruck von Verlassenheit, Leere. Nichts Besonderes. Doch in einer Ecke hing ziemlich niedrig ein kostbarer Elfenbeinspiegel – ein Kuriosum für eine nackte Hotelwand. Er war mir sofort ins Auge gefallen. Denn um sein Glas verlief ein Fries aus grotesken Menschen- und Tiergestalten, die in meiner Erinnerung immer frisch bleiben werden. Ich wählte für mich augenblicklich diese Ecke aus. Sie bekam eine lebendige, mystische Macht über mich.

Wie lange diese unangenehme Stille dauerte, weiß ich nicht. Sie wurde indessen auf seltsame Weise unterbrochen. Irgendwo erscholl gedämpft eine hohle Stimme – wie aus einem Sack Wolle heraus.

»Im Namen des Gesetzes – aufmachen!«

Eine eigentümliche, stille Bewegung bemächtigte sich aller. Sie sahen einander an. Nur Malo schlich sich vorsichtig zur Tür und öffnete sie. Dort war niemand.

Da stimmte der Apotheker ein brüllendes Gelächter an. Er rief wiederholte Male, Malo sei ein vortrefflicher Bursche. Ich begriff jetzt, daß der Holzhändler sich im Bauchreden übte. Indessen fanden die beiden Fremden diesen Scherz sicher äußerst unpassend. Obwohl sie gezwungen lachten.

Man erwachte gewissermaßen aus einer langen Versteinerung und begann zu trinken und zu lärmen. Malo beherrschte mehrere bemerkenswerte Kunstfertigkeiten bis zur Vollkommenheit. Er konnte *doppelt* durch ein Zimmer gehen. Konnte Karten an der Wand zeigen und einen Stuhl zum Hüpfen bringen. Ich machte mir nicht viel aus all seinen Schwarzen Künsten. Am ehesten war der Apotheker sein Bewunderer. Vielleicht war nichts Böses in diesem Menschen. Aber ich wurde mir auch nie klar über ihn.

Asser Hein zog mich wieder zum Fenster, entfernt von den anderen, und fing an:

»Sehen Sie, genau *das* wollte ich sagen ... Sie geben sich als ein sehr nervöser Mensch – stimmt's? Erheblich intuitiver als die Leute um Sie herum. Nun, und? Sie sollten sich nur auf Ihre Beobachtungsgabe nicht allzu fest verlassen. Es könnte leicht passieren, daß sie Sie betrügt. Aha. Jetzt lächeln Sie wieder überlegen?«

Ich protestierte.

Doch er sprach weiter in dem gleichen in sich gekehrten Ton, der mein eigener war – nur etwas kühler und spöttischer:

»Sie finden mein Gesicht ansprechend? meine Person? Ich weiß es ... ich weiß es.« Er schloß halb die Augen und nickte. »In meiner Familie gibt es nur Schönheit. Nichts anderes. Schönheit ist zwar keine Begabung. Aber sie ist ein Zeichen, eine Offenbarung. Gut, ich habe die äußere Schönheit. Sie die innere. Doch, doch; ich will bescheiden sein. Ich bin bloß Ihre Außenseite. Gönnen Sie mir ein wenig von Ihrem Überfluß, dann gebe ich Ihnen dafür alles von mir!«

»Aber das ... das ist doch unmöglich!« stammelte ich.

Er schloß die Augen ganz, warf seinen schönen, starken Kopf zurück und lachte.

»Haben Sie das wirklich einen Augenblick geglaubt? Haben Sie es geglaubt? Nun ja, es gehört wahrhaftig nicht viel dazu, Sie zu verwirren. Nein, aber Sie könnten mir ab und zu ein paar Momente opfern. Einfach versöhnlich an mich denken. Aber denken Sie nicht zu viel. Das ist womöglich nicht von Vorteil. Wie auch immer – ich bin einsam, und ich bin dankbar. Ich habe so vieles probiert und freue mich am Kleinen. Ich will Ihre Gedankenwellen empfinden. Ich will mich an ihnen freuen, weil ich weiß, sie sind aufrichtig. Weil ich glaube, sie kennen keinen *Neid*. Doch, doch. Sie sind ja nicht wie diese anderen, die zu mir kommen, um zu fressen und zu saufen. Um mich zu bestehlen. Ach, ich wäre ja selbst am liebsten gut. Ich wäre am liebsten, sage ich. Aber ich bin es nicht immer.«

Seine Stimme bekam jetzt einen weichen, beinah einfältigen Klang, der besonders bezaubernd wirkte. Und er fuhr fort:

»Hören Sie, ich will etwas erzählen. Ich ging einmal vor langer Zeit daheim über eine Weide. Es war in einer Januarnacht kurz vor elf. Mondhelle Luft, weiße Flächen mit eisglänzendem Harsch. Und mitten auf der Ebene eine einsame Scheune mit schrägen, nachgebenden Wänden – so wie man sie früher hatte. Aber hoch oben zum Zenit hin bestrich das kalte Nordlicht den Himmel mit grünen und roten Flammen.

Da sah ich die Menschheit auf diesem Weg ... Ein Eishauch jagte über die Ebene. Das weiße Mondlicht gefror. Und schlotternd vor Kälte, in den schäbigsten Lumpen, zogen sie alle denselben Weg nach Norden ... in die Einöde. Sie gingen dort, gekrümmt von Hunger, Mühen und Not. Sie gingen dort bitter, ohne einander zu kennen. Mit Blicken voller Haß und Angst. Aber die Scheune mit den alten, nachgebenden Wänden war eine köstliche Kornkammer. Dort lag Korn für Millionen von Jahren ... Millionen von Mündern. Ich sah dort plötzlich das wachende, gierige Auge meines Vaters. Einzelne versuchten einzubrechen. Doch das Auge hohnlachte. Und diese Dummdreisten wurden augenblicklich von Tausenden mißgünstiger Hände in dem langen Zug ergriffen. Wurden jämmerlich ausgepeitscht ... in Stücke gerissen, totgetrampelt. Ein gieriges Murmeln von all den bösen Trieben in der Menge erscholl. Und der Zug rollte weiter nach Norden ... in die Einöde ... unzählige Jahre hindurch. Aber am Wegrand standen wir – die Besitzer der Kornscheune – wir, die Privilegierten, und lachten. Trieben den langen Zug mit Stockschlägen weiter.

Ich starrte hinaus in die weiße Mondluft. Ich sah das zitternde, grüne Nordlicht mit den rötlichen Flammenspitzen. Und ich dachte daran, daß ich, indem ich lebe, täglich jemandem Unrecht tue. Damals war ich noch nicht verheiratet, nein. Ich fand es schon bitter, daß nicht alle Welt satt und fröhlich war wie ich selbst. Na, als ob der Mangel an Brot das einzige Unrecht wäre ...

Nein« – er ergriff meine Hand und sah mir in die Augen – »aber warum nagt immer dieser infame Zweifel hinsichtlich meiner Absichten an Ihnen? Glauben Sie etwa, das entginge meiner Aufmerksamkeit? – Durchaus nicht. Ich räume sehr gern ein, daß die nicht immer so fleckenlos und rein sind. Ich gestehe sogar, daß sie schlecht sind. Aber heute abend müßte Ihnen Ihre Intuition sagen, daß Sie auf der falschen Fährte sind. Denn im Augenblick bin ich gut – zumindest indifferent. Es klebt wirklich kein Schmutz an meinen Wünschen.«

Ich fühlte mich demütig und voll aufrichtiger Ergebenheit. Er hatte mich *durchschaut*. Und ich ging mit mir streng ins Gericht. Ich nannte mich einen psychologistischen Idioten. Einen hypochondrischen Narren. Die Schönheit und Intelligenz dieses jungen Menschen hatten mich verwirrt. Wie schwarz sah doch mein eigenes Inneres aus, verglichen mit seinem ... Er war ein heiligerer, tieferer Ausdruck meiner selbst. Stolzer, schöner, freier. Ich fühlte mich wie sein armseliger Diener. In diesem Augenblick hätte ich vor ihm knien können.

Aber es blieb doch ein unbequemer Rest in mir zurück. Kein Zweifel. Nur ein gewisses Unbehagen, das ich nicht erklären konnte. Und ich murmelte kleinlaut:

»Warum suchen Sie nicht das Vertrauen Ihrer Frau?«

Er wurde plötzlich unruhig. Riß seine Hand an sich und wandte sich halb ab. Ich sah wieder den nervösen Zug an seinem Mundwinkel. Dann sagte er bitter, ohne mich anzusehen:

»Pfui, pfui! eine törichte Illusion. Waren Sie vielleicht mit neunzehn Jahren verheiratet? noch dazu mit einer reifen Frau? – Nein, nein.«

Er schüttelte traurig den Kopf und fuhr fort:

»Eine Frau ist der notwendige Fluch des Lebens. Eine ewige Unruhe der Triebe, der Stachel der ungeborenen Sinnlichkeit. Hören Sie, ich war jung und unwissend, als ich geheiratet habe. Ich darf sagen, ich war indifferenter als andere in diesem Alter. Meine Triebe sind so spät erwacht. Das klingt unwahrscheinlich? Bitte sehr – glauben Sie, was Sie wollen. Aber es ist wahr. Deshalb bin ich auch nach Ablauf von zwei Jahren fertig. Denn sie, *sie* hat mich zerstört. Meine Frau hat mich schlecht gemacht. Sie säte Eifersucht und Laster in meine Kinderseele. Jetzt kann sie selbst ernten ... Denn ich liebe sie nicht mehr. Ich verabscheue sie. Jede Frau, die mir in den Weg kommt, lieber als sie! Ich bildete mir naiverweise ein, Verständnis zu finden ... Hahaha. Küssen konnte sie, gefühlvolle, dumme Worte sagen. Verse konnte sie. Aber banale seelische Prosa hat sie nicht verstanden. Sie betete mein Fleisch an. Allein mein armseliges Fleisch. Aber nicht mich. Und als sie mich erst einmal in ihrer Hölle der Leidenschaften hatte ... Als sie mich erst einmal richtig fest gebunden hatte – da sollte ich als Gefangener sitzen, bis ich aufflackerte und zusammenfiel wie ein glimmendes Stück Papier. Aber ich betrüge sie – hören Sie? Ich betrüge sie. Ich will nicht als ihr Hurenknecht verwelken ...«

Er sprach in einem gedämpften, irritierten Ton, der sich bis zu schmerzlicher Raserei steigerte. Auf seinen Wangen gefroren zwei kranke, weiße Flecken. Sie stachen so seltsam von der natürlichen Röte des Gesichtes ab. Mir fiel auf, daß sein linker Oberarm zitterte. Und ich starrte entsetzt in dieses eheliche Mysterium, das mir so lasterhaft erschien, geprägt von Angst.

»Ein effektives, einfaches Gerät?« Er fingerte an einem Revolver von seltener Konstruktion.

»Ist er geladen?« fragte ich ängstlich.

Er nickte und ließ die Finger liebkosend über den Lauf gleiten.

»Sie haben vermutlich Wertpapiere bei sich.« Mir kam der Verdacht, daß er diese Fremden am liebsten davon unterrichten wollte, was für eine gefährliche Waffe sich in seinem Besitz befand.

»Manchmal. Das hat jedoch keine Bedeutung. Sehen Sie den Spiegel dahinten? Gut. Den Spiegel habe ich dem Wirt verehrt. Eine sehr schöne Arbeit, stimmt's? Maurisch – oder was Sie wollen. Ich habe ihn für 1011 Lire in Verona gekauft. Jawohl, die elf Lire brauchte der Kaufmann unbedingt für seinen Betrug. Es war selbstverständlich ein christlicher Kaufmann. Er war weder Muselmane noch Jude. Aber das ist gleichgültig. Ich habe ihn gekauft. Er hängt hier in meiner Ecke. Wenn ich einmal meine Koffer zum letztenmal packe ... Übrigens, das ist dramatisches Geschwätz. Ach was – ich mach' mir Luft.«

Er steckte den Revolver in die Gesäßtasche und wollte gehen.

»Hören Sie mir einmal zu?« Ich packte ihn am Arm. »Das Leben hat noch Möglichkeiten. Verzweifeln Sie nicht mit all Ihrer Jugend! Sehen Sie, ich ... ich habe nichts. Ich bin arm. Aber ich glaube an die Schönheit im Leben. Ich glaube an Gerechtigkeit und Wahrheit. Aber vor allem an das Gute.«

Ich wurde eifrig; ich wagte nicht zu reflektieren. Ich meinte bloß, ich müsse ihm all die Freundlichkeit schenken, die ich in Worten erweisen konnte. Obwohl ich schon diese Stimme antworten hörte. Meine eigene verzweifelte Stimme ...

»Das ist recht! reden Sie nur weiter. Ich glaube Ihnen halb, wenn ich diese helle Stimme höre, so voller freudiger Lüge. Ich mag ihr goldenes Timbre, das vor Wohlwollen bebt. Ich war früher einmal selbst im Besitz dieses Schatzes. Jetzt bin ich ihn aber los. Nein« – er legte mir die Hand auf die Schulter und flüsterte atemlos – »aber mit dem Spiegel da ist es etwas anderes. Ich will mich in diesem Augenblick *sehen,* Sie verstehen?« Bei diesen Worten brannten wieder die unheimlichen Phosphorlichter in seinen Augen.

Jetzt kam Apotheker Dreng und fragte ihn etwas. Er nickte zustimmend. Ich hatte plötzlich das Gefühl, daß der Einfluß des Apothekers auch hierher seine geheimen Fangleinen auslegte. Und ich gab ihm die Schuld für alles. Ein wilder Haß gegen diesen ausschweifenden, stinkenden Kadaver flammte in mir auf. Als er sich entfernte, sagte Asser Hein:

»Wir spielen eine Partie *Banque.* Sie spielen wahrscheinlich nicht Karten?« Er lächelte unergründlich – halb spöttisch und halb traurig.

»Nein, ich spiele nicht«, sagte ich. Ich begriff jetzt völlig das ganze Arrangement. Die anderen hatten sich selbstverständlich in Bewegung gesetzt, um diesen reichen jungen Menschen gründlich auszunehmen. Und ich flüsterte ihm hastig zu: »Die beiden Fremden sind offensichtlich Schurken?!«

»Ich weiß« – er nickte mit dem gleichen unergründlichen Lächeln. »Was geht das mich an? Für mich sind sie schlicht und einfach Menschen, die mir durch ein Kartenspiel die Langeweile vertreiben können.

Sans phrase – ich schere mich absolut nicht um ihr Seelenleben. Schurken? Na ja, wir sind wahrhaftig alle Schurken. Auch Sie und ich. Liegt vielleicht nicht in jedem Pulsschlag ein Bandit auf der Lauer? ein aufdringlicher, gieriger Teufel, der uns selbst beim letzten Zug betrügt ... Das ist väterliches Erbe. Aber weiß Gott nicht besonders schön.«

Er lachte höhnisch und ging weg. Ich hörte, wie er die anderen zum Trinken nötigte. Und er hob das Glas und rief lustig zu mir herüber:

»Trink, junger Besserwisser! trink, alter Junge! Spül Schönheit und Wahrheit und Möglichkeit des Lebens und all den übrigen klassischen Nonsens runter! Champagner ist immer noch Champagner. Und Bescheidenheit ist eine Zier ...«

Ich trank nicht. Ich wollte am liebsten nüchtern sein. Wie irgendwo aus einem tiefen Wald hörte ich das Spottgelächter der anderen. Ich ließ es zu, daß er mich weiter geißelte – mit meiner eigenen bitteren Stimme. Es war alles so weit weg. Denn ich trug an einer schmerzlichen Last – unglücklichen Ahnungen, über die ich mir nicht klarwerden konnte.

Da brachte der Diener die Karten. Ich war sicher, daß die Ecke unter dem Spiegel als Ort ausersehen war. Und ganz recht – der Diener arrangierte dort auch den Spieltisch. Er zündete zwei Kerzen an und stellte sie hin. Ich sah ihn diesem Hoel-Hansen zublinzeln, als er die Spielkarten auf den Tisch legte. Und auf einmal wurde ich aufmerksam: Er gab Svante eilig etwas in die Hand, als er sich entfernte. Und wieder erhaschte ich einmal diesen Schlangenblick.

Sie setzten sich schließlich, glühend vom Wein und in einer forcierten Lustigkeit. Ich blieb. Asser Hein hatte gesagt, ich könne ihm gut Gesellschaft leisten als sein freundlicher Schatten. Und diese Kartenpartie, die einen so seltsamen Abschluß finden sollte, begann.

Der Diener kehrte mit weiteren Getränken zurück. Er ließ sich reichlich Zeit beim Entkorken der Champagnerflaschen. Ich konnte seine unverschämte Visage mit dem geleckten, schwarzen Haar nicht ertragen. Das alles machte gemeinsame Sache mit den beiden Fremden. War so widerlich und durch und durch faul. Ich hörte, wie sie ihn Josef nannten. Besonders Svante bat ihn häufig und in vertraulichem Ton um den einen oder anderen Gefallen.

Sie spielten sehr hoch. Blaue und gelbe, grüne und rote Scheine flatterten über den Tisch. Schläge auf den Tisch ... unablässige Schläge, wenn die Karten fielen. Zweimal stand Asser Hein heftig auf und verlangte mehr Ruhe. Eine Weile herrschte ein wenig Stille. Dann begannen wieder diese ewigen Faustschläge und Flüche. Man schrie durcheinander; man lachte mit irren Blicken. Mit Blicken voller Hunger auf Glück. Mit habgierigen Blicken. Nur Asser Hein saß ruhig da, obwohl er immer verlor. Hunderter um Hunderter verließ seine Brieftasche.

Einmal begegnete ich seinen Augen im Spiegel. Wieder lag das unergründliche Lächeln um seinen Mund. Ich starrte weiter auf dieses blonde, vornehme Gesicht dort im Spiegel. Die kurze, gebogene Oberlippe hatte etwas, auch die glänzenden, kleinen

Zähne ... Etwas Stolzes und doch Weiches, das an Zahmheit und wildes Tier zugleich erinnerte. Und es leuchtete etwas unbestimmt Warmherziges und doch Fürchterliches in diesem Gesicht. Man hätte glauben können, er wandele im fröhlichen Siegesrausch des Lebens. Doch sah man genauer hin, verschwand diese Maske vor dem Wahnsinnsfunkeln in seinen Augen. Da beschlich mich geheime Furcht. Ich wußte nicht mehr, *wem* dieses Spiegelbild gehörte ...

Asser Hein setzte das Glas an den Mund und trank aus. Schleuderte es dann an die Wand, daß es in tausend Stücke zerbrach. Er hatte eine Partie gewonnen. Die anderen tranken auf sein Glück und warfen ebenfalls ihre Gläser an die Wand. Mir fiel auf, daß die beiden Fremden einander verstohlen ansahen und lächelten. Der Diener war ständig mit neuen Gläsern und frischem Champagner unterwegs.

Das Spiel ging weiter. Es wurde heftiger, mitreißender. Auch ich sah jetzt zu; es begann mich wirklich zu interessieren. Die nächste Partie verlor Asser Hein. Er saß mit starrem, gierigem Blick da und verfolgte das Geben. Seine Hände zitterten, wenn er seine Karten ausspielte. Schweiß brach ihm auf der Stirn und der kurzen Oberlippe aus. Er verlor unaufhörlich, verlor und verlor ... Aber der Ausdruck in seinen Augen wurde immer wilder und das nervöse Zucken am Mundwinkel häufiger. Er hörte jetzt nicht mehr die Faustschläge und den Spektakel, der um ihn herum zunahm. Er spielte einfach im Rausch weiter.

Dann stand er mit einem plötzlichen Ruck auf und warf seine Karten auf den Tisch. Griff sich an die

Stirn und sagte in hitzigem, müdem Ton, an mich gewandt:

»Ich werde hiervon zum kompletten Idioten. Nehmen Sie meine Karten. Ich will mich kurz ausruhen.«

Ich war ein paar Augenblicke lang stumm vor Verblüffung. Er konnte doch unmöglich mich meinen! – Mich, der ich nie eine Karte angerührt hatte ... Der ich kaum ein Spiel vom anderen unterscheiden konnte. Und ich stotterte ängstlich: »Aber ... aber ich kann es doch nicht!«

Auch die anderen protestierten eifrig. Mich wollten sie ja gar nicht ausnehmen. Sie wußten allzu gut, daß es kaum der Mühe wert wäre. Er aber wandte ihnen den Rücken und sagte in gebieterischem, entschiedenem Ton: »Ich wünsche es – und ich bezahle.«

Dann warf er sich aufs Sofa und zog einen roten Band aus der Tasche. Begann ungerührt zu lesen und hörte uns nicht mehr zu.

Die anderen nahmen unzufrieden wieder Platz. Ich zögerte noch etwas. Ich entschuldigte mich ununterbrochen; ich könne wirklich nicht spielen ... Ein paar Augenblicke trieben meine Gefühle willenlos herum. Schließlich gehorchte ich und setzte mich. Es schlummerte schon eine seltsame Glut in meinem Blut. Ich nannte sie zwar Neugier. Aber sie sollte einen gefährlichen Rachen zeigen, als sie erst einmal erwachte. Denn diese Karten, über die ich oft so höhnisch gelacht hatte, interessierten mich plötzlich ganz merkwürdig. Ich gestehe – es waren nicht mehr dieselben geistlosen Karten.

Es kam mir so vor, als besäßen sie eine drohende, vitale Macht, der nicht zu entkommen war. Nein, hinter diesen farbigen Papierblättern vibrierten die höchsten Seelenextensionen. Ich betrachtete bald die Hände des Gebers als böse oder gut. Die gewöhn-lichen menschlichen Begriffe existierten nicht mehr für mich. Denn ich befand mich in einem Gedankenkreis weit weg vom alltäglichen. Ich stand unter der Suggestion dieser naiv kolorierten, viereckigen Pappstücke. Das Spielfieber hatte mich schon ergriffen.

Die gegebenen Karten betrachtete ich mit heiligem Grauen. Sie waren für mich das letzte unwiderrufliche Urteil zu Gewinn oder Verlust. Zitternd hob ich sie auf ... Mein Blick liebkoste diese Asse und Honneurs. Und ich hob sie eine nach der anderen auf.

Die ersten beiden Spiele verlor ich. Es waren ganz unbedeutende Verluste. Aber sie machten mich unglücklich, weil das Geld nicht mir gehörte.

Da lagen drei Fünfer und ein Fünfziger, als ich anfing. Ich verlor die beiden Fünfer. Dann gewann ich. Gewann unaufhörlich. Ich spielte wie alle Anfänger dummdreist. Meldete wieder und wieder *va banque* und sprengte das Spiel. Ich fing an, ihre Spielweise und ihre Kniffe zu kennen; es waren nicht viele. Ich erinnerte mich übrigens nicht an sie. Hatte es nur im Gefühl. Der Apotheker hatte seine, Malo seine ... Nur die beiden Fremden konnte ich nicht verstehen. Ich war ihnen gegenüber immer auf der Hut. Spürte selbst, wie mein Blick lauernd und gierig wurde, wenn ich ihr Ausspielen beobachtete.

Aber ich hatte immer die richtigen Eingebungen. Das Glück war mit mir; ich fühlte mich überlegen, unverwundbar. Im übrigen konnte ich dieses Glück nicht fassen. Warum sollte ich unbedingt gewinnen? – Ich fing an, den anderen deshalb zu mißtrauen. Versuchte einmal, mich gleichgültig zu stellen. Aber gewann. Gleichgültig? Na – das war mir übrigens unmöglich. Die Spielwut hatte auch mich gefangen ... Ja, auch mich, der ich nie eine Karte angerührt hatte.

Meine Nerven waren angespannt bis zur Halluzination. Ich bildete mir ein, ich könne den Wert der Karten beeinflussen, indem ich die Hände des Gebers fixierte. Ich hungerte nach einem fehlenden As. Hätte es stehlen können ... Ich glaubte an bestimmte Stellungen meiner Arme und Beine. Ich war fest davon überzeugt, daß, wenn ich mich bewegte, alles unwiderruflich verloren wäre.

Sie riefen und schworen, das sei grünes Spiel. Sie schrien, ich überträte die Regeln ... ich spielte wie ein Kind. Kann wirklich gut sein. Sie fühlten sich jedenfalls nie sicher. Haha. Nein, ich spielte blind. Spielte drauflos, in einem Siegesrausch. Denn ich war nicht mehr ich selbst. In meinem Inneren wuchs die Unersättlichkeit.

Stapel aus Papier erhoben sich an meiner Seite. Ich zählte sie nicht. Ich wußte nur, ich hatte alles zurückgewonnen, was er verloren hatte. Und ich gewann immer mehr ... Da durchfuhr mein Hirn ein Stich: Wenn all dieses Geld mir gehörte? Ich versuchte, diesen abscheulichen Gedanken zu unterdrücken. Aber er kam wieder, immer stärker und aufdringlicher. Wieso, gehörte es mir denn nicht? Ich hatte es ja rechtmäßig gewonnen. Und plötzlich meinte ich, es sei eine feste, unumstößliche Tatsache, das mit dem Geld. Haha. Es war ein ungeschriebenes moralisches Gesetz, das ich allerdings nie zuvor anerkannt hatte.

Ich versuchte, diesen ewigen Hunger zu stillen. Versuchte, diese unangenehme Frage zu begraben. Und ich spielte, spielte bis zur Raserei ... Bis mein Hirn schmerzte und meine Sehlinse schwarz und rot flimmerte – von Pik und Karo. Ich merkte nicht einmal, daß Asser Hein aufgestanden war und jetzt hinter meinem Stuhl stand. Ich fuhr zusammen, als ich seine Hand auf meiner Schulter spürte. Wie im Dämmerlicht sah ich sein unergründliches Lächeln. Und ich hörte ihn in kühlem, persiflierendem Ton sagen:

»Sie scheinen beim Spielen eine erhebliche Energie zu besitzen?«

Er beugte sich über mich und sah mein Blatt durch. Seine Wange war ganz nahe an meiner, berührte sie fast. Eine völlig glatte Wange, von der eine seltsame Kälte ausging. Ein Angstschauer durchrieselte mich. Ich fühle noch jetzt diese sterile Kälte ...

Ich wollte eine Karte ausspielen – ein niedriges Karo. Er zeigte auf das Pikas.

»Aber wir verlieren«, murmelte ich und bestand wie ein Geizkragen auf meinem Blatt. Er wollte sein As ausgespielt haben. Und ich spielte es aus. Im selben Augenblick erhaschte ich einen Blick aus Svantes Schlangenaugen ...

Wir verloren das Spiel.

Ich stand auf und lief verwirrt im Zimmer herum. Ich spielte noch. Der ganze Raum war voller Karos und Honneurs. Hohe Karten, Papierstapel, die in unablässig zirkulierender Bewegung waren. Unbekannte Fieberschauer durchrieselten mich.

Weit weg hörte ich sie lärmen und johlen ... Hörte ich die Schläge auf den Tisch und klirrende Gläser. Wie rote, leuchtende Schatten sah ich sie spielen und trinken, spielen und trinken. Und jedesmal, wenn eine Hand sich hob und eine Karte auf den Tisch fiel, durchfuhr ein süßer Stich meinen Körper. Ich blieb bei dem roten Band stehen und las ohne gedankliche Assoziation den Titel. Es war *Prosper Mérimée*. Ich ließ ihn liegen und wanderte rastlos weiter ...

Einmal fuhr ich auf und lauschte ängstlich. Es kam mir vor, als stehe jemand draußen vor der Tür. Ich öffnete sie und starrte hinaus in den dunklen Gang, wo der Sturm durch Fugen und Ritzen heulte und der Regen gegen die Scheiben peitschte. Ich sah einen Schatten davongleiten. Deutlich sah ich seine Silhouette. Es war der Kellner Josef. Warum stand er wohl hier? Ich schloß die Tür und nahm meine Wanderung wieder auf.

Schließlich blieb ich am Spieltisch stehen. Ich sah alles wie im Traum. Die Karten, die glühenden Gesichter ... Ich trank ein Glas Champagner, das Josef mir einschenkte. Er war wieder hereingekommen – ich glaube, keiner hatte ihn gerufen. Und jetzt stand er bald an Heins Stuhl, bald an Svantes. Nur bei diesen beiden. Ich sah ihn mit dem Letztgenannten sogar anstoßen.

Sie waren alle sehr betrunken. Auch Asser Hein trank jetzt ununterbrochen. Ich hatte das Gefühl, er verlor. Er hatte jedenfalls keinen Geldscheinstapel mehr an seiner Seite. Ich sah einmal zwei Herzasse im selben Spiel fallen. Sie wurden schnell von jemandem weggeschoben. Mir fiel auch auf, daß Svantes große, rote Hände ständig mit etwas anderem beschäftigt waren. In der Tasche, unter dem Tisch ... Ebenso erinnere ich mich deutlich, daß Malo seine goldene Uhr mit Kette an Hoel-Hansen verlor. Der widerliche Kellner mit dem fettglänzenden, schwarzen Haar knuffte mich dabei lächelnd in die Seite. Er glaubte offenbar, auch ich sei betrunken.

Da entstand auf einmal ein heftiger Tumult. Gläser landeten auf dem Boden, Füße zertraten sie knirschend. Flaschen fielen um; ein Stuhl kippte. Schreie und Flüche. Glühende Menschengesichter und geballte Fäuste. Und mitten in diesem Spektakel saß Asser Hein, die Hand an der Kerze. Aber in der Hand war ein Stapel Hundertkronenscheine. Eine Stimme rief neben mir. Es war Hoel-Hansens:

»Laß es brennen ... laß es brennen! Dann kriegt es keiner!«

Malo schrie und protestierte, der andere aber hielt ihn zurück. Ich begriff nicht, worum es ging. Hörte nur die Schreie und sah die Bewegungen. Auf dem Boden lag Josef, übermannt von Svante. Sie waren aneinandergeraten – ich weiß nicht, weswegen. Der Apotheker war weg.

Da näherte sich die Hand mit den Banknoten der Flamme. Sie waren zusammengerollt wie ein Fidibus. Ich sah weißlichen Rauch aufsteigen. Angebrannter, scharfer Papiergeruch trieb hierher. Eine rotglühende Schlange wand sich tiefer und tiefer hinein und hinterließ einen geschwärzten Rand ... Ein Knall – und der Stapel stand in hellen Flammen.

Doch da war ich über ihm. Ohne ein Wort umfaßte ich die brennenden Geldscheine. Entwand sie ihm und erstickte das Feuer. Er äußerte keinen Protest, sah nicht einmal auf. Sein Kopf sank schlaff in seine Hand, die er auf den Tisch stützte. Um seine Lippen spielte wieder das kranke, unergründliche Lächeln. Ich nahm ihn beim Arm und versuchte, ihn wegzuführen. Aber er rührte sich nicht. Er schlief.

Noch einmal wollte mich das Mitgefühl ergreifen, stärker als je in meinem Leben. Ich wurde allen gegenüber ganz weich. In solchen Augenblicken hätte ich leicht meinem Mörder helfen können. Denn das Leben kam mir plötzlich wertlos vor, ohne Barmherzigkeit.

Hinter mir hörte ich Schritte. Ich drehte mich um und sah den Diener im Zimmer herumhinken und jammern. Er hielt sich die Hüfte, und von einem Finger tropfte etwas Blut. Er hatte sich bestimmt an den Glasscherben geschnitten, die über den ganzen Boden verstreut lagen. Aber an die Wand gedrückt stand Svante da. Sein Genosse hatte ihn in einem furchtbaren Würgegriff. Diese Schlangenaugen flakkerten unruhig herum. Einmal traf ihr Blick auch mich. Ich schauderte. Nicht einmal jetzt im Schmerz waren sie menschlich. Er schrie und zog mit der Hand, die er noch frei hatte, wütend an den Haaren des anderen. Er trat nach ihm und schrie:

»Du, warte nur! – ich verdresch' dich ... verdresch' dich ...«

Der andere behielt den Würgegriff bei und schlug Svantes Kopf gegen die Wand. Mir kam es fast so vor, als hörte ich ihn röcheln. Und die Empörung wuchs in mir über diese brutale Mißhandlung. Eine Welle schmerzlichen Mitleids durchzog mich. Ich konnte ja nicht wissen, daß das Ganze nur gespielt war. Und ich eilte hin. Ich flehte sie um Schonung an. Ich sank auf meine Knie und flehte ... Und ich ergriff seinen Arm und versuchte, ihn zurückzuhalten.

Schließlich ließ er los, und Svante kam frei.

Jetzt ging das Licht aus. Die Tür zum Gang wurde aufgerissen. Ich wollte gerade dem Diener zurufen, er solle es wieder anzünden. Da bekam ich einen so heftigen Schlag vor die Brust, daß ich auf den Gang taumelte.

Ich richtete mich auf und sah mich verstört um ... Ein einsames Licht brannte jetzt hier draußen. Es schmerzte etwas unter der Brust. Wirkte wie Mangel an Luft. Ich konnte nur nicht begreifen, warum *ich* ... Wieder sah ich diese entsetzlichen Schlangenaugen. Jetzt flackerten sie nicht mehr. Sie starrten mich direkt an. Heimtückisch, haßerfüllt. Ein seltsames Grauen gärte in meinem Blut. Ich fror über dem Hirn, entlang dem Rückgrat. Diese gelben, schleimigen Augen kamen näher. Sie schlängelten heran ... sie zischten. Ich konnte mich nicht bewegen. Konnte nicht begreifen ... Ängstlich hob ich die Arme abwehrend vor mir.

Da flammte ein Blitz an meinem Gesicht vorbei und dann sausendes Dunkel. Ich schwankte. Fühlte etwas Prickelndes, brennend Heißes, das unter der Nase anzuschwellen schien. Ein heißer, kitzelnder Strom floß mir durch den Mund. Ich mußte ausspucken. Mein Bewußtsein wurde wieder klar. Eine flüchtige Sekunde sah ich etwas Seltsames, das meine Muskeln zum Zittern brachte. Es war keine Furcht. Es war etwas ganz anderes ... Denn hinter diesem Raubtier wuchs aus dem Dunkel eine riesige, glühende Gestalt. Ein ausschweifendes Gesicht mit einem höhnischen Grinsen, das den Raum zu füllen schien. Ein schwacher Funke der Erinnerung blitzte auf. *Der Apotheker!* – Er war es wirklich; es war kein Betrug. Ich starrte ihn besinnungslos an. Es wurde wieder dunkel ... Ein hohler Laut drang von irgendwo in meinen Eingeweiden durch den Mund hinaus. Ein schwacher, apathischer Schrei. Was wollten sie wohl von mir? Was wollten sie?

Ich sah jemanden den Fuß heben und treten ... Ich leistete keinen Widerstand mehr. Ich war es gewissermaßen auch nicht, den er trat. Möglicherweise ein anderer. Ein gefährlicher Stich durchfuhr meinen Unterleib. Eine Sturmwoge. Meine Hände tasteten in der Luft. Die Umgebung schwankte und floß schwindelerregend zusammen. Es war, als versänke ich in erstickenden, gräulichen Dünen voller spitzer Nadeln. Es war, als sänke ich unaufhörlich ... Dann verlor ich das Bewußtsein.

Ich erwachte durch mehrfaches teuflisches Heulen. Mein Körper zittete vor Fieber und Kälte. Ich versuchte aufzustehen, fiel aber halb bewußtlos wieder zurück. Der Schmerz im Unterleib hämmerte und hämmerte. Bewegte ich mich, steigerte er sich hin zu einer neuen Ohnmacht. Ich jammerte leise. Aber dieses Jammern klang in meinen Ohren wie von einem anderen Menschen.

Mich beherrschte ein unheimliches Gefühl von Verlassenheit und Hilflosigkeit. So sollte es also enden ... Hier mußte ich sterben. Und zwar *jetzt*? Es war unmöglich, unbegreiflich, ungerecht. Warum sollte ich sterben? – Nein, nein, ich wollte nicht ... Eine starke, zornige Energie regte sich in mir. Ich versuchte wieder aufzustehen, fiel aber stöhnend zurück.

Kraftloses Selbstmitleid füllte meine Augen mit Wasser. Mich befiel unfaßbare Güte gegenüber allem und jedem. Ach, das Leben war so schön und unendlich ... Wenn ich nur nicht hier in diesem feuchten, zugigen Gang stürbe ... Hier an einem fremden Ort und in diesem jämmerlichen Zustand. Wenn ich nur ruhig und schmerzlos daheim in meinem Bett stürbe. Ach, dürfte ich doch noch ein paar Tage, ein paar Stunden leben ... Nur bis ich die Sonne sähe. *Die Sonne*, die ich liebte. Was wollte ich eigentlich hier in der Nacht mit all ihrer Dunkelheit und all ihren Angstschauern? Ja, was wollte ich eigentlich hier zwischen all diesen bösen Menschen – ich, der ich so jung war? *Jung*? – Unmöglich; es war ja so lange, lange her, daß dies passiert war ... Was war passiert? Und wer war übrigens *ich*? Ach, es war nicht wahr. Nicht ich war es, der all dies erlebt hatte. Es war Gaukelei, Betrug. Aber natürlich – ich mußte ja sterben. Und ich sah mich frierend um.

Da fiel mein Blick auf Malo, der ein paar Schritte von mir einen Stuhl gegen einen der beiden Schurken hob. Und ich hörte ihn unablässig, mit erregter, gellender Stimme, wiederholen: »Gib mir die Uhr, sonst –. Auch die Kette – hörst du, du Schuft? Auch die Kette!«

Der andere antwortete etwas, das ich nicht verstehen konnte, und lief. Malo warf den Stuhl nach ihm. Der fiel mit einem Krachen zu Boden, was bei mir einen neuen, grausamen Schmerz im Unterleib hervorrief. Ich sah alles wie durch farbiges Glas. Weit weg und in einer Zeit, zu der ich nicht gehörte. Nein, ich stand ganz außerhalb von ihr.

Ich sah jetzt, wie er sich Svante zuwandte, der die Schlägerei mit Josef wieder aufgenommen hatte. Er stürzte sich auf ihn und band ihm die Hände. Der Diener war ihm jetzt auch behilflich; möglicherweise dachte er an sein armseliges Trinkgeld. Ich hörte beide schreien und mit Svante herumtaumeln. Ich konnte nicht deutlich sehen, was vor sich ging. Aber ich nahm an, sie untersuchten seine Taschen. Malo stieß schließlich eine heftigen Fluch aus. Packte dann den Kerl an Armen und Beinen und warf ihn der Länge nach die Treppe hinunter. Ich hörte ein Heulen und sah sie laufen …

Die Kerze stand noch im Fenster und brannte flackernd. Ach, wenn ich doch nur eine weniger qualvolle Stellung fände ... Ich mochte nicht tiefer in diesen brutalen Wirrwarr eindringen. Plötzlich war mir das alles überaus gleichgültig. Was ging es mich an, ob dieser Malo und Josef gemeinsame Sache gegen die Schurken machten oder nicht? Was gingen diese Falschspieler mich an? und überhaupt diese ganze eitle Welt? – Ich fand es nur so sinnlos, daß Leute wegen ein paar lumpiger Kronen einander halb totschlugen. Außerdem – ich begriff ja nichts von alledem.

Da fühlte ich etwas Nasses tropfen. Ich richtete mich halb auf. Ich hatte kein Gefühl von Schmerz mehr. Empfand nur eine ängstliche Mattheit. Ich faßte mir ins Gesicht. Es war naß. Unaufhaltsam floß etwas aus Nase und Mund ... Ich sah auf meine Finger. In dem unsicheren, dunklen Licht nahm ich eine dunkle, klebrige Flüssigkeit wahr. Eine furchtbare Ahnung überkam mich. Blut ... *Blut!* – Da loderte wilde Lebenslust in mir auf. Im Fiebertaumel kroch ich zur Tür. Mir war, als hörte ich Asser Heins Stimme. Diese Stimme war für mich wie ein Stück Leben.

Es war dunkel. Ich rief hinein. Niemand antwortete. Ich griff in die Tasche nach meinen Streichhölzern. Da spürte ich ein Bündel Papier – die verbrannten Geldscheine. Und plötzlich erinnerte ich mich an alles ...

Ich leuchtete mit einem Streichholz ins Zimmer. Am Spieltisch saß Asser Hein und schlief, die Hand unter dem Kinn. Ich kroch langsam hinein, tastete mich über den Boden, der mit Glasscherben übersät war. Unter entsetzlichen Schmerzen erreichte ich den Tisch. Ich begreife noch immer nicht, wie ich das Licht anbekam. Dann sank ich zu seinen Füßen zusammen. Mir schwindelte. Die Erschöpfung drohte mit einer weiteren Ohnmacht.

Er erwachte. Richtete sich auf und starrte mich fremd an. Ich reichte ihm das Geld.

»Was bedeutet das?« fragte er. Und es war, als käme diese Stimme aus meinem Inneren.

»Es ist aus mit mir ...«, murmelte ich verzagt.

Er riß mir plötzlich die Papierrolle aus der Hand. Spuckte auf diese Banknoten und warf sie hinunter. Ja, er setzte seine Ferse darauf und zerquetschte sie auf dem vom Champagner noch feuchten Boden zu Brei. Er lachte höhnisch ... Plötzlich aber wurde er still. Er starrte mich *an* und doch durch mich *hindurch* wie durch Luft. Das seltsame Phosphorlicht brannte wieder in seinen Augen. Ich hörte ihn wieder mit der fernen, spottenden Stimme sprechen, die mich in der Nacht mit solcher Angst erfüllt hatte. Jetzt aber fürchtete ich mich nicht mehr vor ihr. Sie enthielt gewissermaßen eine mystische Fortsetzung von mir selbst.

»Deine Schurken haben dich zuschanden geschlagen? Hahaha. Und mich haben sie bestohlen, während ich schlief. Gut gemacht – stimmt's? Kannst du noch« – hier beugte er sich über mich – »kannst du noch von Schönheit und Gerechtigkeit reden? – Na ja. Aber vor allem Güte. Laß mich hören! Laß mich nur noch einmal dein goldhelles Timbre hören ... Ich liebe es. Es ist so voller seliger Lüge.«

Er legte sich an meine Seite und flüsterte ernst:

»Hör zu, wir wollen zusammen sterben. Du und ich. Wir beiden Gekränkten, wir beiden Körperverletzten...«

Und er schlang seine Arme um mich und küßte mich. Ja, er fing an, mir das Blut von Mund und Wangen abzulecken. Er leckte leidenschaftlich ... Er biß mich. Ich werde diesen wahnwitzigen Augenblick nie vergessen. Erneut kroch mir die Angst in alle Glieder und zitterte in allen Nervenfasern. Ich fühlte keinen Schmerz mehr; ich fühlte mich selbst nicht mehr. Ich wollte nur flüchten, weg von diesem bösen Ort. Weg ... weg von diesen Schurken, Mördern und Wahnsinnigen, von denen das Haus zu wimmeln schien. Ich versuchte, ihn von mir zu schieben. Ich schlug um mich und schrie außer mir:

»Du bist ein *Phantom*. Ich kenne dich nicht!«

Doch seine starken Arme hielten mich mit eisernem Griff. Und ich hörte sein wahnwitziges Hohngelächter gleich an meinem Ohr.

Jetzt waren plötzlich viele verwirrte Stimmen über mir. Ich fühlte etwas, als ob der Boden unter mir versank. Und ein unbeschreiblicher Schmerzblitz jagte durch meinen Körper. Dann verlor ich völlig das Bewußtsein ...

Es wurde mir später erzählt, daß der Wirt und einige Reisende, die durch all diese Schreie aufgewacht waren, schließlich herbeigeeilt waren. Und sie hatten mich aufgehoben und in das Zimmer nebenan getragen – *das* Zimmer, in dem ich die erste Nacht in dieser Stadt geschlafen hatte.

Diese Nacht ist heute genau drei Jahre und einen Monat her. Ich erhielt gestern eine seltsame Nachricht, die sie in meiner Erinnerung ebenso frisch und ebenso schmerzlich wieder aufleben ließ. Und ich habe dies hier niedergeschrieben ... Um es vielleicht eines Tages endlich loswerden zu können.

Ich stand von einem langen, schmerzhaften Krankenlager auf, halb als Krüppel. Und ich verließ sofort diese Stadt, wo mein Unglück geschehen war. Wo ich meines jungen Lebens unbarmherzig beraubt worden war, wo ich es selbst wie ein Stück gefühlloses, überflüssiges Fleisch den gierigen Hunden zum Fraß vorgeworfen hatte. Und ich verließ meine Stellung, obwohl ich aller Existenzmittel entblößt war.

Fragen Sie also lieber nicht nach mir ... Jene Nacht raubte mir die Kraft und machte mich beinah arbeitsunfähig. Ich schleppe mich jetzt am Stock zu barmherzigen Menschen. Ich bin Spieler geworden. Ich spiele nicht nur, damit die Zeit vergeht. Nicht nur, um mir die Langeweile zu vertreiben. Ich spiele aus Leidenschaft. Weil ich *muß*. Ich weiß, ich führe ein menschenunwürdiges Leben. Vielleicht hatte es früher einmal eine andere und schönere Bestimmung. Ich weiß, ich bin ein unnützes, ein höchst überflüssiges Gesellschaftsmitglied. Aber das ist gleichgültig. Wir alle haben unseren Anteil am Unglück. Was tut es dann zur Sache, ob das einzelne Los größer oder kleiner ist?

Nein, mit Asser Hein ist es etwas anderes. Er hatte recht. Ich werde diese Bekanntschaft nie bereuen. Obwohl mein innerer Mensch von ihm gemordet wurde. Denn sein junges Leben war eine scharfgeschliffene, gezogene Klinge. War ein stolzfunkelnder Feuerstreifen an einem nächtlichen Himmel. Mag er auch kurz sein ... Mag er in der namenlosen Tiefe verschwinden. Er ist jedoch einst *gewesen*. Ob zum Schaden oder zum Nutzen, gehört nicht hierher. Er ist dagewesen, strahlend in schönem, kühl-blendendem Glanz. Und er hat für einen kurzen Augenblick wenigstens ein Menschenleben in seltsamer Erkenntnis und Klarheit vibrieren lassen.

Seine Geschichte ist folgende: Asser Hein war seit jener Zeit fast keinen Tag mehr zu Hause. Den größten Teil dieser Jahre streifte er auf Reisen herum oder schlug die Zeit im genannten Hotel tot. Das Vermögen seiner Frau hatte er durchgebracht. Er hatte Obligationen auf seinen Besitz aufgenommen und überall Geld geborgt. Im letzten Herbst hatte dann eine Bank verlangt, daß er Konkurs anmeldete. Da war Apotheker Dreng, von dem er auch einiges Geld geliehen hatte, in Wut geraten. Ja, dieser feige, kriecherische Lump war sogar grob geworden und hatte ihm mit der Faust gedroht. Der junge Gutsbesitzer gab ihm allerdings eine Ohrfeige, so daß der Apotheker umfiel und brüllte.

Aber in der Nacht zum 6. Oktober – genau der dritte Jahrestag jener furchtbaren Augenblicke – hielt Asser Hein mit seinen Zechbrüdern ein wildes Gelage. Es sollte das letzte sein.

Denn am Morgen fand man die Tür verschlossen. Man brach sie auf. In einer Ecke des Zimmers lag Gutsbesitzer Asser Jonssen Hein mit durchschossener Schläfe hinter einem Haufen leerer Champagnerflaschen, Glasscherben und Zigarrenstummel von den Orgien der Nacht. Er lag in dem goldenen Morgenlicht, das Gesicht zur Wand, an der ein Spiegel, eine seltene maurische Arbeit, hing. Der Revolver war ihm aus der Hand geglitten. Es war nur wenig Blut aus der Wunde geflossen.

FEBRUAR 1899

BLUTDIENSTAG

Genau um fünf Uhr gestern morgen erwachte ich nach unruhigem Schlummer. Ich stand auf und machte meine Lampe an. Setzte mich in meinen Lehnstuhl und fiel in eine seltsame Halluzination. Oder wie soll ich es nennen?

Ich war hellwach. Ich vermerke, daß ich einen bräunlichen Käfer über den Boden kriechen sah. Und ich hörte die ganze Zeit das unaufhörliche Ticken der Uhr. Nicht in der Nähe. Sondern aus einer Welt, die ich ganz und gar verlassen hatte. Mein Bewußtsein war wach. Oder möglicherweise doch nicht? War die äußere Empfindung nur eine Illusion? und das, was ich in diesen grauenvollen Augenblicken durchlebte, die allmächtige Wirklichkeit?

Ich weiß es nicht. Aber was ich in diesen sonderbaren Sekunden empfand, erscheint mir aufrichtiger und sinnvoller als alles, was mein tägliches Auge gesehen hat.

Und ich muß noch ein paar Bemerkungen machen. Zu dieser Begebenheit kam es jetzt, da tiefer Schnee liegt. Die Leute um mich können sich nicht erinnern, je so frühen und heftigen Schneefall erlebt zu haben. Denn am Tag vor Heiligabend setzte hier aus West-

Nordwest ein Schneesturm ein. Und der dauerte bis gestern, dem zweiten Weihnachtstag. Dann kam Tauwetter mit Lawinen von allen Dächern. Während einer solchen Lawine erwachte ich zu meinem lokalen Bewußtsein.

Den ganzen Tag habe ich mich unter diesem Stimmungsdruck bewegt. Durch die menschenleeren, abgesperrten Schneestraßen hier in dieser kleinen Stadt. Durch Schneewehen, die Hohlwegen gleichen. Unter einem niedrigen, naßkalten und unsicheren Himmel. Aber mit diesem ganzen Erlebnis ebenso unausweichbar, ebenso nah in meiner Seele.

Es scheint mir auch sehr bedeutsam zu erzählen, daß ich noch in derselben Stadt wohne, wo dies passierte. Diese Gegend ist ansonsten reich. Aber hier gibt es doch einen nackten Fleck, wo lebendige Bäume eine Seltenheit sind. Ein verfluchter Ort, wo nichts wächst, außer dem bläulichen Schwarzdorn in den Felsspalten. Eine steinige Gegend, erfüllt von der unruhigen Angst meiner Kindheit.

Es ist eine Geschichte, die schwer auf mir lastet, seit meiner Geburt. Ich muß sie erzählen.

Gestern fand ich beim Stöbern in einem Haufen alter Familienbriefe und Dokumente folgenden Ausschnitt aus einer Zeitung aus dem Jahr 1838. Er wurde aufbewahrt, weil er unsere Familie anging. Sein vollständiger Wortlaut ist der folgende:

»Eine sonderbare, ja beinahe unfaßbare Begebenheit hat in der vergangenen Woche mehrere der besten Familien unserer Stadt betroffen: Ihre hoffnungsvollen jungen Söhne sind spurlos verschwunden. Daß sie umgekommen sein sollten, ist hoffentlich noch ein unwahrscheinlicher Gedanke. Indessen fehlt nach vier Uhr dreißig letzten Dienstag nachmittag absolut jede Spur. Denn zu dieser Zeit gingen sie aus dem Tor der Bürgerschule. Eine alte, hier in der Stadt wohlbekannte Einwohnerin, *Marie Tobine Staure*, berichtet, sie habe, einige Minuten nach diesem Zeitpunkt, die verschwundenen Jungen, fünf an der Zahl, den Grevebakken hinaufrennen sehen. Ursprünglich waren sie sieben, zwei sah sie jedoch den Munkevejen nach Hause laufen. Es waren *Syvert Pedersen* und *Hans Horn*, beide unter zehn Jahren. Sie hörte sie davon sprechen, daß sie Hunger hätten. Nach dieser Zeit sind die übrigen nicht gesehen worden, obgleich vier volle Tage und Nächte lang eifrige Nachforschungen stattgefunden haben. Wir fühlen uns in hohem Maße verpflichtet, darauf hinzuweisen, daß die obengenannte Frau als eine besonders zuverlässige Person gilt, so daß ihrer Aussage zu glauben ist. Es sind uns nämlich in den letzten Tagen einzelne ungebührliche, lose Gerüchte zu Ohren gekommen, welche nicht einmal den achtungswürdigen, tüchtigen Lehrer unserer Kinder, *Andreas Lillegraven*, aus diesem rätselhaften Verschwinden heraushalten, da er sie in der letzten Stunde in Erdkunde unterrichtet hat. Wir weisen einen solchen Gedanken mit Entrüstung zurück. Denn niemand kann aufrichtiger als er an dieser allgemeinen Trauer teilnehmen. Wir möchten hinsichtlich dieses unerklärlichen Verschwindens keine Vermutungen anstellen. Aber wir möchten doch nicht die Hypothese zurückhalten, daß diese unglücklichen Kinder von Herumtreibern gestohlen worden seien. Solche sind in unmittelbarer Umgebung der Stadt gesehen worden. Der Umstand, daß eine Jacke, eine Mütze und einige Schulbücher, Eigentum von *Arthur Eumert Liebe*, dicht beim Grevevejen gefunden worden sind, dürfte hierauf hindeuten. In einem solchen Fall dürfen wir erwarten, daß unsere Behörden energisch tätig werden und die böse Absicht der Schuldigen vereiteln. Und wir bitten die Menschen guten Willens in Stadt und Land, soweit diese Bekanntmachung Verbreitung findet, es als ihre christliche Pflicht anzusehen, die Ergreifung dieser Bestien zu befördern. Wir möchten daher so lange wie möglich hoffen, daß Licht in diese dunkle Affäre kommt.

Namen und Alter der Verschwundenen sind: *Otto Heinrich Leopold Ulfers*, 13¾ Jahre alt, zweitältester Sohn des Capitain-lieutenant bei der Land-Verwaltung Ulfers; *Richard Budde*, 10 Jahre und 4 Monate, dritter Sohn von Amtsrichter Budde; *Odd Torbjørnson*, 12½ Jahre, jüngster Sohn von Zollschreiber Torbjørnson; *Edgar William Duus*, 15 Jahre und 1 Monat, einziger Sohn von Frau Eleonore Duus, die Witwe des Kriegscommissaire Duus; *Arthur Eumert Liebe*, 14 Jahre und 3 Monate, Kaufmann Liebes ältester Sohn.«

Der Letztgenannte aber war der einzige Bruder meines Vaters. Und ich trage denselben Namen wie er.

Die erwähnte Jacke und Mütze sowie diese Schulbücher habe ich gesehen. Sie befanden sich lange Zeit oben in einer Kleiderkammer in meinem Zuhause. Dort oben hatte man eine traurige Aussicht durch ein Giebelfenster auf eben die öde und unfruchtbare Gegend, wo er und die vier anderen verschwunden waren.

Diese Jacke war aus einem sehr seltenen englischen Stoff mit einer eigenen graugrünen Farbe, gesprenkelt mit salpeterfarbigen Körnern. Diese Farbe machte immer einen unheimlichen Eindruck auf mich. Ich weiß nicht, woher er kam. Aber ich fand, er hatte etwas Intimes mit dem Tod zu tun. Die Mütze war aus blauem Tuch mit langen, schwarzen Seidenbändern im Nacken. Von der Sorte, die Schottenmützen genannt wurden.

Warum mußten gerade diese Sachen meines unbekannten Onkels gefunden werden? Mit dieser Frage habe ich mich mein Leben lang abgemüht, ohne einen Schritt weiterzukommen. Ich weiß natürlich ein paar Züge von ihm. Solche, die vorwiegend zur Warnung erzählt werden.

Meine Mutter hat sie mir erzählt. Auch zwei alte Damen, die in unserem Haus verkehrten. Jetzt sind sie beide tot. Auch meine Mutter und mein Vater leben nicht mehr. Aber die Geschichte von dem verschwundenen Jungen lebt noch.

Es war selbstverständlich eine *Strafe*. Sie wurden ihren Eltern weggenommen, weil sie ungehorsam waren. Arthur Eumert war ein aufgeweckter Junge. Seine Auffassungsgabe war für alle offensichtlich. Er brauchte nur einen Blick ins Buch zu werfen. Und sein Lehrer hatte gesagt: »Entweder wird der

Junge ein großer Mann oder ein echter Schurke.« Aber seine Mutter starb früh. Er verwilderte, steckte voller Verrücktheit. Und er schloß sich voll Hingabe seinem Freund, dem fünfzehnjährigen Edgar Duus, an. Der aber war ein mißratener Junge. Davon wußten die Leute zu erzählen. Er schlug seine Mutter, die Witwe war. Er erpreßte Geld von ihr. Ja, er stahl ihre Goldringe und Ohrgehänge und verkaufte sie an junge Seeleute. Obendrein füllte er die Pfeife des Lehrers mit Schießpulver. Also mußte das ja passieren ...

An einem Dienstag nach der Schlachtwoche verschwanden sie. Und keiner hatte sie seither gesehen. Sie hatten am vorangegangenen Tag noch Blutpudding zum Abendbrot gegessen. Daran konnte sich die eine Dame sehr deutlich erinnern. Denn sie war zu jener Zeit zufällig im Haus meines Großvaters. Und das Osterschlachten fiel in dem Jahr so spät.

Schlachtwoche. – Diese Bezeichnung machte mich immer krank. Ich mußte an blutige Massen rohen Fleisches denken. An bluttriefende Fleischstücke. Und in allen guten Häusern der Stadt hatten sie an jenem Abend Blutpudding gegessen ... Ein unbeschreibliches Übelkeitsgefühl erfaßte mich. Es mag einen ganzen Tag gedauert haben, bis ich wieder Fleisch schmecken konnte.

Ich fragte in meiner Einfalt nach einem Porträt meines fernen Onkels. Selbstverständlich gab es kein Porträt. Da fragte ich sie genau aus, wie er war. Denn es war mir wirklich darum zu tun, sein Aussehen kennenzulernen. Was ich erfuhr, hatte einen eigentümlichen Wert für mich. Ich sollte ihm *manchmal* ähneln.

Aber in diesem Frühjahr – schloß die alte Dame – schlug das Laub rötlich und krank aus. Es war an den Rändern von Larven zerfressen.

Der erwähnte Lehrer, Andreas Lillegraven, der ihnen in ihrer letzten Stunde Geographie gegeben hatte, wurde Gegenstand der unglaublichsten Verfolgungen. Aus diesem Grund kündigte er an der Schule. Er war unverheiratet und zog mit seiner Schwester aus der Stadt weg. Später wurde er durch Grübeleien geistesverwirrt. Er starb wenige Jahre nach dieser seltsamen Begebenheit.

Dies mitzuteilen, erscheint mir ebenfalls notwendig.

Und so beginnt diese Geschichte, in der die dunklen Morgentriebe des Lebens herrschen. In einer öden und menschenverlassenen Gegend. In einer Luft so schwermütig und friedlos, daß nicht ein Vogel seinen Flügel hebt. Eine somnambule Luft, in der der Sinn des Lebens klar und unausweichlich ist. Und in der die Kinderseele zu universalem Bewußtsein erwacht.

Um fünf Uhr heute morgen lebte ich im Jahr 1838. Es war ein sonderbar kalter, wolkenverhangener Dienstag Ende April. Dieses schwere, drückende Wetter verdichtete sich gegen Mittag. Aber es wehte kein Wind. Es fiel kein Tropfen Wasser. Gegen eins sickerte jedoch ein dichter Nieselregen herab. Er hörte allerdings vor halb vier auf. Da schlug eine nicht sonderlich tiefe, aber wohlklingende Glocke einen einzigen sanftmütigen Schlag. Die Kirchenglocke unserer Stadt.

Und ich befand mich in diesem Augenblick vor der alten Bürgerschule, *Zahlgaarden*. Übrigens war das nicht mehr ich. Es war mein verschwundener Onkel. Denn hinter mir wurde von einer bekannten Jungenstimme mein Name gerufen. Ich drehte mich um. Da stand Edgar Duus.

Er war ein schlankgewachsener, fünfzehnjähriger Junge, einen halben Kopf größer als ich. Er hatte einen eigenartigen Falkenschnabel und blutvolle, brutal aufgeworfene Lippen. Ich hegte merkwürdig gemischte Gefühle für seinen stolzen und zugleich gierigen Gesichtsausdruck. Es war Bewunderung und oft beinah Abscheu. Und trotzdem konnte ich nicht ohne ihn sein. Ich hatte eine furchtsame Ergebenheit für diesen Menschen. Vielleicht waren es seine seltsamen Augen. Ich sah manchmal Mondschein in ihnen.

Und er sagte diese gleichgültigen Worte:

»Ach was, heimgehen und fressen? Das ist ziemlich ... blöd, eh. Du, Dings, Arthur, bist ein Riesenfeigling, verstehst du?«

Er warf mir einen merkwürdig kalten, fremden Blick zu. Zum erstenmal meinte ich das menschliche Auge zu entdecken. Ich hatte es vorher nicht richtig gesehen. Hatte eine heilige Scheu vor der Welt veränderlicher Stimmung und Absicht, die dahinterlag. Obwohl ich dunkel ahnte, was sie bedeutete. Auge war für mich nur Auge und Lippe Lippe. Jetzt aber sah ich diesen seltsamen Mondschein in seinem Blick plötzlich schwinden. Er wurde so sehend und fremd. Und ein furchtbarer Ekel schlich sich aus diesen Worten und Augen.

Nein, ich hatte auch keine Lust, heimzugehen und zu essen. Ich fand es ziemlich sinnlos. Außerdem gab es lauwarme Fleischsuppe zu Mittag. *Dienstag*. Na, ich wußte es sehr gut. Und ich sah die düstere, alte Küche ... Das kleine Fenster hinaus zu einem grünen, stinkenden Hinterhof mit einem einzigen verwitterten Pflaumenbaum, der nie Früchte trug. Vom Morgen an hatte mich ein häßliches Gefühl bewegt. Ich hatte alles satt. Hatte Lust, etwas in Stücke zu brechen. Ich hatte zugleich das erstickte, unbestimmte Empfinden, viel und blutiges Fleisch gegessen zu haben. Der Tag war auch grau. Erfüllt von namenloser Schwermut. Ich mochte mich nicht bewegen. Blieb einfach stehen und starrte ...

»Komm, wir gehen zum *Byhavnen* und machen was Lustiges!« Edgar stieß mich nach Jungenart mit seiner Lende in die Seite.

Ich fuhr zusammen und zog mich zurück. Ein starkes Streiflicht huschte über die Welt. Es schien mir etwas Grauenvolles zu offenbaren. Ich kam nur nicht dahinter, was es war.

»Kommt, Otto und Richard! Kommt, Jungs – ich weiß eine gute Stelle ...«

Ich wollte gerade fragen, wo. Da sah ich sie laufen. Es waren sechs Jungen. Ich kannte sie alle. Die drei kleinsten hatten Ranzen.

Einen Augenblick zögerte ich noch. Ich sah hinauf zu dem alten, grauen Schulgebäude mit den hohen, kleinscheibigen Fenstern. Ein Fenster im ersten Stock war geöffnet. Ich glaubte hinter der Gardine Lehrer Lillegravens bartloses, bleifarbenes Gesicht zu sehen.

Und auf einmal war mir alles so trist und so freudlos. Ein eigenartiger, unglücklicher Hauch ging von diesem Gebäude aus. Da war auch eine trotzige Macht, die mich zu meinen Kameraden zog. Und ich stürzte ihnen nach.

Auf der Ebene an dem hundertjährigen, verlassenen Herrenhof sah ich sie oben am Hügel. Es war eine große Sandebene, umgeben von nackten Felshöhen. Vor dem geschlossenen Tor des Herrenhofs stand eine Reihe Pyramidenpappeln. Genau in diesem Augenblick brach ein seltsamer Lichtschein über die blattlose Baumgruppe. Und heute *sah* ich zum erstenmal diese eigentümlichen Pappeln, an deren Art ich sonst nie dachte. Mein Herz klopfte unruhig. Dieses Licht schien irgendwo von oben zu kommen. Von plötzlich aufbrechenden Wolken. Aber mir fiel nichts auf. Der Himmel war überall gleich niedrig und grau.

Zwei kleine, weiße Köpfe blieben oben am Grevebakken stehen und sprachen miteinander. Es war ein Geheimnis, über das sie flüsterten. Ich war gerade auf dem Sprung zu ihnen. Da liefen die beiden kleinen Jungen an mir vorbei in Richtung Munkevejen. Ja, sie liefen so, daß ihre Robbenfellranzen schief saßen. Ich sah auch die alte Näherin, Tobine Staure, in einem rotbraunen, geblümten Schal über die Ebene hinken.

Jemand rief den beiden Jungen nach und beschimpfte sie als Napfkuchen und feige Memmen. Vielleicht war ich es. Denn die anderen standen schon an der Spitze dieses Hügels. Edgar Duus winkte mir noch zu, bevor sie über den Steinzaun zum Byhavnen sprangen. Und ich rannte wieder los. Ich durfte sie nicht verlieren.

Es ging über ein eigentümliches, ödes Gebiet. Nur hier und da schoß eine einsame, verwehte Kiefer auf. Goldenes, steifes Stoppelgras wuchs an manchen Stellen. Hier war um diese Zeit kein lebendes Wesen. Und hier gab es weit und breit keine Bebauung.

An einer Stelle war es sumpfig: Rotes, stark eisenhaltiges Grundwasser stand hier mit einer bläulichen Haut. Hinüber ging es. Über weiche Moosbüschel und weißleuchtende Steine. Durch braunes, blattloses Brombeergestrüpp. Und weiter zwischen ein paar trostlosen Felshügeln. Aber hinter ihnen lag eine kleine, tote Ebene, von Felsen umschlossen. Und auf dieser ein entsetzlicher, grüner Teich voller Echsen und Frösche.

Doch noch einmal blieb ich stehen. Ja, ich lief fast ganz zurück zum Grevebakken. Zu einem milchweißen Stein. Der häßliche Ekel kroch erneut hervor. Ich weiß nicht, ob es der Stein oder das weißgraue, leuchtende Regendunkel war. Aber die Luft war so böse und schwer zu atmen.

Ich warf hier meine Bücher hin. Es waren drei. Ein dünner Weltatlas in preußischblauem Pappband, ein deutsches Lesebuch mit einem Schutzumschlag aus rotem Kaliko und eine englische Grammatik in ihrem hellgelben Einband mit gepunkteten, grünen Zeichnungen. Ich erinnere mich besonders an diesen hellgelben Einband mit den halb verschmutzten und verblichenen grünen Punkten. Er hatte draußen in der Ecke einen frischen, violetten Tintenfleck. Ich zog auch meine Jacke aus. Meine Mütze. Eine blaue Schottenmütze mit breiten, schwarzen Seidenbändern im Nacken. Ich warf sie über die Bücher. Ich weiß nicht, warum ich es tat.

Eine traurige Härte legte sich unter meine Brust. Ich dachte an das Mittagessen zu Hause, das kälter und kälter wurde. An die strenge, unerbittliche Adlernase meines Vaters, die er manchmal in die Küche steckte. An ein abscheuliches spanisches Rohr, das schlug und sauste ... über meine Waden, meinen Rücken ... wo es treffen konnte. Und diese furchtbaren Bücher. Morgen wieder ein Tag unendlicher Stunden. Und die merkwürdig müde Stimme des Lehrers. *Müde.* Alle Menschen waren müde. Hinter den Augen und Worten. In ihrem stillen Kämmerlein. Wozu sollte ich mich dann quälen?

Da kam etwas Großes, Schwarzes geflogen. Es sah aus wie ein Wolkenfetzen. Es konnte auch ein Riesenvogel sein. Das Phantom setzte sich auf den Milchstein und flatterte mit dunklen Flügeln. Und es starrte mich aus leeren Augenhöhlen an. Eine unbekannte Angst ergriff mich.

Da fiel wieder so ein seltsamer Lichtstreif aus einem Riß in der Wolkenschicht. Ich sah auf. Doch da war keiner. Es kam möglicherweise aus mir selbst. Ich hörte ein geheimnisvolles Rauschen vom Meer. Und ich spürte, ich mußte sterben. Denn alle Dinge wurden so nackt und trostlos. Es leuchtete keine Freude mehr über die Welt.

Aber jetzt ergriff mich eine resolute Hand. Ich fühlte, Edgar Duus zog mich mit. Obwohl ich nicht aufzusehen wagte. Schneller und schneller ging es über Stein und Moosbüschel. Hin zu dem grünenden Teich und der toten Ebene zwischen den Felsen. Zitternd wußte ich, was dort geschehen würde. Und ich hatte keinen Widerstand mehr.

Hier am Teich standen still die anderen. Sie hatten offensichtlich nicht vor zu spielen. Nur der kleine, blonde Richard Budde mit dem blauäugigen Lächeln schleuderte manchmal Steine ins Wasser. Er schien nichts zu begreifen. Er lachte sogar, als ein Frosch aus dem Teich aufhüpfte. Das helle Lachen streifte mich. Und ich haßte plötzlich den zehnjährigen fröhlichen Richard. Er hatte auch eine Mutter, die so widerlich auf ihn aufpaßte. Eine böse Lust, ihm etwas zuleide zu tun, stieg in mir auf.

In einem Satz war ich über ihm und riß ihm die Schirmmütze herunter. Er schrie und fuchtelte mit den Armen. Doch ich war zu groß und gewandt. Er kam nicht an meine Hand. Und husch – da flog die Mütze weit hinaus in den Teich. Er fing weinend an, am Rand entlangzulaufen. Sein weißer, kahlgeschorener Kopf war so jämmerlich in dem regenvollen Dämmerlicht.

Die anderen lachten merkwürdigerweise nicht. Sie starrten nur die graue Mütze an, die mitten auf dem Teich schwamm und sich mehr und mehr mit Wasser füllte.

Plötzlich aber stimmte Edgar Duus ein kaltes Gelächter an. Schlug nach Otto Heinrich Ulfers, so daß er kopfüber in den Teich fiel.

Otto Heinrich war ein dunkelhaariger Junge um die vierzehn. Er hatte starke Kieferknochen und eine witternde, aufgeblähte Stupsnase. Und er hatte etwas Hinterhältiges und Feiges. Ich hatte ihn nie leiden können.

Der kleine Richard war inzwischen stehengeblieben und still geworden. Doch sein Blick ließ die Mütze nicht los.

Otto Heinrich tauchte ein paar Sekunden später aus dem Modder auf. Ich erinnere mich an seine verwirrten, schwarzen Augen. Sehr genau verfolgte ich seine hilflosen Armbewegungen, um das Ufer zu erreichen. Aber ich reichte ihm keine Hand zur Hilfe. Ich stand wie angenagelt.

Auch Odd Torbjørnson rührte sich nicht. Seine zarte, zwölfjährige Gestalt hatte etwas Versteinertes. Er stand still da und hielt seine Schulbücher fest. Einen Augenblick war mir, als blitzte in seinem schönen, hellen Gesicht mit den jungfräulichen Traumlinien Verachtung auf. Und mir war, als sähe ich das gleiche hohe, unglückselige Licht von seiner weißen Stirn unter dem braunlockigen Haar strömen.

»Hilfe ... Hilfe ... Ertrinke. Ich ertr ...« Otto Heinrich kroch auf den Rand zu. Sein Mund füllte sich ständig mit modrigem Wasser.

»Ach, hol meine Mütze, Otto. Sonst bekomme ich Schelte daheim«, wimmerte der kleine Richard.

Otto war ganz dicht am Ufer. Sein Gesicht war völlig grün und unkenntlich. Aber in seinen Augen leuchtete wilder Trotz.

»Ja, hol die Mütze, du Hund!« Edgar gab ihm einen Tritt an den Kopf. Der andere rollte herum und verschwand mit einem hohlen Plumps im Wasser.

Wir warteten alle ein paar Sekunden. Er kam nicht mehr hoch. Eine sonderbare, angstvolle Mattheit sickerte in meine Adern. Ich wollte laut schreien … Aber ich fand keinen Laut. Die Angst paralysierte mich.

»Nein, Richard … Tolpatsch! Jetzt holst du selbst die Mütze.«

Edgar setzte ihm um den Teich herum nach. Der kleine Junge fing an zu rennen. Stolperte aber mit einem Schrei. Der andere war über ihm und drückte ihn zu Boden. Schleppte ihn am Ranzen zu uns. Der Kleine widersetzte sich. Versuchte, sich an den Maulwurfshaufen festzuklammern. Ja, schlug den anderen mit seiner kleinen, geballten Faust und schluchzte vor Furcht und Wut. Doch Edgar lachte nur hart in sich hinein. Sein stolzer Falkenschnabel sah nur noch gieriger und raublüsterner aus. Und er rief mir mit neckender Stimme zu:

»Dingsda! was stehst du da und glotzt! Zum Teufel, du bist doch nicht feig?«

Da ballte ich die Fäuste. Ich fühlte, meine Handgelenke waren zart. Aber schlagen konnten sie schon … Ich fürchtete ihn überhaupt nicht mehr. Ich fand meine Sprache wieder. Und ich schnaubte ihn an:

»Feig, sagst du? – Ich könnte dich umbringen …« Und ich trat vor ihn hin. Ich wartete, daß er schlagen würde.

Doch das tat er merkwürdigerweise nicht. Er sah mich nur an. Dieser Blick war von ungewöhnlicher Art. Ich kann ihn schwer beschreiben. Dahinter brannte eine unheimliche Glut. Todmüde, aber gefährlich. Ich glaubte zu deuten, was in diesen Augen stand. Mord. Dieser Blick besaß eine Macht, der ich unwiderruflich verfallen war. Und er antwortete mir gleichgültig:

»Warte, ich liebe dich ... Füll Steine in den Rucksack hier. Schnell.«

Ich gehorchte. Ja, ich beeilte mich geradezu. Es war mir plötzlich eine wahre Freude, diesen Auftrag zu erfüllen. Ich sammelte ein paar schwere Mondsteine, die es hier so reichlich gab. Ich sehe noch deutlich diese feuchten, schwarzglänzenden Mondsteine, die meine zitternden Finger aus dem roten Moorboden klaubten. Der Ranzen wurde voll. Die Taschen wurden voll. Ich schuftete wie im Rausch.

Richard lag auf dem Bauch. Er sperrte sich unter krampfhaftem Schluchzen dagegen. Aber Edgar Duus hielt seine Hände und setzte ihm sein Knie auf den Rücken. Der kleine Junge begriff nichts. Er bat nur jammernd darum, ihn nach Hause zu lassen. Heim zu Mama. Das Essen wurde kalt, und außerdem fragte Mama nach ihm. Und er blieb weg. Ach, nicht in den scheußlichen Modder ... Er bekam so viel Schelte von Mama, wenn er so zugerichtet heimkam. Er wollte nicht. Und er krümmte sich wie ein Wurm.

»Nimm ihn an den Beinen«, kommandierte Edgar.

Ich gehorchte ohne Umstände.

Aber in dem Augenblick, als wir den schwingenden kleinen Körper losließen, flammte in Richards Augen blitzschnelles Begreifen auf. Und er schrie mit einer wunden Stimme, die mir wie ein Brandpfeil durch die Brust fuhr:

»Mama, Mama! die sind gemein zu mir. Ach, liebe Mama, ich seh' dich nie mehr...«

Ein Stein fiel ihm aus der Tasche und plumpste hinein. Ein tiefer Platscher, so daß das Wasser aufspritzte und mir ins Gesicht regnete. Und Richard Budde versank ohne einen Laut. Genau über der Stelle, an der einige Minuten zuvor Otto Heinrich ertrunken war. Das Grün wich Richtung Ufer. Dort wurde ein gelbgrauer Fleck Wasser sichtbar.

Odd Torbjørnson stand noch in derselben bewegungslosen Haltung. Er trug eine dünne, verschlissene, ultramarinblaue Bluse. Einmal sah es aus, als friere er. Doch er straffte sich, und sein Blick suchte im Dämmerlicht die Ferne.

Ich war meiner selbst nicht mehr mächtig. Überall, wohin ich auch sah, war es so grau und zu und blind ... Nur den *Teich* sah ich. Er lag da wie ein Auge, das aus diesem hoffnungslosen Schummer alles Licht saugte.

Die beiden, die vorhin geredet hatten, lagen jetzt da. Tot. Ein erleichternder Hauch strich über mich. Und ich wandte mich mit fester Stimme an Edgar:

»Nimm mich. Mir ist es egal. Aber laß ihn da außen vor.« Ich zeigte auf Odd.

»Nein«, hörte ich weit weg, »du sollst mich zuletzt töten. Komm, Odd! du bist dran.«

Odd Torbjørnson war niedergekniet. Er hielt die Bücher fest, öffnete aber nicht die Lippen. Seine zarte Person strahlte eine stumme Hingabe aus. In diesem

Augenblick fuhr mir durch den Kopf, daß sein Vater ein Trunkenbold war und daß seine Stiefmutter ihn schlug.

Das Blut stieg einmal in seinen marmorweißen, feinen Wangen auf. Seine Augen waren so weit weg. Ich sah wieder das hohe, unglückselige Licht um seine Stirn ... Es war diesmal wie ein starker, wogender Schein über der toten Ebene.

Edgar hob einen schwarzen Mondstein. Ich sah nichts mehr, bis Odd mir vor die Füße fiel. Sein Gehirn war eingeschlagen. Es floß etwas Blut. Es war nicht sehr viel. Der andere füllte seine Bluse mit Steinen. Dann nahmen wir die Leiche und warfen sie in den Teich.

Ich sah eine Menge blutiger Blasen aufsteigen. Und eine kleine, rote, geronnene Welle schlug ans Ufer. Dann bewegte sich nichts mehr.

Edgar versteckte ohne ein Wort Odds Bücher unter einem Stein. Dann wandte er sich zu mir. Jetzt spürte ich, es ging um uns. Und ich biß mir trotzig auf die Lippe.

»Pfui, da wollen wir nicht liegen. Komm!« Er legte mir den Arm auf die Schulter.

Doch in diesem Augenblick sah er Richards Schirmmütze in dem Grün schwimmen. Er nahm ein paar Steine und schleuderte sie nach ihr. Aber er ließ mich nicht los. Ich mußte mich mit ihm bücken. Ein Stein sprang in die Mütze. Und die sank sofort.

Wir gingen schnell los. Aber wir rannten auch nicht. Ich wußte, wohin er wollte. Zu einer Felsspalte, die wir Jungen kannten. Sie war durch Hagebutte und Schwarzdorn ziemlich verborgen. Wir mußten uns hindurchzwingen, so daß wir uns an den scharfen Dornen Hände und Gesicht zerkratzten. Ein Felsbrocken war ganz innen hinabgerutscht. Er bildete eine Höhle.

In sie hinein krochen wir auf dem Bauch – zuerst Edgar, dann ich. Dabei entdeckte ich ein Loch auf seinen schwarzen Strumpfwaden. Weiße, behaarte Haut leuchtete hervor. Ich empfand eine seltsame Lust, ihn zu kitzeln...

Ich konnte wirklich nicht anders, als mit meinem Finger hineinzufahren. Er zog heftig das Bein an sich und murmelte böse:

»Was willst du da? Du möchtest sicher nicht sterben?«

»Sterben?« Es kam mir wieder so finster vor. Und ich schwieg und biß mir auf die Lippe.

Hier drinnen war es dunkel und feucht. Ich kam mit dem Knie in Wasser und fing an zu frieren. Dann legte ich mich hin und schloß die Augen vor dem, was geschehen würde. Sie waren heiß und müde. Es brannten ein paar lächerliche Flammen vor ihnen. Kleine, tausendfarbige Sterne, die herumwirbelten.

Es war so viel Platz, daß wir dort drinnen nebeneinander paßten. Ich spürte Edgars Körper. Ein eigentümlicher Schauer durchrieselte mich. Und das Bewußtsein meines eigenen Körpers jagte zum erstenmal in mir hoch. Es war, als schösse dieser Organismus aus der feuchten, frühlingssatten Erde auf. Und es war, als gärten wilde Säfte bei uns beiden. Ich roch diesen Frühlingsduft von überall. Von dem Humuserdreich, dem säuerlichen, sprießenden Aprilgras, von den Harzknospen der Hagebutte ... Der schwüle Dunst vorjähriger Kräuter. Und die Menschenleben waren kurz und unregelmäßig. Ihre Leiber bewegten sich über einen kleinen Flecken Erde. Im Sommer saßen sie draußen und saugten Luft. Im Winter zogen sie sich in einem dunklen Kabuff zusammen. Schrumpften ohne Stoffwechsel. Unten auf der Sandebene beim Herrenhof wimmelte es in diesem Augenblick lautlos. Ein großes Ostergewimmel. Und die Kirchenglocken klangen. So viele Frühlingsleiber liefen draußen herum. Einige aber welkten. Es kam immer wieder ein solcher kalter, trostloser Apriltag mit dem gleichen geheimnisvollen Dämmerlicht. Und die gleichen Unglücksblicke über die nackte Ebene. Und die Stunden glitten ins Erdreich zurück. Sie verwandelten sich. Sie schossen unter den Teich und jenseits von ihm als grüne Kräuter wieder auf. Sie eilten wie unablässige Seufzer in die Ewigkeit.

Da rief er meinen Namen.

»Arthur! Hier ist es.«

»Was?« Ich versuchte, mich aufzurichten.

Edgar Duus reichte mir schweigend sein Fahrtenmesser. Ich sah seine bläuliche Klinge hier drinnen in der Dunkelheit leuchten. Ein leuchtender Streifen entlang der Felswand. Wasser, das lautlos herabsickerte.

Ich nahm jetzt auch sein Gesicht wahr. Es kam mir nicht mehr so spöttisch und raubvogelhaft vor. Es erschien mir schöner und stolzer. Seine Wangen glänzten wie mattgoldene Bronze. Und seine Augen hatten wieder den bleichen Mondschein.

»Du sollst es mir in den Hals stoßen«, sagte er bestimmt.

»*Blut?*« fragte ich bebend.

»Was, bist du feig? – Blut, oooh. Herrlich, es sickern zu hören. Sickern und fließen …«

Er schob das Messer in meine Hand. Ergriff mich an den Armen und schloß seine Beine um mich. Er preßte sich auf mich. Ich spürte seinen brennenden Atem an meinen Brauen. Innere Ohnmacht kroch in mir hoch. Und ich flüsterte:

»Bring mich um, bring mich …«

»Nein. Du sollst mich umbringen. Ich mag nicht mehr leben. Ich bin ziemlich dings …«

Dann nahm er meine Hand und stieß sie heftig an seine Kehle.

»Zieh! zieh …«

Ich hörte ihn nach Luft schnappen. Es ging ein Ruck durch seinen Körper, und sein Arm fiel schlaff herunter.

Ich begriff nichts von dem Ganzen. Ich zog meine Hand an mich. Das Messer kam allerdings mit. Ein warmer Blutstrahl spritzte mir ins Gesicht. Mein Augenlid verklebte. Ich stand im Taumel auf, schlug aber mit dem Kopf gegen das Felsstück. Und ich sank wieder über ihn. Ich fühlte noch sein Herz hämmern. Es wurde schwächer und schwächer. Schließlich hörte es ganz auf. Mein eines Auge war von geronnenem Blut zugeklebt. Mit dem anderen sah ich den seltsamen Mondschein in seinen schwinden …

Mein Freund, Edgar William Duus, war tot.

Da kam wieder diese sonderbare Lust, meinen Finger durch das Loch in seinem Strumpf zu stecken. Denn ich hatte diese festen, sicheren Waden immer gemocht. Und ich drehte mich dorthin. Ich berührte wirklich mit dem Finger seine behaarte, nackte Haut. Sie war noch warm. Eilig zog ich ihn zurück. Es war, als ob seine Wade zitterte.

Ich hatte ein seltsames Gefühl. Er *wartete* auf mich. Und so fürchterlich war die Macht dieses Körpers über mich, daß ich an ihm entlangrobbte und mich auf den Arm des Toten fallen ließ.

Das Dunkel wurde tiefer hier drinnen. Es rauschte so eigentümlich in der Luft. Das lange, fallende Regenrauschen. Und Tropfen, die da draußen von dem Hagebuttengestrüpp tropften und tropften. Ich lag da und dachte an all unsere Spielplätze. An meine tote Mutter, an die ich mich nicht erinnern konnte ... Und ich wagte nicht mehr, allein zu sein.

Da fuhr das Messer an meine Kehle. Ich zog die Hand rasch zurück. Etwas kam mit ihr mit. Ich verlor es. Ich weiß nicht mehr, was es war. Es versetzte mir einen Schock. Es knisterte in meinen Adern. Ich hatte einen sonderbaren Salzgeschmack im Mund. Und ich fühlte das Blut rieseln und fließen ... außen auf meinem Körper rieseln und fließen. Qualvoller Durst peinigte mich. Aber abgesehen davon war es nur eine sieche Wollust. Ich hörte ein ewiges Rauschen, das immer schwächer wurde. Und schließlich ein großer Lichtblitz, der in einer Nacht mit wirren Funken endete ...

Da erscholl ein heftiges Krachen, das das Haus erschütterte. Mein Stuhl wurde hochgehoben und wankte. Es war beinah, als wäre hier drinnen eine Bombe gefallen. Ich hörte Glasscherben über den Boden hereinstieben. Und ich kehrte wieder zurück zu meinem *lokalen* Bewußtsein.

Eine gewaltige Schneelawine hatte sich vom Dach gelöst. Und gleichzeitig war es, als wäre eine Riesenlast von mir gefallen. Denn jetzt begriff ich das zahllose Gewimmel des Lebens auf der Erde. Blut, das ewig rieselte ... Sehen und Empfinden brachte. Und es wieder verschloß. Nach eigenem unerforschlichem Gutdünken.

Ich stand zitternd auf und nahm meine Uhr zur Hand. Sie zeigte vier Minuten und fünfzehn Sekunden nach fünf.

In weniger als fünf Minuten hatte ich diese seltsame Geschichte durchlebt.

Doch der Schreiber dieser Zeilen hat eine Mission zu erfüllen. Wenn der Schnee verschwindet, wird er die tote Ebene und die Felsspalte aufsuchen. Und der Tag wird der gleiche sein. Der letzte Dienstag im April.

DEZEMBER 1901

Kranke Perioden

Da mir etwas passiert ist, das Anlaß zu viel losem und furchtbarem Gerede in der Stadt gegeben hat, halte ich eine Erklärung für notwendig.

Ich habe wirklich unter der Furcht vor Veröffentlichung gelitten. Ich verachte diese Klasse Menschen, deren Namen jeden Tag in der Zeitung paradieren und die ohne Schamgefühl in zahlreichen Büchern ihr intimstes Seelenleben zu Markte tragen. Doch jetzt kann auch ich nicht schweigen.

Man hat von Wahnsinn gesprochen, um meiner Praxis zu schaden. Man hat sich nicht gescheut, mich als Trunkenbold zu beschimpfen. Ja, es gibt wahrhaftig auch Leute, die in ihrer Einfalt behaupten, ich sei vom Teufel besessen gewesen. Ich will nicht versuchen, eine einzige dieser lächerlichen Beschuldigungen zu widerlegen. Nur die Tatsachen festhalten. Deshalb übergehe ich keine einzige Kleinigkeit, die mir Licht in eine Sache – oder, richtiger, Krankheit – zu werfen scheint, deren Natur mir sehr rätselhaft ist.

Und was an jenem Donnerstag nachmittag passierte, wird sicherlich für die guten Leute etwas von seinem dämonischen Charakter verlieren. Dafür aber wird ihnen die unsichere, wechselhafte Art der menschlichen Lebensfunktionen beklemmend naherücken.

In der Zeitung der Stadt L-s konnte man am Freitag, den 28. Juli, folgendes lesen:

Der junge Arzt Aage Basse ist bedauerlicherweise im hiesigen Strandbad verunglückt. Gegen sieben gestern abend verlangte er Schlüssel und Handtuch und begab sich zum Umkleideraum Nr. 5. Hier war im übrigen so spät kein Badegast. Als ihn der Bademeister nach einer halben Stunde auf die Schließungszeit hinweisen wollte, fand er die Tür zum Umkleideraum des Doktors offen und seine noch hier liegenden Kleider. Dies kam ihm verdächtig vor, da er wußte, daß Basse sich nie mehr als eine Viertelstunde im Wasser aufzuhalten pflegte. Und da er ihn nirgends, weder im Bassin noch in vernünftiger Entfernung außerhalb, entdecken konnte, alarmierte er sofort die Hafenpolizei, die augenblicklich die umfassendsten Untersuchungen durchführte, doch ohne Resultat. Erst um elf Uhr gab man aufgrund der diesigen Abendluft die Nachforschungen auf.

Wir vermuten, daß der Doktor, der ein ausgezeichneter Schwimmer gewesen sein soll, sich vermutlich zu weit hinausgewagt hat und von einem Starrkrampf ergriffen worden ist. Am Nachmittag soll er über eine Übelkeit geklagt haben, die auch auf mentale Störungen hindeuten könnte. Wahrscheinlich hat die Strömung seinen Körper quer über den Fjord zu den Klippen getragen. Heute ist die Suche dort draußen fortgesetzt worden. Es soll indessen große Mengen von

Neunaugen und Tintenfischen dort draußen geben, die diese erschweren, da sie die Leiche sehr rasch verzehren. –

Ich übergehe ein paar Phrasen bezüglich Tüchtigkeit, Teilnahme und zahlreiche Patienten. Sie sind mir wirklich allzu widerwärtig, als daß ich mit ihnen ein weißes Blatt Papier besudeln wollte. Aber ich kann jetzt die Schadenfreude begreifen, die aus dieser häßlichen Schlußbemerkung spricht. Der Redakteur sähe mich ganz bestimmt am liebsten von Neunaugen aufgefressen …

Donnerstag nachmittag um dreiviertel vier begann dieses seltsame Halblicht.

Ich bin sehr lichtempfindlich. Als ich gerade ein Rezept ausstelle, beobachte ich eine merkwürdige Veränderung am Papier. Von einer ursprünglich starken, blauweißen Farbe wechselt es in Richtung schmutziges Gelb. Eine seltsame Beklemmung erfaßt mich. Ich stehe auf und sehe mich um. Das Zimmer hat denselben Ockerton. Und draußen zwischen den Häusern fließt ein gelbbleiches Todeslicht, das von der Erde aufzusteigen scheint.

Es fällt mir schwer, die Art dieser Beklemmung zu bestimmen. Sie ist zu verwoben mit den geheimsten Äußerungsformen meines Wesens. Ich kann nur die ungefähren Symptome nennen. Und ich vermerke: einen permanenten Druck in der Herzregion; ein verstopftes Gefühl im Unterleib; hoher Puls und eine klamme Kälte im Körper. Was ist damit gesagt? – Nein, es ist natürlich etwas ganz anderes und Intimes, was ich meine. Aber es ist verhext. Ich kann einfach nicht ruhig sitzen. Kann meine dummen Gedanken nicht auf ein gewöhnliches Wort wie *Morphium* konzentrieren. Es zu schreiben fällt mir schwer und macht angst. Ich gehe zwischen jedem zweiten Buchstaben rastlos umher und fingere an meinen Instrumenten. Ein Forzeps scheint mir augenblicklich eine sinnlose Einrichtung zu sein. Eine Inokulationsspitze so qualvoll, daß ich erschauere. Ich befinde mich in einem Paroxysmus, in dem meine kritische Kontrollstation geschlossen ist und jedes Nervenzentrum auf eigene Faust und mit erregter Empfindlichkeit arbeitet. Gut, das ist auch nicht das Eigentümliche. Das passiert auch in etlichen anderen Fällen.

Da höre ich aus dem Wartezimmer ein Räuspern. Es ist die Tochter der morphiumkranken Frau, die ungeduldig wird. Au verflucht – *das Rezept*! und ich beeile mich, es zu vollenden. Ein großes Quantum Morphium. Ein sehr großes Quantum ... Ah, daher kam also dieses unglückliche Gefühl. Ich wollte mich von meiner dummen Patientin wegschleichen.

Ich zeige übrigens heute ein merkwürdig dünnhäutiges Gewissen. Es ist sicher eine billige Lüge, die Sache mit der Schließung der kritischen Kontrollstation. Denn ich kann es nicht anders sagen, gerade jetzt arbeitet es in teuflischem Übermaß. Es sollte natürlich lieber etwas die Augen zumachen.

Im übrigen ist die ganze Geschichte mit dem kritischen Kontrollapparat wissenschaftlicher Unsinn. Wie auch alle anderen hochtrabenden Funktionslehren. Ich bemerke nur *eine* Meinung, *ein* Gefühl überall in meinem Körper mit entsprechender Reduktion je nach Kraft der Empfindung hier und jetzt. Aber ich bin auch bis heute so ziemlich gesund gewesen.

Was *meine* ich eigentlich? – Es ist nutzlos, die allergeringste Ansicht zu besitzen, solange mir diese verpestete Unruhe im Blut sitzt. Natürlich. Ich habe nur nach vernünftigem Erwägen Rezepte auszustellen. Ich habe mich unter der Masse Bürgertugend servil aufzuführen. Habe angemessen zu essen und zu trinken. Mit angemessenen Zwischenräumen weiterhin in die Kirche zu gehen. Kurz – ich habe ausschließlich Rezepte zu schreiben. Es ist Sache des Apothekers zu *mischen.*

Ich eile mit dem Rezept hinaus. Bitte sehr!

Wieviel die Mühe kostet? – Nein, nein, nein; es eilt nicht. Eine fixe Idee hat mich ergriffen. Erhalte ich die zwei Kronen heute, passiert ein Unglück. Aber Mama hat gesagt, sie *wollte* bezahlen ... Ich höre nur ihre kleine, blasse Stimme; ich hege Scheu, sie anzusehen. Es ist lächerlich. Aber ich wage dieses Geld nicht anzurühren. Es bringt bestimmt Unglück. Morgen zum Beispiel nehme ich Honorar an. Nächste Woche einmal, an jedem beliebigen Tag, zum Teufel. Nur nicht *heute.* Sie sieht mich mit einem sonderbar aufmerksamen Blick an und macht noch ein paar Umstände. Dann knickst sie verzagt in der Tür. Das heißt – gesehen habe ich es zwar nicht. Aber gefühlt.

Gott sei Dank, weg ist sie. Was das Kind gedacht hat? – Das interessiert mich nicht. Ich bin sie und ihre morphiumkranke Mutter los. Und ich gehe nervös in meiner Praxis umher. Schließlich setze ich mich. Laufe um meinen Stuhl und setze mich wieder. Das Fenster steht offen. Ich kenne diese schwüle Luft. Genau einen Tag pflegt sie sich zu halten. Dann habe ich eine kritische Periode. Doch meine Gesundheit hat sie immer überwunden. Ja, es ist, als würden meine Lebenssäfte durch sie erneuert. Obwohl es mir manchmal so vorgekommen ist, als trüge ich das Leben wie ein sprödes Stück Glas zwischen den Händen. Heute aber ist es anders. Heute bin ich wirklich so krank, daß meine Beine unter mir zittern.

Es ist halb fünf. Ich nehme meinen Hut und gehe hinaus. Ganz unbewußt gehe ich hinaus.

Haben Sie noch nicht diese fahle Stimmung empfunden? – wenn kein Unterschied ist zwischen Tag und Nacht. Der Abend kommt lautlos schleichend, gehüllt in ein geheimnisvolles, schmutzig gelbes Nebellicht.

Im Laufe des klaren Sommertags ist diese Luft zusammengeweht. Ein gelber Himmel hängt niedrig und drückend über der Stadt. Ich begegne Menschen mit angstwundem Blick. Die Häuser haben böse Absichten. Ansteckungsgift lauert in allen Ecken.

Die Leute leiden unter Indigestion. Wenn zwei und zwei zusammenstehen, sprechen sie mit aufrichtiger Bekümmerung über ihren Magen. Sie starren alle so zutiefst verzagt in die bleiche Dämmerungsluft, in der alle Dinge und Menschen so komisch leblos aussehen. Und man hastet auseinander ... Weg von den furchtbaren Fragen und den scheuen, wenn auch wachsamen Blicken. Ein Mensch zittert vor dem anderen. Diese Luft besitzt eine kranke, zehrende Wirkung.

Ich befinde mich in einer Verbannung der inneren Leere. Ich habe die Fähigkeit verloren, das Leben zu begreifen. Alles fällt wieder in seine einzelnen, sinnlosen Bestandteile auseinander. Und die Freude ist weit weg. Es ist, als hätte ich sie nie gekannt.

Ich schnappe nach Luft und eile hinunter zum Hafen. Alle Menschen flüchten zum Hafen und zu den langen Brücken. Na, als ob es hier stärkere Luft zum Atmen gäbe.

Aber über dem Meer ist noch mehr erstickende Stille. Sumpfstille. Faule Dünste treiben hier unten. Von totem Fisch und stinkenden Muscheln. Die Schiffe liegen wie große, schwarze Seevögel mit kranken Schnäbeln und hängenden Flügeln. Sie kommen sicher nie mehr hinaus. Alles ist so hoffnungslos geschlossen.

Und die Menschen gehen in Gruppen zusammen, ganz wie an einem anderen Abend. Sie gehen zwei und zwei. Aber die Welle in sich gekehrten Grübelns trennt. Die unbestimmte Endzeitluft schweigt die lauten, herzlichen Worte tot. Was wird *geschehen*?

Irgendein Mann geht an meiner Seite. Ich weiß nicht, wer er ist. Er vertraut mir wahrhaftig seine *Todeskrankheit* an, die er genau in diesem Augenblick entdeckt hat.

Ich sehe einen Menschen an einer Bretterwand stehen und seinen Stock in ein morsches, grünes Loch stecken. Auf und ab bummle ich ... auf und ab. Er steht dort nach wie vor mit demselben stumpfen Lächeln. Eine Blechdose liegt an einem Zaun. Ich muß unbedingt nach ihr treten ... Alle Leute müssen, einer nach dem anderen, nach ihr treten. Ich höre die ganze Zeit ihr leeres Scheppern.

Da sagt ein Vorbeispazierender mit einem verhuschten Seufzer: *Sie starb vor einer halben Stunde an Gift.*

Warum ich bei diesen Worten aufschrecke? Ich weiß es nicht. Aber ich haste wieder davon...

Vor dem Zollamt spürte ich, daß sich ein sehr unangenehmer Mensch näherte. Ich wußte mehr, als ich sah, daß es das Zollamt war. Ein altes, gelbes Ziegelgebäude aus der Dänenzeit, mit Dacherkergiebel und vorspringender Fassade hinter einer Reihe draller Kastanienbäume. Denn ich habe an diesem Ort immer ein rätselhaftes Empfinden von Todesfällen gehabt.

Diese Person kam hinter mich und überholte mich. Plötzlich fiel mir ein, dies war der Jura-Kandidat De-Place.

Er war Redakteur der konservativen städtischen Zeitung, die so völlig überflüssig meinen Nekrolog geschrieben hatte. Es ist nicht sehr lange her, daß er seine Tätigkeit in dieser Schlammschleuder begann. Ich bin politisch indifferent. Aber ich glaube schon, allein er war imstande, einen radikalen Oppositionellen aus mir zu machen.

Ich bin ihm nur ein einziges Mal bei irgendwelchen gleichgültigen Menschen begegnet. Doch schon lange zuvor hatte er mich irritiert. Schon sein alberner Name irritierte mich – er hieß bestimmt ursprünglich Svendsen. Seine bornierte, mokante Feder, seine gezierte Person konnten mich in Rage bringen.

Herrn De-Places Äußeres war genau folgendermaßen: ein formloser Körper mit stark abfallenden Schultern; ein sommersprossiges, blasses Gesicht, das genausogut einem Frauenzimmer hätte gehören können; feuerrotes Haar und kurzsichtige Augen. Ein paar gestutzte, steife Bartstoppeln sprießten auf seiner Oberlippe. Er war 26 Jahre alt. An seiner Person klebte eine gewisse fadenscheinige Geschniegeltheit. Und dann dieser versnobte Bekanntmachungston ... diese gespielte Leutseligkeit in den Manieren. Schon beim Gedanken daran stieg rasendes Gelächter in mir auf.

Warum hatte ich diesen Menschen auf den ersten Blick gehaßt? – Ich hatte wirklich keinen offiziellen Grund. Nun ja. Er hat mich niemals beleidigt. Im Gegenteil. Er hat mich immer mit extremer Höflichkeit verfolgt. Ich kann es einfach nicht erklären. Aber es gibt Menschen und Begebenheiten, die wirken wie seelisches Ungeziefer. Es fällt mir schwer, sie loszuwerden, und ich scheue mich, mich an sie zu erinnern. Oft krümmt sich das eigene Innere bei lächerlichen Dingen. Ich kenne also einen Mann, vor dem darf ich einen *Griffel* nicht einmal erwähnen. Ich selbst habe gelassen eine Klapperschlange getötet. Aber der Ton einer Wespe läßt mich unwillkürlich flüchten.

Es passierte mir auch etwas, damals, als ich mit Herrn De-Place zusammenstieß. Ich fühlte, er war bösartig. Und ich biß in mein Taschentuch. Ganz unwillkürlich biß ich. Doch genau davor flieht meine Erinnerung. Der strenge Faulgeschmack des Stoffes sitzt mir noch im Mund ... Daß sich dies in seinem Beisein zutrug, scheint mir unverzeihlich.

Wie gesagt – diese Person ging an mir vorbei. Er grüßte allerdings. Herablassend und pedantisch. Ich brachte es nicht über mich. Ich vergaß es vollkommen. Denn meine Antipathie schluckte jeden vernünftigen Gedanken. Der häßliche Mundfäulegeschmack legte sich wieder unter meinen Gaumen. Und die gelbbleiche Dämmerungsluft schien sich zu verdichten und in seiner blassen Gestalt eine Form zu finden. Mir kam es vor, als träfe ich in ihm den bösen Sinn des Tages.

Eine sonderbare Last fiel auf meine Brust. Ich wollte ihn am liebsten los sein. Aber ich wagte nicht, ihn aus den Augen zu lassen. Und ich ging ihm weiter nach. Er drehte sich nicht ein einziges Mal um, obwohl ich mich kaum zehn Schritte hinter ihm befand.

Da bog er in einen Hauseingang ein. Ich folgte ihm. Ich hörte ihn vor mir auf der Treppe und blieb einen Augenblick stehen. Eine zaghafte Kinderstimme klang von oben. Mit einem Schauer erkannte ich sie. Es war das kleine Mädchen, das heute nachmittag das Morphium geholt hatte.

Die schicksalsschwangeren Worte, die ich vorhin gehört hatte, standen mit unheimlicher Klarheit vor mir: *Sie starb vor einer halben Stunde an Gift.* Frau Weel war an Morphiumvergiftung gestorben! – und ich hatte sie getötet. Deshalb fand sich der Redakteur ein. Was sonst? Er wollte nur zur Freude der übrigen Ärzte festhalten, daß ich sie vergiftet hatte. Ein paar fürchterliche Sekunden lang durchlief ich all seine Machinationen. Von dem Augenblick an, in dem er meinen letzten Kollegen verließ, der sich geweigert hatte, das Rezept zu erneuern ... Ich sah direkt meinen Namen besudelt in der Zeitung und meine Praxisfenster eingeworfen von einem erregten Pöbel. Ich hatte das qualvolle Empfinden einer infamen Öffentlichkeit um mich. Und ich *zitterte* vor diesem gehässigen Menschen.

Ich hatte Lust, mich zu verstecken. Aber ich traute mich nicht. Eine unerklärliche Angst trieb mich die Treppe hinauf. Ich setzte meinen Finger auf den elektrischen Klingelapparat und drückte unter unglaublicher Anspannung. Es war ein Gefühl, als hätte ich das Beil der Guillotine in geheime Bewegung zu meinem Nacken gesetzt ...

Überaus lebendig war diese Empfindung, denn als die Tür geöffnet wurde, durchfuhr ein Schock meinen Körper wie im Hinrichtungsaugenblick. Ich weiß nicht, wer die Tür aufmachte. Vielleicht war es das Mädchen. Sie zog sich scheu zurück und ließ mich vorbeigehen.

Hier drinnen war es totenstill. Nichts außer der Stille der schweren Möbel und dem seltsamen Halbdunkel. Aber mitten in diesem Zimmer schweigender Anklage saß das zarte, zwölfjährige Mädchen mit bleichem Gesicht und altklugen Augen. Solch resignierten Kinderaugen, die während der Krankheit von Müttern aufgehen und die früh Bescheid wissen.

Sie saß lautlos vergrämt da und fingerte an ihrem kurzen Rock. Ich hatte wochenlang ihren nagenden, blutlosen Kummer gesehen: die Mutter, die durch ihr teuflisches Morphium täglich vor ihr dahinsiechte. Sie wußte es und schwieg. Sie knickste nur so tief, wenn ich kam und ging. Und jetzt hatte ich ihre Mutter schließlich getötet. Auch das wußte sie und schwieg. Sie stand hier nur knicksend vor mir ... Mein Mitleid kannte keine Grenzen. Ich wollte sie gerade in meine Arme schließen, als ich die Silhouette der toten Gestalt unter einem Laken entdeckte. Frau Weel lag noch auf der Chaiselongue, auf der sie umgesunken war. Man war noch nicht dazu gekommen, ein Totenlager zu bereiten.

Da ergriff mich eine plötzliche Unruhe. Wo war der Redakteur? – Ich sah ihn nirgends. Obwohl ich fühlte, daß er mich beobachtete. Das Kind war auch nicht mehr da. Ich fand mich allein mit der Toten. Bleiche Unsicherheit stieg in mir auf. Dieses Dämmerlicht da draußen war ohne Schatten einer Veränderung.

Es war so unheimlich ewig. Ein Todeslicht, das sich ohne Frage und ohne Antwort langsam um jedes Geschöpf schloß.

Auf einmal bewegte sich das Laken. Die Leiche richtete sich auf ... Ich wich schaudernd zurück. Und vor mir saß die Dame mittleren Alters mit fetten, schlaffen Gliedern und dieser grauen Schattenfarbe im Gesicht. Ihre Augen hatten einen seltsamen Phosphorglanz. Der unheimliche Morphiumrausch war noch lebendig. Mit einem nervösen Zucken des Kopfes, das sich mit bestimmten Zwischenräumen wiederholte, redete sie ununterbrochen. Ich hörte keinen Laut. Was ich sah, war nur die Bewegung ihres Mundes. Schließlich glitt alles in den Lichtnebel hinaus ...

In diesem Augenblick sagte eine tiefe, kräftige Männerstimme hinter mir:

»Was stehen Sie da und glotzen, Doktor?«

Ich drehte mich um und sah Weel unten auf der Treppe. Wie im Blitz hatte ich alles wieder klar vor mir. Gott sei Dank – ich war also nicht da drinnen gewesen. Ich befand mich noch auf demselben Treppenabsatz, wo ich lauschend stehengeblieben war.

Ich suchte zwar nach einer Entschuldigung. Aber er lachte und wollte, daß ich mit hereinkam. Der arme Mann! – er wußte offensichtlich nichts. Doch ich wagte nicht, der stummen Anklage dieser Kinderaugen zu begegnen. Und plötzlich besaß ich die Fertigkeit des Redens. Ich hatte schließlich etwas zu verbergen. Ich erfand die unglaublichsten Dinge. Aber alles, was ich sagte, klang in meinen Ohren so wahrscheinlich.

Er beobachtete mich nur aufmerksam und ohne ein Wort. Dieses anhaltende Schweigen berührte mich peinlich. Aha – er hielt mich ganz bestimmt für betrunken. Obwohl ich keineswegs daran zweifle, daß ich mich zufriedenstellend aufführte, trotz meines Redens. Ja, ich weiß jetzt mit Bestimmtheit, daß mein Betragen äußerst konventionell war.

Da erscholl der Schritt des Redakteurs im Gang über mir. Mir schauderte. Diese Konfrontation in Weels Anwesenheit schien mir unerträglich. Erregt nahm ich meinen Hut und ging.

Nein, ich ging nicht. Irgend etwas hielt mich in der Haustür zurück. Ich mußte *lauschen*. Und in einer sonderbaren Angst, entdeckt zu werden, verkroch ich mich unter der Treppe.

Über mir hörte ich sie reden. Jetzt erfuhr Weel natürlich das schauerliche Geheimnis seiner Frau. Es war wahrscheinlich hinter seinem Rücken passiert. Deshalb wurde jede Konsultation so pünktlich beglichen. Alles erfuhr er. Ihren jähen Tod und mein Beteiligtsein. Der Redakteur verheimlichte nichts. Ich spitzte die Ohren bis aufs äußerste, um das entscheidende Wort zu erhaschen. Jetzt aber wurde es zu einem gedämpften Flüstern. Es galt sicher der effektivsten Art, mich zum Verbrecher zu stempeln. Was hatte ich denn falsch gemacht? Hatte ich nicht nur kraft meines Amtes einem Patienten ein Medikament verordnet? Was hatte dann die Öffentlichkeit mit mir zu schaffen? – Unsinn. Hier saß ich unter dem Druck der gewaltigen, unerbittlichen Öffentlichkeit selbst, die immer bereit war, das unschuldige Opferlamm zu verschlingen. Die Presse war allein dazu da, die hungrige Öffentlichkeit zu füttern und verborgene Sünden zu vervielfachen. Und ich mußte noch schärfer hinhören.

Schließlich kam der Schritt des Redakteurs herunter. Jeder Tritt war eine Verurteilung. Jetzt erscholl er über mir. Es war ein Gefühl, als trampele er unbarmherzig auf meinen Kopf los ... *Da* ging er zur Tür hinaus.

Jetzt aber flammte die Wut in mir auf. Sollte dieser gemeine Mensch ungestraft meine Existenz zerstören? – Und ich eilte ihm nach. Ich wollte verhindern ... Nein, ich wollte ihn umhauen und durchprügeln.

Auf der anderen Straßenseite ging der Redakteur De-Place. Seinen schwarzen Gehrock sah ich in diesem Augenblick vor der grünen Hauswand des Hutmachers. Er war es wirklich. Es war kein Blendwerk. Und ich hatte es sehr eilig. Es galt, ihn augenblicklich einzuholen.

In der Eile riß ich möglicherweise eine alte Frau um, die mir hinkend entgegenkam. Sie glaubte wahrscheinlich, ich sei besessen. Was kümmerte mich das? Dort ging ja der so wichtige Redakteur. Er war schon ein paar hundert Ellen weg. Vielleicht schlüpfte er wieder in einen Hauseingang.

Da bog er in ein Gäßchen ein. Aber als ich die Ecke erreichte, war er weg. Nein, nein, ich hatte mich geirrt. *Da* kam er ja wirklich aus der entgegengesetzten Richtung über den Platz. Mit gemessenen, würdigen Schritten, im Bewußtsein seiner außerordentlichen Wichtigkeit. Ich ballte unwillkürlich die Faust und ging ihm schnell entgegen. Ich wollte sie ihm in die blasse Visage rammen. Da fiel ein Schatten vor meine Augen. Und er war wieder im Erdboden versunken. Nirgends konnte ich ihn entdecken.

Ich sah auf die Kirchenuhr. Es war 25 Minuten nach 6. Oh, ich Narr ... Ich pflegte ihn ja zu dieser Zeit im Badehaus zu treffen. Da stand er selbstverständlich schon und verbreitete seinen schrecklichen Morphiumklatsch. Ich mußte augenblicklich los ...

Da fiel mein Blick hinunter auf meine Hosen. Sie waren hellgrau, mit blauschwarzen Sprenkeln. Am linken Bein war ein kleiner, brauner, ringförmiger Fleck. Ein unverzeihlicher Jodtropfen. Es wäre geradezu leichtsinnig, sich in einem solchen Paar Hosen zu präsentieren. Ich hatte sie auch lange genug getragen. Der Redakteur mußte sich einbilden, ich besäße keine anderen.

Ich blieb stehen und starrte auf diesen Fleck, bis es mir vorkam, als beobachte ihn die ganze Straße. Er wurde zu einem lästigen Auswuchs an meinem Bein ... Wurde zu meinem Verbrechermal. Und dann kam natürlich der Redakteur und betonte es mit einem Grinsen. Jawohl. Er setzte noch dazu meine armseligen Hosen in die Zeitung.

Ganz recht – *da* tauchte er wieder auf. Hinten in der Gegend der Apotheke. Diesmal kam er direkt auf mich zu. Ich irrte mich nicht. Die formlose, unbestimmte Gestalt, die plötzlich eine drohende Haltung einnehmen konnte. Der hinterlistige Blick, der in einem Augenaufschlag impertinent spöttisch und voll von selbstgefälligem Wohlwollen sein konnte. Diese blasse, unzusammenhängende Visage, die die unterschiedlichsten Ausdrucksformen von Unerbittlichkeit und Schmeichelei, heiliger Empörung und Henkerslust haben konnte. Und hinter ihm spürte ich die brüllende Menge. Eine sonderbare Ohnmacht zitterte in meinem Körper. Ich wagte nicht mehr zu trotzen ...Wagte nicht stehenzubleiben. Ich mußte fliehen... mich verstecken. Wie ein gejagtes Tier lief ich durch die Straßen.

Auf einmal erschien mir etwas als eine unaufschiebbare Notwendigkeit. Ich mußte sofort zurück zu Weels Haus. Zu diesem furchtbaren Treppenaufgang. Etwas verdammt Wichtiges hatte ich vergessen. Ich mußte auf den elektrischen Knopf drücken ... Dann kam das kleine, bleiche Mädchen mit den stillen, alten Augen ... Gunvor hieß sie. Richtig – dann kam Gunvor heraus und knickste. Und ich würde mit lauter, fester Stimme sagen ...

Da glitt ich in eine Art wachen Schlaf, der ohne Unterbrechung zwei Tage und Nächte dauerte. Licht und Schatten, die mein tägliches Auge nicht erfaßte, brachen hervor. Jeder materielle Unterschied hörte auf. Ich befand mich in einem Ausnahmezustand, in dem das Bewußtsein meiner Existenz nach und nach schwand. In dem sich alle Eindrücke in diesem seltsamen Dämmerlicht auflösten. Trotzdem handelte ich kraft einer Autosuggestion. Ich habe wahrscheinlich mit Leuten geredet und bin mit der Eisenbahn gefahren, obwohl ich mir selbst darüber keinerlei Rechenschaft ablegen kann.

Ich habe niemals Symptome des Schlafwandelns gehabt. Im Gegenteil. Ich habe immer normal gegessen und gearbeitet und ebenso ruhig geschlafen. Ja doch. Ich habe mich wahrhaftig ein ganzes Leben hindurch besonders still verhalten. Diese plötzliche Verstörung kann ich überhaupt nicht begreifen. Das Dasein gerät ins Wanken. Das Unwahrscheinlichste kann geschehen. Und der ehrenwerteste Bürger im Irrenhaus enden.

In diesem Zustand litt ich die ganze Zeit unter einer unheimlichen Last. Der Schatten des Redakteurs schwebte ständig vor mir. Gegen diesen widerlichen Menschen hatte ich mich allmählich in eine Raserei hineingesteigert, die in dieser langen Umnachtung der Vernunft endete.

Doch vorher hatte ich eine sonderbare Vision, an die ich mich erinnere.

Ich stand wieder vor der geschlossenen Entreetür in Weels Haus. Ich setzte meinen Finger auf den elektrischen Knopf und drückte. Und plötzlich befand ich mich auf dem Schafott, das am Tatort meines Verbrechens errichtet war. Dies war das Beil der Guillotine, das ich selbst in geheime Bewegung zu meinem Nacken gesetzt hatte. Ich war des Mordes angeklagt und wurde als simpler Verbrecher hingerichtet. Etwas in mir schrie vor Kränkung. Ich wollte protestieren ... Da glitt der kalte Stahl tief in meinen Nacken. Ich sah die bleiche Gunvor mit den müden Augen knicksen ... In der nächsten Sekunde rollte mein blutiger Kopf die Treppe hinunter. Vor den Füßen des Redakteurs blieb er liegen. Auf dem Absatz, wo ich lauschend stehengeblieben war. Der offene, schwarze Mund gähnte mir entgegen. Mit dieser unheimlichen, kopflosen Empfindung glitt ich mit schlafwandlerischer Sicherheit in das dunkle Entree. Meine Hand fuhr über Stoff und fing den wolligen Eindruck ein. Der verpflanzte sich unter unglaublichem Leiden nach oben, als würden Wollfäden durch meine Arme gezogen. Er schnürte sich fest um meinen abgeschnittenen Hals ... Deckte ihn mit wollenen Teppichen zu, die meine Hände vergebens abzureißen versuchten. Und unter meinen *Gaumen* legte sich ein häßlicher mundfauler Geschmack ...

Als ich endlich aus diesem rätselhaften Zustand erwachte, erreichte lebhafte Musik mein Ohr. Klänge von Hörnern, Janitscharenmusik. Noch hatte ich nur ein undeutliches Empfinden meiner selbst. Aber in diesem Wohlklang lebte ich. Es war ein sehr bekannter Walzer von Waldteufel. Musik hat immer eine außerordentliche Wirkung auf mich gehabt. Sie zieht mich an wie ein riesiger Magnet. Selbst fernen Tönen bin ich unbewußt nachgelaufen. Sie hat sich wie Hunger unter meine Brust gelegt und meinen Adern erregenden Wein eingeflößt. Und Märchenfarben haben meine Augen entzückt. Ich habe eine begierige Freude an der Musik.

Woher kam sie jetzt? Ich wurde in dem tiefen Abendschatten laubreicher Bäume einen Menschenschwarm gewahr. Von da drinnen aus dem geheimnisvollen Dämmerlicht des Parks brauste sie heran. Ich nahm auch einen goldroten Sonnenstreifen wahr, der auf einem Berg mit ein paar alten Festungsanlagen ruhte. Eine weiche Wehmut rührte sich in meiner Seele, und ich versank in diesem Wohlklang.

Da fiel mein Blick zufällig auf meinen Anzug. Aber was bedeutete das? Gelbe Jacke und schwarze Beinkleider. Ich hatte ja *vor einer Minute* in meinen hellgrauen Sachen auf der Straße gestanden. Ich erhob mich unruhig von der Bank auf und begann, herumzuschlendern.

Ich begriff diese plötzliche Verwandlung nicht. Und ich suchte in meiner Erinnerung ... Eine unheimliche Unsicherheit bedrückte mich. Dies war ja gar nicht *meine* Straße, wo ich vor einem Augenblick gestanden hatte. Den Park da hinten hatte ich nie zuvor gesehen. Und ich starrte frierend diese fremde Umgebung an.

Hatte ich geschlafen? war ich bestohlen worden? – Ich griff in meine Tasche. Da waren zwei Zehn-Kronen-Scheine und etwas Silbergeld. Was oder wer hatte mich an diesen Ort gebracht, den ich nicht kannte?

Ich fühlte mich krank. Ein sonderbarer Schwindel ergriff mich. Wurde ich wahnsinnig? war es Wirklichkeit oder Gaukelei, was ich sah? – Und ich irrte zwischen diese fremden Menschen in dem festlichen, abenddunklen Park.

Da dämmerte mir etwas. Eilig fragte ich einen Passanten nach dem Bahnhof. Ich wagte nichts zu verraten. Doch mein Ton, mein verstörtes Aussehen haben mich zweifellos verraten. Denn er verließ mich erst hinter dem Bahnhofseingang.

Ich ging direkt auf den Bahnsteig und suchte nach dem Namen. Und ich las ... Also war ich in der Garnisonsstadt F-.! Über 200 Kilometer von meinem Heimatort. Ich eilte in das Telegraphenbüro und fragte nach dem ersten Zug. Er ging in 25 Minuten.

Heute hat mir Frau Weel persönlich einen Besuch abgestattet, um sich ihr Rezept erneuern zu lassen. Ich habe abgelehnt. Ich habe auch allen Grund. Meine Rezepte würden in der hiesigen Apotheke kaum ausgeführt werden.

Das ist übrigens absolut gleichgültig. Ich packe jetzt meinen Koffer und reise ab, um nie zurückzukehren. Denn die Sumpfluft in dieser engen Stadt erstickt jede junge, glückliche Begabung im Keim. Es ist ganz bestimmt dieser weitläufige Apparat aus Rücksichten, Verpflichtungen und Brotneid, der mich mehr als anderes krank gemacht hat. Ich sehe nicht ein, warum ich diese überflüssige Bürde herumschleppen soll. Nein. Von nun an überlasse ich mich mit Freude dem Augenblick und den wunderbaren Wechselfällen des Lebens. –

Es gibt wahrscheinlich Leute, die glauben, ich simuliere. Das ist mir ebenfalls äußerst gleichgültig. Doch wo ich in dieser Zeit war und was ich unternommen habe, davon weiß ich nicht das geringste. Der Ablauf muß indessen der folgende gewesen sein:

In dem Augenblick, als mein *äußeres* Bewußtsein mich verließ, bin ich wahrscheinlich in mein Schlafzimmer hinaufgegangen und habe mich mit einer schwarzen Hose und einer gelben Jacke ausgestattet. Von dort aus habe ich mich direkt ins Badehaus begeben, wo ich mich umzog und in einem unbeobachteten Augenblick hinausschlich. Die Landstraße liegt direkt daneben. Ich habe vermutlich meinen Weg auf ihr genommen und bin bis zum nächsten Bahnhof gewandert, wo ich eine Fahrkarte zum erwähnten Ort gelöst habe. Daß ich in diesem Zustand mehrmals umgestiegen bin und sogar die Dampffähre benutzt habe, finde ich so merkwürdig.

Das Seltsame aber ist: Die Garnisonsstadt F-. ist Redakteur De-Places Geburtsort.

JULI 1902

Abigael

Ein langer und brennend trockener Sommer. Ohne eine Wolke, einen Regenguß. Ein duftloser, apathischer Sommer.

Der Tropensommer ist leblos welk. Die begehrliche Sonne leckt jeden Tropfen Feuchtigkeit. Verzehrt die Morgenfrische allen Bodens und tilgt sorgfältig jeden Farbunterschied. Eine trostlose, fahle Wüstenlandschaft, wo schwermutschwarze Palmen bewegungslos brüten. Und die Kronblätter der Blumen kräuseln sich im Krampf. Die weichen Blätter werden hornartig steif. Selbst das genügsame, flächenbeherrschende Stroh versengt. Und jeder Keim von Kraft schrumpft zu seiner letzten Reduktion. Die safterneuernde Feuchtigkeit des Lebens ist weg.

So war der Sommer, den ich damals erlebt hatte. Erlebt in einem fernen, transatlantischen flachen Land.

Es scheint mir notwendig, das zu erzählen. Obwohl es mit der Geschichte scheinbar nichts zu tun hat. Aber vielleicht war meine Intuition gerade dadurch potenziert. Vielleicht wären meine Sinne ohne diesen Sommer nicht so vibrierend eindrucksbereit gewesen. Wer weiß.

Denn dann kam ich heim. Heim in ein Bergland mit reichlich Feuchtigkeit und Farben. Ein wunderbares Traumlicht, in dem sich alles Leben so eigen und unwirklich ausnahm. Der frische Morgenblick eines Kinderauges.

Von einem hektischen Arbeitsleben heim in eine wohltuende, untätige Ruhe. Und ich ließ mich am Meer nieder. In einem kleinen, verlassenen Badeort ließ ich mich nieder. Ich nahm ein Bad im kühlen, blauen Septembermeer. Lebendig klarer als alter Wein. In einer sonnenwarmen Bucht mit reifen Schlehen und goldenen Laubsprenkeln an den Hängen.

Aber der verlockende Märchensommer ist tot. Die jungen, schlanken Menschenkörper an den Felsblöcken sind weg. Das helle Jubelrauschen und die verborgenen Sehnsuchtsseufzer der Nacht. Die Mädchen gehen nicht mehr in Gruppen. Frierend vereinzelt schleichen sie vorbei. Und die Sterne stehen hoch am Abendhimmel. Der Gürtel des Orion funkelt mich an. Dunkle Raubvogelaugenglut lauert in niedrigen Bauernrauten.

Da begegne ich einer eigenartigen Frau. Hier draußen in dieser einsamen Gegend am Meer, wo ein fremder Mensch eine Seltenheit ist.

Sie ging vor mir auf dem abendhellen Weg. Ein marineblaues Reisekostüm fiel angenehm locker um ihren geschmeidigen Körper. Ihr temperamentvolles, dunkles Gesicht hatte unter dem roten, hochgeschlagenen Filzhut eine geheime Glut. Ihr Wesen etwas lächelnd Katzenhaftes. Leidenschaft lauerte hinter jeder Bewegung.

Ein riesiger, gelbbrauner Hund folgte ihr. Mit ruhigen, selbstsicheren Schritten. Manchmal knurrte er bissig, wenn ein Mensch vorbeiging. Als witterte er Gefahr für seine Herrin. Und er drehte langsam seinen zottigen Kopf. Zog die Lefzen hoch, so daß seine kräftigen Backenzähne blinkten. Dann rief sie ihn. »Pfui, *Hektor*«, sagte sie. Eine nordländische Meeresströmungsstimme. Und das Tier stupste sie mit seiner geduldigen Schnauze. Es achtete klug auf ihre Winke. Doch war mit ihm bestimmt nicht zu spaßen. Es hatte seine eigene, entschieden unerforschliche Meinung. Mußte in seiner gleichgültigen Majestät ständig beobachtet werden. Es schien mir schließlich einen wesentlichen Teil dieser sonderbaren Frau zu bilden. Und es füllte die Luft um sie mit Unsicherheit.

Ich weiß nicht mehr, wer von uns das erste Wort sagte. Vielleicht war sie es. Aber wir waren gleichzeitig an einer Aussicht stehengeblieben. Ein steiler Felsen mit dem drohenden, abendblauen Halbmond des Meeres vor uns. Schwere Adlerfelswolken tief im Süden. Und von Westen loderte ein später, blutiggefärbter Dämmerungsschein. Trockene Wacholder und Birkenreiser verteilten sich über die steinige Gegend. Die Welt glich einer Schale vor unseren Augen. Einer Schale, gefüllt mit einem gefährlichen, traumschwangeren Getränk. Und hinter jedem unserer Worte spürte ich den bebenden Mißmut des Herbstes. Selbst unter den muntersten. Das Leben lag hinter uns beiden. Das hypnotisch hinreißende Sommerleben.

Doch noch lauerte eine dunkle Raubvogelaugenglut in niedrigen Abendrauten.

Sie vertraute mir ihren Namen an. Schaudernd nenne ich ihn. *Abigael. Frau Abigael Falbe.* Doch sie hatte überhaupt nichts von einer freimütigen Frau, die sich in Versuchung führen ließ. Sie sah insgesamt nicht sonderlich verheiratet aus. Und für mich war sie nur die exzentrische Abigael. Im Pakt mit allen rätselhaften Kräften des Lebens.

Sie vertraute mir mehr an. Herrlich offenherzig. Die ängstliche Aufrichtigkeit der Zweifel hatte ihre Seele befallen. Sie konnte ihr mühsames Quantum Leben nie genügend einteilen.

Auf väterlicher Seite war sie holländischer Herkunft. Sie war eine geborene B'Candt. Eine Familie aus dem Nordland. Aber sie hatte auch finnische Anteile. Ihr Großvater, der Immigrant, hatte sich in ein Lappenmädchen verliebt und sie geheiratet. Und Abigaels seltsame Polaraugen starrten mich an, als wollte sie der Wirkung dieser intimen Mitteilung nachspüren.

Doch ich verhielt mich nur als reservierter Zuhörer. Und sie sprach mit offenherziger Gewissenhaftigkeit weiter.

Es war klug, meine vorläufige Neugier zufriedenzustellen. So war die Nachfrage bedeutend weniger gefährlich. Und wohlwollende Beiträge anderer ließen sich entbehren, nicht wahr? – Ihr Mann hatte eine hervorragende militärische Position. Und Vermögen. Darüber hinaus war er ein ausgezeichneter Mensch. Ihm fehlte wahrhaftig nichts zum idealen Ehemann.

Sie bewunderte ihn nach wie vor. Leider. Denn jetzt lebten sie in entschiedener Trennung. Ja, war das nicht absurd. Verzeihung – das ließ sich wohl nicht ändern.

»Glauben Sie, ich bin ein Abschaum«, lachte die vornehme Dame. »Dann irren Sie sich nicht.«

Ich stutzte. Welchen Zweck verfolgte sie mit dieser merkwürdigen Einleitung? Wollte sie mich kapern? Meine Vernunft verlangte aufdringlich lautstark eine Erklärung. Und ich hatte ja keine vernünftige zur Hand. Ich begriff nur, daß ich etwas Neuem und Unbekanntem begegnet war. Das ich mit meinen übrigen Frauenbeobachtungen nicht in Einklang zu bringen vermochte.

Zusammen wanderten wir zum Hotel zurück. Und sie redete mit schneller, sommerheißer Stimme weiter. Es war ihr offensichtlich selbst daran gelegen, vom Vergangenen wegzukommen. Vielleicht auch daran, einen peinlichen Eindruck bei mir zu überspielen.

Ich hörte ihr nur halb zu. Ich sah in meinem Inneren ferne Bilder. Von der Prärie und von den Zuckerplantagen des Südens. Vom Urwald und von den wilden Gebirgen des Westens. Und die Menschen hier zu Hause traten erstaunlich neu vor mich hin. Ich hatte sie nie zuvor gesehen. Nicht in der Mannigfaltigkeit ihrer Schattierungen. Und plötzlich bemerkte ich ihre junge, eigenartige Schönheit. Ich bekam einen Blick für die Rasse. Die starken mongolischen Eigentümlichkeiten, die trotz der Vermischung herrschten. Und ich verstand ihre Exzentrizität. Sie hatte keine Wurzel in dem Land, in dem sie lebte. Sie hatte nur das

Empfinden des Außenstehenden. Denn ihre Instinkte waren und blieben finnisch. Die niedrigbewachsenen Bergweiten ohne Grenzraine ihre Heimat. Mit langen, zottigen Rentierketten auf der Wanderung und blauenden, schneeblendenden Gipfeln. Nomadensehnsucht, eingeschrumpft zu einem modernen Reisekoffer und einem Hotel. Doch ihre Seele war noch immer die öde Vidda. Unterbrochen von Abgründen und laubbekränzten Seen. Von kühnen Einfällen und launenhaft schönen Lächeln.

Und ihr entschlüpfte ein Seelenseufzer:

»Oh, diese blauen Septembertage, wenn die Luft hoch, kühl und klar ist ... Dann sehne ich mich mehr denn je. Sehne ich mich nach etwas erstickend Schönem. Nicht nach dem Süden. Nach nichts Bestimmtem. Aber ich wünschte, ich wäre ein Vogel. Schwebte weit herum. Ohne Nest oder Halt.«

Weit draußen am Meeressaum wuchs ein hintergründiges Rauschen. Plötzliche Windstöße fegten über die Stoppelfelder. Und die Wolkendecke flog über den gewaltigen Viddahimmel und verbarg die Sterne. Schwere Regentropfen fielen in den steinweißen Staub des Weges. Zischten in Einfriedungen und klatschten auf ihren purpurroten Hut. Ferne, angsterfüllte Blitze. Aber wir beachteten es nicht. Wir sprachen weiter. Das Leben war uns beiden ein Rätsel unendlichen Mißmuts, das wir zu deuten versuchten.

Der Regen peitschte uns ins Gesicht. Die Blitze wurden unangenehm blendend, und der Donner krachte. Wir ignorierten es. Wir wanderten getrost weiter. Erfüllt von großem Wissen. Von verborgener Sehnsucht. Zwei seltsame Menschen, die zufällig auf ein und derselben Erde geboren sind. Nur um einander zu erforschen und dadurch einige kurze Augenblicke zu leiden.

In fernen, niedrigen Bauernrauten brannte noch der letzte Abendstreifen.

Da richtete sie ihre Augen auf mich. Ich meinte die Wahrheit darin zu sehen.

Eine dunkle Raubvogelaugenglut.

Eine lange, herrliche Woche wohnten wir zusammen. Ich fing an, mich an ihr exzentrisches Wesen zu gewöhnen. Es verblüffte mich nicht mehr. Obwohl ihre Extravaganzen unglaublich waren.

Sie blieb die ganze Nacht auf. Ging erst bei Morgengrauen zu Bett. Eine Nordlandschwäche, behauptete sie. Sie könne im Dunkeln nicht schlafen. Es kam mir auch so vor, als greife sie unnötig oft zu Wein und Zigaretten. Aber ihr strahlendes Wesen wurde unter einem leichten Stimulans zweifellos in weit pikanteren Facetten gebrochen.

Sie trat in den überraschendsten Toiletten auf. Kostümierte sich, ehrlich gesagt. Obwohl außer uns keine Gäste im Hotel waren. Eine kindliche Putzlust. Beim Frühstück paradierte sie eines Tages in großer Toilette. In knallroter, tief ausgeschnittener Seide. Und beim Abendessen desselben Tages trug sie bei Tisch ihr gewöhnliches marineblaues Ausgehkostüm mit dem hochgeschlagenen Filzhut. Zu Zeiten war sie mit erlesenem Überfluß bekleidet. Zu anderen wieder mit dem gerade noch Zulässigen. So kam sie eines

Abends in den Salon, nur in eine karminrote Seidendrapierung gehüllt. Etwas zwischen einem Frisiermantel und einem Schal. Aber doch mit einer Reitpeitsche und ihrem unvermeidlichen Hundevieh.

Wir begleiteten einander gern zum Bad. Dabei konnte es ihr einfallen, unterwegs ihre Bluse abzulegen. Ich hatte den eitlen Verdacht, sie wolle mir ihre schönen Arme und ihr feines Spitzenhemd zeigen.

Das Badehaus war natürlich längst geschlossen. Sie mußte sich hinter einer Landspitze umziehen. Und der unbestechliche Hektor bewachte ihre Sachen. Draußen in den Wellen trafen wir uns. Sie hatte einen schwarzen Badeanzug mit gelben Zeichnungen, der an Schlangenhaut erinnerte. Auch ihre Schwimmbewegungen kamen mir seltsam schlangenhaft vor. Ein klammes Gefühl beschlich mich bei diesem Anblick. Ich begann wirklich, Zweifel an ihrer Menschlichkeit zu hegen.

Absolut – ihre Gesellschaft behagte mir. Sie weckte in mir eine aufreizende Neugier. Eine raffinierte Lust. Sie fesselte mich durch die suggestive Macht ihres Körpers. Und meine Erregung schien sie nur zu amüsieren.

Denn bei all ihrer scheinbaren Vertraulichkeit blieb sie mir weiter fremd. Und mitten in der ausgelassensten Lustigkeit flößte sie mir Kälte ein. Sie beunruhigte mich. Ich fühlte mich dieses mystischen Wesens mit all seiner Plötzlichkeit und seinen barokken Launen nie sicher.

In den späten Nachtstunden öffnete sie mir ihre Seele. Deren hektische Schönheit erinnerte an Mohn.

Begierig saugte ich die giftige Narkose ein. Und ich bildete mir ein, alle Heimlichkeiten ihrer Seele zu kennen. Wenn ich dann am nächsten Tag aus meinem Rausch erwachte und sie nüchtern betrachtete, war sie mir ebenso geheimnisvoll fern.

Ich saß bisweilen so in ihrer Nähe, daß ich in meinem Gesicht ihren warmen Atem spürte. Ich brauchte nur zuzugreifen ... Hätten nicht die verdammten Hundeaugen jede meiner Bewegungen bewacht. Erregt fragte ich sie einmal:

»Wo haben Sie dieses Vieh von einem Bernhardiner her?«

»Von *James.*«

»Wer ist James, wenn ich fragen darf?«

»Mein Geheimnis«, sagte sie mit geschlossenen Augen.

Und ich fühlte, ihre Vertraulichkeit war nur Lippendienst. Unter ihrem scheinbar offenherzigen Wesen verbarg sie sich selbst. –

Dann kam der letzte Tag.

Er begann auf dem Altan, der als Speisesaal diente. Er begann im Sonnenschein. Mit offenen Türen hinaus zum Hafen. Zu frischwindiger See und roten Granitklippen. Aber in welchem Angsttaumel sollte er enden ...

Ich kam zum Frühstück etwas spät. Es war schon gegen elf. Frau Abigael Falbe saß hier bereits mit einem zur Hälfte geleerten *white portwine* und einem funkelnagelneuen, uniformierten Marineleutnant.

Eine besonders lautstarke und lachlustige Stimmung. Die hektischen Rosen brannten auf ihren

Wangen. Und Teufelszeug blitzte aus ihren Augen. Sie schmeichelte. Ich müsse unbedingt so liebenswürdig sein, an ihrer rechten Seite Platz zu nehmen. Herr Leutnant *Plume*, ob sie vorstellen dürfe?

Doch, danke – ich setzte mich. Etwas verdammt schwer zu Schluckendes steckte mir im Hals und nahm mir jeden Appetit. Ein ulkiges, zurückgesetztes Gefühl bemächtigte sich meiner. Aha – ich war auch noch eifersüchtig. Es war im Laufe einer Woche in der Tat weit mit mir gekommen. Und ich verhöhnte mich selbst für diese Schwäche.

Häufig suchte sie Leutnant Plumes fröhlichen, braunglänzenden Blick. Sie gefiel sich in seiner runden, robusten Jugend. Manchmal wandte sie sich auch an mich. Voller listiger Schmeichelei. So, sie beabsichtigte also, mich zu gebrauchen. Sich mit mir zu schmücken wie mit irgendeinem gelegenen Putz. Um mich dann zu zerpflücken, wenn sie konnte. Oder irrte ich mich? Wollte sie mir nur ihre glücksprudelnde Morgenstimmung mitteilen? Sie war ja noch jung und wild. Die unendliche, goldenbleiche Sonnensage aus dem Norden saß in ihren Augen. Die seltsame, flammenzitternde Polarnacht. Sie wollte wohl nur alle auf einmal umarmen. Ihr früherer, einsamer Menschendurst trieb sie immer tiefer ins Gewimmel. Und ich verzieh ihr.

Septembergoldene Luft rauschte durch die dünnbelaubten Linden draußen. Floß mit einem bestrikkenden Licht über ihr Gesicht. In knallroter Seide saß sie hier. Mit weiten, hochgeschobenen Ärmeln, die einen Arm von kühl-blendender Weiße zeigten.

Einen Augenblick ließ sie ihre Hand vertraulich auf Herrn Plumes Schulter ruhen. Sie schien an diesem Gespräch besonders interessiert. Lachend blies sie ihm den Zigarrenrauch ins Gesicht. Seine Nasenlöcher witterten heftig. Und er faßte sie in jungenhafter Mutwilligkeit um die Taille. Ich wandte mich ab. Ich wollte nicht mehr sehen. Die selig goldene Septemberluft flimmerte vor meinen Augen.

Ein wehes Gefühl beschlich mich. Es war, als wiche die Jugend von mir. Als krieche der Herbst in mich, trotz meiner männlichen Kraft. Im nächsten Augenblick aber rührte sich der Haß. Was? sollte dieser uniformierte Bursche mich ausstechen? sollte er mich um meinen rechtmäßigen Anteil am Zusammensein mit ihr betrügen? – nur weil ihm bis zu den dreißig noch ein paar Jahre fehlten? So ließ ich mich jedoch nicht ohne weiteres behandeln. Und ich erhob mich heftig und verbeugte mich.

Da war sie schon aufgestanden. Ich sah ihre Augen unheilschwanger funkeln. Dann kehrte sie ihm den Rücken zu und fragte mich auffallend liebenswürdig:

»Wollen wir baden gehen?«

Ich gestehe, ich war ein bißchen verwirrt. Sie bewies ja auch eine begnadete Freimütigkeit. Eine solch delikate Geschichte einer außenstehenden Mannsperson, die nur ein paar Stunden bleiben würde, zu verraten. Doch ich beherrschte mich. Und ich antwortete mit hinterhältigem Nachdruck:

»Ich bedaure, gnädige Frau. Habe leider keine Zeit. Aber Herr Leutnant kommt gewiß gern mit?«

Der junge Mensch wurde flammend rot. Ich erhaschte einen Blick unschlüssiger Ängstlichkeit. Und er verbeugte sich verwirrt:

»Habe wohl auch keine Zeit ...«

»Ach was, wenn ich einlade?« Sie hatte ein besonders vieldeutiges Lächeln.

»Außerdem«, begann er wieder tastend und knöpfte seinen Waffenrock zu.

»Und außerdem, mein Herr?«

»Ich habe leider keinen passenden Badeanzug mit, gnädige Frau.«

Seine jugendliche Verlegenheit verließ ihn völlig. Und er sah ihr mit einem dreisten Lächeln mitten in die Augen. Denn jetzt bildete er sich natürlich ein, diese Frau zu begreifen.

Sie aber warf mit einem kleinen, kühlen Lachen ihre Zigarette hin:

»Aber, aber. Macht doch gar nichts, Herr Plume. Mich stört das nicht. Wir haben uns nämlich mit verschiedenen Umkleideräumen versorgt. Jeder auf seiner Seite der Landspitze.«

»Aber der Dampfer wartet nicht, gnädige Frau. Er geht in einer Stunde.«

»Keine weiteren Einwände, Verehrtester. Sie bleiben selbstverständlich bis morgen. Heute abend feiern wir ein Fest. Ein allerletztes Herbstfest. Nicht wahr?« Sie wandte sich an mich.

Ich willigte natürlich mit Freude ein. Obwohl mich allein der Gedanke schon quälte. Ich weiß absolut nicht, woher diese alberne Liebenswürdigkeit kommt. Aber ich kann einem freundlichen Wort oder Blick nie widerstehen. Ich werde gerührt. Und dann bin ich sofort zu jeder beliebigen Dummheit bereit. Ich lasse mich schändlich ausnutzen. Von jeder zufälligen Bekanntschaft. Und jetzt erbot ich mich darüber hinaus, mich als ihr Laufbursche in die Nachbarstadt zu betätigen.

Ich hätte mir keine ausgeklügeltere Strafe auferlegen können. Denn meine Kommissionen waren zahllos. Neben vielen Merkwürdigkeiten mußte ich auch einem bekannten Maler in der Hauptstadt telegraphieren und ihm auftragen, am selben Abend hier herauszukommen. Reisegeld sollte selbstverständlich telegraphisch übermittelt werden. Für alle Eventualitäten, wie Frau Abigael treffend bemerkte. Mein Gott – eine Malerkasse war ja auch keine unerschöpfliche Einrichtung.

»Warten Sie«, sagte sie. »Sie müssen Ihren Freund mitnehmen. Ihn, das lange musikalische Genie, Sie wissen?«

»Sie meinen Herrn *Røer*? Soll ich seine Geige auch einladen?«

»Ach, nein, lassen Sie die Geige schlafen. Was verstehe ich von der großen Musik. Aber ein Fest müssen wir feiern. Viele Menschen. Wo bekommen wir die alle her?«

»Ich habe neulich zwei hübsche Mädchen auf der Straße gesehen«, traute sich der Leutnant in einschmeichelndem Ton.

»Sieh an, *amis* – Sie sind genügsam. Warum nicht Ihr bißchen Appetit befriedigen. Ich erlaube Ihnen, Ihre kleinen Mädchen einzuladen. Finden Sie sie nur wieder«, lachte sie ausgelassen.

Bei diesen Worten empfand ich eine närrische Freude. Sie war doch nicht ganz so leichtsinnig, wie der grüne Leutnant sich einbildete. Ich schielte hinüber zu dem großen Hundevieh, das mit wachsamen Augen dalag. Und ich ging beruhigt weg.

Dann in der Nachbarstadt wechselte indessen alles den Charakter. Der unbestechliche Blick der Distanz. Eine sonderbare, nervöse Unruhe bemächtigte sich meiner im Laufe des Tages. Ich ängstigte mich keineswegs ihretwegen. Was ging mich ihr Treiben an? Ich liebte sie nicht. Und was ich jetzt empfand, war nahezu Erleichterung. Als hätte ich zu menschlichen Orten zurückgefunden, nachdem ich auf der öden Vidda umhergeirrt war. Ich hatte keine Sehnsucht nach ihr. Im Gegenteil. Ich empfand intensive Abneigung zurückzukehren. Und da der Zeitpunkt unserer Abreise sich näherte, zitterten Fieberschauer durch meinen Körper. Ich fürchtete wirklich, da draußen würde mich eine Krankheit befallen.

Merkwürdigerweise hatte mein braver Freund, *Johannes Røer*, ebenfalls viel gegen diese Reise. Aufgrund seiner beinah unglaublichen Länge nannten wir ihn gern »Die Offenbarung des Johannes«. Ein netter und höchst harmloser Mensch, der in alle Situationen vortrefflich hineinpaßte. Jetzt benutzte er nichtsdestoweniger eine Menge durchsichtiger Entschuldigungen, um davonzukommen. Aber ich bedrängte ihn. Obwohl ich selbst über einem vernünftigen Aufschub brütete. Denn jetzt bereute ich mein leichtsinniges Versprechen. Doch hinter alledem war trotzdem etwas, das mich antrieb. Ich *mußte* den Schmerz aufsuchen.

Als wir aus der nahen Nachbarstadt hinausfuhren, nahm diese Unruhe in einem krankhaften Maß zu. Ich gab dem nervösen Wetter die Schuld. Es war auch eine sonderbar wechselhafte Luft. Über dem Meer wälzte sich eine aggressive, blauschwarze Wolkenmasse. Weit da draußen blies eisig ein böser Nachtwind. Aber die Bucht hier drinnen war spiegelglatt. Und die rotweißen Fischerhäuser am anderen Ufer standen klar in dem blanken Fjord. Die Hügelkette im Osten lag in scharfem Clair-obscur. An ihrem Fuß ein großer, tiefer Schatten. Blendendes, blitzklares Licht darüber. Und die Luft zitternder Unwetterschlummer.

Da ging die Sonne unter. Und aus einem Streifen Abendhimmel quoll ein verschwenderisches Gold hervor. Der Fjord floß wie schimmerndes, aufgelöstes Metall. Reich nuanciert vom blassesten Veilchenblau bis zu Orange und Rosa. Und in nahen Wäldchen schlummerte furchtsames, bronzegoldenes Dämmerlicht.

Dann veränderte sich wieder alles. Plötzlich wie ein geheimnisvolles Traumgesicht. Die Wolkenschicht flammte auf. In einer drohenden, fieberroten Farbe mit unheilschwangeren Schwefelstreifen. Die Bucht verwandelte sich in geronnenes, gestocktes Blut. Und geheimes Sturmgrauen bewegte die nächtlichen Baumkronen am Weg.

Meine Sensibilität war angespannt bis zum Paroxysmus. Fuhren wir rasch bergab, durchrieselte mich ein Wollustschauer der Angst. Es war, als rollten wir geradewegs in den Tod. All meine Energie war nötig, um die Schleusen des Lebens zu schließen. Mein Puls hämmerte bis zum Hals. Und schwere Schweißtropfen sickerten auf der Stirn hervor. Ich wollte schließlich den Wagen zum Stehen bringen. Oder während der rasenden Fahrt abspringen. Doch eine sonderbare, paralysierende Furcht davor, meine Erregung zu verraten, hielt mich gefangen. Eine direkte Bewegungsangst. Meine Hand umklammerte krampfhaft einen Riemen des Schutzleders. Als könnte der mich retten. Endlich ging es etwas langsamer. Aber wir rollten weiter mit unerbittlicher Sicherheit vorwärts.

Da verpflanzte sich meine Erregung auch auf meinen wunderlichen, langen Freund. Denn Johannes Røer fragte mit unsicherer, furchtsamer Stimme:

»Also, wollen wir nicht lieber umdrehen? Es fängt bestimmt bald an zu regnen.«

Aber ich antwortete nicht. Konnte nicht antworten. Er wiederholte die Frage und fügte hinzu:

»Hu, ich friere auch.«

Doch keine Laut kam über meine Lippen. Eine reine Aphasie beherrschte mich.

Empfindungen extremen Grauens jagten durch mein Inneres. Was erwartete mich wohl da draußen in der Meeresnacht? – Der Indigohimmel kroch näher. Er senkte sich und schluckte jeden Streifen Licht. Ein gewaltiges Donnerbrausen zog durch die Wälder wie von vielen Wasserfällen. Und klatschend schwere Regentropfen kündeten das Unwetter an.

Ich war überall im Körper völlig starr. Meine Hände waren eiskalt klamm. Meine Haut schrumpfte und irritierte besonders die linke Lende.

Es scheint mir von Wichtigkeit zu sein, die Entwicklung meiner nervösen Erregung festzuhalten. Ich will nichts übergehen, was möglicherweise diesen dunklen Gemütszustand erklären kann. Selbst keine augenscheinliche Nebensächlichkeit.

Denn diese äußeren Phänomene drangen tiefer ein. Meine frühere Unruhe wurde von dieser paralytischen Starrheit verschluckt. Ich hatte keinen Widerstand mehr. Und ich gab mich einer dumpfen Gleichgültigkeit hin. Ließ mich von diesem Leihwagen als ein willenloses Opfer der Zufälligkeiten mitschleppen.

Durch weite, unwetterrauschende Wälder fuhren wir. Ohne ein Wort. Das herbstnasse Laub wirkte im flackernden Schein der Wagenlaternen kulissensteif. Der Regen schlug mir ins Gesicht und blendete mir die Augen. Ununterbrochenes Tropfen von der Hutkrempe. Auf Hand und Nase. Und bei jedem Stoß des Wagens schüttete die Pfütze in meinem Hutkopf Wasser in das Bassin des Schutzleders. Aber das störte mich merkwürdigerweise nicht. Meine Apathie war total.

Ein Schauer gelber Blätter wirbelte hoch um den Wagen. Und wir rollten immer weiter auf dem alten Königsweg. Durch düstere Wälder und hohe Eichenalleen. Hinaus auf die nackten Meeresebenen, wo das Schicksal wohnte.

Verwischte Fragen glitten an mir vorbei. In einer fernen, verwirrten Hast. Als gingen sie mich persönlich nichts an. War Leutnant Plume mit den fröhlichen, braunglänzenden Augen noch bei ihr? Wie tief war er wohl in ihr Lächeln eingedrungen? Hatte er schon ihren Kuß geschmeckt? Na, na. Vielleicht war er eher vor ihrer unbändigen, nordländischen Direktheit geflüchtet. Abgehauen wie ein braver Schuljunge, die Angst tief unten in den Hosen.

Wer war eigentlich diese exzentrische Frau? Eine gewisse Frau Falbe. Abigael Falbe. Gut. Eine Dame, die man sicher am besten von weitem betrachten sollte. Eine glänzende Abenteurerin mit reichlich Seide und Schmuck, die krampfhaft an dem vornehmen Familiennamen festhielt. Besonders aber an Anstand und offizieller Zucht. Und davon abgesehen auf die Moral pfiff. Was scherte sie mich also? Denn mich schreckte weder sie noch ihr bissiges Hundevieh.

Na ja, ihre Ehe war sicher nicht übertrieben dauerhaft gewesen. Leider. Denn jetzt hatten die Frauen auch hier zu Hause begonnen, sich Liebhaber anzuschaffen und die Haare zu färben. Heute kupferrot. Morgen strohgelb. Die ehrwürdige Küchenzeit war vorbei. Die Zeit der Unschuld vom Lande. Und moralische Schwindsucht griff die Familien an. Doch, doch. Das war zweifellos amüsanter. Und ein unklares Mitgefühl für ihren unglücklichen Mann, den ich nicht kannte, ergriff mich. Die Schuld wie vieler Male hatte wohl das Band zerrissen? Welche Qualen hatte er durch ihren Leichtsinn erlitten? Denn er mußte sie ja früher einmal geliebt haben.

Weshalb beschäftigte sie mich trotzdem? Diese irritierende Frage meldete sich ständig zwischen all meinen undeutlichen, überhasteten Gedankenfetzen. Mit einer haßerfüllten Kälte, als wäre ich um etwas betrogen worden. Ach, warum war ich so empfänglich für weibliche Schönheit? Warum umgab ich mich nicht mit einer Mauer kondensierter Weisheit – wie mein undurchdringlicher Freund, Herr Johannes Røer? Ja, sicher. Seine alltägliche Umsicht gestattete ihm gewiß keine extraordinären Seelenqualen. Er ging geschäftig seiner Lehrertätigkeit nach und pflegte sein Violinspiel in hierfür eingerichteten Freistunden. Was wollte sie eigentlich mit ihm? Aus seiner abgesicherten Geschütztheit ließ sich schwerlich ein nervöser Augenblick quetschen.

Die Nacht brütete drückend niedrig über dem toten, kleinen Badeort. Das Dunkel wickelte sich geradezu um die kleinen Holzhäuser. Und sickerte irgendwo ein schmutziggelber Lichtstrahl aus einem schläfrigen Fenster, wurde er von dem gierigen Unwetterdunkel sofort verschluckt. Der Wagen rumpelte über das unebene Straßenpflaster. Ich fuhr auf aus meinem apathischen Dösen. Schmerzlich erwachte mein Bewußtsein. Jetzt ließ es sich nicht mehr ändern. Jetzt war ich da. Der flackernde Laternenschein sprang in verdächtige Ecken und fiel auf das bleiche, angstvolle Gesicht eines Menschen, der dem einsamen Wagen entgegenstarrte. Mit einem Ruck hielt dieser vor den festlich erleuchteten Fenstern des Hotels.

Der Abend lag wie ein unerforschlicher Druck auf mir. In einem sonderbaren, manipulierten Zustand ging ich hinein. Ich handelte und sprach mit schlafwandlerischer Sicherheit. Mein Denken war logisch klar. Mein Gehirn funktionierte mit gesteigerter Energie. Ich erinnere mich an jede Äußerung und Bewegung mit großer, gewichtiger Deutlichkeit. Aber ich selbst war nicht anwesend. Alles lief auf einer fernen Bühne ab. Und ich war uninteressierter Zuschauer. Nur eine dumpfe Unruhe meldete sich in meinem Inneren. Und in einzelnen Augenblicken erwachte ich zu einer schmerzlichen Bewußtheit.

Und dieses Fest begann. Gesättigt von Weindünsten und Menschenlust. Umgaukelt von den seltsamen Angstgesichten und dem Sturmgeheul des Dunkels. Diese verhängnisvolle Nacht, von deren Angstklauen ich noch die Spuren trage.

Unten im Salon saß Frau Abigael Falbe mit einem neuen Mann, den sie gefangen hatte. Er wurde vorgestellt – Herr Agent *Kobbe*. Von seinem brutalen Wesen war ich sofort unangenehm berührt. Der Mann mit den Hanteln und der Kraftprobe. Ich höre noch sein dummes Wiehern und sehe seine liederlichen Blicke. Er hatte ein Paar schamlos kläffende Augen. Im übrigen war das Gesicht nicht unschön. Aber so völlig unverantwortlich bar jeder Kultur. Hungrige Tiertriebe lauerten darin.

Mit diesem Mann saß sie intim plaudernd zusammen. Sie nippten auch beide fleißig am Weinglas. Frau Abigael hatte eine merkwürdige Fieberglut in der Stimme. Sie lachte auch herausfordernd häufig und lautstark.

Ich verstand sie weniger als je zuvor. In welcher Beziehung stand sie zu diesem Mann? War es eine ältere Bekanntschaft? oder wieder nur eine augenblickliche Akquisition?

»Ah, die Berühmtheit kommt leider nicht«, sagte sie wie nebenbei. »Sehen Sie – das Telegramm!«

»Das ist mir auch herzlich gleichgültig, gnädige Frau«, erwiderte ich kühl und wandte mich ab.

Ihr ewiges Buhlen war mir zuwider. Und dann dieses mühsame Zusammensein mit außenstehenden Menschen. Warum brach ich nicht resolut auf? Ich blieb trotzdem. Ich wagte keine Opposition. Eine merkwürdige Handlungsfurcht hielt mich zurück.

Leutnant Plume war in eine Sofaecke hinter einer üppigen Palme gekrochen. Er tat so, als lese er eine Zeitung. Aber sein Blick hing an ihr. Die braunglänzenden Augen waren so traurig. Sie hatten nichts vom sonnenhellen Sieg des Vormittags. Und ich dachte an das Bad in der windstillen Bucht. Ihren aufreizenden Körper, ihr Lächeln. Die geheime Lust, die sie in ihm entzündet hatte. Und die sich jetzt in haßerfüllte Qual verwandelte.

Hätte nur mein sanftmütiger Freund, Johannes Røer, ein bißchen Initiative besessen. Denn er mußte doch begreifen, daß wir ganz ungelegen gekommen waren. Aber er machte nicht den Mund auf. Er hatte nun einmal seine dunkle Ungelenkigkeit an der Tür aufgestellt. Und dort blieb er bewegungslos.

Sie stand lebhaft auf und wandte sich an uns:

»Sie müssen nämlich wissen – Herr Kobbe ist mein Retter vom Sommer.«

»O nein, es war doch der Hund, der…«

»Unsinn, haben Sie mich vielleicht nicht herausgezogen? Die ganze Brücke stand ja voller Leute, die zugesehen haben. Doch, doch. Wir waren eine richtige Sensation. Ich kann Ihnen Ihren Heldenmut ganz einfach nicht verzeihen. Ich sterbe lieber, als daß ich in einem lächerlichen, klitschnassen Kleid auftrete. Liebe Freunde, wollen Sie sich denn nicht setzen?«

Und sie packte ohne Umstände Røers langen, dünnen Skelettarm, der sich in eine Stuhllehne verbissen hatte. Drückte ihn liebenswürdig in einen Lehnstuhl und fuhr fort:

»Kobbe – ach, Sie besorgen uns doch noch ein paar Gläser? Jetzt wird gefeiert.«

Ihre Lebhaftigkeit wirkte ohne Zweifel. Das Lächeln meines Freundes war das einfältigsten Entzückens. Selbst Leutnant Plume kam in Stimmung. Er warf die Zeitung weg und näherte sich mir.

»Sie ist amüsant, nicht wahr?« flüsterte er. »Aber Gott weiß, was sie mit diesem ... diesem simplen Burschen will. Verstehen Sie das?«

»Nein«, antwortete ich abwesend.

Ich spürte selbst, wie fern von meiner Umgebung ich mich befand. Das taube Gefühl vom Wagen. Es gab nicht den geringsten Kontakt zwischen mir und diesen Menschen. Aber auch nicht den fernsten Funken von Interesse vermochten sie mir in diesem Augenblick abzunötigen.

Plume witterte vielleicht meine Stimmung. Denn er fragte mit ratlosen Augen:

»Sie mögen die Gesellschaft wohl auch nicht? Nein, das ist auch ein bißchen Varieté. Sehen Sie nur den dahinten ...« – er nickte in eine Ecke des Zimmers. »Den hat sie auch eingeladen. Aber er konnte der Versuchung widerstehen«, lachte er mit weißen, begehrlichen Zähnen.

Dahinten saß ein dunkler, kleingewachsener Bursche mit einfältigen, blauen Augen. Ein Seminarist selbstverständlich. Ausgerüstet mit einer Reisetasche am Riemen über der Schulter. Und der sich im übrigen buchstabengetreu verhielt. Der junge Leutnant wollte sich amüsieren und brachte uns zusammen. Und mir war es außerordentlich gleichgültig, mit wem ich redete.

Herr Tuggestad war Vestlænder und so selig naivgläubig. Die Welt war schlicht und einfach. Und der Mensch eine herrliche Nutzpflanze. Die Gesellschaft weiterhin eine Besserungsanstalt – gut geeignet für Reformen. Die Sprachsache und die Enthaltsamkeitsvergötterung ... Es gab keine verdächtige Spalte oder Ritze des Zweifels in diesem köstlichen Eisen-glauben. Alles war ganz glasklar und aufdringlich einfach. Und dieser Mensch fuhr fort, trocken dazusitzen und mit groteskem Appetit seine selbstgeschmierten Butterbrote zu futtern. Es gab nichts Feuchtes in seiner Nähe. Er war auf Vortragsreise.

Ich erinnere mich nicht mehr an all den geistigen Kehricht, mit dem er uns traktierte. Frau Abigael Falbe kam indessen zu uns und unterbrach:

»Kommen Sie, jetzt müssen Sie wirklich mit mir trinken!«

Sie ergriff meinen Arm und fuhr, zum Seminaristen gewandt, fort:

»Und Sie sind genauso unerbittlich?«

»Ich trinke keinen Wein. Ich spreche heute abend im Jugendverein über die Enthaltsamkeitssache.«

»Und danach? Könnte ich Sie nicht in Versuchung führen? Ohne Wein?« Sie sah ihn mit einem leichtsinnigen Lächeln an, das nicht wenig weiblichlistigen Spott verriet.

Seminarist Tuggestads Blick wurde ratlos frierend. Als sähe er hinaus über ein wogendes Meer, wo kein Land in Sicht war. Er stotterte und stammelte. Es war für ihn offensichtlich eine höchst prekäre Entscheidung. Schließlich aber siegte seine eisenbeschlagene Enthaltsamkeitsvernunft. Herrn Tuggestads Abstinenz war unbestechlich. In jeder Hinsicht.

»Ich ... ich bin wohl den Abend lange zugange. Da ... da ... dann geh' ich am liebsten hinterher gleich schlafen.«

Der Leutnant konnte sich natürlich nicht mehr halten. Er brach in ein unbarmherziges Gelächter aus. Es zuckte in Herrn Tuggestads bauernbreiten Füßen. Er wollte bestimmt etwas richtig Harsches sagen. Doch kein Sterbenswort der Entgegnung kam über die bedrängten Lippen. Statt dessen durchquerte er in ein paar Sätzen das Zimmer. Flüchtete geradezu. Aber als die Tür hinter ihm zuknallen wollte, hakte sich der verdammte Taschenriemen an der Klinke fest. Und der Seminarist blieb draußen hängen.

Jetzt gab es keinen Respekt mehr. Brüllendes Gelächter folgte ihm. Die listige Frau aber walzte hin und löste den Riemen. Reichte ihn ihm mit anmutig gebogenem Handgelenk und einer unwiderstehlichen *révérence*. Und sie sagte mit lachender Stimme, wobei sie ihm zutiefst herausfordernd in die verwirrte Visage sah:

»Glauben Sie vielleicht, es nützt etwas, seinem Schicksal zu entfliehen?«

Herr Tuggestad blieb einen Augenblick stehen und glotzte auf ihre schöne Hand. Ein gieriger Blick, dem es so sündig schwerfiel, loszulassen. Dann verschwand er mit vielen lächerlichen Verbeugungen im Entree.

Ich beteiligte mich nicht an der Munterkeit. Es war, als witterte ich Unglück dabei. Und ihre scherzhaften Worte klangen in meinem Inneren so unheimlich ominös wieder: Glauben Sie vielleicht, es nützt etwas, seinem Schicksal zu entfliehen? – Gewiß nicht. Ich war auch auf einiges vorbereitet. Warum ließ ich mich dann mit einem wildfremden Menschen ein? Eine Dummheit. Ich hätte mich selbstverständlich äußerst reserviert verhalten sollen. Und eine böse Bitterkeit sammelte sich in meiner Brust.

Da kam sie und setzte sich neben mich aufs Sofa. Ihr Gespür war wunderbar.

»Sie sind so still«, begann sie einschmeichelnd. »Noch ein Glas Wein kann bestimmt nicht schaden?«

»Nützt leider nichts. Übrigens – legen Sie wirklich Wert auf mehrere Eroberungen?«

»Eroberungen? Keine Ahnung, was Sie meinen!« Sie starrte mir so verblüfft unwissend in die Augen.

»Meine nur, meinetwegen brauchten Sie sich da eigentlich nicht zu ängstigen. Mich hatten Sie wie ein angenehmes Taschennécessaire. Eine Riechwasserdose, die Sie jederzeit herausnehmen und sich zur Erquickung in die Nase stecken konnten. Nicht wahr?«

»Pfui – Sie sind bös. Was hat Sie zu einer solchen Bitterkeit gebracht?«

»Oh, der Mensch lebt nicht vergebens, gnädige Frau.«

»Lieber Freund, ich will doch nur fröhliche Menschen um mich sehen. Und deswegen sind Sie beleidigt?«

»Ich bedaure wirklich, daß ich heut abend so schlecht ins Ensemble passe.«

Ich fühlte, meine Worte schlossen sich unbewußt in eine persiflierende Schale ein. Da war etwas, das zwang mich, zu verletzen und zu sticheln. Meine Repliken fielen unheimlich klar und sicher. Aber ich selbst stand so völlig außerhalb. Sie kamen mir so fremd vor, diese Worte. Sie gehörten gewissermaßen nicht mir. Sondern einem anderen. Obwohl ich alles mit expansiver Kraft sah und erfaßte. Ich ahnte sogar, was sie sagen würde. Die Mühe hätte sie sich also sparen können. Ihr beweglicher, katzengeschmeidiger Körper nahm jeden Augenblick eine neue, besonders attraktive Haltung ein. Und ich sagte mir selbst: Sieh an, sie spielt vortrefflich Komödie; aber mich fängt sie nicht. Mich beherrschte eine gefühlsmäßige Stumpfheit. Eine hartnäckige Kälte.

»Sie sitzen immer noch da und mißtrauen mir? Ja, ich bin gefährlich, mein Herr. Denken Sie an den Seminaristen. Er blieb an seinem Riemen hängen, als er zu fliehen versuchte.«

Sie schloß die Augen und lachte. Ein gedämpftes, sensitives Lachen. Es kam mir vor, als hätte ich nie zuvor die intime Schönheit dieses Gesichtes gesehen.

Die seltsam strahlenden Polaraugen hatten es immer absolut beherrscht. Keinen Blick auf anderes als sich zugelassen. Doch jetzt mit den geschlossenen Augenlidern besaß es eine neue, sonderbar saugende Macht über mich. Etwas bestrickend Anschmiegsames und zugleich unzähmbar Raubtiergrausames. Dieses weiche, kurzlinige Gesicht mit der ausgeprägt mongolischen Kieferpartie und dem schwellenden, flämischen Mund. Eine plötzliche Welle der Lust durchspülte mich. Die Kälte von vorhin verließ mich ganz. Und ich erwachte zu einem Augenblick wilden Verlangens.

Da schlug sie ihre eigentümlichen Polaraugen auf und sah mich an. Dieser Blick duckte mich. Und in einer empfindungsknisternden Sekunde begriff ich ihre Macht über Männer. Ein müder Ausdruck legte sich um ihren Mund. Und sie fuhr in einem kranken Ton fort:

»Ach nein, ich habe gar keine Absichten. Das Ganze langweilt mich beinah. Ich kenne ja die Meinung der Leute. Die stecken selbst alle voller Absichten. Aber vor allem voller Todesurteile. Gut – ich bitte auch nicht um Schonung. Ich habe mich ausgezeichnet amüsiert. Und wenn ich satt bin, verschwinde ich. Ah, sehen Sie – da ist schon das Mädchen, das das Essen serviert.«

Sie stand lebhaft auf. Und mit ihrem leichtsinnigsten Lächeln walzte sie zur Tür, wobei sie summend sagte:

»Einen Augenblick, meine Herren. Dann haben Sie mich wieder.«

Und sie warf uns allen ausgelassen Kußhändchen zu.

Der Augenblick ihrer Abwesenheit wurde lang. Die Minuten zogen sich hin. Meine unselige Unruhe hielt mich nirgends. Rastlos wanderte ich in den Räumen umher.

Hier drinnen in der ofenwarmen, altmodischen Stube ging die Lustigkeit weiter. Aber draußen bliesen dunkle, regenschwere Winde. Heftiges Platschen gegen die Steintreppe. Nahes Rauschen in den dünnbelaubten Linden. Die ferne Dünung des Meeres. Ein munteres Theaterwetter. Eine vortreffliche Begleitung zu diesem sonderbaren Fest.

Es war, als erwartete ich einen Knall. Etwas ungeahnt Angsterregendes mußte eintreten. Ich irrte mich nicht. Das gelbbraune Hundevieh knurrte auch zornig, wenn das Lachen am lautesten war. Es tappte die ganze Zeit herum und witterte mit verzogener Schnauze. Bald hierhin, bald dorthin. Es hatte auch die Unruhe im Körper.

Mit dieser exzentrischen Frau konnte ja alles mögliche passieren. Gut, andere würden sie vielleicht mit einem Schulterzucken hysterisch nennen. Die Bezeichnung ist mir völlig gleichgültig. Für mich war es nur eine bemerkenswerte Offenbarung weiblichen Seelenlebens. Eine neue Entwicklungsphase. Normal oder nicht, interessierte mich nicht. Sie war da. Und ich *mußte* ihren Verlauf beobachten, selbst wenn es mich das Leben kostete.

Mein ganzes Wesen befand sich in einem sonderbaren Zwiespalt. Unbewußt fürchtete und suchte ich sie. Es war mir eine erschauernd neugierige Lust, an einem fremden Menschenschicksal herumzufingern. Mit einem komplizierten, gefährlichen Frauenrätsel zu experimentieren. Und selbst unverletzt davonzukommen. Ja, ja. Auch die Spinnen waren manchmal listig. Sie befruchteten die Madam aus gehörigem Abstand. Mit der dreisten Hilfe der Hinterbeine. Und bevor sie ihre Toilette ordnen und ihn mit ihren giftigen, behaarten Liebesklauen umschlingen konnte, war er außer Reichweite. Sie kam nicht dazu, ihn auf Spinnenweibchenart auszusaugen. Eine unanständige Notwehr natürlich. Aber wenn es das Leben galt, was ließ man sich nicht alles einfallen? Da war wahrhaftig jeder Kniff erlaubt.

Dieses weibliche Mysterium wollte ich kennen. Denn sie hatte etwas irritierend Rätselhaftes. Etwas, das mich erregte und immer näher heranzog. Aber ich wollte auch nicht in ihr Männernetz gehen. Ich beabsichtigte, erhobenen Hauptes weiterzuwandern. Bereit, dem unbefangenen Leben anderer Frauen zu begegnen. Ich wollte mich schützen. Und ich spürte unwillkürlich, wie mein Inneres schrittweise in souveräner Unzugänglichkeit erstarrte. Aber die Mühe hätte ich mir wahrhaftig sparen können. Denn es sollte alles so ganz anders und so angsterregend kommen …

Strahlend kam sie zurück. In einem weißen, veilchengarnierten Seidenkleid. Mit einer königlichen Frisur, in der ein seltenes Schmuckstück funkelte. Ein Halbmond aus Rubinen und weißen Perlen. Sie hatte ein vieldeutiges, dunkles Lächeln.

»Sie sind als Braut gekleidet?« versuchte ich es scherzhaft.

Aber die Worte gefroren mir auf den Lippen. Eine eisige Ahnung stieg in mir auf. Eine Ahnung, die ich noch nicht in Worte formen konnte. Warum hatte sie wohl dieses Fest gerade heute abend arrangiert? Unter diesen auffallend unbekannten Umständen und hier in in diesem herbstverlassenen Unwetterwinkel. Unbestreitbar ein wohl seltsamer Zeitpunkt. Ein Abschiedsfest mit dem Sommer, das sie ganz in eigener Regie feierte. Es war, als wollte sie sich in großem, strahlendem Staat dem unfruchtbaren, entlaubten Herbst antrauen.

»Finden Sie mich wirklich schön?« fragte sie still wie ein glückliches Kind.

»Sie beschämen uns geradezu, gnädige Frau. Wir sind ja alles andere als festlich gekleidet«, antwortete ich ausweichend.

»Darf ich den letzten Abend nicht ein bißchen extravagant sein?«

»Sie reisen morgen schon ab?« fragte ich eilig.

Sie antwortete indessen scheinbar ruhig und beinah munter:

»Ja, morgen um diese Zeit bin ich weit weg.«

Ich hatte dennoch das Gefühl, daß ihre Ruhe gekünstelt und der Ton nicht echt war. Und das Nachtfrösteln von draußen schlich sich bei mir ein. Die Unwetterangst. Das Sturmheulen vom Meer mit den heiseren Möwenschreien, die von Wracks und versunkenen Menschenschicksalen kündeten. Trotz des Weins und des festlich gedeckten Tischs. Trotz all der jungen Lustigkeit. Zwar ließ ich mich ein paar leichtsinnige Augenblicke lang mitreißen. Und ich vergaß das nächtliche Grauen. Aber es schlich sich wieder ein, wenn für eine Sekunde Stille über diese desperate Gesellschaft fiel.

»Ich habe alles für Sie vorbereitet«, rief sie ausgelassen. »In meiner bescheidenen Wohnung ist es gemütlich. Da können wir uns nach Belieben amüsieren. *Allons, messieurs!*«

Und sie ergriff einen brennenden Kandelaber. Herr Plume den zweiten. Sie walzten zusammen aus der Tür, eine bekannte Melodie summend. Die Treppe hinauf strebte dieser merkwürdige Zug. Jeder mit seinem brennenden Licht in der Hand. Den langen, dunklen Gang im Seitenflügel entlang, wo der Wind in dem alten Holzwerk pfiff und knarrte. Ihre jungen, heftigen Gesichter glühten in dem nahen Lichtschein. Frau Abigaels festlich weiße Seide schien tausend knisternde Freudenstunden zu verbergen. Sie drehte sich mit verlockender Anmut vor Leutnant Plume, der den schweren Kandelaber mit der erhobenen rechten Faust hielt. Ein sinnenbetörender Tanz. Rhythmisch wiegend. Fern und rätselhaft schön wie das Spiel der Jugend vor einem alternden Hintergrund von Herbst und Nacht.

Am Ende des Ganges lagen ihre Zimmer. Ihnen gegenüber war eine Tür hinaus zu einer steilen, offenen Nottreppe, die an der Hauswand hinunter auf den Hofplatz führte. Von dieser Tür kam ständig ein kalter Luftzug. Heute abend machte sie starken Lärm. Sie stöhnte und kreischte wie ein unglückliches

Wesen. Es rüttelte und klirrte im Schloß, als wollte jemand von draußen herein. Und genau in dem Augenblick, als Frau Abigael Falbe an ihr vorbeilief, geschah etwas Sonderbares. Die Tür sprang mit einem Krachen auf. Regen und Sturm schlugen herein. Und die Kerzen in ihrem Kandelaber wurden alle ausgeblasen. Sie stieß einen Schrei aus und fuhr zurück, die Hand ans Herz gepreßt. Bleigrau im Gesicht. Starrte mit angstgeweiteten Augen ins Dunkel hinaus, als hätte sie ein grauenvolles Gesicht. Auch das gewaltige Hundevieh jammerte leise.

»Haben Sie sich erschreckt, gnädige Frau? Teufel auch, ein munteres Festwetter, nebenbei bemerkt«, lachte Leutnant Plume und schloß die Tür.

»Oh, ich hasse Dunkelheit«, japste sie panisch. »Das ist unheimlich. Licht, Licht!«

Wir traten in ihre Räume. Die Tür zur Schlafkammer machte sie eilig zu. So war es gemütlicher, behauptete sie. Drinnen in der Kammer war es auch unheimlich dunkel. Sie ließ alle Lampen und Kerzen der Stube anzünden. Ja, sie verlangte noch mehr. Ich zählte genau siebenundzwanzig Lichter.

»Ein Licht für jedes Jahr«, sagte sie lächelnd. »Stellen Sie sich vor, wie alt ich bin. Ein ganzes Vierteljahrhundert.«

Hier sah es sehr merkwürdig aus. Ein ausgeprägtes, weißes Grauen lag über dem Zimmer. Weißlackierte Möbel. In einer Ecke ein weißverkleideter Toilettentisch. Lange, weiße und gutgestärkte Gardinen, die den Boden erreichten. Ein schleppendes, weißes Damasttischtuch über dem Couchtisch, auf dem ein

Fruchtdessert mit Tokayer angerichtet war. Selbst an die Wand war eine weiße Seidendraperie mit hochgeschlagenem violettem Saum gespannt. Hier hingen Photographien von lauter bartlosen Jünglingen. Eine ganze Galerie hübscher Gesichter. Aber dazwischen konnte eine Visage von häßlicher, robuster Lüsternheit stecken. Eine Faunschnauze. Noch ein Herr Kobbe.

Da kam sie und begann einschmeichelnd:

»Um Gottes willen – nicht kritisieren. Das sind alles meine kleinen Freunde. Sie schreiben mir noch immer.«

»Also darum gehen Sie so fleißig aufs Postamt? Und der da? an ihn denken Sie wohl am meisten?« Ich zeigte auf einen stolzen Kopf von seltener und vergeistigter Schönheit.

»Er?« Sie richtete ihre seltsamen Polaraugen auf mich. »Das ist *James*, der mir den Hund geschenkt hat. Aber jetzt ist er tot. Übrigens – Sie finden sicher, das alles ist Plunder. Jawohl, ist es auch. Elender Plunder. Nicht einmal wert, es in einem Koffer mitzuschleppen. Aber an dem Herbst können Sie sich doch freuen. Der ist unverfälscht. Nett arrangiert, was?«

Welkes Laub in allen outrierten Farben des Herbstes. Säuerlich rote Vogelbeerendolden in Girlanden und Blumengebinden. Lichter überall. Doch, hier herrschte zweifellos ein gewisses illuminiertes Grauen. Eine weiße, welke Festivität des Todes.

Ich konnte nicht antworten.

»Wir waren wirklich tüchtig, nicht wahr, Leutnant?« Sie richtete mit einer langsamen, graziösen

Bewegung, die ihren schönen, veilchenduftenden Arm zur Schau stellte, ihre Frisur.

Leutnant Plume beugte sich zu ihr und murmelte etwas vom sublimen Geschmack der gnädigen Frau. Es war, als kitzelte ihn jeder Muskel seines Körpers, sie zu umarmen. Ich sah seine Hand zärtlich an ihrem Kleid fingern, als versuchte sie, eine eingebildete Falte zu glätten.

Sie wandte sich mit dem liebenswürdigsten Lächeln wieder an mich. Allerdings mit einer Stimme, die nicht den geringsten Einspruch duldete.

»Ach, holen Sie mir doch meine Zigaretten. Ich habe sie wohl im Salon vergessen.«

Ich gehorchte zwar. Aber mit einem gekränkten, unwilligen Gefühl. Ich ging hinunter und machte Licht. Fing dann an, nach der Zigarettenschachtel zu suchen. Obwohl ich mich vollkommen überzeugt fühlte, daß es nur ein Vorwand war. Und ich fand sie ja auch nicht.

Was bedeutete das? Warum schickte sie mich auf so unnütze Expeditionen? Und warum nicht Herrn Plume? – Und ich sah in der eifersüchtigen Bitterkeit eines Augenblicks, wie der junge Leutnant sie in der Schlafkammer küßte.

Ich war gerade im Begriff, das Licht zu löschen, als die Tür hinter mir schnell geöffnet wurde. Abigael trat ein, gefolgt von dem Hund.

Ein lebhaftes Zittern befiel meinen Körper. Und ein Siegesblitz durchjagte mich: *endlich*. Die Absicht stand außer Zweifel. Abigael suchte meine Nähe. Das taube Gefühl vom Abend ließ mich los. Ich spürte die Schwüle ihres Körpers. Und ein wildes, sinnentrunkenes Begehren stieg in mir auf.

Abigael – ah, jetzt würde ich dieses Rätsel knebeln. Ich umarmte sie und preßte einen heftigen Kuß auf ihre Lippen. Doch die waren so merkwürdig brennend und fiebertrocken. Als wäre all ihr Saft entwichen. Sie schmeckten mir nicht. Ich begegnete bei ihr nur einer seltsamen, scheuen Kälte. Und meine Umarmung erlahmte.

Sie schob mich nicht weg. Hob nicht eine Hand zur Gegenwehr. Sie stand nur ganz still da, mit verwirrtem Blick. Brach dann plötzlich in Tränen aus.

»Sie auch«, flüsterte sie. »Und dabei glaubte ich...«

»Nun, und dabei glaubten Sie?« versuchte ich beruhigend und zog sie an mich.

»Lassen Sie mich los. Ich will nicht. Will nicht, hören Sie.«

Mir wurde auf einmal so ungewiß heiß. Aber ein hintergründiger Trotz rührte sich in meinem Inneren. Ich fühlte mich schändlich betrogen. Und ich fragte in verbittertem Ton:

»Was zum Teufel wollen Sie dann von mir?«

»Wollen? Nichts selbstverständlich. Aber Sie verstehen mich schon. Sie sollen mich verstehen.«

Ich schüttelte unbarmherzig den Kopf. Ich verstand nur, daß ich es zweifellos mit einem hysterischen Frauenzimmer zu tun hatte. Und ich bereitete mich darauf vor, die geistesgestörtesten Bekenntnisse zu hören.

»Haben Sie jetzt ein bißchen Geduld. Setzen Sie sich her und hören Sie mir zu«, sagte sie mit bittender, tränenerstickter Stimme.

Eine nordländische Meeresströmungsstimme.

Von ihrem ausgelassenen Leichtsinn war nichts übrig. Nichts übrig von der vornehmen Dame von Welt, die Spott auf den Lippen und Pulver im Gefühl hatte. Vor mir stand nur eine jämmerliche, kleine, bange Frauenseele, die um Schutz flehte. Doch mein früheres taubes Gefühl kehrte zurück. Und ich versuchte einen höflichen Einwand:

»Sie sollten an sich selbst denken, gnädige Frau. Die anderen werden diese lange Abwesenheit auffällig finden?«

»Oh, das hat keine Not. Die anderen spielen Karten. Und ich habe Geschäfte mit der Wirtin. Sie verstehen? – Was kümmert mich übrigens jetzt noch die Meinung anderer? Die hat mich eigentlich nie interessiert. Und jetzt verkrafte ich diese häßliche Komödie weniger denn je. Das Leben ist für mich böse und krank. Die Menschen widern mich an. Ihr Inhalt stinkt. Was ist das Ganze anderes als gegenseitige Grausamkeit? Wir sind alle grausam. Bewußt oder unbewußt. Es gibt kaum einen graduellen Unterschied in der Grausamkeit. Und das unschuldige Opfer übt bestimmt bei Gelegenheit Vergeltung. Es ist außerdem erheblich angenehmer, den Märtyrer zu spielen als den Büttel. Der leichterkaufte Beifall des Publikums und all das. Pfui, das alles ist niederträchtig. Um mich herum und auch in mir. Und dabei habe ich einmal geglaubt, ich erwache zu lauter Schönheit ...«

»Entschuldigen Sie, aber ich kann Ihnen nicht helfen. Ich kann nicht einmal mir selber helfen«, entgegnete ich mißmutig.

»Helfen? Haha. Als ob menschliche Hilfe möglich wäre«, lachte sie höhnisch. »Nein, aber Sie können liebenswürdig sein. Sie können eine Weile von Ihrer robusten Überflüssigkeit absehen. Sie können zuhören. Und es gibt nicht viele, die das können. Nein, hören Sie mir zu – ich bin gar keine gepeinigte Frau. Ich habe im Gegenteil viele Männer gequält. Ja, viele. Ich habe nach meiner eigenen Lust gelebt. Allen Einfällen nachgegeben und mich vortrefflich amüsiert. Nicht um Mitleid bitte ich. Aber jetzt ist das Fest aus. Meine Jugend ist vorbei. Und ich fange an, die häßliche Kälte des Lebens zu spüren. Verstehen Sie mich?«

Ich nickte schweigend.

»Wissen Sie, was das Innerste des Mitleids ist? Der Kern? – Jawohl, Grausamkeit. Deshalb bitte ich Sie – sparen Sie sich Ihr Mitgefühl, was mich betrifft.

Ich will Ihnen eine kleine Geschichte erzählen. Als Kind hatte ich einmal ein paar süße, kleine Entenküken bekommen. Ich fühlte mich plötzlich vermögend. Ein glücklicher Besitz, über den ich allein verfügen konnte. Oh, wie unendlich gern ich sie hatte ... Ich hätte mich prügeln lassen können, um sie zu retten. Sie waren ja so unschuldig. Taten niemandem etwas zuleide. Sie gingen nur um die Pfütze und schnatterten, die gelben Flaumknäuel. Manchmal war die Pfütze betrüblich trocken. Es war leider kein ordentlicher Teich. Ich fühlte selbst diesen totalen Mangel an Feuchtigkeit. Fühlte ihre zerzausten Federn nach kühlem, rieselndem Wasser dürsten. Und ich sorgte ausdauernd dafür, die Pfütze zu füllen. Jeden

Morgen freute ich mich darauf, meine Tiere zu füttern. Und ich sah sie gedeihen und wachsen. Ihre Körper nahmen an weißer, watschelnder Mächtigkeit zu.

Eines Tages sagte ein Mistvieh von einem Vetter zu mir: ›Deine Enten werden fett, Abba; wann werden sie geschlachtet?‹ Ich trat ihm an die Lederhose, bis die ein hübsches Loch hatte. Ich zog ihn an den Haaren, bis wir beide um die Wette heulten. Denn meine Tiere sollten wirklich nicht geschlachtet werden. Um keinen Preis der Welt. Er sollte nur wagen, sie anzurühren.

Nichtsdestoweniger erlaubte ich mir selber unglaubliche Dinge. Woher kam nur diese sonderbare Grausamkeit? Manchmal befiel mich Lust, sie zu quälen. Ich hatte eine gierige Freude daran, diese armen Tierchen zu jagen, bis sie aufschrien und laut und ausführlich von ihrem Schaden berichteten. Und ich konnte große Steine in die Pfütze werfen, daß sie gerade so davonkamen. Ich wollte sie untergehen sehen. Eine hinkte leider durch diesen Sport fürs Leben. Meinen geschienten, hinkenden Enterich liebte ich danach desto mehr. Die ausgeklügeltste Grausamkeit fiel mir ein. Eine rein teuflische Findigkeit im Raffinement. Oh, es schmerzt mich noch, das zu erzählen. Ich schlug einen Nagel durch den weichen, jungen Entenschnabel. Einen großen Drei-Zoll-Nagel, der fest in der Bodendiele saß. Ich wollte sein grauenvolles, stummes Zappeln sehen. Der kleine, gelbe Entenschnabel blutete. Blut kam an meine Finger. Und im selben Augenblick empfand ich ein grenzenloses Unglück. Das allein war es, wonach ich mich unbewußt gesehnt hatte. Ich hätte mein Leben gegeben, um es ungeschehen zu machen. Und ich wusch seine Wunden. Wollte ihm einen Lappen um den Schnabel binden. Das wurde glücklicherweise unterbunden. Sonst hätte ich das unglückliche Entenküken wohl getötet. Und als ich es endlich losließ, empfand ich eine so riesige Wunde und einsame Reue, daß ich es wieder einfangen mußte. Obwohl ich dunkel spürte, daß ich es erneut quälte. Aber ich wollte es doch nur auf dem Schoß halten. Seine zerzausten Federn streicheln und sehen, wie seine kleinen, dummen, ängstlich blinzelnden Augen mich bewachten. Oh, wie innig bedauerte ich es ... Das Entenküken wurde ein wunder Knoten in meinem Inneren. Selbst nachdem sein Schnabel geheilt war, schmerzte mich seine Wunde.

Warum beging ich dann diese Grausamkeit? – Ach, das ist das Seltsame. Mit Vorbedacht quälte ich das Tier. Um mir selbst Schmerz zuzufügen, quälte ich es. Denn mitten in dem Marterakt blutete mein Inneres vor Mitgefühl. Ich genoß diese wollüstige Selbstquälerei. Ich war grausam, nur um die Ekstase des Mitleids zu erreichen. Die Reue liebte ich. Die erstickende, unersetzliche Reue. Ich wollte mir selbst zu Leibe. Und ich stach mich mit spitzen Nadeln blutig.

Danach habe ich zwar keine sprachlosen Tiere mehr gequält. Aber Menschen desto mehr. Und wen habe ich nicht gequält? Alle Lieben in meiner Umgebung haben meine grausamen Klauen zu spüren bekommen. Mein Mann. Und sogar der arme, kranke James.

Ja, auch er, den ich liebte. Und jetzt sitze ich wieder mit unerträglicher Reue da. Eine Höllenqual. Gezwungen zu sein zu leben. Gezwungen, die Zahl der Selbstvorwürfe zu erhöhen ... Nein, ich will nicht mehr. Ich lasse mich beim Leben verleugnen.

Sehen Sie, ich bin offenherzig zu Ihnen. Das müßten Sie zu schätzen wissen. Denn die anderen sind es nicht. Sie blicken zum Himmel und putzen sich als Unschuld auf. Aber ich habe das Gefühl, noch hat niemand erzählt, wie die menschliche Seele wirklich aussieht. Sie ist weitaus häßlicher als jede Beschreibung. Wir haben eine ganze Menge Tiertriebe geerbt. Der Mensch ist leider das größte Raubtier der Erde. Selbst ein Königstiger reißt nicht mehr als zur Stillung des Hungers. Der Mensch aber schwelgt in der Zerstörung. Diese dummen Psychologen, die die Geschichte beschönigen und sich an alle möglichen zivilisierten Ausdrücke halten. Mein Gott, können die denn nicht selbst erkennen, daß das Lüge ist. Es ist nicht einmal annäherungsweise wahr. Denn die Wahrheit ist eine ganz andere und unerträglich. Das grausame Menschenleben.«

In ihren Augen flackerte es vom seltsamen Flammenschein der Polarnacht. Und ihre fremde Schönheit stand in der festlich weißen Seide wieder schaudererregend deutlich vor mir. Das üppige, schwarze Haar mit dem Rubinschmuck. Die mongolische Kieferpartie und der schwellende, flämische Mund. Die unendliche Nomadensehnsucht in allen Linien des Körpers. Sie hatte wieder einen stolzen, blendenden Augenblick. Aber mir schauderte vor ihr. Es kam mir absurd vor, daß ich je Lust auf diese sonderbare Frau gehegt hätte.

»Ich weiß, was Sie einwenden wollen. Doch, Sie brauchen nicht den Mund aufzumachen. Ich lese Ihre Gedanken. Vergessen Sie nicht, ich habe Lappenblut in mir. Ich sehe mehr als andere. Und heute abend ist nichts unmöglich. Ich könnte einen Zaubertrank kochen. Könnte einen Mann verrückt machen vor Liebe, wenn ich wollte. Hüten Sie sich – mit mir ist nicht zu spaßen. Ich kann einen Menschen ins Herz stechen, daß er stirbt. Ein kleines Wachsbild ist genug. Und diese Nadel ...«

Sie zog eine langen, spitzen, silbernen Pfeil aus ihrem Haar. Ich fühlte mich frierend unsicher. Worauf konnte diese unberechenbare Frau nicht alles kommen? Ganz bestimmt, sie war imstande, einen Mann zu ermorden. Doch das war sicherlich nicht das, was sie jetzt ausbrütete. Eine unheimliche Ahnung dämmerte bei mir: Sie wollte sich selbst unter meinen Augen töten. Bevor ich es verhindern konnte. Sie wollte einen anderen Zeuge ihres Todes sein lassen, nur um die Wollust des Schmerzes zu steigern. Mir, dem Unschuldigen, tausend verzweifelte Qualen bereiten. Das Bewußtsein genießen, daß ich mit einem abscheulichen, unauslöschlichen Verdacht weiterleben mußte. Ich wartete nur darauf, den spitzen, silbergefiederten Pfeil auf ihr Herz zuschießen zu sehen. Und ich achtete genau auf jede ihrer Bewegungen. In diesem Augenblick war ich völlig wach und vorbereitet. Meine Hände zitterten vor Erregung. Bereit, ihren wahnsinnigen Arm zu packen.

Doch es passierte nichts. Sie spielte nur mit der gefährlichen Waffe und sprach ruhig weiter:

»Entschuldigen Sie, ich quäle Sie. Aber ich mußte es jemandem gesagt haben. Zumindest ein Mensch soll mich kennen. Es wirkt zweifellos komisch, Sie mit all meinen privaten Dummheiten zu traktieren. Aber heute abend muß ich schwatzen. Und Ihnen wage ich mich zufällig anzuvertrauen. Ihr Gesicht flößt Vertrauen ein. Doch, so ist es. Halten Sie mich also vorläufig, für was Sie wollen. Leichtsinnig, grausam. Frech – meinetwegen. Ach, ich errate Ihre Meinung. Ja, wirklich. Sie sind so wohlgerüstet mit Moral – nicht wahr?«

»Gnädige Frau, ich höre Sie gern. Ihr Scharfsinn und Ihre Kultur verblüffen mich!«

Ich muß ohne Zweifel albern verwirrt ausgesehen habe. Denn sie schnippte mit den Fingern und lachte ausgelassen. Aber plötzlich wurde sie ernst:

»Das ist nicht Kultur. Mit knapper Mühe Scharfsinn. Vielleicht eher die Reste des Lappeninstinktes. Ich habe ja eine ganze Portion germanischer Kultur intus. Ich räume es ein. Habe ja auf meinen Reisen viel Kunst und Theater gesehen. Aber vor allem in diversen europäischen Cafés langweilig diniert und in erheblich mehr kalten Hotelbetten geschlafen. Mein Mann verwöhnte mich. Ja, vergötterte mich bis zur Langeweile. Ich schlug mich durch tägliches Wohlleben. Sollte selbstverständlich nichts tun und nichts begreifen. Nur seine süße kleine Frau sein. Ein ideales Zusammenleben? Igitt. Wäre er nur ein einziges Mal darauf gekommen, böse zu werden ... Aber nein.

Seine Blicke leckten mich demütig ab, wenn ich zufällig miserabler Laune war. Und ich wurde unbarmherzig. Er erzog mich geradezu zur Grausamkeit. Ich quälte ihn mit allerlei exquisiten Bagatellen. So ist nun einmal die Frau. Warum hat er mich nicht geprügelt? Er hatte eine brutale Kraft. Ich habe einmal gesehen, wie er einen wilden Stier an den Hörnern nahm. Ich versichere Ihnen – er drückte seinen Nacken zu Boden.

Nein, die Scheidung bereue ich überhaupt nicht. Er hat mich gründlich gelangweilt. Und er war intelligent genug, das zu begreifen. Er forderte schließlich keine körperliche Liebe mehr. Machte aber auch keinen Versuch, mich zurückzuerobern. Er sah ja, daß ich ein bißchen außerhalb botanisierte. Mit wachen Augen fand er sich damit ab, daß ich andere favorisierte. Und Gott weiß, ob ich nicht zurückgekehrt wäre, hätte er mich exemplarisch bestraft.

Großer Gott – mein Mann war gut. Seine bürgerlichen Meriten waren bedeutend. Seine menschlichen Interessen anerkennenswert. Eine prächtige Figur. Strammer Militär. Aber er befriedigte mich einfach nicht. Oh, ich könnte noch gähnen vor lauter Langeweile …

Aber dann kam James. Er war ein Verwandter meines Mannes und wohnte bei uns. Aber ansonsten ein Kontrast zu Falbe. Ein Grübler. Von schwacher Gesundheit. Ihnen ist doch das Gesicht aufgefallen? O ja, Sie haben recht. Sie haben sich nicht geirrt. Unter tausend anderen mußte man es sich merken. Denn es war mehr als schön. In ihm gab es Sehnsucht. Ich glaube, die zog mich am meisten an. Und dann das, was mein Mann an ihm nicht ausstehen konnte. Dauernd stichelte er gegen ihn. Mit seiner kränklichen Vorsicht, seiner Untätigkeit. Ich ergriff James' Partei. Mein weiblicher Instinkt war sofort bereit, den Schwächeren zu verteidigen.

Er wollte Medizin studieren. Alle schwachen Individuen wollen Medizin studieren, finden Sie nicht? Aber sicher. Die müssen alle zuviel über Gesundheitsregeln und offene Fenster und kalte Bäder lesen. Und dann nehmen sie Schaden an dem bißchen Gesundheit, das sie haben. Das machte jedenfalls James. Und schließlich war er vernünftig genug, mit dem widerwärtigen Studium aufzuhören. Er hatte auch ganz andere Interessen. Denn James war Dichter. Aber Falbe warf ihm natürlich vor, daß er sich nicht zusammennahm und etwas Bestimmtes wurde. Eine bürgerliche Physiognomie annahm, wie er sagte. Was ging es jedoch meinen teuren Mann an, ob sein Vetter etwas tat oder nicht? Er hatte ja auch Geld. Es gab massenhaft Geld in der Familie.

James veröffentlichte nie etwas, nein. Aber es gibt viel, viel mehr Dichter als die, über die die Zeitungen schreiben. Und das sind vielleicht die wirklichen Dichter. Denn die meisten von denen, die an die Öffentlichkeit kommen, die sind im Grunde fertig mit der Dichtung. Sie sind nur Wortspekulanten. Und sie verteuern ihre Zeilen und ihr Geschwätz entsprechend ihrem steigenden Renommee. Sie haben ihren ersten vibrierenden Charme verloren. All das hat James auch gesagt. Sie dürfen nicht glauben, daß ich mir die Ehre aneigne. Mir kann es egal sein, ob er in den Augen anderer ein Dichter war oder nicht. Und das fand er sicher auch. Denn ihm fehlte so völlig jeder Ehrgeiz.

Er weckte meine Seele. Oder eher – er schenkte mir seine. Ich hatte keine, bevor ich ihm begegnete. Was habe ich mich wohl damals um Dichtkunst und problematische Lebensfragen geschert? was um die Natur? Ich verstand nur etwas von Sport. Meine Skier und mein Segelboot waren alles für mich. Die Ballnächte. Ich gab mich dem Tanz hin. Er berauschte mich. Ich liebte nur die äußere Schönheit. Die großen, starken Männer. Die robuste Kraft. Die Wildheit liebte ich.

Oh, ich war so fürchterlich unwissend. Ich ahnte zwar, daß etwas außerhalb meiner Begriffssphäre existierte. Und manchmal hatte ich eine unbestimmte Sehnsucht nach einem Menschen, der nicht war wie mein Umgang. Denn der interessierte sich ausschließlich für Militärfragen und Sport. Da kam James und eröffnete mir eine neue, wunderbare Welt. Ich wurde plötzlich sehend. Und staunte. Alles bekam eine andere, tiefere Bedeutung für mich. Was ich früher geschätzt hatte, kam mir wertlos vor. Ich fing an, mich selbst zu beobachten. Fing an, das mysteriöse Menschenwesen zu erfassen. Ich las und grübelte. Begierig verschlang ich jedes seiner Worte. Sie schienen mir eine strahlende Klarheit zu besitzen. Und ich hungerte nach Verständnis. Meine Freude war groß und naiv, als ich endlich einen mühsamen Ausdruck für mein Inneres fand. Ich glaube übrigens, ich war eine recht gelehrige Schülerin, denn es dauerte nicht lange, bis ich ihm seine kleinen Schwächen abgelauscht hatte. Ihrer bediente ich mich schändlicherweise, wenn ich eine besondere Gunst bei ihm erreichen wollte. James, bildete ich mir ein, kannte ich jedenfalls. Erst mit mir selbst haperte es richtig. Ja, ich bin immer noch nicht ganz fertig mit dem Studium dieses interessanten Aktenstücks. Leider. Und werde es wohl auch nicht. Viel habe ich durch diese Verwandlung gewonnen. Aber meine indifferente Sicherheit verloren. Diese gewaltige Perspektive entsetzte mich. Und mich erfüllte eine ängstliche Unruhe. Nur bei James fand ich Zuversicht. Er erschien mir als ein Fels der Weisheit und Stärke.

Ja, James war stärker als mein Mann. Bei all seiner körperlichen Schwäche. Er konnte mich mit einem Blick zügeln. Es war sein Geist, der mich beherrschte. Der leuchtete durch sein schönes Gesicht. Ach, ich lache über die physische Kraft. Was ist sie schon gegen den menschlichen Geist? Der jämmerliche Körper muß ihm gehorchen. Heute abend kann ich seinen gewaltigen Atem spüren. Er braust als mächtige Polyphonien über die Erde. Stürzt Throne um. Reiche entstehen auf seinen Wink. Er erprobt alles und strebt immer weiter. Nichts wird ihm verborgen bleiben. Er steigt kühn auf zu den Sternen. Und die ganze übrige Schöpfung bebt ... Eines Tages wird er siegen. Sie werden sehen. Dann wird jede tierische Spur in unserer Seele getilgt sein. Das grausame Mitleid verschwunden. Und allein Gerechtigkeit herrschen. Oh, ich fühle, ich kann jetzt mit Autorität über diese Dinge reden. Obwohl ich eine Frau bin. Obwohl ich nur einen bescheidenen Funken des unvergänglichen Geistes mitbekommen habe. Er hat mich all meine Ruhe gekostet. Aber ich bereue den Tausch nicht. Ich gehöre auch zu den Eingeweihten. Und James ist mir nicht länger fern.

Nein, für mich ist er nicht tot. Er lebt in meinem Herzen. Er ist meine Religion. Meine Zuversicht. Der einzige, den ich geliebt habe. Wir gehörten zusammen. Das Verständnis zwischen uns war vollkommen. Wir kannten die geheimsten Gedanken des anderen. Unsere intimsten Empfindungen lagen für den anderen offen. Ein hehrer, geistiger Pakt. Unsere Körper waren daran nicht einmal beteiligt.

Kurz – ich will erzählen, was passiert ist.

Während eines Liebesrausches wurden wir von Falbe überrascht. Eine sonderbare, harte Gleichgültigkeit befiel mich. Ich blieb einfach stehen, sah ihm ins Gesicht. Ich vergesse nie seinen Blick. Angst und ohnmächtige Wut brannten darin. Ein todeswunder Tierblick. Er schnappte nach Luft, als würde er ersticken. Dann ging er. Ohne ein Wort ging er.

Da bereute ich einen Augenblick meine Kälte. Ich wollte ihm nacheilen und ihn um Verzeihung anflehen. Mein Gott – er tat mir ja doch so leid, so leid. Aber ich bewegte keinen Fuß. Es war, als fesselte mich eine unbekannte Macht an den Ort. In derselben unbeweglichen Stellung. Die Minuten vergingen. Doch keiner von uns wechselte ein Wort. Ich hörte die Bürotür aufgehen. Die raschen, bestimmten Schritte meines Mannes in der Stille. Sie gingen die Treppe hinunter.

Vorbei, für immer. Denn ich fühlte, er würde nie zurückkehren. Und ich genoß diese grausame Qual. Genoß die ganze Unwiederbringlichkeit der Reue. Aber selbst wenn er sich erschossen hätte, ich hätte keinen Finger gerührt. Ich blieb weiter starr und still stehen. Wie eine Wachsfigur, deren Mechanismus entfernt ist.

Kurz darauf kam das Mädchen mit einem Brief von ihm herein. Ich öffnete ihn nicht einmal. Ich wußte ja, was er enthielt. Er wünschte mich natürlich nicht mehr zu sehen. Ich war frei. Aber es regte sich keine Freude in mir. Und ich selbst tat keinen Schritt.

Da kam James und ergriff meine Hand.

›Wir reisen ab‹, sagte er bestimmt.

Und ich fühlte, ich hatte keine Wahl. Ihm gehörte ich. Es gab nichts, was mich noch an diesen Ort band. Obwohl sich eine große Leere unter meine Brust legte, als wir das Haus verließen.

Ach, die glückliche Zeit, die jetzt folgte ... Wo ist sie geblieben? Klopfe nicht so, mein Herz. Klopfe nicht so, ängstlicher Vogel. Bald bist du frei. Ja, bald wird meine Seele erlöst und kann ihm entgegenfliegen ...«

Sie preßte die Hände an die Brust und schwieg. Ihr Blick flog hinaus in ein fernes Strahlenmeer. Die rätselhaften Flammenschauer der Polarnacht. Und sie redete erregt wie in einer Vision weiter. Ganz so, als spräche sie zu einem anderen und bemerkte meine Gegenwart nicht einmal.

»Ich weiß es. Den ganzen Tag habe ich ihn um mich gefühlt. Er erwartet mich. Und als die Gangtür oben aufflog ... Nicht vor ihm hatte ich Angst. Ich habe nur ein nordländisches Grauen vor der Dunkelheit.

Nein, ich sehne mich nur danach, mit ihm vereint zu werden. Er wird mir all meinen Leichtsinn wohl vergeben.

Ach, warum durften wir nicht zusammenleben? wir beiden, die wir vollkommen glücklich miteinander waren. Nein, dann kam die Krankheit und trennte uns. Wie schmerzlich ist die Erinnerung an all das …

Eines Tages im letzten Jahr kam er auf mein Zimmer, blaß und sonderbar erregt. Ich vergesse den Tag nicht. Es war der 8. August. Und es war hier. Oben in demselben Raum, in dem die anderen sitzen. Er hatte das Zimmer nebenan. In dem ich jetzt schlafe. Ich habe sie beide für immer gemietet. Es gefällt mir nicht, daß Fremde dort wohnen sollen. Nun, darum geht es nicht. Er sank augenblicklich in einen Lehnstuhl. Ich dachte nur, er sei müde nach dem Spaziergang, und lachte und scherzte. Aber seine weißen Hände zitterten sichtbar. Und sein Blick war seltsam fieberheiß und aus weiter Ferne. Da wurde ich plötzlich aufmerksam auf einen kleinen Blutstreifen auf seiner Hemdbrust. Es durchfuhr mich eiskalt. Es war, als ob alles Leben von mir wich.

Ich fragte schnell, ob er krank sei. Seine Lippen zuckten in Blut. Er konnte offensichtlich nicht antworten. Und sein Kopf hing schlaff herunter. Ein feiner, roter Strahl sickerte von den zusammengekniffenen Lippen.

Ich weiß nicht, wie ich Hilfe bekam. Wie das Ganze ablief. Ich habe nur eine unruhige Vorstellung von einem dunklen Raum, voller Medizingeruch und Totenstille. Stundenweises Tropfenzählen und Eis, das ich ihm in den Mund steckte. Das liebe, zarte Traumgesicht, das schweißig weiß auf dem Kissen lag. Ich wachte die ganze Nacht über ihm. Oh, dieses vernichtete Gefühl des Grauens ... Es war nicht auszuhalten. Ich mußte laut schluchzen, obwohl der Arzt streng Stille angeordnet hatte. Und zwischen den Anfällen warf ich mich über ihn und küßte seinen blutbespritzten Mund. Wild, unzertrennlich. Sie empfinden Ekel? Vergessen Sie nicht, es war ja mein Geliebter. Ich hätte mein eigenes Blut gegeben, um ihn zu retten. Und ich glaube, meine Liebkosungen haben ihn damals gerettet. Mehr als alle Medizinflaschen und Verordnungen des Arztes. Denn er schlug seine schönen, meerblauen Augen auf und lächelte. Und gleich darauf fiel er in einen ruhigen Schlummer.

Am nächsten Tag fühlte er sich ein wenig besser. Und ich faßte wieder Hoffnung. Der Arzt war auch ein besonders freundlicher Herr, der nach Kräften tröstete. Ein kleiner Blutsturz, na und? Eine kleine Lungenreizung – was bedeutete das schon? Deswegen konnte man weiß Gott gern noch hundert Jahre leben. Nein, aber eine Luftveränderung war sicher notwendig. Ein Hochgebirgssanatorium für den Rest des Sommers. Es schadete ja auch nichts, wenn man einen Spezialisten aufsuchte.

Nein, das schadete gewiß nichts. Aber ich hörte so gern die Worte des liebenswürdigen alten Herrn. Hoffnung blitzte damals so leicht auf. Ich wollte an nichts Schlimmes glauben. Nicht einmal, als ich James' mißmutiges Lächeln über meine dumme, lebenslustige Munterkeit sah.

Aber der Tag, an dem ich ihm nach dem Besuch beim Spezialisten begegnete ... Oh, dieser hoffnungslose, dumpfe Schmerz sitzt noch immer in mir. Es brach mit entsetzlicher Gewißheit über mich herein. Er brauchte gar nichts zu sagen. In einem Angstblitz sah ich die Wahrheit. Seine bleiche, schweißige Angestrengtheit. Seine mühsamen, rasselnden Atemzüge. Der Fieberglanz der Augen. Und dabei hatte ich mir eingebildet, das sei der eigene untrügliche Widerschein des Lebens. Aber dann war es die Flamme des häßlichen Todesfiebers selbst, das in seinem Körper wütete. Und er rückte plötzlich weg von mir in eine kühle, unzugängliche Sphäre.

Der Tag verdunkelte sich vor mir. Der eben noch so strahlend offen gewesen war. Gleichgültig, ob wir durch muntere, festlich gekleidete Straßen mit Sonne und grünen Baumschatten gingen. Oder auf dunklen, menschenleeren Wegen. Dieselbe hoffnungslose Todesdunkelheit war überall. Und mich befiel eine meilenlange, bedrückende Müdigkeit. Ich konnte kaum meine Beine mitschleppen. Und ich fing an, bitterlich zu weinen. Er versuchte, mich, die Arme, zu trösten. Vielleicht war irgendwo noch eine heimliche Hoffnung in ihm. Gott weiß. Aber ich glaubte nicht mehr an Besserung. Und ich hatte nur den Gedanken, mich für seine Pflege zu opfern. Nicht eine Minute würde ich ihn verlassen. Ich würde geizig über jeden Augenblick wachen. Bis zum allerletzten.

Da erzählte er mir etwas, das mich vor Verzweiflung ganz wahnsinnig machte. Es fiel ihm offenbar selber schwer, es mir zu sagen. Er mußte mehrmals innehalten und nach Luft schnappen. Der Doktor hatte ganz richtig zu einem Sanatoriumaufenthalt geraten. Aber er hatte ihm auf das bestimmteste abgeschlagen, daß ich mitkäme. Der Patient brauchte absolute Ruhe. Weg von allem, was ihn aufregen konnte. Und so weiter. Diese dummen Spezialisten. Als ob nicht gerade der Schritt, uns zu trennen, noch viel aufwühlender wirken mußte.

Ich benutzte jedes Mittel, um mitzukommen. Ich flehte ihn an. Ich schmeichelte mich ein. Sagte, es sei nur ein Vorwand, um mich loszuwerden. Und ich nannte ihn grausam. Einen schändlichen Egoisten, der mit kränklicher Vorsicht nur auf die eigene liebe Person bedacht war. Sein Wohlbefinden war ihm viel kostbarer als ich. Stellen Sie sich vor – sogar das habe ich ihm vorgeworfen.

Welche Qualen habe ich ihm nicht bereitet ... Ah, mein schändliches, egoistisches Begehren verblendete mich. Meine wahnwitzige Liebe, die ihn nicht loslassen konnte. Ich wollte nicht begreifen. Ich wollte nur lieben.

Und als hätte ich ihn noch nicht genug gequält, schleuderte ich ihm die Anschuldigung ins Gesicht, jetzt wolle er mir noch dazu seinen männlichen Schutz entziehen. Ich konnte ja vor den fatalen drei Jahren nicht heiraten. Was sollte dann aus mir werden? Mein Ruf war schutzlos dem Skandal preisgegeben. Ich spürte selbst, daß das nicht ganz wahr war. Aber ich wollte einfach bei ihm sein. Koste es, was es wolle. Deshalb mußte ich ihn verletzen. Mußte meinen eigenen verzweifelten Schmerz steigern.

Er antwortete nicht, schnappte nur nach Luft. Und seine kranken Augen baten mich, aufzuhören. Aber ich blieb unerbittlich. Mir war, als stieße ich das Messer schmerzhaft langsam in ein unschuldiges, widerstandsloses Opferlamm. Und es war zugleich so, als wühlte dessen Spitze in meinen Herzwurzeln. Ach, James! Ich habe es nicht so gemeint. Ich wollte dich doch nur lieben ...

Bei der letzten Anschuldigung knickte er zusammen, als wäre er erschossen. Und er schluchzte laut. Ein heftiger Hustenanfall folgte. Blut kam hoch. Jetzt packte mich die Angst. Ich fürchtete einen Augenblick, er würde tot zusammenbrechen. Und ich bereute bitterlich meine giftigen Worte. Große Zärtlichkeit erfüllte mich. Ich hing mich an seinen Hals und wollte ihn küssen. Doch er stieß mich weg.

›Du bringst mich um‹, brach es erregt aus ihm heraus.

Ich stürzte in einen Abgrund der Verzweiflung. Wagte mich nicht zu rühren. Nicht ein Wort zu antworten. Und ich hörte seine stöhnende Brust. Seine kranke, sanft vorwurfsvolle Stimme. Und seine versöhnlichen Worte trafen mich wie Brandpfeile.

Wieso an seinen Gefühlen zweifeln? Ich wußte nur nicht, wie es ihn schmerzte, mir etwas zu verweigern. Alles wollte er mir ja schenken. Sein Vermögen. Seinen Namen, wenn er nur konnte. Nein, mich ließ er nicht im Stich. Ach, was scherte ich mich wohl um Namen und Vermögen. Ihn allein wollte ich haben. Ihn, solange er atmete. Und ein Grab, wenn er tot war.

Er versuchte einen leichten Tonfall, der Arme. Jetzt mußte ich vernünftig sein und ihm Ruhe gönnen. Vielleicht blieb er nicht sehr lange weg. Wer weiß. Und ich hatte ja eine respektable Begleitung. Ich brauchte mich überhaupt nicht zu ängstigen. Hektor würde außerdem einen Extraauftrag für den Wachdienst bekommen. Und der Hund verstand ihn wirklich. Er reichte ihm zum Abschied die Pfote. Wandte den Kopf ab und winselte traurig. Ja, er weinte und klagte wie ein Mensch. Mit einem tiefen Seufzer legte er sich mir vor die Füße und hat mich seitdem nicht mehr verlassen.

O doch, er würde sicher lange, lange wegbleiben. Aber ich verstand, was er fürchtete. Meine Leidenschaft. Und ich verhielt mich still. Selbst in diesem Augenblick empfand ich eine häßliche Lust zur Grausamkeit. Ich war beleidigt. Und mußte mich rächen.

Und er ... Es war, als wollte er mir an diesem traurigen Abend all seine Weisheit schenken. Seine ganze wunde Seele. Er zögerte zu gehen. Drückte meine Hände und sah mir tief in die Augen. Ein unsagbar schmerzerfüllter Blick. Besitz der gierigen Hoffnungslosigkeit.

Am nächsten Morgen erwartete ich ihn vergebens. Sonst kam er gewöhnlich gegen neun. Heute wurde es zehn. Und er kam nicht. Böse Ahnungen regten sich in mir. Ich sah ihn schon tot. Und ich eilte ängstlich hinauf zu seinem Zimmer, das im ersten Stock des Hotels lag. Es war leer. Seine Sachen waren weg. Er war ohne ein Wort zum Abschied abgereist. Ich klingelte nach dem Mädchen. Sie brachte mir einen Brief mit der Mitteilung, der Herr von Nummer 21 habe den Nachtzug genommen.

Gott, was hatte er gelitten ... Denn in diesem Brief sagte er mir die ganze unerbittliche Wahrheit. *Phthisis*. Er war zum Tode verurteilt, hatte der Arzt gesagt. Selbst hatte er es lange geahnt. Er warf sich nur vor, daß er nicht den Mut gehabt hatte, es mir früher zu sagen. Ich müsse ihm seine Schwäche vergeben. Aber er liebte mich so. Und die Illusion war zu verlockend schön gewesen. Jetzt aber mußte es enden. Allzu lange hatte er meine Hingabe mißbraucht. Ich sollte nicht seinetwegen dem Tod geweiht werden. Das würde ihn belasten wie ein Fluch.

Er wollte diese Trennung nicht unnötig quälend machen. Deshalb fuhr er in aller Stille ab. Nach Meran fuhr er. Es war auch das beste, sich weit weg zu verkriechen. Ich durfte ihn nicht dahinschwinden sehen. Der Tod war immer häßlich. Ich durfte mich auch nicht mehr gebunden fühlen. Keine Träne, keinen Gedanken sollte ich ihm opfern. Und kein Schatten von ihm durfte auf mein Leben fallen. Das war ein schweres Opfer. Doch es war seine Pflicht. Und die Erinnerung an mich würde in seiner Seele wachbleiben. Glücklich schmerzhaft.

Ich weinte viel über diesen Brief. Eine grenzenlose Leere brach über mich herein. Mein Leben schien ohne ihn völlig aus den Fugen. Was scherte ich mich um Ansteckung? Eine lächerliche Furcht. Ich hätte ja auch dahinsiechen und husten können wie er. Oh, es wäre besser, unsere hohläugigen Kadaver wären eng umschlungen in die große, sternenbesäte Stille gewandert.

Und ich schrieb aufs Geratewohl an ihn. Ich appellierte an ihn mit all unseren liebsten Erinnerungen. Ich verlangte ja nur, mit ihm zu sterben. Aber es kam nie eine Antwort. Schließlich reiste ich ihm nach. Ich wollte ihn nur noch einmal sehen. Wollte ihn um Verzeihung bitten, für jedes bittere, kleine Wort, das jetzt mit ätzender Stärke zurückkehrte. Dann durfte er mich davonjagen, wenn er wollte. Aber ich kam nicht einmal zu ihm hinein. Gut, dachte ich. Ich warte vor seiner Tür, bis er aufmacht. Ich will ihm meine treue Liebe zeigen. Meine Entsagungsfähigkeit. Mäuschenstill werde ich hier sitzen. Dann wird er schon einsehen, was für eine barmherzige Schwester er in mir hat. Und ich verfluchte von Herzen die grausamen Arztinstruktionen, die eine Begegnung untersagten. Es war früh am Nachmittag, als ich kam. Aber es wurde mir immer geantwortet, der Patient sei zur Ruhe gegangen. Mehrere Botschaften schmuggelte ich mit den Krankenschwestern hinein. Oh, diese boshaft dunklen Pfeffervisagen, die mir mit einer mitleidsvollen Grimasse den Weg versperrten...

Endlich gegen acht wurde die Tür einen Spalt weit geöffnet, und ich hörte eine merkwürdig heisere, fremde Stimme nach mir rufen. Aus der Türspalte streckte sich eine seltsame Knochenhand. Eine Hand, völlig ohne Fleisch und menschliche Anmutung. Ganz so, als wäre vergilbtes Handschuhleder über die Knochen gezogen. Ich erkannte wirklich seine schöne, lebenswarme Hand nicht wieder. Es erschien mir unmöglich, daß sie sich im Laufe dieser Monate in die eines Toten verwandelt hatte. Und die schauerliche

Knochenhand reichte mir ein parfümiertes, rosenrotes Billett. Mit wollüstigem Grauen ergriff ich es und sagte:

›Ich verlasse dich nie, James!‹

Doch im selben Augenblick schlug mir ein süßlich verwester, medizinvermischter Luftzug aus dem Zimmer entgegen. Mein Griff löste sich. Ich wich unwillkürlich zurück. Im Nu wurde die Tür ins Schloß gezogen. Und ich hörte nur seine heisere, hohle Stimme, die mir Lebwohl sagte. Voller kranker Angst las ich die seltsamen Zeilen, die diese Totenhand geschrieben hatte:

›Was willst du von mir? Du, die Du im Pakt mit dem Leben bist. Du wirst mich nicht wiedererkennen. Von Deinem James ist nichts übrig. Erschauere vor meinem Gespenst. Du hast meine Liebe nicht verstanden. Du hast nur meinen jämmerlichen Körper begehrt. Ich verzeihe Dir. Aber ich will am liebsten uns beide von einer Enttäuschung verschonen. Glaube doch, was Du willst. Nur Deinetwegen habe ich so gehandelt. Und eines Tages wirst Du mich schon verstehen. Ja, eines Tages, wenn ich tot bin, werde ich Dich besuchen.‹

Mir schauderte. Es war, als hätte ich einen geheimen Fluch auf mich herabgewünscht. Dunkel fühlte ich, daß ich gefährliche Kräfte berührt hatte. Kräfte, deren Strahlen sich jenseits der Schattentiefe des Todes erstrecken. Weil sie selbst in der Unendlichkeit gründeten. Und ich fürchtete mich vor dieser Knochenhand und diesen ominösen Zeilen. Es kam mir wirklich so vor, als wäre seine Grausamkeit unbarmherziger als meine. Er wollte mich nicht sehen, ließ mich aber in furchtbarer Ungewißheit leben. Ich war fest entschlossen, ihm dies zu sagen. Er sollte auch meine Leiden kennen. Aber als ich ihn am nächsten Tag aufsuchen wollte, war er abgereist. Niemand wußte, wohin.

In ungewisser Angst lebte ich jetzt von einem Tag zum anderen. Ich erwartete jeden Tag, daß die schauerliche Knochenhand nach mir greifen würde. Doch sie zeigte sich nicht. Und schließlich lief diese schreckliche Spannung in einen Durst nach Menschenlärm aus. Ich mußte meine Qual und meine Angst vor der Einsamkeit betäuben. Sonst wäre ich sicher verrückt geworden.

Eine wilde Zeit. Ich tanzte und reiste. Umgab mich mit jungen Herren. Ich sehe, Sie lächeln. Bitte sehr – nennen Sie sie meinetwegen Knaben. Sie waren jedenfalls alle so sehr lebenslustig und nett. Sie haben mir über manche schreckliche Stunde hinweggeholfen. Denn sie hielten aus. Sie konnten die ganze Nacht tanzen und herumziehen. Und für mich ging es darum, das Morgenlicht zu erreichen. Ich traute mich nicht, in dem angsterregenden Nachtdunkel allein zu sein.

Ich leugne es nicht, ich ließ mich von augenblicklicher Lust hinreißen. Sie haben ihren Charme, diese jungen Burschen. Und ich bin ja eine Frau. Ich bin ja nicht blind für männliche Schönheit. Aber das war ein kurzer Rausch, aus dem ich immer so widerlich nüchtern aufwachte. Ich schämte mich und flüchtete. Aber wie konnte ich wohl ein abscheuliches Menschentier wie Kobbe ertragen? – Ich sehe, Sie fragen. Und ich antworte Ihnen: Warum quält man sich überhaupt mit Menschen, die man nicht mag? Was ist das manchmal für eine unselige Scham davor, sein eigentliches Wesen, seinen Schönheitsdurst zu offenbaren? Ich traf viele schöne Männer gleichzeitig mit ihm. Aber ich wagte nicht, mich ihnen auszuliefern. Kobbe war draufgängerisch frech. Er hatte die faszinierende physische Kraft. Sie erinnern sich, ich habe Ihnen von der Rettungsgeschichte diesen Sommer erzählt. Gut – damals wollte ich das Ganze beenden. Er durchschaute das und hinderte mich. Dadurch bekam er eine sonderbare Macht über mich. Ich fürchtete ihn.

Ach, wie konnte ich James auch vergessen? Jede einsame Stunde empfand ich ein qualvolles Vermissen. Meine Seele gehörte ihm. Ich sah sein strahlendes Traumgesicht, mit dem sanften, mißmutigen Lächeln. Und mich überkam ein so wilder Schmerz, daß ich laut klagen und nach ihm rufen mußte. James, James! komm zurück. Stirb nicht, geh nicht fort von mir, Geliebter. Aber mir graute vor diesen Stunden. Vor der Nacht und der Knochenhand. Und ich stürzte mich mit wilder Energie wieder hinaus in den Taumel.

Dann kam ein Todesschrei aus Berlin. Ich weiß noch jedes Wort. Jedes Wort weiß ich.

›Meine Geliebte‹, schrieb er. ›Ich fühle, ich werde sehr bald sterben. Und ich eile heim. Kann diese selbstauferlegte Trennung nicht mehr aushalten. Ich leugne es nicht – es gab eine Zeit, da fürchtete ich Deine Wildheit. Ach, es wäre tausendmal besser gewesen, Du hättest mich mit Deiner Liebe umgebracht. In einer einzigen Umarmung. Denn ich sehne mich nach Deinen Armen. Dem Sonnenschein Deines Wesens. Ich bin Dir verfallen, mitten in meiner Auflösung.

Siehst Du, die Überreste meines jämmerlichen Körpers schmachten nach Dir. Nein, allein mein Geist liebt Dich. Denn jetzt fühle ich, er ist nicht mehr abhängig von diesen vergänglichen Lumpen. Der menschliche Geist ist unsterblich, Abigael. Er kann von Leidenschaften und Trieben verdunkelt werden. Von Lastern und Krankheiten. Aber sein Kern ist ewig. Er wird eines Tages befreit zu den Sternen aufsteigen. Ich weiß, ich sollte mich am besten noch einige Zeit verstecken. Aber jetzt, da die Nacht sich nähert, kann ich es nicht. Meine Selbstzucht ist verbraucht. Ich muß jedenfalls heim. Muß mein fernes, blaues Bergland wiedersehen. Ach, ich will nur unter demselben hellen Frühlingshimmel sterben, unter dem Du bist. Wenn nicht in Deinen Armen, meine Geliebte, dann doch in Deiner Nähe. Vielleicht nicht einmal im selben Haus. Denn Du willst mich wohl jetzt in all meiner Häßlichkeit nicht sehen. Aber ein paar Häuser weiter, darum bitte ich Dich. Und sollte ich nicht so weit kommen ... O Gott, meine Brust ist so krank und schwach. Mein Herz so schwer. Ich habe einmal vom Schwermutsblau des Meeres getrunken. Meine Kindheit, meine Mutter sind auch weit weg. Erlaube mir, heimzukommen, willst Du? – Es rasselt in meiner Brust. Kranke Vögel sitzen darin und krächzen. Das dumme Heimweh. Was ist doch der Körper für eine dumme Plage. Nein, unsere Geister werden sich eines Tages begegnen, Abigael. Wir werden uns in einer neuen, unvergänglichen Dimension vereinen.‹«

Ihre weiße Seidenbrust bebte in heftiger Unruhe. Sie hielt sich die Hand vor die Augen. Und ein paar verzweifelt erstickte Schluchzer brachen hervor. Es war, als preßte ein bleierner Druck schmerzlicher Erinnerung ihr Weinen zurück.

Und sie fuhr mit verschleierter, angstschwankender Stimme fort:

»Ich telegraphierte augenblicklich und bat ihn, hierherzukommen. Hier, wo wir unsere schönsten Stunden verlebt hatten, sollten wir uns wiedersehen. Es war Johannistag. Gegen elf Uhr vormittags. Ich saß gerade hier unten und las irgendeine Zeitung. In ein und demselben Stuhl, in dem ich jetzt sitze. Ich dachte im Augenblick überhaupt nicht an ihn. Da hörte ich deutlich seinen Schritt draußen auf dem Gang. Seinen vorsichtigen, leicht tastenden Schritt, mit er sich immer meiner Tür näherte. Genau sein Griff an der Türklinke. Aber Lieber, dachte ich, kommt denn jetzt ein Dampfer? Und ich war so erschrocken. Es passierte auch etwas Unheimliches. Die Tür flog auf. Und eine seltsame Dunstgestalt glitt an mir vorbei. Ein blendender Lichtschein füllte im selben Augenblick das Zimmer. Weit intensiver als die starke Junisonne draußen. Es flimmerte vor meinen Augen. Erst nach einer Weile konnte ich die Umgebung wieder erkennen.

Jetzt war ich nicht länger im Zweifel. James war tot. Und im Laufe des Tages kam auch ganz richtig ein Telegramm aus Berlin. Er war zum selben Zeitpunkt gestorben.

Seitdem ist mein Leben von seinem Geist beherrscht. Er läßt mich nie los. Oh, James war doch der stärkste von allen Männern, denen ich begegnet bin. Sein Geist hat gesiegt. Er allein ist meine Sehnsucht.

Ich fürchte und ersehne nur den Augenblick, in dem das Mysterium geschieht und wir vereint werden. Heute abend empfinde ich ihn so ganz nah. Bald ist keine Grenze mehr zwischen uns. Manchmal spüre ich den Hauch von ihm. Er erwartet mich …

Ich bin auch bereit. Sie finden vielleicht meinen Leichtsinn zu offensichtlich? finden außerdem, ich bin in diesem Kostüm weniger geeignet, ihm zu begegnen? Nein, ein Trauerkleid und ein Bethausgesicht würde den Leuten wohl besser gefallen. Ha, ich lache. Ich tanze und tummle mich weiter in allen geblümten Blusen der Freude. Denn was ist wohl die Materie, was sind alle Redensarten? Was ist die ganze Komödie? Ach, lassen Sie den Hauch des Lebens dahinfahren. Er ist die Menge Gerede nicht wert. Es muß ja ein bißchen Dampf und Lärm unsere gebrechlichen Körper begleiten. Was kann ich dafür? – Die illuminierten Nächte waren für mich eine notwendige Narkose. Sonst wäre der Schmerz unerträglich geworden. Lassen Sie also die Leute schimpfen. Ich verlasse gern das Fest. Wenn ich tot bin, bin ich glücklicherweise nur ein schönes Märchen für sie.«

Plötzlich wurde sie seltsam bleich und starr. Ganz so, als befände sie sich in einer autosuggestiven Trance. Sie sah in Richtung der Tür. Und ihre Stimme zitterte wieder so erregt wie in einer Vision.

»Sehen Sie – da ist er. Sehen Sie nicht? Dahinten. James, verzeih mir – ich war auch ungezogen. Aber dich liebe ich. Hörst du? Dich und keinen anderen.

O weh, spüren Sie nicht diesen eisigen Hauch? Es roch nach Leiche von seinem Hemd. Oh, ich traue mich nicht, traue mich nicht ... Nein, noch nicht.«

Sie packte meinen Arm und drückte ihn heftig. Wirklich strich in diesem Augenblick ein leichenklammer Hauch vorbei. Der Hund verzog auch die Schnauze und heulte zum Gotterbarmen. Etwas Unheimliches füllte das Zimmer. Mein Körper zog sich in einem einzigen Angstschauer zusammen. Mit hypernervöser Deutlichkeit spürte ich jemanden hier drinnen. Ein anderes, stoffloses Wesen. Trogen mich meine Sinne? oder war ich unter dem Einfluß ihres clairvoyanten Zustands? so daß ihr Grauen und ihre geheimen Vorstellungen sich auf mich übertrugen? Ich konnte es im Augenblick nicht entscheiden. Doch es war unzweifelhaft etwas unbestimmbar Drohendes in der Luft um mich. Ich versuchte indessen, mich zu beruhigen. Und obwohl mein ganzer Körper in angsterregter Spannung zitterte, sagte ich doch mit beherrschter Stimme:

»Das war sicher nur der Luftzug.«

»Nein, nein, das war *er*«, behauptete sie ekstatisch. »Ich habe sein strahlend schönes Traumgesicht gesehen. Er kommt, um mich zu holen. Mit dieser Knochenhand ... Ich traue mich nicht.«

»Liebe Abigael – Ihr Leben gehört Ihnen noch«, begann ich unsicher.

Ein fremdes, trotziges Mitleid glomm in mir auf. Und ich legte vertraulich die Hand auf ihre Schulter.

»Fassen Sie mich nicht an«, sagte sie und wich scheu zurück. »Sie sehen doch, ich bin heilig. Ich gehöre *ihm*.«

Eine weiße, vergeistigte Schönheit lag über ihrem Gesicht. Und in ihren Augen funkelte wieder der wüste Flammenschein der Polarnacht. Es war, als gingen von ihrem Wesen seltsame Kathodenstrahlen aus und verbreiteten sich über die halbdunkle Stube mit ihrem einzigen flackernden Licht.

Jetzt begriff ich endlich meine frühere, krankhafte Erregung. Instinktiv hatte ich mich vor ihren gefährlichen, suggestiven Eigenschaften, die Wurzeln in einer unbekannten Kraftquelle hatten, gefürchtet. Und ich zog mich schaudernd zurück und öffnete die Tür.

Ohne ein Wort stürzte sie hinaus. In Sätzen ging es die Treppe hinauf, als flüchtete sie vor etwas Bösem. Ich ließ mir Zeit. Und als ich schließlich zu den anderen eintrat, war sie eitel Lustigkeit. Aus der Ekstase der Angst in die wildeste Freude. Ihr Chamäleonwesen verwirrte mich.

Es blieb nicht einmal Zeit für Anspielungen auf unsere verdächtig lange Abwesenheit. Der Kartentisch wurde eilig weggerückt. Es wurde getrunken und fleißig entkorkt. Und sie hob ihr Kleid und machte ein paar scherzhafte Tanzschritte. Streckte sich, so daß Leutnant Plume unwillkürlich ihren mutwilligen, kleinen Seidenschuh küssen konnte.

Die frühere unheimliche Stimmung war weggeblasen. Alles wirbelte um sie in ausgelassener Lustigkeit. Auch ich wurde von diesem wahnwitzigen Leichtsinn überrumpelt. Und ich stürzte mich gedankenlos in diesen dämonischen Freudenrausch, den diese exzentrische Frau anführte.

Leutnant Plume traktierte unbekümmert das Klavier. Er neigte vor allem hübsch den Kopf. Und sein Nacken war fest und braun. Ich sah, wie ihre Augen sich daran ergötzten. Einmal schlich sie sich auch an, um ihn genau in der kleingelockten Nackengrube zu kitzeln. Er duckte den Kopf und griff nach ihr. Doch sie walzte schon an Herrn Kobbes Arm davon. Im nächsten Augenblick verließ sie ihn und fischte nach mir. Ihr junger, üppiger Körper tanzte mir entgegen. Einschmeichelnd, mit erhobenen Armen. Und ich vertiefte mich in ihre Schönheit. Um den Leib faßte ich sie und drückte sie in wilder Umarmung. Da schob sie mich plötzlich weg. Wandte sich Røer zu. Auch ihn mußte sie sich holen.

Denn selbst meinen sanftmütigen Freund Johannes Røer hatte der Wahnsinn gepackt. Er drehte sich ein paar unbeschreibliche Takte mit einem hinfälligen Korbstuhl. Und ein idiotisches, weinseliges Lächeln lag um seinen großen, dünnen Mund. Jetzt schwang sie ihn rundherum, so daß seine langen, unglücklichen Beine hierhin und dorthin baumelten und überall im Weg waren. Bis sie sich mit ihrer Seidenschleppe verhedderten, daß er stolperte. Im Sturz nahm er sie mit. Ein kleiner Tisch mit Flaschen und Gläsern ging ebenfalls flöten. Und ihre erlesene Seidenschleppe zerriß. Sie aber setzte sich lustig auf seinem Rücken zurecht und wippte. Als er endlich loskam, kroch er in eine Ecke, die er dann nicht mehr verließ.

Jetzt hatte sie Feuer gefangen. Ein unheimliches, allesverzehrendes Todesfeuer. Und die Flammen ihrer verwirrten Seele knisterten und fauchten in zündendem Gelächter und Spott.

Ein gewaltiger Spektakel begann. Gläser zerbrachen und Stühle fielen um. Der Desserttisch wurde mit Tischtuch und Gedecktem auf den Boden gekippt. Die anderen waren ihr bei der Zerstörung außerordentlich behilflich. Und sie heulte vor Begeisterung. Zerschmetterte eigenhändig den Spiegel. Griff sich schließlich eine schweigsame Venusbüste in einer Ecke und schleuderte sie durch den Raum, daß der Kopf davonkullerte. Und sie schrie mit verbissener Schadenfreude:

»Es lebe die Schönheit! Denn die Schönheit muß sterben. Hurra!«

Ich verzog mich in Johannes Røers Ecke. Er sah sich das Ganze mit seinem immer erstaunten, halboffenen Mund an. Ein dunkler Ernst hatte sich über seine geknickte Länge gelegt. Und sein starrer Blick war voll abwesendem Grauen.

»Also, ich glaube, ich fahre«, sagte er plötzlich. »Das hier wird ausarten.«

»Unsinn. Als könnte es noch viel mehr gemütlich schwachsinnig werden. Trink du Wein und lern was über die Frau«, versuchte ich es scherzhaft.

»Nein, ich will heim.«

»Bist du verrückt? einen Wagen auftreiben nachts um diese Zeit?«

»Ich gehe ganz einfach weg.«

Aber er blieb doch da. Er war offensichtlich von der Hypnose des Unheimlichen gefangen. Wie ich selbst. Denn zwar steckte ich mit in diesem Taumel. Zwar sah und hörte ich alles mit nervenangespannter Kraft. Aber es tangierte nicht einmal die Peripherie meines Bewußtseins. Ich selbst war weit weg. Tief in einer rätselhaften Seelengegend, voller Unruhe und banger Ahnungen. Denn ein Angstdruck hatte sich über mein Herz gelegt. Und das Blut rauschte mit dröhnenden Kolbenstößen in meinen Ohren. Ich hatte zwar auch am meisten Lust zu gehen. Trotzdem aber blieb ich und lauschte dem Unwetter.

Hier in diesem langen Flügel hauste der Sturm. Heulte in den Bäumen draußen und fuhr polternd in den Ofen. Fegte mit gewaltiger Energie gegen die Hauswand, daß sie in ihren Fugen bebte. Dabei schien es mir überall abzublättern und einzureißen. Und der Regen prasselte gegen die Scheibe. Durch das Sturmgeheul hörte ich die erregte Stimme des Meeres. Ein Donnerbrüllen. Dann entstand einen Augenblick rauschende Stille. Irgendwo draußen im Dunkeln murrte es verdächtig bösartig. Und wieder krachte es los. Heftiger als je zuvor. In einem durchdringend kreischenden Crescendo, das von unseligen Angstschreien gesättigt schien. Es war, als zitterte alles vor Spannung ... Als rottete sich alles zu einer Katastrophe zusammen. Was würde wohl im nächsten Augenblick geschehen?

Da ergriff sie Hektor bei den Vorderpfoten. Zerrte den knurrenden Hund mit sich in einem mühsamen Tanz. Er schnappte nach ihr. In ihrem Seidenmieder war ein langer Riß von den Zähnen des Tieres. Mit einem Aufschrei ließ sie es los. Fing an, ihren Rock aufzureißen. Sie riß ihn sich geradezu herunter und ließ ihn auf den Boden fallen. Ja, sie trampelte sogar darauf herum.

»Hurra«, schrie Leutnant Plume lustig. »Nackt wie die alten Griechen beim Dionysosfest.«

Und er warf den Waffenrock von sich. Der listige Herr Kobbe löste sich die Hosen. Ein klebriges Grinsen trat auf sein widerliches, lasterhaftes Gesicht. Doch sie schlüpfte ins Nebenzimmer.

Eingehüllt in ihre karminrote Seidendraperie, tanzte Frau Abigael wieder zu uns herein. Mit vorgeschobenen Lenden und zurückgebeugtem Körper. Das Haar hing ihr offen über die Schultern. Die Augen leuchteten sinnestrunken. Und es war, als knisterte all die geheime Lüsternheit ihres Wesens in dem seidenflimmernden Tanz. Als zitterte ihr vorgereckter Körper dem erwarteten Wollustschauer entgegen.

Auch ich konnte nicht mehr widerstehen. Ich warf meine überflüssigen Kleider ab. Und ich gab mich der sinnenerregenden Ekstase von Weinglut und Frauenzauber hin. Obwohl sich ein bösartiger Groll in meinem Inneren verbarg.

Nur Johannes Røer kroch noch tiefer in seine Ecke. Und für jedes Kleidungsstück, das wir abwarfen, zog er noch eines an. Er hüllte sein langes, mageres Elend in einen Mantel. Noch eine Decke legte er sich um die Schultern. Nanu. Es hatte wirklich den Anschein, er fror.

Frau Abigael aber setzte sich plötzlich auf einen Stuhl und stemmte einen Fuß gegen den Tisch. Die Draperie glitt beiseite und zeigte eine Wade von ungewöhnlicher, ursprünglicher Schönheit. Eine leicht geschwungene Wellenlinie zu dem fest gerundeten Knie, das ein geheimes, verdichtetes Licht verbarg. Ein rosa Seidentrikot schloß sich stramm um das Bein.

»Hektor, he!« rief sie und schwang die Hundepeitsche.

Das riesige Tier streckte sich unwillig knurrend. Nahm gespenstisch Anlauf und sprang über ihr Bein. Nach dem Sprung schlug es irritiert mit dem Schwanz.

»Merkwürdiger Mensch, was?« flüsterte Leutnant Plume. »Entlaufene Zirkusdame oder ...?«

»Oh, sie ist mindestens russische Spionin«, sagte Kobbe mit einem verdächtigen Lachen. Und seine blassen, schamlos kläffenden Augen fraßen sich in ihr Fleisch.

Sie rief den Hund erneut. Doch Hektor gehorchte nicht mehr. Sie gab ihm einen Hieb mit der Peitsche. Er rührte sich nicht. Da sprang sie herunter und fing an, auf ihn einzuschlagen. Viele scharfe, rasende Schläge. Wo sie gerade hintraf. Er knurrte bissig. Und sie nahm wieder ihre Position ein.

»He!«

Erneut sprang er hinüber. Aber während des Sprungs schnappte er nach ihr. Er hatte genug von dem Spaß. Und das Tier kauerte sich zitternd unter dem Tisch zusammen.

Sie aber gab nicht auf. Ein grausames Funkeln kam in ihre Augen. Vergebens versuchte ich zu protestieren. Doch sie ließ sich von Worten nicht mehr zügeln. Sie stachelte sich mit Schreien und Peitschenschlägen auf den Tisch auf. Die Raserei jagte sie in vernunftunzugängliche Verirrungen. Und uns lachte sie höhnisch aus:

»Was steht ihr da und glotzt, Männer? Weg mit euren Augen von meinem Bein. Es ist sowieso nicht für euch bestimmt. Ja, nicht wahr – schade, daß ihr um so ein schönes Geschöpf betrogen werdet. Aber ich habe euch auch nicht dazu eingeladen. Ihr sollt nur das Meisterstück meines Hundes sehen. Hektor, komm raus!« Und sie sprang vom Stuhl, wobei sie sich mit schadenfrohem Lachen an ihre schöne Wade schlug.

Der Hund kroch auf dem Bauch ein Stück nach vorn. Winselte und jaulte. Er wußte offensichtlich, was bevorstand. Da packte sie sein Messinghalsband und zerrte ihn ganz hervor. Und sie griff nach einer Stahlkette mit gefährlichen Knoten. Fing an, mit geistesgestörtem Eifer auf seinen Rücken und seine Schnauze einzuprügeln. Vor allem seine Schnauze, direkt bei den verletzlichen Augen. Ihre Grausamkeit war wirkich ausgeklügelt erfinderisch. Und die Schläge fielen immer häufiger und mit brutalerer Energie. Sie stachelte sich selbst in einen Paroxysmus der Raserei auf. Der Wahnwitz funkelte aus ihren Augen. Und ihr Arm schien eine unbändige, immanente Kraft zu besitzen. Sie heulte vor Folterlust.

Die Kette wurde blutig. Ein Hundeauge hing heraus wie eine einzige schreckliche Blutblase. Und als hätte sie ihre bestialische Grausamkeitslust noch nicht gestillt, trat sie das Tier in die empfindliche Flanke. Es krümmte sich heulend vor ihren Füßen. Sein Jammer erschien mir so herzzerreißend menschlich. Ich versuchte, ihren Arm aufzuhalten. Ich konnte diese widerwärtige Mißhandlung nicht mehr ertragen.

Die anderen standen stumm vor Angst da. Und selbst in Kobbes unverzeihlich stupidem und lasterhaftem Gesicht zeigte sich ein Funke menschlicher Empörung.

»Was unterstehen Sie sich?« wandte sie sich mir zu. »Mich aufhalten, wenn ich meinen Hund züchtige? Hunde und Männer sollen gehorchen«, schrie sie und schwang die Kette in wildem, unersättlichem Blutrausch über ihrem Kopf.

»Ist das vielleicht eine Auswirkung des siegenden Menschengeistes?« fragte ich mit der Anspannung all meiner äußeren Ruhe. Denn ich fühlte meine Glieder vor haßerfüllter Erregung zittern. Und ich schleuderte ihr ins Gesicht:

»Wo ist jetzt Ihr *James*?«

Da knickte sie augenblicklich ein. Die Kette fiel ihr rasselnd aus der Hand. Und sie sank mit einem gebrochenen Schrei zu Boden. Warf sich mit leidenschaftlichen Liebkosungen über das mißhandelte Tier und gab ihm die zärtlichsten Namen. Ja, sie preßte seine blutige Schnauze an ihre Wange. Die geduldige, plumpe Tierzunge versuchte noch, ihrer wahnwitzigen Herrin die Hand zu lecken.

Da aber passierte etwas absolut undenkbar Empörendes. Ich konnte im Augenblick eine so raffinierte Grausamkeit nicht fassen. Denn bevor einer von uns es hätte verhindern können, hatte sie blitzschnell den spitzen, silbergefiederten Haarpfeil tief in das wunde, blutgeschwollene Hundeauge gestochen. Ein unbeschreiblich wildgellendes, körperzerreißendes Schmerzensgeheul erscholl. Als wollten all seine Eingeweide heraus. Aber jetzt war auch die Wut des Tieres erregt. Es raste mit der Wildheit eines angeschossenen, zornigen Stiers auf sie los. Seine zottigen, schläfrigen Bewegungen waren tödlich schnell. Seine erregte Muskelkraft mörderisch gefährlich. Die gierigen Raubtierzähne bereit, alles zu zerstückeln und zu zermalmen. Und sie zerfetzten unbarmherzig ihre extravagante Toilette. Es blieb nichts übrig von ihrem karminroten Seidengewand. Es wurde zu einem Lumpenhaufen zerkleinert.

Sie lag bewegungslos da, mit geschlossenen Augen und einem rätselhaften Lächeln. Auch von uns hob keiner eine Hand zur Hilfe. Ich stand da, hypnotisiert von diesem Schreckensanblick. Das Tier hielt sie mit seinen schweren Pfoten und raubgierigen Zähnen, die überall in ihrem trikotbekleideten Körper schlugen und rissen. Sie konnte nicht mehr loskommen. Sie wälzten herum in einer fürchterlichen Umarmung. Unter dem wütenden Knurren des Tiers und ihren wollüstigen Schmerzensschreien.

»Endlich«, japste sie. »Die Vergeltung. Gott, diese Seligkeit ... Ja, beiß nur. Mein herrlicher Hektor! beiß nur recht tief. Beiß mich kurz und klein. Töte mich schnell.«

Dann richtete sie sich mit einem plötzlichen Ruck auf. Ihr Körper arbeitete mit schlangengeschmeidiger Kraft. Wand sich geradezu aus den Hundepfoten. Ein rascher Griff nach Leutnant Plumes ausgestreckter Hand – und sie stand aufrecht. Aber das Tier kam mit.

Es ließ seine schöne Beute nicht los. Es hing an ihrem Rücken und schnappte an ihrem Fleisch. Die scharfen Raubtierzähne sanken knackend in ihre nackten Schultern. Zwei bewegte Blutstreifen zeichneten sich plötzlich an ihrem weißen Arm ab. Doch kein Laut des Schmerzes kam über ihre Lippen. Nur das rätselhafte, entrückte Lächeln war noch dort. Als genösse sie diese selbstverschuldete Qual.

Sie hatte wieder einen stolzen, blendenden Augenblick, wie sie in ihrem zerrissenen Trikot dastand, den Revolvergürtel um den Leib. Der energische, verwegene Körper einer schlanken Jungmädchenschönheit. Eine sonderbare, wilde Anmut. Da schlug sie die Augen auf und sah mich an. Es war wieder, als flöge in ihnen der seltsame Flammenschein der Polarnacht. Und es war, als hätten diese unbeschreiblichen Augen mir etwas vorzuwerfen. Tränenschweres Mitleid staute sich unter meiner Brust. Ach, sie durfte nicht sterben ... Und ich schob die anderen weg. Sie rannten nur ratlos durcheinander und schimpften. Ich packte das Tier und versuchte, es loszureißen. Doch seine Pfoten waren wie festgeschweißte Eisenklauen. Ein gefährlicher, aufreizender Widerstand. Ich arbeitete mich in eine verschwitzte Erregung. Die unbezähmbare Wildheit des Tieres steckte auch mich an. Mit der Energie der Raserei riß ich seine gewaltige Schnauze los. Es schnappte nach meiner Hand und wich zur Seite aus. Dadurch bekam es sie in einen furchtbaren Würgegriff. Und ich hörte ihre angstgurgelnde Stimme:

»Nein, ich will nicht mehr. Das ist häßlich.«

Im selben Augenblick sah ich in ihrer Hand einen Revolver blinken. Und auf einmal begriff ich ihre grausame Absicht: zuerst den Hund und dann sich selbst. Es gab keinen Zweifel mehr. Sie hatte das Tier gereizt, um schnell erwürgt zu werden. Jetzt aber wurde ihr die Qual zu unschön lang. Meine Ahnungen wurden leider traurig bestätigt. Wir sollten Zeugen ihres Todes sein. Unsere hilflose Verzweiflung sollte ihren wollüstigen Todesschmerz steigern. Doch das würde nicht geschehen. Ich wollte ihren wahnsinnigen Plan durchkreuzen. Und ich packte mit Nachdruck ihre Hand. Da passierte eine sonderbare Nebensächlichkeit, mit den unglücklichsten Folgen.

Ich wollte gerade ihren Griff um den Revolver lösen, als ich Herrn Kobbes klamme Finger an meinem Hals spürte. Mein Gott – er wollte ja nur helfen. Ein abscheulicher Schauder, der meine Hand für eine Sekunde zitternd unzuverlässig machte.

Im selben Moment sah ich einen Blitz. Der Schuß ging los. Eine Scheibe zerbrach klirrend. Ich fühlte einen stechenden Schmerz in meinem rechten Mittelfinger. Etwas sickernd Heißes, Matschiges. Mein Arm wurde so sonderbar matt. Mein Griff gab plötzlich nach. Blut spritzte von meiner Hand. Der Finger war abgeschossen. Hing noch schlenkernd an einem Hautlappen. Resolut knotete ich mein Taschentuch um die Fingerwurzel. Und ich dachte nur: Gott sei Dank, sie ist ja nicht erschossen.

Inzwischen war die Tür aufgeflogen. Wind und Regen fegten herein. Die Gardine flatterte hoch vor der zersplitterten Scheibe. Das Licht wurde ausgeweht.

Es wurde dunkel, jedenfalls für mich. Da entstand um mich ein gefährlicher Spektakel. Möbel, die umfielen. Hundegeheul, vermischt mit Menschenschreien. Es pfiff, krachte und heulte überall. Die Schreckensnacht hatte hier drinnen schließlich gewonnen.

Ich sah die anderen hilflos um sie zusammenlaufen. Ich sah sie durch die Tür verschwinden. Getrieben von Hektor und weiter in seinem furchtbaren Würgegriff. Ich hörte etwas Schweres fallen. Der Revolver. Zum Teufel, warum war *das* niemandem eingefallen? Das Tier brauchte ja nur eine rasche Kugel. Und ich wollte mich danach bücken. Doch mir schwindelte, so daß ich mich an den Türrahmen stützen mußte.

Draußen auf dem Gang taumelten sie in einem verwirrten Haufen. Sie versuchten, sie festzuhalten. Aber das Tier drückte sie mit rasendem Tempo zu der fatalen Außentür hinaus, die zu der steilen Nottreppe führte. Und ich meinte ihre todeserstickte Stimme zu hören:

»James, laß mich! – Hu, deine Hand ist so kalt.«

Im nächsten Augenblick stürzte Frau Abigael Falbe, von dem Tier umschlungen, hinaus auf die Außentreppe. Unter Angstgeheul, das mich eisig durchfuhr.

Was dann passierte, weiß ich nicht mit Bestimmtheit. Denn ich befand mich in einem qualvoll aufgedrehten Fieberzustand, in dem Begebenheiten, Worte und Gedanken zusammenflossen. In dem das wirklich Erlebte und die undeutlichen inneren Bewegungen in rasender Eile rotierten. Die genauen Millionen Gehirnschwingungen, die schließlich ein normales Geräusch- oder Lichtbild hervorbringen, waren vielleicht inzwischen zu einer höheren Energie potenziert. Das Phänomen wurde dadurch ein wenig verzerrt. Höchstwahrscheinlich. Aber was kann ich dafür? – Indessen kam es mir so vor, als hätte ich folgendes beobachtet:

Licht bewegte sich schnell durch den Gang. Ich meinte die alte, windgegerbte Wirtin mit den blinzelnden Augen und dem gierig verkniffenen Mund zu sehen. Und schließlich den Seminaristen mit seiner so wichtigen Reisetasche, die zweifellos sein ganzes Geld und all seine Ermahnungsreden enthielt. Ich meine noch die schamlos kläffende Stimme der Wirtin zu hören, die wegen ihrer kleinen Rechnung und ihrer elenden, zu Bruch gegangenen Gläser zitterte.

»Sie fällt hinunter«, schrie Kobbe und eilte hinterher.

»Geschieht ihr recht, der Dirne«, murmelte die böse alte Hexe.

»Schweigen Sie, Madam. Sie hat sich zu Tode gestürzt.« Leutnant Plume lief verwirrt wieder hinaus.

»Oh, Großergottjessesmaria, ihr – lauter junge Menschen«, jammerte die Alte wieder.

»Fürchterlich, der böse Wein. Des Teufels ist die Schuld.« Der Seminarist ließ seine Kerze aus der Tür leuchten. Unglücklicherweise wurde sie ihm ausgeblasen.

Kraftlos zitternd schleppte ich mich quer über den Gang. Mir schwindelte. Ich wäre beinah umgefallen. Erwischte aber das Treppengeländer. Ein rieselndes Mattigkeitsgefühl. Das Blut floß unaufhörlich von meiner Hand. Und ich empfand einen brennend trockenen und ätzenden Schmerz an meiner Fingerwurzel. Ich mußte mich auf die oberste Stufe der Treppe setzen und eine Sekunde die Augen schließen.

Da hörte ich einen schnappenden, knurrenden Laut vom Hofplatz. Knackende Raubtierzähne, die in Fleisch und Knochen eines Menschen sanken. Ein häßliches Zittern befiel mich. Es war, als fräße das Tier mein eigenes Fleisch und nagte an meinen Knochen. Und ein entrüstetes Gefühl von Hilflosigkeit überwältigte mich.

»Das Vieh reißt sie in Stücke. Total in Stücke.«

Ich machte die Augen auf und sah Leutnant Plume die Treppe herauflaufen. Schluchzend, die Hand über der flackernden Kerze. Er blieb stehen und sah mich mit seinen kindlich entsetzten, braunen Augen an.

»Helfen Sie mir auf, zum Teufel. Ich sitze hier fest. Ich will hinunter und das Tier totschlagen.«

Und ich versuchte, aufzustehen. Doch mein Körper war so unbeholfen schwer. Er drohte mit einer würgenden Ohnmacht.

»Was? Sie sind ja angeschossen! Ihre Hand ist ganz blutig.«

»Haben Sie Angst vor ein bißchen Blut? Helfen Sie mir nur hinunter, sage ich.«

»Nein, nein, nein. Sie dürfen nicht. O je, ich hole schnell einen Arzt ...«

Und weg war er. Ein bitteres, ohnmächtiges Lächeln bewegte mein Gesicht.

Unten auf dem gepflasterten Hofplatz tobten noch Sturm und Regen. Ich hörte ihn aus knarrenden Dachrinnen strömen und vorwurfsvoll in überflüssige

Wasserteiche platschen. Hörte das Laubrauschen und energisches Türenknallen. Aber das Wetter spürte ich nicht mehr. Ich sah mehrere Laternen, die sich dort unten unter den beiden großen Ahornbäumen bewegten. Ein merkwürdig greller Schein unter dem metallgelben Herbstlaub. Da bemerkte ich den grauenvollen Anblick.

Auf dem feucht schimmernden Pflaster lag ihr nackter Körper ausgestreckt. Blutig zerrissen. Der Hund lag halb auf ihr. Sein buschiger Schwanz schlug erregt auf den Boden. Und er leckte mit begehrlichem Knurren Blut von ihrem Körper. Ich hörte seine schwere, schleckende Zunge. Ein Mann, der sich näher heranwagte, wurde schnappend angeknurrt, so daß er sich eilig verzog.

Da erscholl von unten ein langgezogenes Hundegeheul. Es wurde von anderen und entfernteren beantwortet. Alle Hunde der Stadt heulten. Und ich hörte einen seltsamen Todesschrei. Er begann mit einem spitzen, gellenden Wimmern, das mir durch Mark und Bein ging. Um sich schließlich in einem häßlichen Röcheln zu verdichten, das durch meine Hirnhaut drang und in meinem abgeschossenen Finger einen stechenden Schmerz verursachte. Seltsame Kathodenstrahlen schienen mir von ihrem Körper hinaus ins Dunkel zu fliegen …

In diesem Augenblick rannte ein entschlossener Mensch die Treppe hinunter. Gleich darauf fiel ein Schuß. Er versetzte mir einen sonderbaren Schock. Mein Kopf fiel hin und her und wurde so bleischwer. Mir war so, als wäre ich angeschossen. Als säße die Kugel irgendwo in meinem schmerzenden Kopf …

Ich wollte aufstehen. Wollte aufatmen. Doch ich sank in einem erstickend heißen Wasserfall, dessen donnerndes Dröhnen meine Trommelfelle sprengte, zusammen. Und das Bewußtsein verließ mich.

Als ich aus dem Wundfieber erwachte, saß Johannes Røer bei mir.

»Ist sie gleich gestorben?« fragte ich atemlos.

»Augenblicklich«, antwortete er still. »Bei dem Sturz wurde ihr das Gehirn eingeschlagen.«

»Wo liegt sie?«

»Da drinnen«, er zeigte auf das Nebenzimmer.

Lange blieb ich in einer hilflosen, sanften Traurigkeit liegen. In der unendlichen, wohltuenden Müdigkeit, die Rekonvaleszenten nach einer kritischen Krankheit ergreift. Und ich sah sie wieder in all der weißen Seide. Ich sah sie süß schlafen, eine Blume in den gefalteten Händen. Endlich hatte ihre wilde Seele Ruhe gefunden. Und ich fühlte mich so glückselig schläfrig.

Ihr Gehirn zerstört … Da kam in mir wieder eine schmerzhafte Frage hoch, über die ich Aufschluß haben mußte.

»Wo ist Hektor?«

»Ich habe ihn erschossen«, sagte er verlegen. »Mit ihrem eigenen Revolver.«

»Du warst tapfer. Aber leider zu spät.« Meine Augen füllten sich mit Tränen.

Mit großer, unerschütterlicher Ruhe erzählte er mir, wie sie gefunden worden war. Ihr Magensack war völlig aufgerissen, und Schulter und Oberarm waren abgenagt bis auf den Knochen. Spuren von den Zähnen des Tieres überall. Mir schauderte bei dieser detaillierten Schilderung. Aber ich mußte sie dennoch hören. Und ich bewunderte seine riesige Lebenssicherheit.

Plötzlich meinte ich hier drinnen fernen Leichengeruch zu spüren. Unruhe erfüllte mich. Ich mußte sofort weg von diesem unheimlichen Ort. Und ich bat ihn, mir in die Kleider zu helfen. Er protestierte und wollte warten, bis der Arzt kam. Doch ich fühlte meine Kräfte aufflackern und wollte den Augenblick nutzen. Schließlich half er mir und besorgte einen geschlossenen Wagen.

Es dämmerte, als wir in die Nachbarstadt fuhren. Durch dieselben schwarzen, herbstschweren Wälder wie am vergangenen Abend. Mit niedrigem, tiefgrauem Himmel, der über all dem trostlosen Jammer des Lebens brütete.

»Warum wolltest du sie nicht sehen?« fragte er. »Ihr Gesicht war doch dasselbe.«

Ihr Gesicht ... Und ich empfand eine geheime Abneigung gegen ihn. Als ob ich den schrecklich zerfleischten Körper unter der Decke jemals vergessen könnte. Die kühle Ruhe meines Freundes war für mich unfaßbar. Und ich warf in irritiertem Ton hin:

»Dich scheint das nicht im geringsten zu berühren?«

»Doch, *bevor* es passiert ist. Und vergiß nicht, ich habe gewarnt. Aber ich erstarre nicht vor einer Tatsache.

Bei irgendeiner unvermuteten Lichtwirkung sieht man plötzlich ein Haus, eine Gegend, die man lange beobachet hat, überrumpelnd neu vor sich. Man erkennt ihre verborgene Schönheit oder Bedrohlichkeit.

Bei irgendeiner unvermuteten Äußerung oder Bewegung erblickt man auch das Seelenleben eines scheinbar wohlbekannten Menschen.«

Und ich sah verblüfft Johannes Røers langes, blasses Gesicht mit dem halboffenen Mund und dem toten Lächeln an. Zum erstenmal fror ich angesichts dieser seltsamen Menschenseele, die ich, hatte ich mir eingebildet, doch so gut kannte. Ich zog mich unwillkürlich von ihm zurück. Es war mir, als sei er Teil des leblosen Grauens der Nacht.

Mein abgeschossener Finger liegt neben Abigael begraben. In einem kleinen Holzkästchen liegt er, so daß er gleichzeitig mit ihrem Körper verwesen und vergehen kann. Es ist ihr Finger. Meinen ganzen Körper vernichten konnte sie nicht. Ich bin mit ein paar Fingergliedern davongekommen. Meine Hand ist zwar verunstaltet. Aber meine Seele ist mir wohlbehalten geblieben.

Bei Unwetter juckt es in meinem Fingerstummel. Im Herbst. Und dann durchlebe ich wieder jene Schreckensnacht.

APRIL 1908

Das unruhige Haus

Diese Geschichte erlebte ich als ganz junger Mensch. Doch all ihre seltsamen Details sind in mein Bewußtsein eingeätzt.

Und wenn die Dunkelheit einsetzt und der Herbststurm vor meinem Fenster tobt, durchlebe ich jene angstgewürzte Festnacht erneut. Als ich die geheimen Kräfte der Materie empfand. Ihre Ewigkeitsschwingungen, verdichtet in menschlichem Willen. Ihren göttlichen Zusammenhang.

Dann nähert sich mir lautlos eine vermummte Frauengestalt. Eine seltsame, schwarze Frauengestalt mit geradem, aufrechtem Gang. Mit vornehmen Gesichtszügen und einer fiebrigen Jugendglut unter dem weißen, gepuderten Haar. Nähert sich mir ganz ... bis sie mir vor die Füße sinkt. Ich spüre ihren brennenden Atem und ihre verborgene Körperkälte. Und ich fahre schaudernd hoch und zünde die Lampe an.

Lange, lange danach wandere ich fremd in meinen eigenen Zimmern herum. So ganz außerhalb von mir selbst. Es ist, als besetze sie mich wieder.

Und diese Frau war selber eine Fremde auf der Erde ... Eine ins Grauen eingeweihte Seele war sie. Ob böse oder gut, weiß ich nicht. Aber in ihrer mystischen

Wildheit erinnerte sie an die Bacchantin. An Aglaonike, die, umwunden von Giftschlangen, in Hekates mondfinsterem Tal tanzt. Denn in den ekstatischen Augenblicken gingen von ihrem Körper seltsame Ströme aus. Ströme, die jeden Willensfunken zu ersticken und mein Leben zu zerstören drohten.

Ich war damals 23 und vorübergehend als Ingenieur bei einer Bergungsgesellschaft angestellt. In dieser Eigenschaft unternahm ich diese Reise, die mein Leben zeichnen sollte. Nennen Sie es eine Mystifikation. Nennen Sie es, wie Sie wollen. Aber ich spüre die Wirkung noch nach zwanzig Jahren.

Denn ich darf behaupten, daß ich vor dieser Begebenheit ein ziemlich gutaussehender und sorgloser Mann war. Ein sehr starker Mensch, der kein Abenteuer scheute. Ich war arbeitsfähig und gesellig. Und meine lebensfrohe Munterkeit steckte auch meine Umgebung an.

Dann aber war es, als welke etwas in mir. Mit meiner Unbekümmertheit war es völlig vorbei. Ich wurde einsam und menschenscheu. Wagte mich aufs Dasein nicht mehr zu verlassen. Und das Haar fiel mir aus.

Es war genauso, als wäre ich den langen, glücklichen Weg gewandert, geblendet von goldener Sonne ... Und starrte dann plötzlich im nackten, kalten Abendlicht in einen schroffen Abgrund, der sich vor meinen Füßen öffnete. Ungeahnt mit all dem öden Grauen der Dunkelheit.

Meine Großmutter sagte einmal in meiner Kindheit, als die ganze Familie freudestrahlend vermerkte, ich sähe zweifellos mehr als andere Sterbliche:

»Vorsicht. Dem Jungen passiert sicher etwas, das ihn zum Sehen bringt.«

Diese Bemerkungen über mein Äußeres mögen lächerlich erscheinen. Sie sind aber nicht überflüssig. Im Gegenteil. So viele haben sich geirrt in diesem phosphoreszierenden Blick, der so fesselnd nahe schien ... Und vielleicht hatte er sich aus weiter Ferne entzündet. An einer Linie der Schönheit, die ich seit langem gesehen hatte. Einem alten Geigenklang. Oder schlicht und einfach, weil ich an diesem Tag Fisch gegessen hatte. Jawohl. Denn Fisch und Fischsuppe verleihen außerordentlich strahlenstarke Augen. Er frischt das reflexive Durchleben auf. Ich möchte wirklich sämtlichen Primadonnen diese Kost für ihre Auftritte empfehlen. Kein kosmetisches Mittel, keine Belladonna kann augenblicklich eine so bemerkenswert inspirierte Jugend erzeugen. So habe ich auch beobachtet, daß die Küstenbevölkerung sich am längsten jung hält.

An jenem Abend hatte ich offenbar reichlich viel frisch gefangenen Dorsch gegessen. Vielleicht war ich aus diesem Grund besonders attraktiv? und gerade deshalb empfänglicher für mediale Beeinflussung?

Ich weiß es nicht. Und will nur genau berichten, was passiert ist.

Es gibt auf der Welt keinen Küstenstreifen so voller schöner Überraschungen in seinem nackten, schaumgepeitschten Schärengarten wie den des Sørlandet. Von dem schlingernden Achterdeck, wo sich die Seen drohend grün und weißgekrönt mit heiseren, nahe segelnden Möwenschreien erheben, sehe ich plötzlich, daß sich in der Steinmauer ein Spalt öffnet. Der kleine Fjorddampfer stampft langsam hinter die ersten Schären. Schwere Wogen rollen spritzend hinterher. Die Maschine arbeitet wieder mit ruhigen, klaren Kolbenstößen. Das Deck atmet nach dem Sturm frischgescheuert auf. Hinter einen öden Holm mit einer niedrigen, verwitterten Kiefer, die ihre Knochenzweige flehend dem Land entgegenreckt, gleitet das Schiff ... Hinein in einen düsteren Sund, wo gelbes Birkenlaub trotz eines späten Oktobers noch in den Klüften schwappt. Und die ganze regengraue Melancholie des Meeres schließt sich dahinter. Nur sein fernes Donnern dröhnt da draußen von der Steinmauer. Aber das Schiff steuert weiter über frierende Fjorde mit dem bleichen Schwermutlicht. Und es ankert schließlich tief in einer dunklen Abendbucht mit steilen, kahlen Felsen.

Ich bin da.

Heute ist kein Gedanke an die Besichtigung der havarierten Erzbark *Queen of England*, die irgendwo da draußen im Schärengarten stampft. Es bleibt wahrscheinlich auch nicht viel zu bergen, wenn das Wetter einmal abflaut. Doch die Versicherungsgesellschaft verlangt es. Und die bezahlt ja.

Nun habe ich also den langen, düsteren Regenabend zu meiner Verfügung. Und ich denke mit Verdruß daran, womit ich mir in diesem einsamen Außenhafen die Zeit vertreiben soll. Trostloser Ekel sickert von dieser braven Ansammlung Fischerhäuser, die schutzsuchend unter verwitterte Klippen gekrochen sind. Ein öder Gram ruht über dem Ort.

Allerdings hat mich einer meiner Freunde einer Dame empfohlen, die allein in einem nahe gelegenen Herrenhof wohnt. Ein wunderlicher, jahrhundertealter Hof, wo es, wie er lächelnd sagte, spuken sollte. Doch der unerklärliche Ekel dieses Abends schlich sich auch bei mir ein. Was sollte ich eigentlich da? Einen langen, höflichen Abend eingesperrt zwischen lauter Fremden. Oder gar Mariage mit einem alten, zimperlichen Fräulein spielen und Geschichten darüber hören, was die selige Tante an jenem unvergeßlichen Hochzeitstag im Mai an ihrem sündigen Leib trug.

Deutlich sah ich das verfallene Hexenhaus und die Einsiedlerin. Sicherlich sprießte ein Bart unter ihrer Nase. Und ich nährte den geheimen Wunsch, mein Freund, ihr lieber Neffe, habe einfach vergessen, sie von meiner geringen Ankunft zu unterrichten.

Nun, aber hier bestand ja gar keine Wahl, wenn ich in dieser tristen Gegend ordentliche Nachtruhe und Verpflegung haben wollte. Der Regen trieb in Windstößen vom Meer und peitschte mir ins Gesicht. Der Sturm wurde zur Nacht hin stärker. Wahrlich ein Wetter des Herrn, das jeden Rest von der *Queen of England* zu vernichten drohte.

Es war schwierig, unter diesen unwilligen, mißtrauischen Leuten einen Führer zu finden. Es kam auch ein merkwürdig forschender, scheuer Blick, als ich *Ljore* erwähnte. Das Haus hatte offensichtlich keinen besonders guten Ruf unter abergläubischen Fischern. Schließlich war ein halbwüchsiger Junge bereit, mich dorthin zu bringen, wo der Weg hinauf nach Ljore anfing. Meine Neugier war geweckt. Ich wollte diesen geheimnisvollen Ort kennen. Und ich schlug den Kragen meines Regenmantels hoch und machte mich mutig auf den Weg.

Die fortwährenden Regengüsse hatten tiefe Senken und Furchen in den alten, ansteigenden Weg gegraben. In den dämmergrauen, trostlosen Wegstreifen, der an diesem frühen Abend durch das niedrige Gehölz schimmerte. Seine Stille war so laut, daß sie mitten in dem Regenrauschen und dem fernen Meeresdonnern gleichsam zu hören war. Wie anhaltendes, bösartiges Mückensurren. Er lag in nachdenklicher Ruhe da und grübelte über seine bedrückende Saga. Und mein Begleiter war ebenso wortkarg. Er starrte nur die ganze Zeit auf den Weg. Vertraut, als witterte er all sein boshaftes Schweigen.

Es lag auch eine ältlich nachdenkliche, starre Stille über seiner Jugend. Ja, selbst seine Bewegungen waren schwer wie bei alten Leuten. Sein schönes Gesicht mit dem zarten, violetten Regenwetterteint, der diesen Gegenden eigen ist, hatte einen herbstlichen Zug von Resignation. Seine feuchtblauen Meeresaugen waren voll von der unruhigen Mystik des Schweigens. Und über diese dichtgeschlossenen Lippen glitt gewiß kein unachtsames Wort. Sie hätten wohl erzählen können, wenn sie gemocht hätten. Aber sie schwiegen böswillig. Ganz wie der Weg. Laß den nur gehen, wo er geht, sagten sie.

All diese starre Stille schnürte sich um mich zusammen. Ich mußte sie brechen:

»Ist es noch weit bis Ljore?«

»Nein – nicht besonders weit«, kam es schleppend mit einem scheuen Seitenblick.

Wieder ein langes Schweigen.

Regenrauschen, Meeresheulen und nahe Eulenschreie. Eine seltsam wilde Angst stieg in mir auf. Was war das wohl für ein merkwürdiges Haus, auf das ich zusteuerte? Warum strebte ich dorthin, obwohl in meinem Inneren bange Ahnungen keimten? – Und ich fing nervös an, ihn über den Ort auszufragen.

Schleppende, scheue Antworten. Es war ein feines Haus. Am ehesten wie das Schloß des Königs. Das hatte seine Tante gesagt, die dort vor ein paar Jahren gedient hatte. Aber sie blieb dort nicht lange. Denn es war so sonderbar unruhig, meinte sie.

»Unruhig? Führt man da ein so großes Haus?«

»Nein ... Da kommen ewige Zeiten nicht viele Leute. Aber Tante hat wohl gemeint, das Haus selbst war unruhig zur Nachtzeit.«

Der Junge blieb mit einem Ruck stehen. Flüsterte nahezu, ängstlich, wobei er auf das weißangestrichene Staketentor links zeigte:

»Da ist übrigens der Weg rauf nach Ljore. Jetzt brauchen Sie wohl keine Begleitung mehr?«

Ganz mechanisch gab ich ihm ein Trinkgeld und ließ ihn gehen. Blieb aber selbst in sonderbarer, angstpochender Unentschlossenheit stehen.

Es war durchaus keine Gespensterfurcht, was mich beunruhigte. Was scherte mich wohl damals dieses gräßliche Gerede? – Nein, es war etwas in mir selbst ... Ein geheimes Grauen, das meine Glieder mit Bleigewichten beschwerte.

Diese große, stillstehende Dämmerung. Der ewig nieselnde Nebelregen. Es war so atemlos schwer zu leben. Ein Gefühl hoffnungsloser Einsamkeit. Und dann diese Ahnung von etwas Unabwendbarem, das geschehen mußte ...

Einen Augenblick wollte ich nach dem Jungen rufen. Er konnte mir ja möglicherweise Logis in der Fischersiedlung besorgen. Doch ich schaffte es irgendwie nicht. Ich hatte in all dieser Stille Angst vor dem Laut meiner eigenen Stimme. Und ich hörte nur, wie sich seine besonnenen Schritte mehr und mehr entfernten. Es war, als verließe mich die Sicherheit selbst.

Langsam und willenlos bog ich auf den wohlgepflegten Weg ein, der sich zwischen niedrigen Reisern und nackten Buckeln dahinschlängelte. Die große, stillstehende Dämmerung lastete weiter auf dieser öden Gegend. Eine düstere Lautlosigkeit überall. Bei einer Biegung des Weges hörte man das erregte Meeresdonnern deutlicher. Woraus ich schloß, daß ich mich wieder der Küste näherte. Da fiel ein seltsames, flackerndes Licht auf die Einöde. Es schien aus einer Felsspalte hervorzubrechen. Wie aus der Höhle der Trauer. Ein schwermutbleiches Flackern von giftigem Erdgas, das mit Tageslicht nicht das geringste zu tun hatte. Es war noch trister als diese stillstehende Dämmerung. Und das Leben kam mir plötzlich so sinnlos vor. Ein unerklärlicher, kranker Ekel befiel mich starken Naturmenschen, der sich keinen einzigen Tag unpäßlich gefühlt und immer einen gewaltigen Lebenshunger gehabt hatte.

Im selben Augenblick schoß eine sonderbare Gestalt auf dem Weg hervor. Gott weiß, wo sie herkam. Vielleicht ein Stieg in den Felsspalten. Die Gestalt war schlank und von geschmeidiger Kraft. In hohen Jagdstiefeln und einem geräumigen Regencape, das den Kopf verbarg. Von dem quietschenden, nassen Gummigeräusch dieses Regencapes strahlte ein heftiger, beinah böser Wille aus. Das Wasser rann unaufhörlich davon herunter. Der Regen allein konnte unmöglich all diese Feuchtigkeit hervorbringen. Es roch auch nach salzigem Meer. Wahrscheinlich ein unvorsichtiger Vogeljäger, der hineingefallen war. Zweifellos war es die Büchse, die er unter dem Regencape verbarg. Der Mensch beeilte sich indessen und war bald hinter der nächsten Wegbiegung verschwunden.

Im selben Moment sah ich kurz das scharfgeschnittene, vornehme Gesicht. Es schien mir äußerst jung und energisch. Und jetzt hielt ich es auch nicht mehr für eine Büchse, was das Regencape ausbeulte. Sondern ein breites, unbestimmbares Ding, das fest unter seinem Arm eingeklemmt war. Es wirkte am ehesten wie ein Trog.

Ich kam um die Wegbiegung. Da war niemand. Die Gestalt war spurlos verschwunden. Ein unheimliches, lähmendes Gefühl erfaßte mich. Und gleichzeitig neugieriges Schaudern. Was war das wohl für eine eigenartige Sinnestäuschung? Deutlich klang mir noch das quietschende Gummicape in den Ohren. Ich mußte sofort herausfinden, ob es wirklich ein Mensch war. Oder nur ein Phantom meiner erregten Phantasie. Und ich lief schnell weiter.

Dann – weit hinten im Regennebel über dem rötlichen Streifen des Weges, der jetzt geradeaus zwischen einer Reihe windzerzauster und nicht besonders hoher Bäume verlief, entdeckte ich wieder die Gestalt. Ich atmete erleichtert und strengte mich an, sie einzuholen. Es war aber auch ein Höllentempo, das der Mensch draufhatte. Als ginge es um die seit alters festgesetzte Essenszeit des Herrenhofs. Denn ich zweifelte nicht mehr daran, daß er dorthin gehörte. Und ich lief einfach drauflos. Denn am Ende der Allee erhob sich wieder ein weißangestrichenes Tor und links der Giebel eines Gebäudes. Das war ohne Zweifel Ljore. Aber dieser seltsame Gast, der bei solchem Wetter und ohne Büchse direkt aus dem Meer kam, war wahrhaftig kein Jäger.

Als ich das Tor erreichte, entdeckte ich, daß der Giebel zu einem roten Nebengebäude gehörte. Dort verlief ein kleiner, steiler Hang abwärts. Und ich befand mich auf einem geräumigen, grasbewachsenen Hofplatz. Aber die Gestalt war nirgends zu sehen. Sie war wie in der Erde versunken.

Der große Platz breitete sich unheimlich und leer um mich aus.

Davor lag, in zwei Stockwerken, herrschaftlich, weiß und langgestreckt, hinter einer Reihe hoher, rauschender Linden das Wohnhaus. An der Eingangstür ein ulkiges, altes Portal, getragen von weißen Holzsäulen mit steifen Rokokogirlanden, und oben Schnitzwerk.

Kein Lebenszeichen hinter den halb entlaubten Linden oder über dem Steinweg entlang der Hauswand. Keine munteren Willkommensspäßchen eines Hundes. Es war, als schliefe das Haus hinter seinen heruntergelassenen grünen Jalousien einen hundertjährigen Schlaf.

Und über diesem toten Platz dieselbe große, stillstehende Dämmerung, die ewig zu währen schien. Sicherlich war selten ein knarrendes Wagenrad darüber gerollt. Denn das Gras wuchs üppig herbstgrün überall. Und auch auf dem schnurgeraden Kiesweg, der quer über den Platz zu einem Obstgarten führte, war keine störende Menschenspur zu sehen. Totenstille überall. Eine lauernde Totenstille, die einer Drohung glich. Und mir war auf einmal, als brütete ein jahrhundertealter, erstarrter Traum über dieser launenhaft fruchtbaren Talsenke in einer öden Steingegend.

Da bewegte sich etwas in einer Tür hinter mir. Ich drehte mich um. Ein befreiendes Gefühl von Wind strich vorbei. Oben vom Garten mit den herbstlichen Obstbäumen und Büschen kam mit einem Korb voller Äpfel ein Jüngling herunter.

Ich tippte sofort auf den Gärtner.

Doch als er näherkam, schien mir das Gesicht für einen Diener allzu sensibel und vornehm zu sein. Er war außerdem auffallend gepflegt. Ein dunkelgrüner Jagdanzug mit Kniehosen und Gamaschen. Der geschmeidige, stolze Gang. Und dieses schöne Gesicht mit den dunklen, abwesenden Augen, das mehr als alles von alter Kultur zeugte.

Ich verbeugte mich tief und stellte mich vor.

Mit einer sanften, etwas traurigen Stimme begann er verlegen:

»Mein Name ist Richelieu ... Jean Richelieu.«

»Ah – der historische Name?«

Er lächelte sonderbar abwesend und fuhr fort:

»Weiß nicht. Meine Familie ist tatsächlich französisch. Nun, Sie sind vielleicht der Herr Ingenieur, den das Fräulein erwartet? – Ich weiß allerdings nicht, ob sie im Augenblick zu sprechen ist. Aber wenn Sie hier einen Augenblick warten wollen, ich schließe sofort auf!«

Damit verschwand er über den Steinweg an der Hauswand. Ließ mich im Stich mit noch einem neuen und unlösbaren Rätsel vor diesem schauererregenden Märchenhaus.

Wer war er eigentlich? In welcher Beziehung stand er zu dieser Dame? Vielleicht ein entfernter, armer Verwandter, der als alles mögliche diente. Es lag auch eine stille, resignierte Demut über seiner ganzen Erscheinung.

Ich stand da und starrte auf die schwere Eichenholztür mit dem kunstfertig geschmiedeten Schloß und den reichen Schnitzereien. Zwei geschlossene Löwenmäuler trugen jeweils einen massiven Eisenring. Und ein sonderbarer Gedanke kam mir plötzlich: Wenn diese Tür sich öffnet, wirst du etwas so Seltsames und Grauenvolles erleben, daß es dein ganzes Leben zeichnen wird.

In dem Augenblick, als der Schlüssel in dem schweren Schloß gedreht wurde, glitt wieder ein trauriges Lichtflackern der Verklärung über die Welt. Ein langes Stöhnen durchzog die hohen Linden. Das Meeresdröhnen erscholl laut und deutlich. Und ich trat unter rieselnden Angstschauern und Bleischwere in allen Gliedern ein.

Mollige Wärme umschloß mich hier drinnen in der dunklen Halle. Zusammen mit einem intensiven Rosenduft. Ich sah eine Reihe Goldlederstühle und einen Tisch in Empire. Eine stattliche Treppe führte hinauf zu einer kurzen Galerie.

»Ich werde gleich Licht machen«, sagte er mit seiner weichen, betrübten Stimme.

Das Licht fiel aus einer roten Ampel am Spiegel. Ein seltener Empirespiegel aus Mahagoni. Fiel über eine Rosenetagere in der Spindel der Treppe. Eine Flut herrlicher Rosen, gepflanzt um eine ruhende Venus. Der reiche, rötliche Teppich lief auch die Treppe hinauf und steigerte diese komfortable Behaglichkeit.

Ich stand verblüfft da und starrte ... All dieser Luxus versteckt in einer schäbigen Fischersiedlung. Und dann dieser achtzehnjährige Junge, dessen stille Schönheit so fremd war. Diese nachtblauen Augen mit den umherirrenden Blicken, die gewissermaßen jeder Wirklichkeit auswichen. Wie war er wohl hierhergekommen? Und ich stand und starrte weiter in gespannter Erwartung. Was würde sich hinter der nächsten Tür zeigen? Welches raffinierte Geheimnis?

Schweigend und höflich half er mir aus den Reisesachen und führte mich durch ein paar dunkle, kühle Räume mit heruntergelassenen Jalousien in die Bibliothek.

Der rote Feuerschein des Ofens legte Behaglichkeit über das schwere, lederbezogene Mobiliar. Ich trat ans Fenster, das zu einem alten Garten und einer kleinen, engen Bucht hinausging. Trotz der Dämmerung erkannte ich unter den besonders hohen Bäumen zierliche Büsche und Wege. Und auf dem großen Mittelrasen stand ein winterlich toter Springbrunnen. Eine merkwürdige Drachenkomposition, die sich schnaubend aufwärtsschlängelte. Noch glühten ein paar zierliche Dahlienbeete da draußen im Halbdunkel. Das Lampenlicht hinter mir fiel in breiten Streifen hinaus in den Garten. Wurde von den tropfenden, verdeckten Büschen und dem melancholisch grünen Rasen verschluckt.

Eine weiche Traurigkeit regte sich in mir. Ich drehte mich unwillkürlich um und sah seine langen, leichtgebräunten Hände eine Bronzelampe in attischer Urnenform anzünden.

»Wünschen Sie einen Aperitif? Es wird sicher etwas dauern, bis das Fräulein kommt.«

Ich dankte.

Das *Fräulein*, sagte er. Er war bestimmt ein sehr entfernter, armer Verwandter. Ich nahm genau seine beinah demütige Vorsicht wahr, als er die grünen Jalousien herabließ. Und ein beklommenes Mitgefühl mit diesem Jüngling ergriff mich.

So vergingen seine jungen Tage nutzlos in diesem Nest. In einer ständigen Grauwetterdämmerung wie dieser. Ohne das scharfe Clair-obscur des Lebens. Mit einer alten Dame als Vormund über alle intimen Gefühle und Gedanken. Natürlich, so war es. Darüber hinaus einer despotischen Schwipptante, die mit großer Geldmacht und Befehlsgewalt regierte. Nicht den kleinsten Einwand duldete. Sei so gut – halt den

Mund, Lümmel. Oder sorg anderswo für dein Brot. Aber der Komfort band einen leider. Die Behaglichkeit hier drinnen in den herbstrauhen Schauern vom Meer. Und ich begann, dieses unsichtbare Wesen samt all ihrem Luxus halbwegs zu hassen. Was war das alles gegen ein junges, schönes Leben, das hier langsam zerrann?

Ich nahm mir vor, es zu wecken. Ich war erfüllt von herrlicher Opposition und schwor blind auf den freien Willen. Hindernisse waren mir geradezu eine Zerstreuung. Mein Blut war erlösend heiß und meine Kraft ungebrochen.

Ach ja. Ich bin nicht mehr ganz so siegessicher. Nicht mehr ganz so vernunftversessen. Der unheimliche Zweifel des Alters hat sich eingeschlichen. Ich habe seitdem auch einiges erlebt, das mich davon überzeugt hat, daß die Physis des Individuums ihre ziemlich enge Begrenzung hat. Aber genau jene Nacht sollte die entscheidende Grenze bilden.

Wieder fingen meine Gedanken an, sich mit der sonderbaren Gestalt zu befassen, die ich da oben auf dem Weg aus der Felsspalte hatte hervorschießen sehen. Tropfnaß aus dem Meer. Wer war dieser seltsame Gast, der spurlos auf dem Hof verschwand? War es wieder ein Verwandter dieser mystischen Dame? – Ich mußte es einfach wissen.

Kurz darauf kam Herr Richelieu, begleitet von einem Pikkolo, der ein Silbertablett mit verschiedenen Aperitifs trug. Dieser fünfzehnjährige Junge ähnelte auffällig dem anderen. Die gleiche diskrete, fremde Schönheit. Nur viel kräftiger. Etwas weniger traurig.

Und mit einem scharfsinnigen Blitzen in den Augen. Sie mußten zweifellos Brüder sein.

Auch er trug eine straffe, dunkelgrüne Livree mit silbergeknöpften Kniehosen. Wieder ein koketter Einfall dieser mächtigen, mystischen Dame. Nach diesem Entree konnte man wohl ungewöhnliche Eigenschaften bei den übrigen Leuten im Haus voraussetzen. Als der Pikkolo, sich höflich verbeugend, den Raum verließ, fragte ich eilig Herrn Richelieu:

»Sagen Sie – gibt es hier mehrere Gäste?«

Seine Bleichheit wurde unheimlich weiß. Sein umherirrender Blick lag mit offener Angst auf mir. Und er stammelte:

»Nein ... wieso denn?«

Doch – und ich erklärte ihm die Erscheinung auf dem Weg.

Eine verlegene Röte flog über sein Gesicht. Er wurde auf einmal lebhaft. Beinah munter. Und er versicherte eifrig, es könne niemand aus dem Haus gewesen sein.

»Aber ich habe ja den Menschen hier auf dem Hofplatz verschwinden sehen?«

»Ja, aber ich stand im Garten und pflückte Äpfel. Und Ehrenwort: Ich habe wirklich niemanden gesehen. Sie müssen sich bestimmt geirrt haben.«

»Hm«, antwortete ich.

Ich fühlte mich unangenehm berührt. Hier steckte gewiß ein Geheimnis dahinter. Ein doppeltes Geheimnis. Zunächst sein offensichtliches Erschrecken bei meiner Frage. Dann sein unerklärlicher Eifer, einen Vorgang zu leugnen, den er, im Obstgarten und beschäftigt mit dem Äpfelpflücken, unmöglich beobachtet haben konnte. Ich dachte, was ich wollte, über diese geheimnisvolle Person im Regencape, deren quietschende Gummigeräusche und energische, nasse Schritte mir noch in den Ohren klangen. Und ein unsicheres Gefühl in Hinblick auf meine eigenen Wahrnehmungen befiel mich zum erstenmal in meinem Leben.

Ganz unbewußt mixte ich mir einen Whisky und setzte mich. Er blieb die ganze Zeit ehrerbietig stehen. Als erwartete er einen Befehl.

»Lieber Herr Richelieu – warum setzen Sie sich nicht und trinken ein Glas mit?«

»Danke, ich mache mir nichts daraus. Und außerdem muß ich mich jetzt noch um etwas kümmern. Das Fräulein kommt sicher bald. Sie entschuldigen mich?«

Und bevor ich zu einer neuen, brennenden Frage gekommen war, war er, sich verbeugend, durch die Tür verschwunden.

Wieder dieses servile *Fräulein*. Was fabelte ich da zusammen? Er war sicherlich nur ein brauchbarer und gut ausgesuchter Diener. Darüber hinaus ein teurer Gärtner, der für die Warmbeete ihrer Gnaden sorgte oder als Majordomus glänzte. Da war mein Erweckungseifer wahrhaftig fehl am Platz. Und der andere ... Nun, vielleicht war er nicht einmal sein Bruder. Sicher nicht. Nur eine zufällige Ähnlichkeit. Ähnlichkeit? Na, der Jüngere hatte ja runde, braune Wangen und muntere, lebenslustige Augen. Das war wieder ein eminenter Blödsinn. Ich hatte mich einfach von der dunkelgrünen Livree der beiden blenden lassen.

Ein komischer Bursche war er trotzdem, dieser historisch klingende Richelieu. Merkwürdige, südländisch dunkle Augen, die sicher fanatisch brennen konnten. Auch diese Scheuheit an ihm, jedesmal, wenn ich eine der Intimitäten des Hauses nur berührte. Er roch die Frage geradezu im voraus. Und wich ihr listig aus. Sprach von den Blumen, von dem häßlichen Herbstwetter, von der Temperatur im Raum. Nein, sein Wesen glich dem eines Dieners am allerwenigsten.

Also, als wäre es hier nicht warm genug. Es war geradezu drückend. Der große Ofen heizte wie die Hölle. Und die tiefen, lederbezogenen Sessel, die beinah wie ein kleines Zimmer für sich waren, steigerten die Wärme. Meine Haut prickelte überall. Klamme Angstschauer krochen mir durch den Unterleib. Und meine Schläfen hämmerten heftig. Ich fühlte mich körperlich ganz unwohl.

Einen Augenblick wollte ich eine Jalousie hochziehen und ein Fenster aufmachen. Aber in den Bäumen des Gartens stöhnte das Sturmgebraus. Traf krachend auf die Hauswand. Es wäre zu riskant gewesen.

Ich stand unschlüssig auf und wanderte in diesem goldlederbezogenen, gewichtig möblierten Zimmer herum. Die übervollen Regale wurden nur von einem schwarzen Eichenholzschreibtisch unterbrochen, auf dem ein mächtiger Globus und eine Photographie standen. Aber nicht eine zurückgelassene Handarbeit gab es hier. Nicht einen Gegenstand, der an die Gegenwart einer Frau erinnern konnte. Die Schreibmappe war ohne Papier. Das schwere Silberschreibzeug schien unbenutzt. Es hatte offenbar einem Verstorbenen gehört. Ihrem Vater vielleicht.

Ich warf einen flüchtigen Blick auf diese Prachtbände. Moderne Autoren und Klassiker. In schöner Ordnung. Eine große Zahl vortreffliche europäische Belletristik. Ein paar geheftete Bände hypnotisierten mich geradezu. Ich nahm einen heraus. Es war *Curiosities of Astronomy*. Was? studierte sie auch die Sterne, diese bemerkenswerte Dame? Hier waren ja vollgestellte Regale mit Astronomie. Ich griff nach einem Lederband im Quartformat. Astrologie? Tatsächlich. Eine alte, französische Astrologie. Ach so – sie gehörte also zu den Neophyten dieses überholten Aberglaubens. Oder gehörten die Bücher vielleicht dem Mann dahinten auf der Kabinettphotographie?

Ich ging hin. Sie war in einen Silberrahmen mit Smaragden und Onyx eingefaßt. Ein kräftiges, bartloses Männergesicht mit einer ausgeprägten, fein geformten Nase und einem sonderbar traurigen Lächeln. Es war zu jung, um das ihres Vaters zu sein. Eher ein abwesender Bruder. War er tot? oder nur unterwegs auf langen, ergebnislosen Reisen? – Denn dieses Gesicht besaß eine merkwürdig jagende Unruhe, die letztlich im Spleen des reichen Mannes begründet war.

Natürlich befand ich mich in seinem Otium, wo alles noch pietätvoll unberührt stand. Ein Sonderling, der ohne Zweifel viel gelebt und gesehen hatte. Und der möglicherweise noch immer auf einer langen Reise umherstreifte. Ein paar Seekarten zeigten deutlich seine Neigung.

Und mir wurde plötzlich so erstickend schwül hier drinnen zwischen all diesen hübschen Hinterlassenschaften eines lieben Vermißten. Ich mußte die Tür zum nächsten Zimmer öffnen. Und ich zog die Portiere beiseite ...

Ein herbstklammer Schauer ergriff mich. Mehr durch die Gemütsbewegung, glaube ich, als eigentlich durch die Kälte des Zimmers. Denn ich meinte plötzlich, die sonderbare Gestalt vom Weg bewege sich darin. Gleite an die Wand und verschwinde. Ich wich unwillkürlich zurück. Was war das? – Na, selbstverständlich nur eine lächerliche Fiktion, hervorgebracht durch den jähen Lichtschein in das Dunkel. Diese Gestalt hatte meine Vorstellung geradezu besetzt. Ich war auf direktem Wege zu Halluzinationen. Und ich schob die Portiere ganz auf. Aber ich wagte mich doch nicht hinein.

Gefesselt stand ich da und starrte in das Zimmer. Da war nichts zu entdecken. Nichts außer Möbeln und Dunkelheit. Möbel von einer anderen Form und Farbe als unsere europäischen. Ein merkwürdiges Haus und eine merkwürdige Dame, wahrhaftig. Hier vegetierte sie ohne den entferntesten Umgang. Umgeben nur von den Hinterlassenschaften des Bruders und zwei Dienern in grüner Livree. Auch ein kurioser Einfall. Nicht einmal ein nettes, lebenslustiges, ländliches Dienstmädchen, dessen robuste Gegenwart hier etwas Gemütlichkeit hätte schaffen können.

Das unruhige Haus ... Ja, die Volksstimme hatte sicherlich recht. Ein sonderbar unruhiges Haus war es trotz all seiner toten Stille. Nicht einmal ein munterer

Ton aus der Küche. Nicht ein lebendiger Schritt aus dem ersten Stock. Es war, als wären alle Wände mit Filz bezogen und alle Fußböden mit Teppichen geschützt. Eine völlig wattierte Totenstille.

Aber dennoch spürte ich ständig jemanden um mich. Wachsam lauernd. Es war, als ob es in allen Ecken heimlich atmete. Und diese Kostbarkeiten rundherum hatten Gesichter und starrten mich an. Ja, es war, als ob die Stille selbst lebte.

Sie mußte tatsächlich ein hypernervöser Mensch sein, dieses Fräulein. Voller Medizin und Riechfläschchen. Gedämpfte Schritte von Dienern. Kein unverschämtes Küchengekicher eines kreuzfidelen Küchenmädchens. Nicht doch. Stil und Stille überall. Ja doch – vielleicht entpuppte sich der fremde Gast einfach als der Koch. Er trug ja bekanntlich einen Trog unter dem Arm. Einen soliden norwegischen Backtrog. Vielleicht darüber hinaus ein dritter und älterer Bruder des geehrten Herrn Richelieu. Und das Gespenst da drinnen war genau er, der das Mobiliar abstauben sollte. Sicher ging eine schlaue Tapetentür vom Kabinett direkt in die Küchenregion.

Da erscholl hinter mir diskretes Husten. Ich drehte mich um und sah den jungen Pikkolo damit beschäftigt, im Ofen Birkenholz nachzulegen. Na gut, dachte ich. Der ist weniger reserviert. Er ist noch grün genug und läßt sich zweifellos aushorchen.

»Ich finde, es ist hier so warm geworden«, sagte ich entschuldigend.

»Ja, das Fräulein hält sich am liebsten in der Bibliothek auf. Deshalb heizen wir nur hier.«

»Ist sie vielleicht sehr kälteempfindlich?«

»O nein, absolut nicht.« Er sah mich mit einem listigen Blitzen in seinen lebensfrohen Jungenaugen an. »Aber es ist doch jetzt kalt?«

Es war offenbar Blödsinn, das Ganze. Ein exakter Blödsinn meines schlaflosen, überanstrengten Hirns, das von der abergläubischen Phantasie eines armen Fischerjungen genährt worden war. Erstens waren sie ja gar keine Brüder. Herr Richelieu sprach mit ausgeprägtem Nasalton und französischem Akzent. Und der Junge hier konnte zweifellos Norwegisch. Und zweitens befand ich mich nur ausnahmsweise in einem besonders stilvollen Haus. Einem wirklichen, unerwarteten Herrensitz hier zwischen diesen ungastlichen Meeresklippen. Das Gespenst auf dem Weg und das hier drinnen hatten natürlich ihre einfache und höchst alltägliche Erklärung.

»Nun mache ich gleich Licht im indischen Kabinett, damit Sie etwas sehen«, sagte er wohlwollend.

Das Licht einer vielfarbigen, kunstfertigen Eisenlaterne fiel über die ungewöhnliche Einrichtung mit einem Flechtwerk aus Laub und Drachenornamenten. Niedrige, runde Tische. Stühle mit schlangenähnlichen Rückenlehnen. Schränke voll mit indischem Porzellan. Und Elfenbeinmalereien auf den phantastisch verkleideten Wänden. Das Mobiliar sei aus Magnolienholz, erklärte er. Alles Seltenheiten, mitgebracht vom Bruder des Fräuleins.

»Der auf dem Porträt da drinnen?«

»Genau der.«

Ich bewunderte besonders einen Kupfergong, der zwischen zwei Elefantenzähnen hing. Zwei weißen Stoßzähnen, die von einer polierten, schwarzen Ebenholzplatte aufragten. Der Gong war eine einzigartig schöne Ziselierarbeit. Unruhige Bilder von Krieg, Klingen und tropfendem Blut. Schöne Emailfarben in Blau, Rot und Perlmutt. Eine Geschichte der menschlichen Rasse, gemalt mit der seltsamen Farbenpracht von Grausamkeit, Intelligenz und traumkrankem Leben des Orients.

In einer Ecke stand eine menschenkörpergroße indische Bronzegottheit. Ich stieß bei ihrem Anblick einen kleinen Schrei aus. So lebendig kam sie mir vor. Ein Schiwa in ruhender Andachtshaltung mit gekreuzten Beinen und Armen. Gesenkte, unerforschliche Augen und ein rätselhaftes Lächeln. Ein außerordentlich schönes und seltenes Kunstwerk. Es war Seele in diesem Bronzekörper. Er kannte das Geheimnis des Lebens und des Todes. Konnte sicher tiefsinnige Worte sprechen, wenn er wollte.

Ich wurde sonderbar unsicher. Hatte ich nur diesen Bronzegott gesehen? der bei dem plötzlichen Lichtreflex Leben bekam und an die Wand zu gleiten schien? – Unmöglich. Die Gestalt war von eher menschlicher Art. Ich meinte deutlich ihre Gesichtszüge zu sehen. Sie glichen absolut den an der Wegbiegung flüchtig erblickten. Dieser seltsame Gast war also hier drinnen gewesen. Er existierte wirklich und befand sich irgendwo im Haus. Mein Auge betrog mich durchaus nicht. Und ich strengte mich an, eine erklärende Tapetentür zu finden. Konnte aber nichts entdecken außer zwei Fenstern in den teppichverkleideten Wänden.

»Hm. Dieser Mann ist viel gereist, sehe ich?«

»Fast überall auf der Erde«, antwortete er munter.

»Was hat er eigentlich gemacht?«

»Ich weiß nicht genau. Glaube aber, er war so etwas wie Bergingenieur.«

»So. Und er ist also tot?«

»Ja, schon seit langem.«

»Ist er hier zu Hause gestorben?«

»Ja, er starb wohl hier.«

»Aha, dann hat er schließlich heimgefunden. Sagen Sie mir, lebt das Fräulein ganz allein hier?«

»Vollkommen allein. Abgesehen von uns, die zum Haus gehören.«

»Wie viele sind das?«

»Wir sind drei. Er, den Sie vorhin gesehen haben, eine alte Küchenfrau und dann ich.«

Ich empfand eine unheimliche Anspannung bei dieser Antwort. Da platzte ja meine Theorie, daß die originelle Dame einen dritten Mann als Küchenchef engagiert hatte. Er war es also nicht, den ich gesehen hatte. Denn der Junge log nicht. Er war geradewegs aufrichtig. Doch wer war dann der seltsame Gast?

»Ist nicht vor einer Weile ein fremder Mann zum Haus gekommen?«

»Unmöglich. Ich bin den ganzen Nachmittag hier gewesen und habe niemanden gesehen.«

Auch er äußerte bei dieser Frage Anzeichen größter Verwirrung. Er wurde zunächst blaß und unruhig. Die Gespensterfurcht der Fischersiedlung hatte anscheinend auch ihn angesteckt. Dann errötete er und begann mit lächerlichen Beteuerungen.

Hier verbarg sich unbedingt ein Geheimnis des Hauses, das vor allem nicht verraten werden durfte. Es waren besonders diskrete und gut abgerichtete Diener, die das Fräulein da hatte. Das mußte ich bereitwillig einräumen. Auf diesem Weg würde ich nichts erfahren können. Und ich tat so, als bewunderte ich all diese ostindischen Porzellanpretiosen, die sich in ein paar eigentümlichen Schränken aufhäuften. In Wirklichkeit untersuchte ich aber genau die innere Wand, ob sich nicht hinter den Teppichen die Andeutung einer Tür befände. In mir zitterte es vor neugieriger Spannung. In meinem nervösen Eifer war ich drauf und dran, eine kostbare Vase umzukippen. Es überlief mich kalt. Was, wenn sie zerbrach? Doch im nächsten Augenblick ergriff mich wieder diese teuflische Spannung. Ich mußte um jeden Preis und unverzüglich die geheimnisvolle Tür finden …

Vergebens. Ich konnte nicht das geringste entdecken. Nicht soviel wie eine Naht in den orientalischen Teppichen. Es kam immer mehr zusammen. Offenkundig hatte ich hier drin ein menschliches Wesen gesehen. Ebenso sicher wie draußen auf dem Weg. Meine Sinne betrogen mich nicht. Und diese Gestalten ähnelten einander auffallend. Selbst die Gesichtszüge waren die gleichen. Aber was war es dann für ein wunderliches Geschöpf, zu dem sich niemand bekennen wollte? Und wie war er wohl hier hereingekommen? – Mir war im Ernst unheimlich zumute.

Ich wanderte friedlos zwischen all diesem Luxus umher. Beinah, als hätte ich ein schlechtes Gewissen. Ich wollte am liebsten fort ... Lieber auf einem Strohsack da unten in der Siedlung schlafen als in dem weichsten Eiderdaunenbett hier, wo sich hinter der Pracht der Zimmer Verdächtiges verbarg.

Ohne es zu wissen, stand ich wieder in der Bibliothek und fingerte an der großen Kabinettphotographie. Es war plötzlich, als starrte er mich mit seinen unbestechlichen Augen direkt an. Ein rätselhafter, erschreckender Blick. Und ein eisiges Gefühl befiel meinen ganzen Körper. Das war ja *er*! er, den ich gesehen hatte. Genau dieselbe feine, ausgeprägte rassige Nase und energische Gesichtslinie, die ich mit dem flüchtigen Blick erhascht hatte. Vor einem Augenblick hatte ich es ja bei lebendem Leibe da drinnen im Dunkel gesehen ...

Unfaßbar. Er war doch vor mehreren Jahren gestorben. Und Gespenster sind normalerweise lautlos. Aber noch klangen mir das quietschende Gummigeräusch des Regencapes und seine kurzen, schwappenden Schritte im Ohr. Nein, er war wahrhaftig lebendig und gegenwärtig genug. Sein Tod war eine freche Lüge. Denn zweifellos war er es, den ich gesehen hatte.

Oder sollte es vielleicht ein jüngerer Bruder sein, der ihm ähnelte? War er vielleicht von Geburt an ein Schwachsinniger, den das Haus vor dem Blick aufdringlicher und mitleidiger Menschen am liebsten verbergen wollte? War das das Geheimnis, das nicht verraten werden durfte? Ein armer Geisteskranker, der gutartig genug war, um sich selbst überlassen zu werden. Es gab tatsächlich Dinge, die darauf hindeuteten. Der unerklärliche Trog, den er unter dem Arm trug. Seine tropfnassen Kleider, die erzählten, daß er ins Wasser gefallen war.

Aber in diesem Fall schien man mit seinem unglücklichen Schicksal allzu fahrlässig umzugehen. Und man ließ ihn keineswegs in den Zimmern frei herumspazieren, wo er im Handumdrehen alle Kostbarkeiten des Hauses nach Belieben demolieren konnte. Am allerwenigsten über eine Geheimtür in das Heiligtum des Gottes eindringen. Nein, der Anblick dort drinnen war und blieb unerklärlich.

Und außerdem: Diese energische Gesichtslinie gehörte keinem Idioten. Dazu war sie zu aufgeweckt und verständig. Wer war dann diese geheimnisvolle Gestalt? Sollte es doch sein Wiedergänger sein?

Ein kribbelnd kaltes Frösteln strahlte von meinem Scheitel aus und lähmte jede Bewegung. Ich wagte keinen Schritt zu tun. Keinen Finger zu rühren. Ich fühlte ihn hinter mir kommen. Lautlos schleichend aus dem indischen Kabinett ... Meine Schläfen schmerzten, und alle Pulse brannten. Es war ganz so, als sei ein Fieber im Anmarsch.

In diesem gespannten Augenblick wurden die Flügeltüren zum Gartensaal aufgeschlagen. Und die Herrin des Hauses trat ein, gefolgt von Herrn Richelieu, der meldete: »Fräulein Rosa Gahn.«

Ich verbeugte mich unwillkürlich tief. Konnte kaum die obligaten Höflichkeitsformeln herausbringen.

Ihre Erscheinung war außerordentlich blendend. Unter der weißen, gepuderten Frisur fiel ihr jugendlicher Gesichtsteint in reizvollem Gegensatz auf. Eine hohe, gebieterische Gestalt mit vornehm elastischem Gang. Eine wirkliche Herrin, deren leuchtende, grauschwarze Augen für den Freund huldreich sein konnten. Aber auch intensiv hassen. Ja, auch leicht töten.

Nein, so hatte ich sie mir allerdings nicht vorgestellt. Ich war völlig überrumpelt. Diese *grande dame* mit dem lebendigen, leicht ironischen Lächeln war so ganz anders als die Frauen, denen ich begegnet war. Sie forderte geradezu Respekt und Bewunderung.

Alter? Sie hatte absolut kein Alter. Sie würde in fünfzig Jahren noch ebenso jung und schön sein. Von ihrem geschmeidigen Körper strahlte eine robuste Gesundheit aus. Doch was ihre Jahre anging, mußten sie mit dreißig angesetzt werden.

Sie trug schwarze Seide, die ihre Schlankheit noch weiter hervorhob. Und ein Amethystdiadem zu ihrem weißen Haar und rosa Teint. Darüber hinaus trug sie keinen Schmuck. Nicht einmal einen Ring. Eine bewußte, erstrebte Einfachheit, Kunst nur der wenigen hochbegabten Frauen. Unspektakulär, aber dennoch wirkungsvoll.

Ihr einnehmendes Wesen bezauberte mich so sehr, daß ich meine unheimliche Stimmung kurz zuvor ganz vergaß. Diese tiefe Altstimme hatte im Erzählen eine solche persönliche Macht. Sie war so glaubwürdig und so bestrickend humorvoll. Und dennoch zuweilen weit weg über allen Bergen ...

»Sie sehen sich das Porträt meines Bruders an?«

In ihren Augen blitzte es rasch forschend auf.

»Ich finde, Sie ähneln ihm«, murmelte ich abwesend.

Es frappierte mich, wie sich diese gerade, ausgeprägte Familiennase bei ihr wiederholte. Abgesehen davon schien mir ihre blendende Schönheit jede ähnliche Linie auszuradieren.

»Fremde sagen immer das gleiche. Aber im Grunde waren wir höchst verschieden.«

»Inwiefern?«

»Nun, so sehr verschieden, wie Menschen überhaupt sein können. Er war eine stille, kontemplative Sammlernatur. Während ich am liebsten leben und mich zerstreuen wollte. Ach ja. Wir waren schlankweg wesensverschieden. Und nun ist er tot, leider.«

»Seit ganz kurzer Zeit?«

Ich mußte volle Gewißheit darüber haben. Mir war im Augenblick so, als könnte mir sein Tod gar nicht genug garantiert werden. Und ich lauschte gespannt ihren Worten:

»Nein, es ist sechs Jahre her. Er starb gleich nach seiner Rückkehr von einer Expedition nach Mexiko. An Herzlähmung. Überanstrengung, der Ärmste.«

»Er war also nicht ganz ohne Interesse für das Leben?«

»Ganz gewiß nicht. Aber was für ein Interesse. Ein schlichtes, reines Sammlerinteresse. Ach, was er aus allen Ecken der Welt angeschleppt hat. Von Mexiko steht noch die ganze Sammlung in Kisten auf dem Dachboden. Seine Absicht war bestimmt, letzten Endes ein Museum aus unserem Haus zu machen. Um dann in aller Stille die Kulturwerte der verschiedenen Völkerschaften der Erde zu pflegen und sie zu genießen. Aber das hat er leider nicht erreicht.

Und ich? Ja, jetzt ähneln wir einander sicher mehr. Jetzt, wo das Fest vorbei ist. Jetzt habe ich angefangen, die Kisten aus Arizona auszupacken. Ich bemühe mich, ein neues Kabinett nach seinem Geschmack zusammenzustellen. Buße tun, verstehen Sie?

Denn ich meine ja, ich habe ihm im Leben unrecht getan. Ich habe ihn mit meiner Fortschrittlichkeit direkt geärgert. Seine Meinungen kamen mir auch ein bißchen sehr orientalisch vor. Frauen hatten natürlich keine Seele. Ich protestierte energisch. Aber was nützte das? – Er hielt mich hier chinesisch eingesperrt. Ich mußte mich hinausstehlen, wenn er auf Reisen war. Dann habe ich einmal kurzen Prozeß gemacht. Bin allein nach Paris und London gereist. Ich habe mich in allen möglichen mondänen Badeorten amüsiert. Ja, ich bin sogar drüben in Amerika umhergezogen. So, jetzt kennen Sie mich also. Mit mir ist absolut nicht zu spaßen, wenn ich etwas will. Hüten Sie sich, mein Herr!« – Sie drohte lächelnd kokett mit dem Zeigefinger.

Ich machte ihr mein tiefstes Kompliment. Ich wurde plötzlich beredt. Ich lobte ihr stilvolles Haus und ihre außerordentliche Gastfreundschaft. Ihr kühner Humor steckte mich an. Ich fühlte mich besonders wohl in ihrer Nähe.

»Ach was«, sagte sie munter. »Man greift begierig nach jedem anständigen Menschen, hier draußen in der Einsamkeit. Nicht wahr? Ein bißchen aufrichtiges Plaudern, das nicht mißzuverstehen ist. Aber verlassen wir doch dieses Alltagszimmer, in dem ich mein Leben begrabe!«

Sie ergriff meinen Arm und führte mich in den Gartensaal.

Die prismenreiche Kristallkrone verbreitete Festlichkeit über den großen Raum, in dem französische Eleganz herrschte. Die himmelblauen Seidentapeten hatten eingewebte Hirtenszenen, die die Stille brachen. Die weißen Rokokomöbel mit rosageblümten Seidendamastbezügen schwatzten einladend lebhaft. Und schwere, tropische Palmen beschatteten einen lauschigen Sitzplatz von lichter Behaglichkeit. Eine herausfordernde Pracht, die dennoch so wohltuend ruhig wirkte.

Wir nahmen Platz hinter einem Seidenschirm mit schwimmenden, langhalsigen Schwänen in einer chinesischen Gartenidylle. In zwei weißlackierten Lehnstühlen saßen wir an einer Alabasterurne, gefüllt mit süß duftenden Rosen von fiebriger Farbenglut. Der junge Diener eilte herbei, brachte einen niedrigen Teaktisch mit goldenen Fransen, auf dem er unseren Aperitif abstellte.

»Pierre, meine Zigaretten!«

Er überreichte ihr eine gediegene Silberdose mit Drachenornamenten. Deren vergoldetes Inneres enthielt viele leichte türkische Zigaretten. Sie bot mir lächelnd die Dose an:

»Ich weiß nicht, ob Sie rauchen? – Ich erlaube es mir jedenfalls. Es gibt so viele Dinge, die ich mir erlaube. Die Leute unten in der Siedlung bekreuzigen sich einfach. Ich halte mir Diener, heißt es. Na ja. Klar, ich sollte mich herumärgern mit diesen unverschämten, naseweisen Mädchen von da unten, die gerade eine Tour in die Stadt gemacht und sich am Hutschmuck verguckt haben. *Fi donc*. Ihre faule Aufsässigkeit macht mich wütend. Nein, da sind meine Jungs etwas anderes. Sie sind höflich und flink. Dafür lasse ich sie essen und faulenzen, was und wann sie wollen. Und finden Sie nicht trotzdem, daß ich wohlerzogene Jungs habe? Die verstehen ihre Sachen, nicht wahr?«

Ich bestätigte dies. Also war die Verwandtschaft flöten. Aber es kam mir in der Tat so vor, als wäre ihr Blick jedesmal ungewöhnlich warm, wenn er auf dem Jüngsten ruhte. Weit mehr als hausmütterliches Wohlwollen. Und für einen Augenblick erwachte ein giftiger Verdacht in mir. Im nächsten aber schämte ich mich vor so viel schöner Weiblichkeit.

Mit einer graziösen, kleinen Handbewegung, die die herrischen Worte gewissermaßen verwischte, fuhr sie fort:

»Sehen Sie, die Bevölkerung da unten hat endlich aufgehört, sich über all meine Taten zu wundern. Das hätte auch noch gefehlt. Denn das Haus beschützt meine alte Köchin besser als jeder Kettenhund. Ein reines Juwel, versichere ich Ihnen. Sie war früher meine Amme. Sicherlich ist sie es, von der ich meine rebellische Natur habe. Sie ist häßlich wie eine Hexe und unangenehmer als der Böse. Und da wagen sich die Leute kaum zu mucksen. Ihre empfindliche Moral ist beruhigt.

Im übrigen ist es mir verdammt egal, was die Leute meinen. Ich habe glücklicherweise noch etwas Geld.

Und Sie wissen, man ist nun einmal abhängig von diesen kleinen goldenen Dingern. Die Leute haben einen übertriebenen Respekt vor ihnen. Aber ich schwatze ... Ja, da sehen Sie selbst. Wenn man hier draußen in der Einsamkeit endlich einem zivilisierten Menschen begegnet, wird man verrückt vor Freude und erzählt einfach von seiner Armut. Erzählen Sie mir lieber etwas!«

»Bestes Fräulein, was soll ich sagen? Sie haben sich im Leben eingerichtet. Sie sind Siegerin. Und ich kämpfe leider noch immer mit den Details und als gemeiner Soldat in der Armee. Ich kann Ihren praktischen Zugriff auf das Ganze nur bewundern. Sie leben hier draußen in der Einsamkeit sicher persönlicher als ich mitten im Gewimmel, wo ich nur einer unter vielen bin. Mit anderen Worten – sprechen Sie weiter?«

»Ja, ich hatte auch manchmal das Gefühl, daß das Leben mitten im Gewimmel etwas ausgefranst an den Rändern wurde. Nun, und? Hier gibt's wirklich reichlich Zeit zum Nachdenken. Hier ist alles gesund und verläßlich, wie es sein soll. Der Herbst folgt dem Sommer und der Frühling dem Winter. Wenn man das Ganze nur träumen könnte ... Aber genau das widerspricht meiner aktiven Natur. Oh, ich habe Lust, in all dieser langweiligen Stille für etwas Aufregung zu sorgen. Mit einer privaten Revolution. Ich möchte am liebsten mitten im Gewimmel leben.«

»Aber warum gehen Sie dann nicht auf Reisen? Sie haben doch Geld genug. Sie haben Zeit.«

»Richtig. Aber wenn ich mich schließlich bewegen will, macht sich die Bequemlichkeit der Jahre bemerkbar. Es fällt mir heute schwerer als früher, mich loszureißen. Diese Gegend und die Gewohnheit haben Macht über mich. Glauben Sie mir, letztlich sind es die Details, die einen binden. Die lächerlichen unerledigten Dinge. Bald im Garten, bald im Haus. Es ist so seltsam mit den kleinen Schößlingen, die in die Erde gesetzt werden. Man empfindet die Zärtlichkeit einer Mutter für sie. Da ist immer etwas zu tun. Selbst im Spätherbst ist man nicht fertig. Da sind es das Treibhaus und die Mistbeete. Der Garten verschlingt völlig meine eigenen kleinen Privatissima.«

»Sie leben ja doch höchst harmonisch und glücklich?«

»Meinen Sie? Ja und nein. Stehe ich an so einem flammenden Herbstmorgen hier draußen im Garten und betrachte all das heruntergefallene, reif duftende Obst nach einer Unwetternacht ... Ein solcher Herbstmorgen, der lodert wie eine ewige Unruhe roter Farben ... Stehe ich und sehe ich das Meer blau in der Ferne, voller Sehnsucht nach fremden Ländern ... Dann sage ich mir klug: Da draußen bist du gewesen und hast nichts für dich gefunden. Hier hast du dein Zuhause. Hast du dich eingerichtet nach deinen Wünschen. Und kurz – hier bleibst du gern.«

»Sie hätten gewiß heiraten sollen, Fräulein Gahn?«

»Ja, meinen Sie? Meinen Sie? – Auch ich hatte diesen Gedanken. Aber wissen Sie was ...« – und wieder leuchtete ein ironischer Anflug in ihrem Lächeln – »es ist doch weiß Gott sehr langweilig, auf die Dauer mit ein und demselben Mann herumzuspazieren und verheiratet zu sein. Was sollten wir zwei uns am Ende einfallen lassen? Wir könnten doch nicht den lieben langen Tag gemeinsam die Blumenbeete angucken und zusammen Äpfel essen?«

»Und die Kinder? Die Zukunft?«

»Ach, reden Sie nicht davon. Das riecht einfach nach guten Regeln und Erziehung und Madam Hansen. Ich hasse Kinder. Ihre bloße Anwesenheit stört mich. Diese kleinen Bettler, unselbständig allein aufgrund ihrer Geburt. Lassen Sie nur dieses fürsorgliche Neutrum von Gesellschaft für sie sorgen. Lassen Sie sie auf keinen Fall wie einen bösen Schatten in eine schöne Beziehung eindringen. Na – die reine Laienpredigt ist das.«

»Aber den Blumen können Sie Ihre Mütterlichkeit opfern?«

»Ja, den Blumen. Das ist etwas anderes. Die brauchen nur ab und zu etwas Dung. Etwas Wasser. Und sie wachsen von einer winzig kleinen Unwahrscheinlichkeit zum glühenden Duft eines Sommers. Nein, wissen Sie was. Das ist etwas ganz anderes. Die schreien nicht und verlangen. Die sehen einen in trockenen Zeiten nur ein bißchen flehend an. Aber schweigen demütig still. Manchmal seufzen sie lautlos. Man bekommt richtig Lust, ihnen einen Guß Wasser zu geben.«

»Sie sind voll der Gnade, Fräulein Gahn. Sie sind es gewohnt zu herrschen.«

»Selbstverständlich, hätte ich fast gesagt. Aber ich bin es auch gewohnt zu dienen. Ich pflege eigenhändig meine Blumen. Und ich habe auch keine Angst vor einem hilfreichen Zupacken, wenn es um Menschen geht. Dort, wo ich wirklich spüre, hier ist eine stumme Klage. Obwohl ich manchmal selbst wie ein lebendiger Blumenseufzer in einem Beet stehe.«

Unwillkürlich blickte ich auf ihre kräftigen, entwickelten Hände. Arbeit schien ihnen nicht unbekannt zu sein. Und ich empfand erneut eine wohltuende Bewunderung für diese *grande dame*, deren Lebensklugheit mir im Augenblick so wertvoll vorkam.

»Nein, die Blumen fordern nicht lautstark. Man interessiert sich wenig für sie. Und sie duften aus Dankbarkeit. Es fällt ihnen auch nie ein, sich gegen die Sporen der Mutter aufzulehnen. Aber was Reisen betrifft ... Das gelobte Ausland ist nicht mehr so voller Überraschungen. Ich reise zwar manchmal. Aber seltener als früher.«

Eine infame Frage brannte mir auf den Lippen. Nun gut, dann wechselte sie wohl um so häufiger die Diener. Doch ich schwieg. Ich sagte es feinerweise nicht. Und sie fuhr fort:

»Nein, es ist auch noch etwas ganz anderes und Mystisches, das mich bindet ...«

»Und was ist das?«

»Ja, ich kann es nicht erklären. Und Sie werden es kaum verstehen. Denn Sie sind ja keine Frau. Aber als ich vorhin das Wort *Buße* benutzt habe, entspricht das in etwa meinem Gefühl. Begnügen Sie sich also mit dem Ungefähren. Ich habe außerdem die Bücher meines Bruders hier. Ja, wissen Sie was – ich habe mit Vergnügen angefangen, auf meine alten Tage Astronomie zu studieren. Ich, die ich konsequent alle Mathematik gehaßt habe. Da sehen Sie, wozu die

Einsamkeit einen Menschen auch treiben kann. Sogar dazu zu lieben, was man eigentlich von Geburt an haßt. Aber jetzt sind tatsächlich Chemie und Mathematik meine Lieblingsstudien. Sie finden zweifellos, das ist eine trübsinnige Beschäftigung für eine Frau?«

»Studierte er nicht auch Astrologie?« warf ich rasch ein.

Ich schämte mich tief für meinen infam unberechtigten Verdacht.

»Ah – Sie haben in seine Bücher da drinnen geguckt. Gewiß, er hatte vielleicht etwas von einem Metaphysiker. Die Wissenschaft von den Sternen steht hier daheim zur Zeit ja nicht gerade hoch im Kurs. Nein, hier liegt man noch herum und käut deutsche Philosophiesysteme wieder. Hahaha. Ich lache. Als wäre die Erde deshalb nicht ebenso rund und unbeweisbar.«

Dies ärgerte mich gewaltig. Es war ja genau meine eigene unmaßgebliche Meinung, die diese Frau zu kolportieren beliebte. Sie hielt mich offenbar zum besten. Diesen stillen Ingenieur würde sie leicht erwischen. Ich fühlte mich angegriffen, mitten im Allerheiligsten meines männlichen Wesens. Und ich schwor, künftig vor all ihren listigen Anschlägen auf der Hut zu sein.

»Es lebe die Intuition!« rief sie plötzlich und hob ihr Glas. »Ohne sie keine Menschheit.«

Ich trank. Ein tiefrotes Rosenblatt fiel mir auf die Hand. Es brannte wie Feuer aus einem unbekannten Krater. War es nicht ominös, daß es gerade jetzt fallen mußte? gerade jetzt, da ich hier so wachsam gepanzert saß. Denn diese Frau verwirrte mich wirklich. Manchmal sah mich dieses schöne Gesicht mit den fürstlichen Zügen sympathisch an. Dieses weiße, gepuderte Haar zu dem jugendlichen Teint war voll von mütterlichem Wohlwollen. Und zwischendurch ging eine kühle, abweisende Welle des Hohns davon aus. Machte mich ängstlich, unsicher. War das auch Intuition?

Ich wußte einfach nicht mehr ... Ich wußte nur, daß sie zuviel wußte. Und kaum hatte ich den Gedanken zu Ende gedacht, begann sie auch schon:

»Sehen Sie, mir gefällt es zu überrumpeln. Zufällig weiß ich, worüber Sie augenblicklich spekulieren. Über mich natürlich. Stimmt's? Und ich weiß darüber hinaus, daß Sie nach germanischem Muster so viel Klugheit bei einer Dame nicht mögen. Ich sollte lieber sticken oder interessiert unwissend spielen. Aber Sie müssen entschuldigen. Meine provinzielle Naivität trägt die Verantwortung.«

»Sie verblüffen mich«, stammelte ich verwirrt und zerpflückte das tiefrote Rosenblatt.

»Außerdem werden Sie meine angeborene Freimütigkeit schon noch näher kennenlernen. Das verspricht Gutes, nicht wahr? Aber zuerst brauchen wir natürlich etwas zu essen. Wenn ich nicht danebenstehe, passiert Dada ständig ein letztes Unglück mit der Sauce. Sie entschuldigen also?«

Mit vornehmer Anmut stand sie auf und verließ den Saal.

Ich fühlte mich beschämt und unruhig froh. Es konnte ja alles mögliche passieren an diesem seltsam schönen Festabend. Zusammen mit dieser geistvollen

Dame, die so ursprünglich und voll von kühnen Launen war. Und ich lächelte über meine alberne Gespensterfurcht.

Rosa Gahn – ein stolz klingender Name. Eine strahlende Fanfare mitten in der toten Stille des Hauses. Eine maskuline Offenherzigkeit, die unerforschliche Frauentiefen überdeckte. Ich würde bestimmt nie klug aus ihr werden. Hinter den scheinbar glaubwürdigen Worten empfand ich dennoch Hintergründigkeit. Männlich kühn und mütterlich weich. Ein unlösbares Rätsel von Gegensätzen. Und ich spürte ihre Überlegenheit. Aber ich wollte diesem Geschöpf um keinen Preis einen Platz neben mir einräumen. Ich wollte sie besiegen. Sie untertan machen. Obwohl ich mich so lächerlich machtlos fühlte.

Mein Blick fiel auf ein paar alte Glasmalereien in zierlichen Mahagonirahmen. Die vier Jahreszeiten. *The spring:* ein Jüngling und ein schönes Mädchen zu Pferd unter schattenspendenden Eichen mit einem kühlen, englischen Herrensitz im Hintergrund und unruhig wolkigem Himmel. *The summer:* dasselbe Paar im Gartensaal des Herrensitzes. Er in einem Lehnstuhl mit zwei Kindern auf dem Schoß. Etwas mehr Bart und Statur. Aber bewahre – noch ein präsentabler Mann. Sie schwellend schwer und indolent auf dem Sofa, das Jüngste in den Armen. Und dann *The autumn:* unter ein paar völlig überladenen Obstbäumen Hand in Hand durch den Garten wandernd. Mit einer ganzen äpfelpflückenden Kinderschar um sich. Und dem ältesten Sohn und seiner Liebsten natürlich. Über allem der hohe, zölestinblaue Himmel des Herbstes.

Ach ja. So konnte man sich leicht versuchen lassen, das schöne Leben wieder von vorn anzufangen.

Aber wie vortrefflich diese zarten Glasmalereien zu den blaßblauen Seidentapeten paßten. Und wie schön sie die geheimnisvolle Stille des Hauses hervorhoben. Zusammen mit dem Unwettergebrüll da draußen. Denn solch einen Herbst erlebte wohl auch der glückliche englische Herrensitz einmal. Mit einer einsamen, hochbegabten Dame, die in dem flammend roten Oktobermorgen dort im Garten stand und nur mit starrem Blick das heruntergefallene, reif duftende Obst ansah. Ohne Lust, es aufzuheben. Ohne Kraft für die Zukunft.

Eine unsagbar fremde Wehmut erfüllte mich. Ich ertappte mich dabei, wie ich mit feuchten Augen ein englisches Volkslied summte:

When the harvest days are over Jessie dear
and the sun kiss flowers bloom with sky so clear
– you will keep the word you said,
that's the word we two shall wed,
when the harvest days are over Jessie dear.

Da glitt sie herein wie ein Schatten. Ich fühlte, daß sie sich näherte. Aber ich drehte mich nicht um. Ich brachte es nicht über mich, die süß betörende Stimmung zu brechen.

»Sie studieren alte englische Glasmalerei? – Nun, großen Wert hat das wohl nicht. Ist aber sehr hübsch und illustrativ. Fast moderne Kunst, wäre es nicht ganz so gepflegt. Eine vortreffliche Causerie über das Leben, wie es ablaufen sollte. Ach ja.«

»Es ist serviert!« Herr Jean Richelieu stand feierlich in der Tür.

Und ein weiterer Saal öffnete sich vor mir. Ein Saal mit dunklen Eichenholzschränken, Elchköpfen und anderen Jagdtrophären. Ein Tisch, sich biegend unter Rosen und Kristall. Unter ostindischem Porzellan, Gold und Elfenbein. Ein fürstliches Souper. Das reine Abenteuer, das sich in überaus leckeren Gerichten aus allen Teilen der Welt offenbarte. Der delikate, gerollte Fjorddorsch und heimisches Haselhuhn mischten sich herausfordernd mit französischer Suppe und einem italienischen Salat. Mit englischem Chesterkäse und kalten Ananas aus den Tropen. Kelleralte Weine wurden fleißig entkorkt. Sie sparte wahrhaftig nicht an ihrem geringen Gast.

Ich leugne auch nicht, daß die Stimmung stieg. Ich fühlte mich plötzlich zu Hause in all der Herrlichkeit. Es war fast so, als käme sie mir rechtmäßig zu. Sie hatte auch eine lobenswerte Begabung als Gastgeberin. Man vergaß, man aß zu ihrer flüchtigen Konversation. Und all mein böses Mißtrauen verschwand. Eine aufrichtige Dankbarkeit für diese Feststunde erfüllte mich. Hier saßen wir ja kaiserlich, wir beiden, und rauchten zwischen den Gerichten Zigaretten aus einer chinesischen Drachensilberdose. Während der französische Staatsmann und sein Pikkolo uns bedienen mußten.

Herr Jean Richelieu hielt sich bescheiden im Hintergrund. Er füllte Suppe auf. Und Pierre servierte. Sein schönes, melancholisches Gesicht schwieg hartnäckig. Ganz wie das des Fischerjungen auf dem Weg. Einen Augenblick meinte ich einen Widerschein von Verachtung darin zu entdecken, als kennte es dieses Theaterspiel. Ich wurde wieder unsicher. Wieder streiften meine Gedanken den armen Verwandten, der die Gnadenkrümel von dem reichen Tisch aß. Auf einmal war mir so, als kehre ihre lange, vornehme Familiennase auch bei ihm wieder. Und das Mitgefühl ergriff mich erneut. Doch dieses Mitgefühl lagerte sich sonderbarerweise im tiefsten Inneren als Genuß ab. Ja, selbst die Ursache dazu genoß ich mit schmerzlichem Wohlbehagen. Daß ich der einzige, der Beneidete war, der mit dieser seltenen Dame bei Tisch sitzen durfte.

Im übrigen sollte ich irgendwann aufhören mit diesen dummen Verwandtenphantasien. Ich fand offenbar, daß an diesem wunderbaren Festabend alles und alle einander ähnlich waren. Es war bestimmt mein jugendlicher Appetit auf Dorsch, der mich verwirrte. Denn von dem aß ich eine gehörige Menge. Mir kamen merkwürdig viele desperate Einfälle. So schien mir Fräulein Rosa Gahn die Hexe im Pfefferkuchenhaus zu sein. Sie wollte mich unweigerlich am Ende auffressen. Jedesmal, wenn sie mich ansah, wurde ihr Blick so lächelnd gierig. Meine Wahrnehmungen waren auch äußerst sensibel. Die kleinste Bewegung von ihr erriet ich.

So, jetzt läßt sie die Gabel sinken, sagte ich zu mir. Jetzt nippt sie am Rotwein und verfällt in lange Betrachtungen über die Vergangenheit. So, da ist ein seliges Fest da draußen, das winkt ... Sie vergleicht mich schändlicherweise mit ihrem alten Liebhaber.

Und mir schauderte. Denn nach diesen reflexiven Phasen erschien eben dieses gierige Raubtierfunkeln in ihren Augen. Die Hexe im Pfefferkuchenhaus mit dem lüstern hintergründigen Lächeln. Wenn ich erst schön fett wäre, würde auch ich verspeist werden. Na ja. Das würde für sie sicher ein zäher und unverdaulicher Braten.

Was – saß ich etwa hier und quälte mich? Mein Gott, warum konnte ich nicht einfach essen und den Augenblick genießen? – Und alles versank in dem extravaganten Fest. Meine Sinne waren ja so vibrierend freudig gespannt. Und ich spülte mein ganzes Mißtrauen mit Wein hinunter. Mich erfüllte wieder umarmendes Wohlwollen gegenüber der ganzen Welt.

Fräulein Gahn entfaltete auch eine überströmende Liebenswürdigkeit. Es war wirklich, als hätte sie seit langer Zeit keinen Menschen gesehen. Sie bot fleißig aus der silberornamentierten Jardiniere mit den Drachenfüßen an. Ein unvergeßlich saftiger Apfel. Direkt aus ihrem Garten. Eine kaiserliche Birne, eine Weintraubendolde. Und Pfirsiche, Walnüsse, wenn es beliebte. Hier, ja? genau hier zwischen sørländischen Kalkfelsen wuchs das alles. Hier gab es wirklich Europas aromatischsten Wein.

Und sie lachte scherzend, den Mund feucht von Trauben. Lachte mit weißen, lebensgierigen Zähnen die galligen, giftigen Gedanken der ganzen Welt weg. Eine unmittelbare, freigeborene Freude. Endlich ein Mensch in der richtigen Umgebung. Darüber hinaus eine Frau, die alles hatte: Schönheit, Reichtum und Intelligenz.

Der Kaffee wurde natürlich in dem indischen Kabinett serviert. Wo sonst? Hier war ja alles bereit für eine Siesta. Dunkelheit, Mystik. Dunkelheit und Ruhe.

Oh, dieser ferne, fremde Duft, der über diesen Räumen ruhte. Ein versteckter englischer Herrensitzgeruch. Die Laune eines reichen Mannes, die sogar den Orient einbezogen hatte. Und dieser mythische Vorstellungskreis, der in diesen dunklen, sonderbaren Möbeln lebte. Welche namenlose, indische Hirnwindung hatte sie wohl ausgedacht ... Diese verschlungenen Lotusblüten und -blätter. Diese eigenartigen Drachenköpfe mit ausgebreiteten Flügeln.

Sie erzählte, ihr Bruder sei, gerade als er den Bronzegott an seinen Platz gestellt hatte, gestorben. Umgefallen, getroffen von einem Schlaganfall. Hier umgefallen ... genau hier ... dicht vor dem Gott.

Ja, ich wollte es wohl kaum glauben. Aber es war wirklich der Fall. Seit das Götzenbild ins Haus gekommen war, hatte sich etwas Böses eingeschlichen. Es klebte geradezu Unglück daran. Ihr Bruder, der nie ein unfreundliches Wort für sie gehabt hatte, war plötzlich beim kleinsten Gegenstand gereizt. Und schließlich starb er in einem Anfall unmotivierter Wut direkt davor. Es war beinahe lächerlich, es zu erwähnen ... Nur ein paar elende Blumentöpfe, die nicht da standen, wo sie es seiner Meinung nach sollten. Und dann ... Dann kam die Krankheit über das Vieh. Unverkäuflich mußten sie es schlachten. Das Reitpferd wurde oben in der Pferdekoppel vom Blitz getroffen. Selbst ein niedlicher, kleiner Foxterrier war ohne ersichtlichen Grund krepiert. Und da es nicht anders war, mußte sie sich den ganzen

Winter mit einem bösartigen Halsgeschwür herumquälen.

Das war natürlich alles nicht zum Lachen. Aber es half nun einmal nichts ... Sie war damals überhaupt nicht abergläubisch. Im Gegenteil. Sie hatte getrotzt und den Götzen stehenlassen. Doch diese Tatsachen ließen sich nicht wegerklären. Seitdem passierte unaufhörlich etwas Unglückseliges. Er war gewissermaßen von einer verdichteten Luft mystischer Unruhe umgeben. Spürte ich sie nicht?

Ein hitziges Frösteln durchfuhr mich. Ich erinnerte mich wieder an den Anblick hier drinnen. Aber ich fragte doch gleichgültig:

»Warum werfen Sie ihn denn nicht raus?«

»Sehen Sie ...« Sie wurde nachdenklich und ließ einen Augenblick den Fächer sinken. »Sehen Sie, ich habe noch Angst, dem Willen meines Bruders zuwiderzuhandeln. So, wie er diese Dinge aufgestellt hat, so müssen sie auch stehenbleiben. Genau jedes an seinem Platz. Und diese indische Gottheit, die er ohne Zweifel aus einem Tempel geraubt hat, war für ihn eine solche Akquisition, daß er sicherlich spuken würde, würde sie angerührt. Nein, ich habe noch mehr Angst vor dem Willen meines Bruders als vor dem Gott. Und wissen Sie – heute ist genau sein Todestag.«

»Und zu welcher Tageszeit starb er?«

»Gegen sechs Uhr nachmittags.«

Ein höchst merkwürdiges Zusammentreffen. Genau um diese Zeit hatte ich ja gesehen, wie sich die Gestalt hier drinnen bewegte. Mir schnürte sich die Kehle zusammen. Ich wagte wirklich nicht mehr zu fragen.

Und ich starrte nur in sonderbarer Unsicherheit zu dem Bronzegott.

Der saß dort in kontemplativer Ruhe mit gekreuzten Beinen und Armen und dem ewigen entrückten Lächeln. In geheimnisvoller, ferner Dämmerlichtruhe. Es war ganz so, als könnte er alles sagen, wollte aber nichts sagen. Eben deshalb. Eine mystisch lebendige Göttlichkeit, die der Torheit der Welt spottete. Ein Meisterwerk, geschaffen von Menschenhänden.

»Er ist wunderschön«, murmelte ich.

»Er ist einfach entsetzlich. Oh, Sie haben ihn noch nicht gesehen. Nein, nicht wie ich. Ich hasse ihn. Fürchte ihn. Wohin ich mich auch wende, verfolgt mich der Spott dieser halbgeschlossenen Augen. Und sehen Sie einmal seinen Blick, vergessen Sie ihn nie.«

Ich schwieg. Meine Gedanken flogen weit weg zum mystischen Tempeldunkel Indiens, wo er richtigerweise hingehört hätte, in das Allerheiligste hinter den mächtigen Säulenreihen. Und ich vernahm das Brodeln des duftenden Öls in den heiligen Lampen. Das Gebetsmurmeln der sich wiegenden, weißen Brahmanen. Vernahm das heilige Rauschen der schwarzen Zypressen draußen ... Die schwarze Stille der Sternennacht über dem trägen Gangesfluß. Die furchtsame Andachtsstunde der Mitternacht.

Ja, gewiß war es empörende Tempelschändung, ihn zu rauben. Die bleichsüchtigen Europäer nahmen ihnen sogar ihre Götter weg. Schenkten ihnen dafür ein welkes Christentum und ihre Laster. Sie schändeten ja die Volksseele selbst. Was Wunder, wenn sich diese farbigen Völker eines Tages in berechtigtem Zorn erhoben? und die giftigen Höhlenbewohner vom Kreis der Erde tilgten? Was Wunder, wenn ihr heiliger Haß wie eine gesättigte Wolke ihre geraubten Gottheiten umgab?

Dunkel hörte ich sie sprechen ... Von den Unendlichkeiten des Sternengewimmels und dem vergänglichen Erdenleben. Oder waren es nur meine eigenen unruhigen Gedanken, die sprachen? – es wogte weiter und wilder mit müßigen Fragen, mit jugendlichem Bestehen auf Antwort. Ich weiß nicht mehr so genau. Aber sie mußte es ja sein. Denn ich erinnere mich deutlich an ihre tiefe Altstimme, die mir ein heimliches Wollustzittern verschaffte. Diese meerblaue Stimme sagte schließlich, das Leben sei treulos. Es gelte nur, die wenigen armseligen Freudenstunden zu erhaschen.

Mein Blick wurde willenlos zu ihr hingezogen. Ihr weicher Körper streckte sich souverän auf den bequemen Polstern. Dicht an meinen Füßen streckte sie sich. Eine luftige Schwüle spannte sich zwischen uns. Ihr weißes, gepudertes Haar und schöner Rosenteint. Die Glut der Zigarette in diesem exotischen Halbdunkel. Jedesmal, wenn sie einen tiefen Zug tat, bekamen ihre Augen etwas hypnotisch Verweilendes. Und diese eigenartigen Augen starrten mich direkt an. Aber trotzdem an mir vorbei ... Wie in andere, geheimnisvolle Fernen.

»Sie haben auch merkwürdige Augen, Rosa Gahn«, murmelte ich.

»So?« Sie lächelte so glücklich spöttisch.

Verlegenes Schweigen.

Ich spürte ihr stilles, glühendes Begehren. Und in mir entsprang eine junge Lust zur Hingabe. Doch darunter regte sich trotzdem ein mystischer Widerwille. Ich weiß selbst nicht, was es war. Vielleicht die lächerlich kleine, kritische Falte an ihrem Auge. Vielleicht die Angst vor all dem gelebten Leben. Ach, was weiß ich? Denn am allermeisten fürchtete ich damals Nachsicht. Ich konnte mich sicher ungeschickt anstellen. Und ich konnte einen Tadel ertragen. Nur nicht dieses stille, nachsichtige Lächeln. Denn ich wünschte mich durchzusetzen. Ich wollte doch der Mann sein, der nach eigenem Gutdünken zu lieben und zu hassen wagte. Denn ich fühlte tatsächlich anbrechende Liebe in mir. Und der gehemmte junge Mann, der keinen Finger zu rühren wagte ...

Und als erwachte sie aus einem Traum, sagte sie hingerissen, nicht zu mir, sondern zu sich selbst:

»Heute nacht wird es geschehen ... heute nacht.«

»Was wird geschehen?« fragte ich atemlos.

Es war ja ganz so, als setzte sie meine eigene Gedankenkette fort. Doch sie fuhr mit einem kleinen, kühlen Lachen zusammen. Kehrte abwesend zum Augenblick zurück:

»Habe ich etwas gesagt? Weiß selber nicht, was. Aber was meine Augen betrifft ... Ja, eigentlich ist es ein Geheimnis.« Und sie richtete sich in ihrem Eifer halb auf.

»Ich will mich ausnahmsweise einem Menschen anvertrauen. Denn im Grunde bin ich tief unglücklich. Ich sehe unter anderem eine ganze Menge dumme Konvention. Aber ich schweige. Selbstverständlich.

Muß schweigen. Ich bin ja unglücklicherweise als Frau geboren. Und ich sehe mehr ... Schon als Kind habe ich das begriffen. Ich sah mehr als andere. Wenn wir Versteck spielten, wußte ich genau, wo sich jeder versteckt hatte. Das war wirklich kein Spaß für mich. Ich sah sie ja leibhaftig dort stehen, wo sie standen. Ganz hinten in der Scheune, hinter Zäunen und Hauswänden. Ich fand sie alle. Einen nach dem anderen und ohne Spannung. So, als hätten meine Augen Röntgenstrahlen. Sie verstehen jetzt? – Gewiß doch. Ihr Blick ist zweifellos mit meinem verwandt. Nicht wahr – Sie durchschauen auch alles. Bis aufs Skelett. Ja, mehr als das. Ganz bis in die bebende, düstere Seele der guten Leute.«

Ihre klaren, unbestechlichen Worte trafen mich schaudererregend tief. Und ich spürte die Unheimlichkeit des Raumes und dieses seltsamen Menschen. Denn hier ... genau hier drinnen hatte ich ja den unerklärlichen Menschen in die Wand gleiten sehen. Der Sturm nahm auch zu. Die Bäume im Garten waren erfüllt von hohlem Stöhnen. Äste knackten unaufhörlich an der Fensterscheibe. Im Schornstein pfiff es tückisch. Brüllte und heulte wie Höllenmächte. Das Haus zitterte in dem Südsturm wie ein gefangenes Wild.

Aber dennoch glomm in mir eine sonderbare Anziehung zu dieser Frau, die so deutlich über alles Bescheid wußte. Eine beinah bösartige Anziehung. Eine dämonische Lust, sie zu unterwerfen. Sie demütig untertan zu machen. Warum kam sie wohl und sagte mir die Wahrheit? Warum erlaubte sie sich überhaupt, unsere Instinkte zu vergleichen? Was wollte sie wohl? Ja, was wollte sie? Und ich betrachtete ihren wollüstigen Körper, der sich unter der dünnen, schwarzen Seide abzeichnete. Ich beugte mich leichtfertig über sie. Eine seltsame Lust befiel mich. Und ich streckte die Hand über dieses weiße, gepuderte Haar mit dem Amethystdiadem aus. Allein die Berührung dieses Medusenhauptes war mir ein Genuß von Macht. Und ich beugte mich noch tiefer hinunter ...

Da fiel mein Blick zufällig auf den Bronzegott. Ich fuhr entsetzt zusammen und richtete mich auf. Ich erstarrte am ganzen Körper.

Denn aus seinen Augen leuchtete ... nein, schrillte eine haßerfüllte Glut aus den unermeßlichen Tiefen des Universums.

»Was ist das?« brach es aus mir heraus.

»Was sehen Sie?« fragte sie bestürzt und stand auf.

»Den Gott«, stammelte ich.

»Ah – Sie haben also den Blick gesehen. Natürlich. Und ausgerechnet jetzt. Es ist ein Fluch. Und Sie haben nicht sofort gesehen, was es war? Wirklich nicht? Tja, das habe ich gleich gesehen. Zwei sehr seltene Edelsteine aus Onyx. Kommen Sie nur, ich zeige es Ihnen ...«

Sie holte einen Leuchter und hielt ihn dicht unter das Antlitz des Gottes.

»Bücken Sie sich jetzt etwas«, kommandierte sie. »So ... in dieser Stellung, ja.«

Ich bückte mich. Zwei dunkel glühende Steine leuchteten mir entgegen. Nichts Schlimmeres. Und das hatte mich so verwirrt. Ich versuchte sogar ein kleinlautes Lachen ... Obwohl ich trotz der Demonstration dieses unheimliche Gefühl nicht loswerden konnte.

»Lachen Sie trotzdem nicht«, sagte sie schelmisch warnend. »Diese Augen werden Sie doch weiterverfolgen. Ich fürchte, sie sind es, die meinen Bruder getroffen haben. Weshalb er den Gott mitnahm. Durch Raub oder Bestechung. Und einmal gesehen, verschwinden sie nicht. Zwar nichts weiter als Steine. Aber denken Sie daran – auch das ist eine Form von Leben. Und edle Steine, die in einem so beschleunigten chemischen Prozeß entstanden sind ... Nun, das wissen Sie selbst am besten. Alles ist ja Chemie. Sind wir selbst vielleicht etwas anderes als ein bemerkenswerter chemischer Prozeß? Sind nicht doch entsetzliche Göttlichkeitsfunken in diesen Augen? Strahlen aus der Ewigkeitsnacht des Universums? Oder was meinen Sie, woraus die Sterne erschaffen sind?«

Sie stand schweigend da, den getriebenen Silberleuchter in der Hand. Ihr Blick wurde wieder so hypnotisierend weit und einsam. Mit einem schweren Seufzer begann sie:

»Die indische Weisheit kennt sicherlich geheime Kräfte ... Kräfte, die uns in Kontakt mit der astralen Welt bringen ... Hätten Sie nicht Lust, sie zu erproben? Sie sind jung genug. Sie sind stark, mitten in Ihrer Unentschlossenheit. Passen Sie auf!«

Ich hatte einen Augenblick das häßliche Gefühl, daß sie mir etwas vormachte. Daß sie eigentlich etwas ganz anderes *meinte*. Ja, was meinte sie wohl? Und wie ein ständiger Schatten meiner Intuition fuhr sie fort:

»Es gab einen Augenblick, da waren Sie mir so nah. Ich will aufrichtig sein. Wir haben uns verwandt gefühlt, nicht wahr? Aber dann sind Sie ausgewichen... Nur aufgrund einer lächerlichen Einbildung. Einer reinen Fiktion. Anstatt die Dinge ruhig anzunehmen und sich an dem armseligen Augenblick zu freuen. Jetzt ist es zu spät. Es ist wirklich vorbei. Aber weiß Gott – es war beinah ein Augenblick, da meinte ich, einem Menschen begegnet zu sein, der ... in dessen Gesellschaft ich mich sicher fühlte und mich hinzugeben wagte.«

»Fräulein Gahn, ich versichere Ihnen ...« Und ich verbeugte mich verwirrt.

»Oh, keine überflüssigen Redensarten. Ich weiß ausgezeichnet Bescheid. Sie hätten sich hier wohlfühlen sollen. Aber das haben Sie also nicht. Und warum? Vielleicht weil die Gerüchte über das Haus da unten in der Fischersiedlung Sie schon erreicht haben. Die Leute genieren sich absolut nicht. Aber am meisten beunruhigt Sie eine einzige Frage. Stimmt's? Ich habe wieder richtig gesehen. Sie fragen jede Sekunde: *Wer ist der seltsame Gast?*«

Unwillkürlich fuhr ich zusammen. In ihrem untrüglichen Augenabgrund war ein Göttlichkeitsfunkeln. Ich stand da wie ein armer Sünder vor dem Richter. Ihr erhobenes Gesicht hatte wieder das spöttische, nachsichtige Lächeln. Das despotische Lächeln. Wahrlich – sie wußte mehr als alle anderen Frauen. Und sie sagte es auch. Sie verschwieg nichts.

Ich fühlte, ich hatte mich unglücklich angestellt. Ich fühlte einen tiefen Drang zur Opposition. Und ich fragte trocken:

»Ja, und wer ist das?«

»Das Geheimnis des Hauses, mein Herr. Nun, Sie müssen doch müde sein. Längst. Richelieu wird Sie wohl auf Ihr Zimmer führen. Und danke für heute abend. Das hatte doch etwas von einem Erlebnis.«

Sie reichte mir mit einer gnädigen Bewegung ihre starke, wohlgepflegte Hand. Und glitt vor mir mit elastischem Schritt durch die luxuriöse, festlich erleuchtete Zimmersuite. Groß und königinnenschlank. In ihrer schwarzen Seide, mit dem weißen, gepuderten Haar.

In der Halle, wo der kränklich schläfrige Rosenduft im blaßroten Dämmerlicht der Ampel schwamm, erwartete mich Herr Jean Richelieu. Wir gingen die teppichbelegte Treppe hinauf und in einen langen, dunklen Korridor. Ganz hinten links öffnete er die Tür zu meinem Gästezimmer. Es mußte genau über dem indischen Kabinett liegen.

Er zündete zwei Silberleuchter von seltener Arbeit an. Die gleichen Drachenornamente kehrten auch in dem übrigen Silber auf der Toilettenkommode mit dem schweren Spiegel wieder. Selbst auf dem Rücken der Kleiderbürste. Das Zimmer trug im übrigen das vornehme Gepräge von Komfort wie alles im Haus. Das Mahagonibett hinter dem chinesischen Seidenschirm erzählte mit seinen spitzenbesetzten Laken von verschwenderischem Reichtum. Und die weichen Teppiche und Damastgardinen schützten vor dem meeresrauhen Oktobersturm. Ein munteres Feuer brannte im Ofen. Und ein Hauch fernen Rosenduftes drang auch hier herein.

»Ich wünsche Ihnen einen guten Schlaf.« Richelieu verbeugte sich mit seinem schwermütigen Lächeln und verließ das Zimmer.

Aber dieses schwermütige Lächeln schien mir jetzt eine verdächtig schadenfrohe Komponente bekommen zu haben. Es war keineswegs aufrichtig. O nein. Der ganze Typ war ja offensichtlich französisch. Die Methode. Aha. Ich hatte mich von dem goldenen Schein betrügen lassen. Und dann war ich tiefer und tiefer in das Pfefferkuchenhaus gelockt worden, bis der historische Augenblick kam, da die Hexe auch mich zu fressen beliebte. Ich litt wirklich unter einem moralischen Gewissen. Denn wer war eigentlich dieser höfliche Diener? – Eben. Natürlich ihr Liebhaber. Beide. Sowohl Herr Pierre als auch Jean de France. Ich schleuderte die Stiefel unnötig heftig über den Teppich und zog mich langsam aus.

Natürlich gähnte ich. Es war merkwürdig, wie rasch die Weindünste reagierten. Ich fühlte mich zutiefst schläfrig. Aber mein Hirn war wieder kühl und klar. Wollte sie mich nur einlullen? Oder was war der Zweck all ihrer dunklen Reden? – Nun, der morgige Tag würde wohl die Absichten klären. Ich hatte es ja bequem hier. Das war die Hauptsache. Aber davon abgesehen war es ein seltsames Haus, in das ich gekommen war. Voller Geheimnisse hinter jedem Wort und jeder Tür. Und Gespenster, die überall herumgeisterten.

Herrje, was für ein Sturm ... Es zog durch die heruntergelassenen Jalousien bis ganz herein zum flakkernden Licht des Nachttischs. Ein kalter Hauch. Gut. Ich würde mich herrlich ausruhen. Ich würde den Komfort genießen, bis mein schlaftrunkenes Auge sich schloß. Und ich löschte das Licht. Lag wohlig müde da und verfolgte das schläfrige Flackern der Flammen des alten Eisenofens. Über die grotesken Tapeten und den Mahagonirücken des Lehnstuhls. Bis zu den roten Damastgardinen, die sich durch den eisigen Zug sachte bewegten.

Herbst. Und ich erinnerte mich wieder an die glückliche Glasmalerei, auf der das Ehepaar mit seiner heranreifenden Kinderschar unter fruchttragenden Äpfelbäumen wanderte. Ach, welch eine naive, vergangene Schönheit. Denn jetzt sehen Sie sich einmal das Leben an ... Sehen Sie diese einsame Dame mitten in ihrem unendlichen Herzensherbst.

Und wie es heult und kreischt. Das machtvoll hohle Donnern des Meeres weit da draußen. Ich fahre einen Augenblick hoch und starre ängstlich ... Es ist, als schliche sich ein Schatten an meinem Bett vorbei. Nun ja, nur die ersterbenden Flammen. Alles nur Einbildung. Das Leben und all das.

Und ich sank zurück in die schläfrige Wohligkeit. Spürte die mollige Wärme des Ofens und sah die Glut ganz erlöschen. Hörte das große Regenrauschen in den Bäumen des Gartens und die Windstöße, die an die Fensterscheibe peitschten. Aber dennoch war eine prickelnde Unruhe in meinem Körper. Ein klammer Angstdruck legte sich über die

Herzgrube. Und eine Frage brannte in meinem Inneren:

Wer ist der seltsame Gast?

Die Frage flackerte weiter in meinem schlaftrunkenen Hirn ... Bis ich in einen unruhigen Schlummer fiel.

Ich wachte jäh auf. Mit einem erstickenden Gefühl, als läge eine schwere Hand auf meiner Brust, die die Atmung verhinderte. Ah – da sah ich ja deutlich den festen Bronzearm des Gottes und das rätselhafte Feuerfunkeln unter den halbgeschlossenen Lidern.

Verwirrt richtete ich mich im Bett auf. Es war plötzlich, als verschwinde die Hand langsam, so daß ich wieder Luft bekam. Doch im Dunkeln sah ich noch das entsetzliche Feuerfunkeln dieser Augen, das brannte. Den Ewigkeitsblick des Gottes. Und mein Herz hämmerte so gewaltsam, daß ich erschöpft und schweißtriefend auf das Kissen zurücksank.

Der Sturm war vor einer Weile abgeflaut. Eine hintergründige Zeitspanne, voll von tückischen Kräften und einem murrenden Meer. Auch der Regen hatte aufgehört. Jedenfalls mußte er ziemlich lautlos herunterrieseln.

Da erreichte in der Stille ein sonderbares Geräusch mein Ohr. Es schien von unten aus dem indischen Kabinett zu kommen. Es war ganz so, als würden unendlich lange Ketten über den Boden geschleppt. Erst ferner, dann näher. Sie rasselten die Treppe herauf ... Durch den Korridor ... Bis sie sich hier hereinschleppten.

Zitternd vor Fieberangst lag ich da und lauschte. Ich war hellwach. Das ließ sich nicht leugnen. Es war kein blutschwerer Alptraum. Sondern ein reales, seltsames Geräusch von rasselnden Ketten in eben dem Raum, in dem ich lag.

Ich richtete mich wieder halb auf, um desto energischer das Tatsächliche feststellen zu können. Wirklich – das Geräusch kam stetig lauter näher. Ketten und Tauwerk, die dicht vor mein Bett zu rutschen schienen. Ja, sie berührten es schließlich, so daß es leicht bebte. Und jetzt erschollen auch schleppende Schritte auf dem Boden. Lasten schwerer Kisten oder Truhen, die hinausgeschoben wurden.

In der Benommenheit tastete ich auf dem Nachttisch herum, um das Licht anzuzünden. Ich zweifelte nicht mehr daran, daß jemand oder etwas hier im Zimmer war. Das Streichholz ging mir ein paarmal aus. So zitterte meine Hand. Mir graute vor dem Anblick, der mir begegnen würde.

Endlich brannte es. Ich reckte mich aus dem Bett und leuchtete hinter den Wandschirm. Doch ich konnte nicht das geringste entdecken. Nicht ein menschliches Wesen. Und auch keine rasselnden Ketten oder Kisten. Die Tür war geschlossen, und das Zimmer hatte genau dasselbe Aussehen wie zuvor. Diesem zum Trotz hielt das Geräusch weiter an. Es war ebenso offen und unheimlich nah. Ja, das Rasseln jeden Kettengliedes durchzitterte mein Inneres.

Da übermannte mich die Angst. Denn kein Morddrama hätte mich so erschüttern können wie dieses unsichtbare Geräusch. Meine Glieder erstarrten, und mein Hirn war gelähmt. Die Paralyse war vollkommen. Selbst der gurgelnde Schrei in meinem Hals blieb stecken. Und meine Zunge schmeckte nach Phosphor.

Schließlich brach der Schrei hervor. Mit einer gewaltigen Kraftanspannung stürzte ich aus dem Bett hoch. Schnappte mir den Kerzenleuchter und war in einem Satz aus der Tür.

Ich eilte außer mir den Gang entlang. Ohne Sinn und Zweck.

Nun geschah mir etwas Merkwürdiges. Ich schien selbst die Ketten mit mir zu schleppen. Denn bei jedem Schritt, den ich tat, wurden meine Beine schwankend schwerer. Sie waren auf einmal haßerfüllt lebendig und verfolgten mich, diese Ketten. Und es war, als würde ich dieses Spukgeräusch nie mehr im Leben loswerden.

Da blieb ich jäh stehen. Denn hinten auf der Galerie an der Treppe lag eine weiße Gestalt. Ausgestreckt und starr. War das nur eine Halluzination? oder eine Leiche!

Die Angst durchfuhr mich erneut. Die hitzige Palpitation des Herzens hörte auf, und mein Griff um den Leuchter wurde krampfhaft starr. Ein ahlenspitzer Schmerz schoß in meine Kiefer, so daß mein Mund offenstand. Und kein vernünftiger Gedanke regte sich in mir.

Trotzdem schleppte ich mich weiter. *Mußte.* Ich wurde unbewußt zu einem neuen, entsetzlichen Geheimnis getrieben.

Das Sonderbarste aber war, daß das Geräusch der rasselnden Ketten im selben Augenblick aufhörte, als ich über dem leblosen Körper stand.

Nach und nach kehrte meine Besinnung zurück. Und bei der flackernden Flamme sah ich der Länge nach Rosa Gahn liegen. In ihrem weißen, spitzenbesetzten Nachthemd, mit dem silbrigen Haar. War sie wirklich tot?

Plötzlich fielen mir ihre mystischen Worte und abwesenden Blicke ein. Heute nacht wird es geschehen, hatte sie gesagt. Heute nacht ... Und ich erinnerte mich auch schaudernd, daß es der Todestag ihres Bruders war. War es dieses Entsetzliche, was geschehen sollte? Hatte sie vielleicht in einem Paroxysmus Vorahnungen gehabt, daß auch sie vom Schlag getroffen würde? Oder hatte sie selbst in einem grauenvoll nackten Augenblick ihres öden Daseins Gift genommen?

Denn ich zweifelte keineswegs daran, daß sie tot war. Gespenstisch weiß, wie sie dalag. Bewegungslos. Ohne ein Lebenszeichen. Und ich trauerte tatsächlich um sie. Ein tränenreiches Mitgefühl stieg in mir auf.

Einige Augenblicke lang stand ich unschlüssig da. Dachte daran, die Diener herbeizurufen. Wenn ich nur wüßte, an welcher Tür ich klopfen sollte. Oder sollte ich Lärm schlagen? Aber ich fürchtete mich vor dem Laut meiner eigenen Stimme. Obwohl es mir so unheimlich war, mit diesem leblosen Körper in der Nacht allein zu sein. Ich wollte jedoch zuerst versuchen, ob ich sie nicht aufwecken könnte. Und ich bückte mich ...

Da bewegte sie sich. Sie drehte plötzlich den Kopf. Starrte mich mit wirrem Blick an. Richtete sich dann heftig auf den Ellenbogen auf und schnappte nach Luft.

»Gott, wo bin ich?«

Eine warme, glückliche Welle durchströmte mich. Gott sei Dank – sie lebte noch. Was scherten mich dann unsichtbare Ketten und alle möglichen Phantome? Ich würde schon Antwort bekommen. Eine strahlende Antwort. Und mir wurde augenblicklich klar, daß es geradezu lebensgefährlich für mich gewesen wäre, wäre sie tot gewesen.

Aber sie fing auf einmal an zu jammern. Beinah das schwache Wimmern eines Kindes:

»Oh-oh-oh. Warum bin ich so rücksichtslos aufgewacht? Ich war an einem schönen Ort ... weit, weit weg. O nein, ich kann dieses selige Schattenreich nicht beschreiben ... Dieses dahingleitende Gefühl. Und ich habe ihn so wunderbar lebendig gesehen. Er war mir ganz nah. Ich konnte seinen Atem spüren. Und ich habe ihn gefragt ... Ich wollte ihn um Verzeihung bitten. Aber er schwieg die ganze Zeit verzagt. Hinter ihm sah ich die zornigen Augen des Gottes. Oh, der Arme – es geht ihm nicht gut.«

Und sie wimmerte weiter, indem sie den Oberkörper hin und herbewegte.

»Welcher er?« platzte ich heraus.

»Mein Bruder natürlich. Oh, hätte ich nur bei ihm bleiben und ihn trösten können.«

»Fräulein Gahn – Sie müssen krank sein?«

»Wer sind Sie? Ah.« Und ihr abwesender Blick kehrte langsam ins Jetzt zurück. »Krank? Unsinn.

Sie müssen krank sein. Oder schlafwandeln Sie vielleicht?«

»Nein«, antwortete ich erbittert. »Ich bin völlig hellwach. Aber worum es geht, müssen Sie mir ja am besten erklären können. Sie kennen ja das Geheimnis des Hauses?«

Ich fühlte meine Macht über sie wachsen. Ich hatte sie in einer Situation überrumpelt, die sie lieber hätte verheimlichen wollen. Und auch ich war bekanntlich in meiner Nachtruhe gestört worden. Eine entschuldigende Erklärung mußte ich ja verlangen können. Und ich war vorbereitet auf allerlei verlogene Ausflüchte.

Sie zitterte sichtbar am ganzen Körper. Genau wie ein Schulmädchen, das beim Schummeln erwischt worden war. Doch sie hatte eine fiebrige Glut im Gesicht. Und ihre Augen leuchteten mit einem übersinnlichen Glanz. So anders als ihr gewöhnlicher, kluger Weltblick. Sie erinnerten mich an die Ewigkeitsaugen des Gottes.

All ihre überlegene Weltläufigkeit war verschwunden. Etwas nahezu bebend Jungfräuliches kam über sie. Und sie starrte mich weiter mit diesem ekstatisch strahlenden Blick an, während sie heftig und tief atmete. Offenbar wollte sie antworten, bekam aber kein Wort heraus.

Der Sturm begann wieder zu lärmen. Ein fernes Rauschen erfüllte die Luft. Irgendwo da draußen im Dunkel knurrte es gereizt. Und der Sturm raste wieder mit Gewalt über Land und Meer. In den Linden knackte es. Seufzte und stöhnte in dem alten Haus.

Heulte in den Dachrinnen. Ja, selbst hier herein in den geschützten Korridor schlich sich der meeresrauhe Luftzug und brachte mein Licht zum Flackern.

In diesen Augenblicken durchströmten mich so seltsame Gefühlswellen, daß es mir schwerfällt, sie zu definieren. Sympathie und Widerwille. Geheimes Grauen vor diesem Wesen. Vor allem aber vielleicht Mitgefühl. Denn ich erinnerte mich ja an ihren einsamen Herzensherbst.

Jetzt aber geschah eine plötzliche Verwandlung mit ihr. Es zuckte konvulsivisch in ihren Gliedern wie bei einem Schluchzen. Und ihr Blick wurde furchtsam flehend. Hastig flüsternd begann sie:

»Sie haben etwas gehört? Ach, alle, die hier verkehren, hören das gleiche. Rasselnde Ketten. Kisten und Truhen, die weggeschleppt werden. Nicht wahr? Ich weiß, Sie verlangen eine Erklärung. Obwohl ich Ihnen keine schulde. Oder doch?« Sie umfaßte heftig mein Handgelenk und fragte meine Augen.

»Was kann ich wohl dafür, daß es hier spukt? Und was kann ich Ihnen erklären? Sie glauben natürlich kein Wort. Nun, aber ich hatte heute abend eine deutliche Vorahnung, daß ich in Trance fallen würde. Das ist nicht das erstemal. In London war ich eine Zeitlang ein sehr gefragtes Medium. Und da sind merkwürdige Dinge um mich passiert. Aber heute nacht, als alles still geworden war, schlich ich mich hinunter in das indische Kabinett. Am Todestag meines Bruders opfere ich dem Gott immer eine tiefrote Rose. Um unser Verbrechen zu sühnen. Und von dem Augenblick an, bis Sie mich geweckt haben, habe ich absolut kein Bewußtsein meiner selbst. Aber Sie müssen ja auch eine feinfühlige Empfangsadresse sein, nicht?

Oh, mein Gott – ich bin so grenzenlos unglücklich. Es ist ja mein ... meine Schuld, das Ganze.«

Sie schluchzte laut und klammerte sich krampfhaft an meine Beine. Ein eisiges Grauen durchfuhr mich bei diesem hysterischen Anfall. Ich beugte mich über sie und versuchte, sie zu beruhigen. Sie packte mein Handgelenk und zwang mich zu sich herunter. Das Licht in meiner Hand ging aus. Vielleicht war es ein Luftzug. Vielleicht ihre unsichtbare Energie. Was weiß ich?

Ihre starken Arme umfaßten mich wild. Und ich hörte ihr brennendes Flüstern:

»Verzeihen Sie mir – es ist alles meine Schuld. Sie haben im Zimmer meines Bruders geschlafen. Sie dachten, er geht um? Nicht wahr? O ja, haha. Und dabei war das nur ich und meine telepathische Gedankenwelt, das Ganze. Denn ich mühe mich mit seinen Kisten und Truhen ab ... Ich schleppe sie jede Nacht herum. Ich werde sie nie los. Nein, nicht vor meinem Jüngsten Tag. Und es sind Trossen daran. Rasselnde Ketten. Sie kommen vom Meer.

Und wer weiß, ob das alles ist? Ob da nicht doch noch etwas anderes ist? – Denn ich war ja bei ihm heute nacht. Ich habe ihn lebendig vor mir gesehen. Er fragte nach seinen Söhnen.«

»Söhnen?« fragte ich ratlos.

»Ah, Sie wollen ganz genau Bescheid wissen. Und dann erfahren Sie trotzdem nichts, selbst wenn ich Ihnen alles erzählte.

Verzeihen Sie mir ...« Und sie umschlang meinen Hals und preßte ihre glühenden Lippen auf meine. »Aber ich liebe Sie. Verstehen Sie mich endlich. Verstehen Sie den Augenblick. Eine vollblütige Frau mitten in all dieser Einsamkeit. Und dann kommen Sie, männlich jung und betörend. Ist das vielleicht nicht Mystik genug? Hier in der Einsamkeit, wo das Kleine unfaßbar groß wird. Nur weil man nichts erlebt. So lieb mich doch, du lieber, dummer Josef!«

Und sie umschloß mich in einer starken, köstlichen Umarmung.

»Nein, nein – Ihre Diener können kommen. Um Gottes willen, Rosa Gahn!«

Ich war außer mir vor angstvoller Scham. Wollte nur heraus aus dieser wahnwitzigen Umarmung. Aber ihre Arme waren von einer unglaublichen Spannkraft und Stärke. Sie hielten mich trotzdem fest.

»Hahaha. Meine Diener schlafen fest. Sie kennen mich und meine Kapricen. Jede Neugier ist ihnen außerdem streng verboten. Übrigens will ich Ihnen ein Geheimnis anvertrauen – sie sind meine Neffen. Aber halt, glauben Sie etwa, ich kenne Ihre neugierige Unruhe in diesem Punkt nicht? Sie laufen mit vielen unnützen Fragen herum, Lieber. Sie kommen leicht mit den Details durcheinander. Sie sind von der Wahrheit immer gleich weit entfernt. Nun, Sie sollen gern alles erfahren, was ich weiß. Sind Sie dann zufrieden?

Mein verstorbener Bruder hielt sich eine Geliebte in Marseille. Eine ungewöhnlich schöne Frau. Er bekam zwei Kinder mit ihr. Aber er war anständig.

Er sorgte für ihre Erziehung. Und er bestimmte testamentarisch, daß sie nach seinem Tod hierher nach Hause kommen und legitimiert werden sollten. Aber die Bevölkerung unten in der Siedlung durfte nichts wissen. Aus Rücksicht auf mich, Sie verstehen? Aber wenn ich einmal nicht mehr bin, bekommen sie ihr Erbteil. Und Pierre wird auch von mir erben. Er ist nun einmal mein Liebling. Gut. Das wissen sie auch selbst. Deshalb liegen sie einander nachts immer so brüderlich sicher in den Armen.«

Es fiel wie eine Last von mir. Und ich schämte mich zutiefst meines giftigen Verdachtes. Das war es also, worin ich mich am Abend irren konnte. Ein mütterlich zärtlicher Blick. Ach, alles war ja jetzt wieder so klar und sicher. Und das Mitgefühl für diese einsame Frau wuchs in mir neu und schön. Ich strich ihr langsam über das weiße Silberhaar. Fühlte mich wieder so ruhig, so ruhig. Eine unbekannte Lust knabenhafter Liebe erwachte in mir. Ein sanfter, schüchterner Hingebungsdrang.

Sie näherte ihre Wange meiner und seufzte schwer. Und ich sank an sie heran, einen süßen, versöhnten Augenblick lang. Einen vertrauensvollen Augenblick. Und ich hörte sie still wie ein Kind wimmern:

»Sie haben mir etwas wahnsinnig Schönes gebracht ... Ich durchlebe noch einmal einen alten Traum. Denn Sie erinnern mich so sehr an ihn ... Die Liebe meiner Jugend. Doch, da ist etwas an Ihren Augen, das ihm ähnelt. Etwas unbestechlich Seelenweiches und Reines. Oh, sagen Sie nicht nein. Ich habe sie in einem unbewachten Augenblick gesehen.

Und mir geht das Herz auf. Sie werden mich wieder nach oben ziehen. Zum Licht und zur kindlichen Freude. Wollen Sie nicht? O doch, Sie wollen. Sie werden genauso sein wie er. Sie werden mit mir in den Gärten spazierengehen und mit den Blumen singen. Sie werden mit mir durch rätselhafte Welten fahren ... Zu den Sternen und zum Abenteuer. Oh, ich werde von neuem leben. Denn Sie sind ganz wie er. Ihre Seele ist auch nicht auf der Erde zu Hause?«

Aber ihre Wangen und Lippen waren fiebrig brennend. Ich empfand es wie eine Hölle von Leidenschaften, die sich in ihr regten. Eine fremde, unfaßliche Wildheit, die mich zu verschlingen drohte. Und die frühere Unruhe befiel mich erneut. Diese mystischen Fragen, die mich nicht in Frieden ließen. Bekam ich jemals Klarheit? Denn was bedeutete wohl ihre dunkle Rede über all das, was sie am Bruder verbrochen habe? Waren es doch die Söhne?

Und sie begann wieder unzusammenhängend und ekstatisch. Sie griff mitten in den Augenblick und mein geheimstes Seelenleben. Und jedes ihrer Worte brannte wie Feuertropfen in meinem Inneren:

»Oh, Sie ziehen mich nur hinunter auf eine andere Ebene, wo Sie mich haben wollen. Sie können mir nicht helfen. Ich bin wehrlos verloren. Denn jetzt sind Sie wieder unruhig wegen des Schicksals dieser Neffen, denen ich alles opfere. Sie verdächtigen mich, ich hätte Jean das Leben kennen gelehrt, nicht wahr? Oh, Sie sind ganz schön rücksichtslos. Und wenn es so wäre ... zufällig einmal ... nun, und? Was in aller Welt ginge das Sie an?

Ja und ja. Ich habe Tausende Male gesündigt. Aber ich bereue nichts. Hören Sie – ich lebe ein stolzes Leben. Ich weiß, Karma ist über mir. Ich weiß, wenn ich einmal eine niedrigere Ebene erreiche ... Aber ich bin verstockt. Ich muß weitermachen ... einfach weitermachen. Was kann ich dafür, daß ich mit dem Begehren in meinem jämmerlichen Körper geboren bin?« Und sie drückte mich in unbändiger Wildheit an sich. Ich drehte mein Gesicht weg von ihrer Glut. Und ich stammelte entsetzt:

»Sagen Sie mir ... aber sagen Sie mir dann ...«

»Wer ist der seltsame Gast?«

»Das sind *Sie* und niemand sonst«, brach es aus mir heraus.

»Ja, das bin ich«, jubelte sie beinah. »Ich und niemand sonst. Ich bin im Grunde ein geborener Mann. Ich habe Lust zum Jagen und Fischen. Ich schieße treffsicher genug. Kommen Sie einmal im Frühjahr zu mir, dann gehen wir auf die Vogeljagd. Oh, ich könnte Sie drücken ... Aber ... Sie sind schüchtern wie ein junges Mädchen. Sie haben mich in Männerkleidung gesehen? Ich trage gern die Sachen meines verstorbenen Bruders. Ich trug auch einen Trog unter dem Arm. Gewiß doch, das haben Sie sicher gesehen. Die See hat meinen guten Trog geholt. Aber ich habe ihn ihr wieder abgenommen. Was macht es schon, daß ich selbst hineingefallen bin? Das Meer und ich sind alte Bekannte.

Jetzt wissen Sie alles. Jetzt müßten Sie zufrieden sein. Aber das sind Sie trotzdem nicht. Leider. Da bleibt trotzdem ein unfaßbarer Rest von Mystik übrig.

Denn ich bin selbst der seltsame Gast, von dem niemand weiß, woher er kommt.

Hören Sie, wie es stürmt ... Hören Sie das Meeresdonnern ... Oh, der Herbst, der Herbst. Er ist entsetzlich. Er macht mich mehr und mehr einsam und krank. Ach, ach. Es ist vorbei. Vorbei die Freude meiner Jugend und die Morgenröte der Liebe. Ich habe seine weiße Seele getötet. Ich wollte brutal alles besitzen. Und was habe ich bekommen? Einen geistlosen Kadaver, der hinter mir liegt.

Aber glauben Sie mir, ich könnte ... Ich könnte noch einen Wanderer an mich ziehen und ihn für eine Weile glücklich machen. Am liebsten einen jungen und sehr müden Wanderer. Aber nur für eine Weile. Und da war etwas an Ihren Augen ... Sagen Sie jetzt nicht wieder nein. Sie hatten alles, wonach ich lechze. Hören Sie, Sie sollten etwas mehr Ihre Augen hüten. Die sind am gefährlichsten für Sie selbst.

Oh, Sie könnten mir doch leicht ein wenig vom Überfluß Ihrer Jugend schenken? Ich bin doch nicht so häßlich, oder? Ich kann mich schöner machen als sonst jemand. Ah, ich bin die Unersättlichkeit selbst. Der rote Teufel der Sinne. Das Begehren kann mich nicht mehr verbrennen.

Und heute nacht sind Sie mein ... sind Sie mein!«

Sie zwang mich wieder zu sich herunter. Ihre Glieder schlangen sich um meine. Und ihre Küsse waren saugend heftig. Ich fühlte sie überall. Auf meinen Augenlidern. Meinem Hals. Sie biß ... Es war ganz so, als wollte sie mich in ihrer Brunst auffressen. Da ergriff mich ein fröstelnder Ekel. Mit einem Ruck riß ich mich los und stand auf. Und ihre Macht über mich endete im selben Augenblick.

»Warten Sie«, japste sie. »Warten Sie, und ich zaubere die Schönheit der ganzen Welt her. Denn ich kann zaubern. Ich kenne die ganze Weisheit Indiens. Gehen Sie wirklich? Hören Sie, Sie wissen noch nicht das Letzte. Das Allerletzte. Das Geheimnis des Gottes. Kommen Sie, ich lehre es Sie! Gehen Sie trotzdem? Ah, mich kennen Sie also nicht. Vergessen Sie nicht Schiwas entsetzlichen Blick. Selbst Onyxsteine können eine Ewigkeit in sich tragen. Das Unaussprechliche. Nein, mich kennen Sie nicht. Ich kenne mich nicht einmal selbst. *Denn ich bin der seltsame Gast!*«

Die letzten Worte schrie sie heraus wie eine Besessene. Ich sah ihre phosphoreszierenden Augen im Dunkeln flimmern, während ich voller Angst floh. Sie funkelten vor dämonischer Lust. Und dieser unglückliche Schrei durchschnitt den Sturm.

Der umgab alles wie eine teufelsgesandte Macht. Das Haus ächzte in allen Fugen. Es pfiff und schrillte. Der Sturm raste mit berstendem Krachen gegen die Wand. Es gellte von Höllengelächter. Und draußen vom Meer erscholl ein vielsagendes Murmeln. Aber in der Tiefe meiner Seele zitterte es krank und kläglich ...

Bis in mein Zimmer floh ich voller Angst und verschloß die Tür. Ich verbarg mich schlotternd unter der Decke. Ich wollte nicht denken. Ich wollte nur schlafen ... alles schlafend hinter mir lassen. Das Leben und all das.

Als ich am nächsten Morgen wieder in den starken Duft der Kaiserrosen hinunterkam, wirkte die Nacht auf mich wie etwas Unglaubliches. Herr Jean Richelieu schenkte Kaffee ein, und Pierre servierte. Ganz so, als ob nichts passiert wäre. Hatten sie denn gar nichts gehört?

Ich empfand eine eigentümliche Unsicherheit, als hätte ich das Ganze geträumt. Und ich bat Herrn Jean Richelieu darum, mir die geheime Tapetentür im indischen Kabinett zu zeigen. Er sah mich verblüfft an. Sagte dann aber mit seinem traurigen Pflichtlächeln, das wolle er gern tun. Wenn es mich tatsächlich interessiere. Es war wirklich so, als könnte mich diese Tür noch beruhigen. Als fände ich durch sie den Weg hinaus in die Wirklichkeit.

Wir wanderten durch dieselbe Suite eleganter Zimmer wie am vergangenen Abend, wo kostbare Möbel zusammengestaut hinter heruntergelassenen Jalousien standen und auf Licht und Luft warteten. Bis ins indische Kabinett wanderten wir.

Der Bronzegott stand hier noch unzugänglicher fern in dem grauen Morgenlicht. Mit den gekreuzten Armen und Beinen. Schiwa mit der Lotusblume in seiner gesenkten Hand und dem rätselhaften Lächeln. Mit den halbgeschlossenen Augen, in denen ich in einer unbewachten Sekunde ein Angstfunkeln der Ewigkeit gesehen hatte. Nicht einmal das tödlich graue Morgenlicht konnte diese göttliche Ruhe stören.

Doch in seinen Augen entzündete sich kein Blick, wie sehr ich mich auch bückte. Ich konnte nicht einmal eine Spur der seltenen Onyxaugen entdecken. *Diese Augenhöhlen schienen mir nur angsterfüllt leer.*

Was scherte es mich dann, daß er auf einen Knopf an der Tapete dahinter drückte und eine Tür zu einer Rumpelkammer öffnete? Ich hatte gesehen, was ich wollte. Das Geheimnis des Hauses.

Und ich verabschiedete mich eilig. Draußen auf dem morgenbleichen Hofplatz, wo unter den tropfenden, entlaubten Linden Totenstille herrschte, standen wir eine Sekunde schweigend. Dann sagte er mit seiner stillen, wehmütigen Stimme:

»Es ist schwer, verbannt zu sein.«

»Ja, grüßen Sie Fräulein Rosa Gahn – die am meisten Verbannte.«

Ich drückte ihm die Hand und ging. Ich ließ das unruhige Haus hinter mir. Doch oben am Staketentor mußte ich noch einmal stehenbleiben und zurückblicken.

Das Anwesen verlor sich in einem Nebelmeer, das die herrschaftlichen Linien auswischte. Nur die Fenster des Hauses leuchteten wie weiße, blinde Augen.

Es ist gewiß überflüssig zu erzählen, daß die *Queen of England*, als ich endlich zum Wrack hinauskam, spurlos verschwunden war.

1914

Schatten

Eine sommerlich schöne Gegend mit unverbrüchlich blauem Augusthimmel. Gegen Mittag einzelne träge, sonnenweiße Dunstwolken, die lange, schwüle Schlagschatten über Land und Meer schleppten. Die leichtbewegte, türkisblaue See vor den regengrünen Wiesen und Wäldchen der Inseln. Und die weißen Jollensegel, die vogelleicht durch die Fahrrinne flogen …

Eine sommermilde, in sich gekehrte Gegend, erfüllt von verwunderter Vogelfreude. Selbst die Stimmen der Menschen wirken hier so gesprächig gesellig warm. Eine Gegend, so freundlich heiter, daß man beinah glauben sollte, der Tod habe sie vergessen.

Ich war hier auch so lebensfroh gestimmt. Mußte unwillkürlich all meine verlorengegangene Freude vor mich hin summen, wenn ich die steinigen, roten Kieswege am Meer entlangging und mein Badetuch schwang.

Das Leben wurde auch nicht gelebt hier unten in der kleinen, vergessenen Fjordstadt mit den weißen, reinen Gartenhäusern. Hier war alles vegetativ. In einer süßen, rosen- und levkojenduftenden Ruhe. Und wenn mit geheimen Schatten unter Gartenzäunen und Bäumen der Abend kam, krochen die Leute heraus auf die Außentreppe und schwatzten von alten Sagen und Tagen. Eine Gegenwart existierte für diese Menschen überhaupt nicht. Sie lebten alle in einer fernen und unwirklichen Vergangenheit. In einem versteckten Lavendelduft wie aus Schubladen, die man selten öffnet.

Manchmal mußte ich auf meinen Badeausflügen in die Buchhandlung der Stadt, wenn mir irgendeine Sache fehlte. Und das passierte auffallend häufig in letzter Zeit. Tatsächlich kannte ich den gutmütigen, alten Buchhändler genau. Ja, er war geradezu mein Freund. Oder, richtiger, Kollege.

»Lieber Kollege«, sagte er immer mit einer überlegenen Handbewegung, »kommen Sie doch herein zu einem Schwätzchen!«

Aber ich will ehrlich zugeben, daß ich mir daraus weniger machte. Ich wollte lieber draußen bleiben, im Kramladen bei der Tochter. Zwar war Herr *Azelius* ein harmloser Schwadroneur. Doch sein Schwätzchen bestand leider auch aus einer endlosen Rezitation eigener Werke. Noch dazu mit Musik. Überdies wurde er in gewissen Augenblicken lyrischer Desperation unanständig laut, was zu der diskreten Stille des Raumes und der milden Gegend draußen schlecht paßte. Doch er stammte auch aus einer ganz anderen, lauten Ecke der Welt. Er redete fortwährend von seiner guten schwedisch-deutschen Herkunft. Von seiner aristokratischen Erziehung im Hause des Dompropstes *Kofoed* höchstselbst. Weshalb er diese Kleinstadt mitsamt all ihrem Skipperpack gründlich verachtete.

Aber was machte mir all sein Gefasel? – Dieser dunkle, niedrige Raum mit den abgenutzten, alten Eschenholzmöbeln besaß dennoch einen geheimen, süß anregenden Duft für mich. Den Duft von *Asta*. Denn ihre Schattenhand war in jedem Detail des Zimmers gegenwärtig. Bis zu dem veilchenbestickten Läufer auf dem tafelförmigen Klavier und den kleinen Nippesgegenständen auf der Truhe. Ich spürte sie geradezu hier drinnen, obwohl sie andauernd da draußen hinter dem Ladentisch saß. Und sicher dort gesessen hatte, seit sie ihre Additionstabelle beherrschte.

Denn Vater mußte geschont werden, der Arme. Er wollte so gern ein bißchen Ruhe für sein unbegreifliches Talent haben. Mußte unaufhörlich dichten und komponieren ... Und so blieb das siebzehnjährige Mädchen über Häkelzeug und Ladentisch hängen.

Einmal, als ich hereinschaute, war sie zufällig unterwegs. Der seltsame alte Kerl saß da, vertieft in seine bemerkenswerten Kompositionen. Ich müsse unbedingt diesen aufsehenerregenden Ton hören ... Und er lachte mit wachsender und verblüffter Munterkeit über sein immenses Talent. Da bimmelte die Ladenglocke. Er mit bissiger Stimme raus in die Zwischentür: Die Leute sollten ihn doch bitte nicht mitten in seiner erhabenen Geistestätigkeit unterbrechen. Ihr elender Kauf von Schreibheften könne zum Teufel wirklich bis morgen warten. Jawohl, und außerdem pfiff er auf seine geehrte Kundschaft, wenn er mit Heroen des Geistes zusammensaß. Hier zeigte er mit einer triumphierenden Handbewegung auf mich.

Worauf die Leute unter brüllendem Gelächter aus der Tür stürzten, so daß die Glocke noch lange danach klingelte und bimmelte.

»Natternpack«, schimpfte er außer Atem hinterher. Als ob er sie brauchte. Nein, die Stadt würde schon sehen, woher sie sich anständige Geistesnahrung beschaffen konnte, wenn er eines Tages seine treuen Augen schloß. So wahr sein bescheidener Laden alles bot, worum diese verdunkelte, schiefwinklige und verkrüppelte Stadt kreiste. Pah. Und er schnaubte schadenfroh.

Ich fuhr unwillkürlich zusammen. Dachte an das armselige, kleine Lager von Gesangbüchern, Schatzkästlein und Erbauungsschriften. Abgesehen von den Regalen mit vergilbten Gelegenheitsheften, die aufgrund ihres Alters so hoffnungslos unverkäuflich waren. Besonders aber an die verstaubten Mengen von Papier, Ansichtskarten, Kämmen und Haarbürsten, die die verbleibende Fläche des dreieckigen, kleinen Raumes enthielt.

Die Ladenecke, wo das Mansardendach über die Außentreppe hing. Die niedrigen, hochliegenden Fenster, die wie geblendet zu Gottes gnädigblauem Sonnentag hinaufblinzelten. Die verheißungsvolle, gelbe Tür mit der weitklingenden Glocke, die für mich so viel heimliche Freude verbarg. Ach, wie gern würde ich da draußen bleiben, zwischen den Kartenstapeln und ihr. Aber immer mußte ich hinein ... Hinein ins Allerheiligste, wo der Meister in seiner weitläufigen Traumwelt lebte. In einer trügerischen Luft, wo andere große Mühe hatten zu atmen. In staubiger, ärmlich vornehmer Papierluft, wo Megalomaniebakterien vorherrschten.

Aber ich konnte ja ihre glückselige Altstimme durch die Tür hören. So nahm ich Vater Azelius' Geschwätz und das nette, bärtige Gesicht mit den kinderblauen, vergnügten Kulleraugen gern hin. Ein unverfälschtes Wunderkind, dachte ich. Schade, wenn er je aufwachen und sich ernüchtert arm fühlen sollte.

Denn wie herrlich reich war er doch, trotz seiner scheinbaren Armut. Bei einem Glas hausgemachtem Stachelbeerwein konnte er beschwipst ausgelassen werden. Er dichtete weiter auf seinen sparsamen Hauptstadtreisen. Wenn er sich in aller Bescheidenheit einmal im Jahr an seinem mitgebrachten Bayrisch-Bier und Proviant labte. Sich außerdem dem überzogenen Luxus einer Zigarre hingab. Und sich schließlich auf einer Taurolle auf dem Achterdeck niederließ. Eingehüllt in seinen prachtvollen englischen Mantel, betrachtete er dann den Lauf der Sterne im Himmelsraum, bis er sanft einschlummerte. Denn seine Reisen waren immer von dem wunderbarsten Wetter begleitet. Ein ständiger Mond- und Sternenschein diamantisierte die Nacht. Und das Abendrot glich genauso unverbrüchlich purpurnen Rosen auf Jungfrauenwangen. Fürwahr – ein verdammt auserwähltes Dichterglück auf Reisen. Wäre da nur nicht dieser verständnislose Verlag gewesen. Denn der lehnte genauso regelmäßig jedes Jahr die Veröffentlichung seiner in Schönschrift gefertigten Manuskripte ab. Ach ja, leider – die widerspenstigen Verlage, seufzten wir in großer, kollegialer Gemeinschaftlichkeit.

Doch er ließ sich nicht unterkriegen. Bald lachten neue Hoffnungen und Reichtümer aus seinen beinah unerschöpflichen Schatzkammern. Er setzte sich einfach mit einer Zeitung in Verbindung, und dann ... Gewiß doch, eines Tages würde es selbstverständlich gehen. Und der Wohlstand würde über das Haus geradezu hereinbrechen.

Ich lächelte mißmutig. Mußte an das jämmerliche Zehn-Øre-Fischbündel denken, das er vor ein paar Tagen vom Hafen heimgetragen hatte.

Und dennoch beneidete ich diesen unermüdlichen Apostel der Poesie. Ich meinte den Grund seines grenzenlosen Reichtums zu ahnen. Seine wunderschöne Asta mit dem stillen, ebenmäßigen Gesicht. Dieses Schlafwandlergesicht mit den meerblauen, frühzeitig nachdenklichen Augen und dem traurigen Lächeln. O ja – er konnte es sich wirklich leisten, sich reich zu fühlen.

Ich habe schönere Frauen gesehen als Asta Azelius. Aber nie ein so mildes aufopferndes Schwermutslächeln. Ein wehrloses, schicksalergebenes Lächeln. Die Linie der Demut zeichnete sich in ihrer geschmeidigen Figur ab. Ein allzu dünner, zarter Stengel, der eine prachtvoll schwellende Knospe trug. Wie würde dieser schlanke Rücken sich aufrichten, käme er nur einmal richtig hinaus in Sonne und Luft ... Wie würden diese Augen vor Lust und Leidenschaft funkeln ... Aber nicht ein Funke entzündete sich jetzt in ihnen. Nur ein einziges Mal sah ich ein Aufleuchten von Freude. Ich brachte ihr eine Tüte Kekse und sagte hinterlistig:

»Die sind für Sie, Fräulein Asta. Nur für Sie.«

Nein, so etwas, daß es auch sie gab und man an sie dachte. Und sie strich lächelnd eine kleine, krause, neugierige Stirnlocke zurück – die einzige Koketterie, die sie sich mit ihrem sonst ehrbar glatten Seidenhaar erlaubte. Sagte dann mit einem tiefsinnigen Seufzer:

»O nein, Vater und Brüderchen müssen doch auch probieren?«

Und sie lächelte so hold in ihrem frischgebügelten, blaugestreiften Kattunkleid. Sie errötete offenbar wegen all dieser vielen weitläufigen Worte.

Sonst sagte sie selten etwas. Außer einem einsilbigen Ja und Nein. Das war auch ganz überflüssig. Vater Azelius sprach immer im Namen des Hauses und in ihrem Namen. Da gab es Reichtümer ... da gab es Schätze von Bezeichnungen aller entschwundenen Zeiten. Eine alltägliche Kelle wurde in seinem Mund immer zu diesem ehrwürdigen Ding, mit dem man ehedem köstliche Suppen zu servieren pflegte. Das mochte alles ganz vortrefflich sein. Nur eines verzieh ich ihm nie. Seinen irritierenden, väterlichen Ton diesem seltsamen Wesen gegenüber, von dem er behauptete, es sei seine Tochter. Innerlich raste ich oft. Schwieg aber.

Denn sie zog sich nur scheu in ihre Ecke zu ihrem Häkelzeug zurück. Bis der Vater ihr ungeduldig zurief, sie solle irgendeine genialische Melodie in Noten setzen.

Ein lächelndes Schwermutsopfer. Das war es, was mich am meisten anzog. Ein Schattenleben zwischen vergilbten Karten und anderem Krimskrams. Und ich glaube, ihre wesentliche Flucht und Freude bestand darin, jeden Sonntagabend hinauf auf den Friedhof zu gehen, um das Grab der Mutter zu schmücken.

Ich hatte so viele unerklärliche Empfindungen gegenüber diesem vogelscheuen Menschenwesen. Vor allem aber eine wehmutzitternde Freude: etwas so Junges, so Reines und Fügsames. Etwas so daunig Vogeljungenzartes, daß es nicht berührt werden durfte. Und ich ging an den späten Abenden in langen, goldenen Träumen am Meer entlang. Dachte an die verheißungsvolle, gelbe Tür und die kleinen Scheiben, die wie scheue Mädchenaugen blickten ...

Da befiel mich eine sonderbare Angst: Was, wenn sie plötzlich uns allen aus den Händen flog?

Einzelne Menschengesichter scheinen mir geradezu todesgezeichnet. Ein bestimmter Zug am Mund, ein kurzer Schatten über dem Auge. Ein unerklärliches Etwas, das empfunden, aber nie definiert werden kann. Und auf einmal war es für mich seltsam klar: Sie lebt nicht lange.

Ich muß sie sofort wiedersehen ... Aber jetzt ist Samstagabend. Ich finde auch keinen triftigen Grund, das Haus morgen mit Visiten zu behelligen. Keine vergessenen Briefmarken oder Ansichtskarten. Und außerdem – sie soll ja morgen mit einigen Jugendlichen einen Ausflug machen. Sie lachte wirklich, als ihr Vater es erzählte. Lachte wirklich mit offenem Mund und begehrlich weißen Zähnen. Nein, so etwas – ganz bis zum düster romantischen Svartsjø, wo Seerosen blühten, zusammen mit besonders fetten Forellen, erzählte der alte Azelius feierlich. Ach was, sie überlebt sicher bis Montag.

Doch trotz allem konnte ich meine Unruhe nicht loswerden. Der Svartsjø war für mich voller gefährlicher, saugender Schleimaaltiefen. Ein Wirrwarr vermoderter Stämme und verwitterter Pflanzenleichen. Und ich konnte auch das demütige Dankbarkeitsleuchten nicht vergessen, das ich einmal in ihren Augen gesehen hatte.

Oh, mein Gott – ein seliges Schattenleben, das andächtig still dem Frühlingsbrausen in ihrer dunklen Mädchenseele lauschte.

Nie habe ich eine Stadt so voller Behinderter gesehen. Idioten, Taube und Blinde überall. Krüppel auf einem und keinem Bein. Reine Torsos, die die Straße entlangrutschten. Besonders einer von ihnen humpelte auf beiden Seiten. Ein dickbäuchiger, schlauer und scharfsinniger kleiner Teufel, der sich wie ein hektisches Ankeruhrwerk geradezu vorwärtswrickte. Ihn nannte man den *Todesengel*. Nämlich da er andauernd in der Stadt unterwegs war und von Schiffbrüchen und allerlei Unglücken erzählte. Er besoff sich geradezu an Todesfällen.

Dann bebte die dicke Goldkette auf seinem unzuverlässigen Wanst. Und ein boshafter Anflug von Mitleid hing in seinem schiefen Mundwinkel. Die obligaten zwei Kronen für Kranz und Hinterbliebene waren auch immer vorhanden. Der Schiffsreeder durfte auf keinen Fall fehlen.

Genau auf den traf ich, als ich Montag mittag summend in die Stadt schlenderte ... Mit einer herrlichen Provencerose in der Hand. Einer tiefroten, süßduftenden Knospe, die noch kaum ihre hoffärtigen, geränderten Kronblätter entwickelt hatte. Sie war für Asta.

Der Todesengel hielt mich auf. War es nicht schlimm dies Jahr? – Nichts als Unglücke überall. Dieses war das vierzehnte am Ort. Und dann so unheimliche Todesfälle. Wieder und wieder blieben sie auf See. Da starb der alte Konsul *Jespersen* im Frühling am Schlaganfall. Und die alte Madam *Engebretsen* hatte sich hinter den Nebengebäuden erhängt – o je, o je. Und dann *Endre,* der Fischer mit den horngelben Augen und der Hakennase, der verschwand auch auf besonders geheimnisvolle Weise. Ja, und ... Bei Gott, es war heutzutage gespenstisch zu leben. Das Portemonnaie reichte kaum noch zum Kranz, mein Lieber.

Was denn war? – Seine kleine Stupsnase schnupperte vor Erzählgeilheit. Er mußte umständlich auf beiden Beinen hinken, bevor er anfing. Du lieber Gott, hatte ich den letzten gräßlichen Vorfall nicht gehört? Aber jetzt sollte ich nur zuhören ... Ich nahm es jedoch gefaßt auf, das mußte er sagen.

Eine zitternde Nervenkälte durchfuhr meinen Körper. Ich wußte es allzu gut. Asta war tot. Und ich fingerte verzweifelt an meiner Rosenknospe, die so völlig überflüssig schien ... Alles, während er erzählte.

Also, waren nicht gestern all die hübschen jungen Leute zum Svartsjø hinaufgezogen? So außerordentlich schönes Wetter war auch selten sonntags in diesem Sommer. Ja, ja – ohne einen einzigen Regenschauer. Du lieber Gott, das waren ja alles nette, lebhafte junge Leute, die wollten ab und zu etwas Aufregendes erleben. Die besten jungen Leute der Stadt. Kann man ihnen gar nicht verdenken. Aber daß sie sich das haben einfallen lassen, die verrückten Mädel ... Und daß die Männer bei ihnen so völlig verhext im Kopf waren ... Ach, du gnädiger Saltomortale, o weh ... Ja, ja, denn dann hatten sie einen alten, lecken Prahm gefunden. Natürlich wollten sie alle Wasserlilien fischen. Und dann fingen sie auf einmal an, mit den Händen nach den allerschönsten zu greifen. Und sie sahen auf einen Blick unendlich viele hübsche Dinge. Asta Azelius riß sie von allen am gierigsten an sich. Aber schwups! – da kippte das wassergefüllte Boot. Und dann schwammen sie da alle miteinander. Die Herren standen einfach an Land und amüsierten sich. Sie glaubten wohl, das sei ein verabredetes Spiel. Die anderen waren ja auch ganz tapfer an Land geschwommen. Nur Asta blieb ... Sie sank wie ein Stein. Sie hatte nie schwimmen gelernt.

Ich ging weiter wie im Schlaf. Es schnürte sich so seltsam um meine Brust. Mein Blick verschleierte sich. Und mich umfloß ein schwarzes Silberlicht. Ein erstickendes, schweres Licht. Wie der Schatten eines unendlichen Flügels legte es sich an diesem sonnenblauen, lächelnden Augusttag über die Erde.

Asta Azelius war wirklich tot. Gestorben ohne Umschweife und Umstände. Beinah so, wie ihr höchst unfreiwilliges Schattenleben entstanden war. Gestorben, fern von mir und dem häuslichen Ladentisch ...

Oben in der winkligen Straße mit den hohen, schattenspendenden Kastanien sah ich den alten Azelius stehen und mit einer Schar von Männern sprechen. Er gestikulierte eifrig, ein Stück Papier in der Hand. Doch, doch – jetzt war es mit seinem Reichtum sicher vorbei. Und er wedelte mit der Bankrotterklärung. Hatte darüber hinaus für den Anlaß Gehrock und Seidenzylinder angelegt. Und schritt mit ungewöhnlicher Gravität die schmale Straße herunter.

Mir erschien dies als eine unerträgliche Begegnung. Ich versuchte auszuweichen. Aber nein. Von weitem grüßte er mich schon mit tiefer Würde. Schweigend reichte ich ihm die Hand und konnte kein kondolierendes Wort herausbringen. Augenblicklich kniff er sich in meinem Knopfloch fest und fing an.

Ach ja – was wußten wir schon im voraus ... Wenig wußten wir. Sehr, sehr wenig. Da wurde man mitten in seiner blühenden Jugend fortgerissen. Mitten in seiner lieblichsten Jugendlust und Freude, wenn er so sagen durfte. Und welch tiefen, unendlichen Schmerz hatte ein unvergänglicher Schnitt in sein wundes Vaterherz geschnitten?

Worauf er ein ellenlanges Dokument aus der Tasche zog. Ob ich ein Gedicht hören wolle, das er zu ihrem Ruhm geschrieben hatte? Hatte es tatsächlich schon dem Doktor, dem Apotheker und dem Konsul vorgelesen, die es sämtlich besonders stimmungsvoll fanden. Natürlich wollte ich. Und er begann mit weinerlicher Stimme zu deklamieren. Leider erinnere ich mich an nicht mehr als eine dieser wunderbaren Strophen. Sie lautete:

Roll, Träne, immer fort!
Hör, Herze, auf zu schlagen!
Jetzt trägt man Asta fort,
wir müssen es ertragen.

Zwei salzige Tränen tropften auf das Manuskript. Ich lobte selbstverständlich das Gedicht und beeilte mich wegzukommen. Da leuchtete ein stolzes, trauriges Vaterlächeln auf seinem bärtigen Gesicht. Es gab keinen Zweifel. Es galt nicht der Tochter. Sondern dem Gedicht. Sein Geist ließ sich wahrlich nicht unterkriegen. Und sein Reichtum war von der Art, die Motten und Rost nie verzehren können.

Plötzlich drehte er sich um und rief mir nach:

»Nun, Sie kommen doch zur Beerdigung? will gern meiner lieben Tochter so viel Ehre erweisen wie möglich. Seien Sie willkommen.«

Und er stolzierte gravitätisch weiter die Straße hinunter zu einer weiteren Schar von Zuhörern als Schleuse seiner merkwürdigen Trauer. In seinem trauerumflorten Seidenzylinder und interessanten, schwarzen Gehrock. Das unbestreitbare Gesprächsthema des Tages.

Mit einem etwas bitteren Lächeln dachte ich an sein wundes Vaterherz. Nun ja – mag sein, daß er an den langen Winterabenden ihre Gegenwart vermißt. Wenn ihre Ladenecke leersteht und er seiner Musik huldigen will. Wenn das irritierende Klingeln der Ladentür ihn aus seinem gereimten Flug herunterholt, so daß er die Leute aus der Tür jagt. Sonst aber kaum. Denn ihr stilles Schattenleben berührte nie sein erhabenes Himmelreich. Und ich haßte einen Augenblick diesen selbstzufriedenen, quatschenden Schwadroneur.

Na, und? Was hatte er nicht alles davon? – Seine Poesie gewann eine neue, frische Quelle hinzu. Er übersetzt seine liebe Trauer ganz einfach in viel Musik und viele Verse. Die weinerliche Lyrik wird nicht enden. Und in ein paar Jahren ist die Episode Asta vergessen. Vergessen zugunsten einer neuen Mondscheinreise und eines neuen Einfalls dieser reichhaltigen Seele in ihrem schick drapierten englischen Mantel.

Er kam mir in diesem Augenblick wie ein Titan vor. Ein funkelnder Eisberg von Begabung über Not und Unglück der Menschen.

Ich stand da und starrte über die sommerstaubige, vergessene Stadt. Über den Hafen und den schmalen Sund, der zu Freiheit und Meer führte. Gerade jetzt glitt eine herrliche Bark mit geblähten Segeln hinaus in die sonnenheitere Welt. Einer dieser Sagenvögel, die man selten sieht, außer genau hier unten in diesen isolierten, vergessenen Fjordstädtchen. Und mir war so, als sei das Märchen Asta dort an Bord. Die Sehnsucht strich befreiend über mich. Ich wagte wieder zu atmen.

Ja, *ich* war ja Gott sei Dank frei. Konnte reisen, wohin es mir beliebte. Und ich eilte heim, um meine Koffer zu packen. Noch heute nachmittag wollte ich weg aus dieser kleinen, bedrückten Stadt, wo menschliche Empfindungen verkrüppelten und in Masken erstarrten. Wo nicht einmal die Trauer auszuatmen wagte ...

Ach, was blieb übrig von meiner sommerlich schönen Meeresgegend? der milden, in sich gekehrten Gegend, erfüllt von verwunderter Vogelfreude. Die hatte sie wirklich besucht. Sie war nicht mehr dieselbe.

Sie hatte ihren häßlichen Rachen aufgesperrt und ein armes, scheues Menschenleben verschlungen, einen Menschen mit dem schwermütigsten Opferlächeln, das ich je gesehen hatte.

1914

Das Spukschiff

Einen Sommer wohnte ich in Holland. Irgendwo bei *Spaarndam*.

Eine merkwürdige Meeresgegend, trockengelegt von der salzigen Feuchtigkeit. Schlammige und fruchtbare Erde wie keine, außer dem kultivierten Meeresboden. Tief unten hinter den Sanddünen, wo das nahe Wellenrauschen unaufhörlich donnerte. Oder sich in einem tiefen, vielsagenden Murmeln verbarg.

In einem lächerlich kleinen Tal wohnte ich. In einer recht unbedeutenden Senkung des Erdbodens. Einer seltsamen Delle im Meeresgrund mit besonders fettem Gras, wo große, träge Rinder standen und mit schierer Vernunft fraßen.

Hier lag ein ziemlich weißgekalktes, geschütztes Haus. Eine lange, einstöckige Windbrettigkeit mit einer verantwortungsvoll gerunzelten Stirn von einem Dach.

Also, wie ich mich noch an dieses Haus erinnere, mit all seiner holländischen Bauernlustigkeit ... Wenn dicke Juche und schlankes Minchen und langer Wilhelm und all, all die anderen ihren ländlich verschnörkelten Rundtanz tanzten. Während der Schein der roten und grünen Papierlaternen unter der frühlingsbleichen Blüte der Apfelbäume mit süßen Geheimnissen durch die niedrigen, offenen Fenster hereinleuchtete. Und der sandbestreute Boden grollte mit einem tadelnden Dröhnen und den vielen taktfest scheuernden Füßen.

Ach, Holland, Holland mit all deinen meilenlangen Zwiebelbeeten. Mit deinem alles beherrschenden Duft von Orchideen. Du bist aus dem Meer gewachsen, Hyazinthenduft in deinem Mund. Deine Gärten sind voller violetter, roter und goldlippiger Lilien. Ein lieblicher Duft strömt über deine reiche, meeresgewonnene Schlammerde. Ja, dein fettes Marschland scheint prall von sonnengesättigter Lebensenergie.

Das weiße, schmalbrüstige Haus mit den dämmrigen Dachbodenspindeln und den verwirrenden Fensterscheiben. Mit ihren schwarzen Tafeln voller bunter Wedgwoodware. Und der Gesang, den ich hier hörte ... Diese melancholischen Melodien, die ständig zu mir zurückkehren ... Diese Worte, die nicht gesungen, sondern gesummt wurden ... Weiche, weiche humusduftende Meeresworte. Ein wehmütiger Flötenton des Lebens.

Das Haus. Die langsam leuchtende Länge in der bezaubernd blumenduftenden Nacht. Fremde, stille Erinnerungslinien. Räume mit Vergänglichkeit unter jedem heimgeführten oder havarierten Balken. Bei jedem Stück eine notwendige Antiquiertheit. Diese sonntagsstillen Räume mit einem schläfrig sicheren Wohlgefühl über den unbeweglichen Möbeln. Über schweren, daunengefüllten Betten und nackten Holzstühlen. Oder der Schrank mit den Tonpuppen. Oder der tiefe, träge Lehnstuhl mit dem Kattunbezug.

Und der Hyazinthenduft von den Linien der Gartenbeete. Den hohen, krauseminzebesetzten Beeten. Und das sehr weiße Leinen. Die stets gestärkten Leinenhauben der Frauen. Diese Bettvorhänge aus Kattun. Ein feucht muffiger, wie frischgestrichener Tongeruch überall hier drinnen.

Hier war das Leben nicht schlecht. Beinah gleichgültig gut. Voll von einschläferndem Blumenduft und gemüsigem Ernst. Eine bequeme, reine Ruhe, erfüllt vom fernen Summen suchender Honigbienen. Von dem schwermütigen Meeresbrausen und dem Ewigkeitsrauschen der Pyramidenpappeln.

Ja, dieser Schutz aus Pyramidenpappeln an allen Deichen und Kanälen. Lange, lange rauschende Reihen vor dunstbeschlagenem Meereshimmel, an dem sich gewaltige Wolkenmassen mittagsfaul zusammenrollten.

Hier lebte ich in friedlicher, vegetativer Einsamkeit mit meinem melancholischen Freund, *Jan van der Blumenwelde*. Er war jüdisch blauschwarz. Sensibel schwarz. Übrigens war er Botaniker. Und Blumen waren für ihn keine Blumen. Sie waren Lebewesen. Er sprach zu den Zwiebelgewächsen wie zu seinen Kindern. Lange Zeiten saß er mit einer Pflanze in der Hand und einem abwesenden Blumenlächeln da.

Über seine Botanik hinaus besaß er kein einziges Interesse. Früh und spät war er mit seinen Pflanzen beschäftigt. Ständig auf der Jagd nach verwilderten Abweichungen. Und ich glaube wirklich, ein verkommenes Exemplar aus der Veronikafamilie mit abnormen Kelchblättern schenkte ihm größeren Genuß als eine vollentwickelte Kaiserrose. Ich habe sonst nur Mediziner von hohem Rang mit einer so ausgeprägten Monomanie getroffen.

Er war demnach nahezu ein langweiliger Mensch, den man vielleicht unter weniger isolierten Umständen zum Teufel wünschen würde. Was mich betraf, verlor ich bei seinen botanischen Vorträgen die Geduld mehr als einmal. Er dozierte mich geradezu geisteskrank mit all seinen Unika. Es sah so aus, als habe er den *embarras de richesse* der Norm über die Ausnahmen gänzlich vergessen. Und ich war schließlich wütend auf einen gewissen Herrn von Linné, der den botanischen Wahnwitz systematisiert hatte. Mein braver Freund hatte nämlich durch sein gesammeltes Studium festgestellt, daß die jetzt lebende Pflanzenwelt krank war. Genau wie meine Freunde, die Ärzte, nach deren ausgezeichneten Vorträgen man an seiner eigenen Degeneration nicht mehr zweifelt.

Indessen – derselbe Jan van der Blumenwelde war ein netter, gutmütiger Bursche, der sich ausschließlich mit den Pflanzen beschäftigte und keiner Katze etwas zuleide tat. Im Gegenteil – mit größter Freude ließ er seinen Mitmenschen reichlich Raum. Ja, bei einem einzigen intimen Wort, sei es des Glücks oder des Schmerzes, zog er sich scheu in seinen Seelenschatten zurück. Es war so, als berührte ihn jeder noch so kleine Gemütsaffekt in seiner Nähe wie ein Donnerwetter. Seine zarte Jungfrauenseele ertrug anscheinend diese Brutalität des wechselhaften Erdenlebens nicht. In der Tat. Darin unterschied er sich wirklich von seinen wissenschaftlichen Kollegen, den Medizinmännern.

Er scheute geradezu alles außerhalb seiner Botanik. Ernährte sich ausschließlich von Vegetabilien und trank Rebensaft dazu. Ach ja, denn das konnte er doch manchmal. Er wurde allerdings dadurch redseliger. Selbstsicherer. Doch seine Mitteilsamkeit bestand weiterhin aus Pflanzenteilen. Sein Geist war wahrhaft chemisch rein von irgendwelchen Beimischungen. Bis er eine Art Höhenflug antrat, als er mir klar das große, fehlende darwinistische Glied zwischen einhäusigen und zweihäusigen Pflanzen bewies. In einer seltenen Hochgebirgsmoosart hatte er es entdeckt. Das große Geheimnis seines Lebens.

Da begriff ich die desperate Energie seines Gehirns, die keinen anderen Stoff zur Verarbeitung zuließ. Und ich spürte, dieser Mensch könnte sicher heiraten und Kinder zeugen – er würde genauso unwissend hinsichtlich seines persönlichen Schicksals aus der Welt gehen, wie er zu dem Zeitpunkt war, als er empfangen worden war.

Über Deiche und Einfriedungen setzte er bei unseren einsamen Spaziergängen. Kein Hindernis zählte, wenn es um ein seltenes Zwiebelgewächs ging. Und er grub mit langen, einfühlsamen Fingern die Pflanzenwurzeln aus. Er war besessen von seiner Leidenschaft. Und ich bewunderte schließlich seine Energie. Sogar das breite Lächeln der Gleichgültigkeit, das über sein Gesicht glitt, wenn der Rebensaft zu spürbar wurde. Dann verstand er Pflanzen, Tiere und Menschen nicht mehr. Noch weniger sich selbst. Und dann kam er mir nur wie ein apathisch nickender Pflanzenstengel vor, aufgeschossen aus Hollands allzu fettem Humus. Ganz wie die anderen.

Alles hätte also seinen gewöhnlichen, einschläfernden Gang gehen können. Wäre nicht dieses Seltsame passiert, das unserem ländlichen Idyll ein entsetzliches Ende bereitete. Mich merkwürdig unsicher machte, gegenüber meiner Umgebung und mir selbst.

Ich habe alte Frauen wohl von Hunden sagen hören, daß es sehr gefährlich sei, ihnen in gewissen überreizten Augenblicken mit gespitzten Ohren und jaulenden Mäulern zu folgen. Dann erschienen einem verzerrte, höllenverjagte Gesichter. Oder eine einzelne schwarze, formlose Gestalt mit todesschwangeren Augen. Daß man dadurch Schmerz erleide und Schaden an seiner Seele nehme und so weiter. Doch daß so ein blauschwarzer, holländischer Hund von einem Wissenschaftler mich dazu gebracht haben sollte, an der Existenz zu zweifeln und all meine gesunden Begriffe vom Leben zu erschüttern ... das ist doch zu verrückt.

Denn ich durchlebte zusammen mit ihm einige intensive Augenblicke lang visionäre Ängste, die sich von ihm auf mich übertragen haben müssen. Anders kann ich es nicht begreifen. Eine doppelte Halluzination. Oder wie soll ich es nennen? – Zu ihr kam es am Samstag, den 27. Juni spät nachmittags, durch einen seltsamen Zufall bei uns beiden. Hiervon ist zu erzählen.

Es war am frühen Abend, gegen sieben. Die Kühe waren schon auf den Hofplatz getrieben, um gemolken zu werden. Es lag spürbar ein Unwetter in der Luft.

Ich verberge nichts, denn das Vorkommnis soll so gewöhnlich wie möglich wirken.

Mein Freund saß mit einer halb zerpflückten Orchidee in der Hand und dem breiten, apathischen Lächeln da. Er hatte gerade einen interessanten Monolog über den Einfluß des Mondes auf das Pflanzenleben beendet. Welche hinreißend zarten Farbnuancen der Mondschein schuf. Welch seltenen Duft ... Es war so, als hätten die Blumen ein mystisches Bewußtsein. Ja, als ahnten sie noch mehr. Und er kehrte sofort zu seiner bemerkenswerten darwinistischen Entdeckung zurück. Es gab wirklich eine geheimnisvolle Verbindung zwischen dieser Hochgebirgsmoosart in Norwegen und dem Mondschein. Sie war am längsten der Nacht und dem Mond ausgesetzt, dazu dem seltsamen Nordlicht ...

Da sank er plötzlich im Lehnstuhl zurück. Aber gewisse Zeichen deuteten auf eine übertriebene Sensibilität hin. Als gärte etwas in ihm, das keine Worte fand.

Ich räume gern ein, daß fleißig entkorkt worden war. Etliche Flaschen Landwein aus Flandern standen auf unserem Tisch. Doch ich fühlte mich weder aufgekratzt noch deprimiert. Am ehesten eine angenehme Dunkelheit, in der sich jeder äußere Umstand mit glasklarer Präzision abzeichnete. Es war also kein Weinrausch, kein Zustand der Stumpfheit. Denn in diesem Augenblick war ich präsenter denn je. Ich konnte auf dem unangenehm unruhigen Uhrwerk den Minutenzeiger ticken hören. Und ich sah sogar, daß sich sein Stundenzeiger bedenklich der Zahl sieben näherte.

Doch bei einer plötzlichen Handbewegung meines Freundes verließ mich der Ortssinn völlig. Sachte legte er seine Hand auf meine. Und ich wurde durch Trance in die angstvibrierenden Nervenzellen eines fremden Seelenlebens geführt. Durchlebte eine mysteriöse Begebenheit durch einen einzigen Druck einer menschlichen Hand. Da wußte ich, er *lebte* mitten in einer offensichtlichen Psychose. Ein seltsames Leben, das sich nie äußerte.

Denn so lief es ab:

Auf einmal wurde die Luft so dumpf unter der niedrigen Decke. Es fiel mir sehr schwer, irgendwo zu sitzen. Zu atmen. Verließ meinen Genossen, der ruhig den Stempel einer verwilderten Orchidee studierte, die Lupe fest ins Auge gepreßt. Mit zitternden, nervösen Fingern und einem selig hingerissenen Kinderlächeln.

Ich ging hinaus, die Wege der rauschenden Pappeln entlang. Am Abendwasser der stillen, schlammdämmenden Kanäle.

Kein Hauch regte sich. Nicht ein wisperndes Blatt in den Baumreihen. Und diese drückende Luft verdichtete sich, je weiter ich ging. Die Luft war tot. Sie lebte nicht mehr.

Mein Herz hämmerte heftig. Schließlich spürte ich darin einen Stich. Wie eine Eisenklaue griff es zu und preßte es zusammen. Mußte stehenbleiben. Konnte nicht mehr atmen.

Seltsame, bronzefarbene Wolken mit eisgrünen Rändern ballten sich langsam zusammen. Aber noch fiel kein Tropfen Regen. Kein Blitzflackern. Es war, als sammelte sich alles zu einer Katastrophe. Eine lähmende, düstere Stille lastete auf der Gegend.

Es dunkelte mehr und mehr. Die Luft wurde drohend schwarz. Eine verhängnisvolle Finsternis wie am Jüngsten Tag umhüllte atembeengend krank die totenstillen Baumreihen. Die Nacht nahte heran. Eine meerestrübe Schreckensnacht.

Denn plötzlich begann es zu wehen. Ein seltsamer Ewigkeitswind, der sich mit Angstschauern im Rükken von hinten anschlich. Eine Körperkälte des Todes.

Der Sturm fuhr in die nahen Bäume. Schüttelte sie. Die schweren, echsenknochigen Äste schwangen auf und ab, als hätten sie schwere Lasten zu lüften. Ja, sie reckten und streckten sich, als wollten sie jedes flüchtende Geschöpf packen und in der Zerstörung festhalten. Es gab nirgends mehr Schutz für die angstbedrückte Erdenseele.

Und der Sturm nahm zu. Er steigerte sich zum Orkan, der die seltsam totenbleiche Dämmerung der Juninacht vor sich herzujagen schien.

Denn ein Wolkenstreifen war nach Norden entschlüpft. Und in dem nackten Blätterrauschen schienen all die gedankenleeren Hausgiebel so blendend weiß. Doch dieses öde Licht war noch angsteinflößender als das dämonische Dunkel zuvor. Der Jüngste Tag schien zu grauen.

Der Hyazinthenduft wurde scheu und wild. Er vermischte sich mit der nahen See. Er verließ schließlich das Land. Er und die ganze schläfrige, vegetabilische Ruhe. Und die See mit dem tückischen Tanggeruch wurde entsetzlich vorherrschend.

Diese weißblättrige Sturmnacht, in der Bosheit gegen jedes schwimmfähige Leben lauerte. In der die Katastrophe jederzeit kommen konnte. In der die Menschen diese schwachen Erdwälle, gebaut von ihren eigenen Händen, nicht mehr halten konnten. In der Zuhause und Liebe von der Raserei des Meeres im Nu weggespült wurden.

Das Stöhnen des großen Sturms, das jeden menschlichen Laut übertönte ... Selbst eine halbtolle Harmonika mit übermütig lautem Ton, die im Augenblick so lebhafte Sicherheit besaß. Dann siechte auch sie dahin.

Jedes Tierleben schwieg.

Und die weißblättrige Sturmnacht herrschte absolut. Ihre Atemzüge wurden jede Sekunde fieberwilder. Die Bäume ächzten und bebten in ihren Wurzeln, als wollten sie sich losreißen ... Vor dem nahen Untergang fliehen. Schließlich war nichts anderes mehr zu hören als das krängende Pappelbrausen und der gierige Schlund des Meeres. Selbst das Donnerkrachen erstarb in dem gewaltigen Lärm. Nur der Blitz schnitt seine schrillen Spitzlichter in die Dunkelheit.

Die Angst griff um sich.

Ein wahnwitziger Jammer hatte mich gepackt. Und meine eigene Ohnmacht. Nur ein einziges Fenster schien mir sicher. Es lag ganz oben in dem weißgekalkten Giebel, wo das Korn aufbewahrt wurde. Und ich dachte an den molligen, mehlschwülen Kornboden mit seinem spinnengrauen Fenster als den einzigen rettenden Punkt in der Verwüstung.

Nun gut. Ich irrte heimwärts.

Einem kräftigen Mann mit buschigem Schopf begegnete ich wohl noch. Einem bärtigen, kleingewachsenen Mann mit unglaublich erdverbundener Kraft, der auch heimwärts eilte. Und einem verwirrten Paar junger Liebender mit dem letzten saugenden Blick ineinander ... Leute, die auf jede Art von Wetter pfiffen. Doch selbst sie waren bedenklich still. Auch sie verschwanden.

Und meine Schritte wurden stolpernd unsicher. Mein ganzes *Ich* war von dem Unwetter zitternd erfüllt. Ich hatte für mich schon das Fenster des Kornbodens ausgemessen. Anderthalb Ellen in der Höhe und fünf Viertel in der Breite. Sollte das Meer wirklich hereinbrechen ... Sollte die Überflutung steigen ... Nun, dann konnte ich die elende, grauschimmelige Scheibe zerschlagen und mich von hier aus auf den Giebel schwingen. Weiter dachte ich nicht ... Und ich blieb erst zu Hause auf dem Hofplatz stehen.

Jetzt begann die Apokalypse.

Ich sah einen Haufen Menschen und hörte einen heftigen Schrei:

»Seht, das Schiff stürzt auf uns!«

Und ich drehte mich um. Unwillkürlich. Eine bleiche, natternklamme Angst kroch durch uns alle. Versteinert standen wir da und starrten den Hang hinauf. Nie wie in diesem Augenblick habe ich das Gefühl gehabt, mich tiefer als das brüllende Meer zu befinden.

Da oben sah ich ein paar abgetakelte Rahen in ein unheimliches, schwefelgelbes Dunkel schlagen, das an den Masten klebte. Die Linien eines schwarzen Eisenrumpfes waren über der Düne sichtbar.

Wir sanken mit unglaublicher Geschwindigkeit. Und der Hang wuchs. Er wurde zu einem Steilhang. Einem enormen Erdberg, von dem aus alles Unglück über unsere Köpfe hereinbrechen konnte. Das nahe Donnern des Meeres erscholl auch immer stärker.

Ein hilfloses Einsamkeitsgefühl staute sich in meiner Brust. Obwohl ich hier mitten in der Schar weißleinener Frauenköpfe und starker, zäharmiger Männer stand, die aus dem seltsam leuchtenden Dunkel auftauchten. Und obwohl ich wußte, daß wir die Angst gemeinsam hatten. Doch sie waren und blieben mir trotzdem verständnislos fern. Und ich schwankte ein paar Schritte den beschwerlich geneigten Hofplatz hinauf und näher ans Haus.

Drinnen hinter der dunklen Scheibe meinte ich meinen Genossen mit geisterweißem Gesicht unter seinem rabenschwarzen Haar zu sehen. Jan van der Blumenwelde, meinen botanischen Freund mit dem hingerissenen Blumenlächeln. Welche seltene Abnormität im Stempel hatte er jetzt wohl gefunden? welche Störung im Ernährungsprozeß der Pflanze? – Und diese überlegene botanische Ruhe mitten in der Katastrophe. Ich beneidete ihn um diese erhabene Seelenkälte. Begriff sie einfach nicht.

Mitten in einem trichterförmigen Tal, das sich ständig zu senken schien, stand ich. Das nächtliche Schiff schwamm hoch über unseren Köpfen. Plötzlich aber kam es mir so vor, als führe es in Kanälen. Sicheren, schilfbewachsenen Kanälen. Und ich empfand eine augenblickliche Erleichterung. Lachte sogar übermütig über meine vorherige Angst. Du lieber Gott – eine so lächerliche Riesenmaschine in dem bißchen Wasser. Es saß auch hier und dort fest. Glitt aber doch unbarmherzig näher. Mit wachsenden Dimensionen und scharfem, zunehmendem Tempo. Jetzt sah ich deutlich die gelben Bullaugen der Schiffsseite. Hörte die dumpfen Schläge der Maschine.

Es hatte gewissermaßen einen inneren bösen Willen. *Es würde uns holen.* Wir mußten allesamt mit diesem Totenschiff fahren, das von einer entsetzlichen, unsichtbaren Hand gelenkt wurde. Und eine neue, unbeschreibliche Angst erfüllte mich.

Nie vergesse ich sein unheimliches, nacktes Aussehen. Seine Masten wurden kürzer, je näher es rückte. Selbst die vier enormen Schornsteine schwanden. Schließlich erloschen auch die stieren Bullaugen und die grüne Steuerbordlaterne. Nur das Brausen des Spukschiffes nahm ich wahr.

Eine recht schmale Landzunge trennte es von dem tiefen Talhang. Sicherlich würde der gewaltige Eisenkoloß sie durchschneiden und uns zermalmen.

Wie kann ich dieses nächtliche Mysterium erklären? Die dumpfe, angstgesättigte Luft. Dieses verzweifelte Einsamkeitsgefühl mitten in der Menschenschar. Den unheimlichen Schein des Schiffsphantoms, das über uns schwebte. Eine übermächtige Angst, die uns alle lähmte und an diesen seltsamen Anblick fesselte.

Schon sah ich, wie sich der Riesenbug des Schiffes hineingrub ... Ich zog schaudernd den Kopf ein. Diese Dimensionen waren abenteuerlich. Größer als der größte Atlantikkoloß. Und eine verhängnisvolle Totenstille brütete auf dem Schiffsdeck.

Ein wildes Sirenenheulen. Dampfzischende Schiffsseiten. Und mit wahnwitziger Geschwindigkeit schnitt sich das Phantom durch den Erdwall ...

Im nächsten Moment fliegt es frei in die Luft. Seine Doppelschraube erzeugt ein Donnergeräusch, das das Unwetter übertönt. Und sein roter, mit Kupfer beschlagener Bug schwoit einen Augenblick.

Über unseren Köpfen schwebt der dämonisch schwarze Rumpf. In einer Sekunde zermalmt er uns. Aber kein Schrei ist von den Menschen zu hören. Kein Fuß bewegt sich. Schreckensstarr und wahnsinnsbleich stehen sie hier.

Und ich erinnere mich an den seltsamen Phosphorschein, der plötzlich aus allen Oberlichtern und Bullaugen zu strahlen schien. Ich spüre die angstmurmelnden, bedrängten Kabinen und das leere Deck. Sehe die wild verzerrten Gesichter, die anderen Geschöpfen zu gehören scheinen als uns. Und das feuchte Dämmerungsgras, wo unsere eigenen Körper bald als zähe, blutige Masse kleben werden.

Ein böser, erstickender Maschinengestank erfüllt die Luft. Mir schwindelt. Ich muß mich bei jemandem stützen. Ah – da steht ja Jan van der Blumenwelde mit seinem ätherischen Blumenlächeln. Nein, das ist nicht mehr er. Nur eine gigantische, tiefviolette Hyazinthe, an die ich mich lehne. Nur ihr narkotischer Duft, den ich eingeatmet habe. Und ich taumle betäubt davon.

Einen kippenden Augenblick hält das Spukschiff an. Dann setzt es lautlos mit gesenktem Achterschiff und dumpf wirbelnden Schrauben zurück. Seltsame

Schatten flattern an Deck. Hängen über der Reling. Hieven sich herunter. Ein verborgenes Grauen von fallenden Menschenkörpern erreicht mein Ohr. Und ein Brüllen vom Bug des Ungeheuers. In der nächsten Sekunde bohrt sich das verhängnisvolle Schiffsphantom ein paar Meter oberhalb in die Erde. Mit einem dumpfen Knacken erledigter Maschinen und Leiber.

Wer waren diese Wesen? Aus welcher geheimnisvollen Gegend kamen sie? Und wo zogen sie hin? – Niemand weiß es. Frag den Mond und die Sterne. Frag das Meer, das sie verschlungen hat.

Denn über uns braust ein Höllenlärm. Das hereinbrechende Meer. Das war nicht mehr der schlammträge Kanal mit schilfbestandenen, wasserrosenruhigen Ufern, was durch den Bruch strömte. Es war das Meer selbst. Das gewaltige Weltmeer, das sich hereinwälzt. In einer einzigen wasserfallhohen Woge, in deren Umarmung alles Lebendige vergehen muß.

Im nächsten Augenblick wird das Tal verschlungen ...

Dann vermischen sich die Umgebungen so merkwürdig in meinem Bewußtsein. Ich scheine mich wieder drinnen zu befinden, in dem langen, weißgekalkten Haus seligen Friedens. Wo noch dieselben schläfrigen Möbel und derselbe abstumpfende Hyazinthenduft unter den dämmrigen Dachbodenspindeln wohnen. Und wo mein botanischer Freund vielleicht einen Augenblick seinen abnormen Blütenstempel vergessen hat. Wie ich hier hereingekommen bin, weiß ich nicht mehr. Alles geschieht jetzt mit rasender, stoßweiser Geschwindigkeit. Die Erinnerung wird manchmal dunkler. Und nur einzelne klare Bilder bleiben zurück.

Das Meeresdonnern über mir. Hinaus durch das blumengeschmückte Fenster stürze ich. Ich vergesse völlig den Kornboden mit der rettenden Giebelscheibe. Und reiße meinen Freund aus seinem wissenschaftlich tiefen, trägen Kattunlehnstuhl. An seinen langen, blauschwarzen Haaren reiße ich ihn mit.

Ich ertrinke einen Augenblick in der hereinspülenden Meereswoge. Bekomme keine Luft. Aber trotzdem habe ich meine philosophische Hyazinthe im Griff.

Dann treibe ich nach oben. Stoße an etwas Hartes. Der Giebel. Aha – da bin ich an ihm vorbeigeschwommen. Endlich habe ich das erlösende Gefühl einer Planke. Nein, es war ein reisendes Scheunentor. Meinem Kopf wurde übel mitgespielt. Aber ich entere es trotzdem. Und ich segle hoch über der Überschwemmung.

Aber leider – Holland habe ich unterwegs verloren. Vielleicht findet er sich allein zurecht. Er schwimmt ja wie ein Fisch.

Der Sturm hat sich gelegt. Er ist vom Meer verschluckt worden. Noch allerdings schimmert ein silberblättriges Rauschen in fernen Pappelwipfeln über der Wasserfläche.

Auf einem grenzenlosen, öden Mondmeer segle ich. Wo vielleicht noch ein einsamer Mühlenflügel gleich der bescheidenen Kirchturmspitze nach oben zeigt.

Aber dahinten ragt ja eine unheimliche, schwarze Schnauze in die Luft. Ich treibe dorthin. Auf langsam schwappenden, mondweißen Wellen. Ich treibe näher heran. Gleite ganz in die Nähe ...

Es ist der sichtbare Steven des Spukschiffes.

Und siehe da – da sitzt Jan van der Blumenwelde mit der Orchidee in seiner rechten Hand und einem hingerissenen Lächeln. Einen Augenblick kommt es mir so vor, als habe er endlich gefunden, was er gesucht hat.

Ich rufe ihn. Frage ihn. Doch er antwortet nicht. Ich sehe hinauf zu seinem nach hinten geneigten Kopf und den tiefvioletten Augen, die in die Sterne zu starren scheinen. Und ich strecke mich schließlich und berühre seine Hand. Sie ist starr und kalt.

Er ist tot.

Hierher getrieben. Von der schäumenden Sturmflut über den Schiffssteven geschleudert worden und an einem Eisenblock hängengeblieben.

Weiter ließ ich mich über die sinnlosen, mondöden Wasser treiben. Und ich dachte an all die anderen Toten ... An Juche und Minchen und Wilhelm. An all die ländlichen Feste, die vorbei waren.

Und laut über den Steven des Spukschiffes und die tote Hyazinthe ... weit über die mondweißen Wasser rauscht ein stiller Choral:

»Ich bin der Gott des Schreckens.«

Dann versinkt auch der letzte Rest des Spukschiffes. Zusammen mit Jan van der Blumenwelde, der den Stempel der Ewigkeit gesucht hat. Und mit einem öligen, stillen Schwappen schloß sich das Meer über ihnen. Aber sein geisterweißes Antlitz lebt noch und das Lächeln um seinen Mund. Das Blumenlächeln und der einschläfernde Hyazinthenduft.

Ich aber treibe immer weiter über das mondöde, menschenverschlingende Meer ...

Bei sieben dröhnenden Schlägen erwache ich zu lokalem Bewußtsein. Aus einem daunenweichen, traumkranken Schlaf stehe ich auf wie zu einer frierenden Morgenstunde. Was ist das? – Es kommt mir so merkwürdig unwirklich vor, das alles ...

Da sitzt ja noch Jan van der Blumenwelde in seinem Kattunlehnstuhl. Mit der gepflückten Hyazinthe und dem hingerissenen, fernen Lächeln. Stoßweise kehrt meine Erinnerung zurück. Ah – das verhält sich ja alles ganz richtig. Ich muß geschlafen haben. Auf diesen leichten, flämischen Landwein ist kein Verlaß. Er ist hinterhältig, wenn man sich zu tief mit ihm einläßt.

Ganz recht – es ist kaum fünf Minuten her, daß wir das letzte Glas zusammen getrunken haben. Jetzt schlug die Uhr gerade mit langsamen Schlägen sieben. Seine Hand ruht noch auf meiner. Ganz so wie in dem Augenblick, als er von seinem außerordentlichen Hochgebirgsfund sprach. Das unlösbare Rätsel des Darwinismus.

Ich glaubte, ich hatte geträumt, und fuhr, mich angstvoll umsehend, hoch. Seine Hand fiel merkwürdig schlaff und starr herunter. Ich ergriff sie. Sie war klamm und kalt. Das Auge war auch blicklos leer.

Jan van der Blumenwelde war wirklich tot.

In seinem gemütlichen Lehnstuhl war er gestorben. Aber wie ... wie war das Ganze wieder zugegangen? Wo war die Sintflut? Wo war das Spukschiff? – Hier befand ich mich ja wieder in dieser schläfrig schwülen

Stube mit all ihrem holländischen Blumenduft. Mir begann zu schwindeln. Und ich rief um Hilfe.

Da stürzten ein paar Menschen herbei. Sie zerrten an seinem Körper und wuschen ihn mit kaltem Wasser. Als könnte das helfen. Schließlich kam auch der Arzt. Ich erklärte ihm das Ganze ... Doch er warf mir und den Flaschen einen mißtrauischen Blick zu. Unterzog die Leiche einer genauen Untersuchung und verkündete schließlich: Herzschlag.

Und ich sagte mir selbst: O ja, du kannst schon glücklich sterben, mein Freund; stirbst mitten in der Entdeckung deines Lebens; du brauchst den Kampflärm um deine Theorie nicht zu spüren; du wirst darüber hinaus von Tausenden alter Wissenschaftler beweint werden, die dein junges Grab mit Kränzen überschütten werden.

Ungefähr so war mein Nekrolog. Ich lief umher und fühlte mich unwohl, weil nicht ich gestorben war.

Aber von mir ging er, wie er gekommen war. Unbekannt. Ohne eine einzige persönliche Äußerung. Warum sollte ich dann längere Zeit betrübt sein? – Nein, ich wollte heraus aus all diesem vegetierenden Pflanzenduft. Ich wollte wieder das Leben unter Menschen leben. Und nicht zwischen wissenschaftlichen Blumenstengeln, die mit ihrer törichten Erforschung meinen Lebenshunger ganz und gar zu verderben vermochten.

Aber ich weiß nicht. Trotz meiner robusten Muskeln empfand ich doch eine eigentümliche, bekümmernde Unruhe. Warum in aller Welt mußte ich auf meinem Weg auch dieser sensiblen Blume begegnen? Warum mußten wir ausgerechnet in diesem entscheidenden Augenblick zusammengekoppelt werden? So daß seine Nervenempfindungen meine wurden und ich mit seinen Augen sah. Denn ich bin absolut nicht im Zweifel darüber, daß er dieselben Ängste durchlebt hat wie ich. Daß ich durch seine todeszitternde Hand in seine seltsame Seelenwelt geführt wurde ... Und ich frage noch einmal, warum mußte ich das?

Doch das Merkwürdigste von alledem. In der Nacht brach ein entsetzliches Unwetter los, so daß das Haus in seinen Fugen bebte. Und am nächsten Morgen sahen wir die gesplitterten Masten eines Schiffes, das sich ganz in die Sanddünen eingegraben hatte. Es hatte sich erstaunlich tief hineingebohrt. Beinah ganz am Kamm stand sein Bug. Seit Menschengedenken war das nicht vorgekommen.

Ich erinnere mich an sein unheimliches, nacktes Aussehen. Die Schornsteine waren weggerissen, und das Meer hatte jedes menschliche Geschöpf verschlungen. Leute waren damit beschäftigt, den Dünenschaden auszubessern. Denn durch einen gefährlichen Spalt strömte das Weltmeer herein. Wer waren diese Wesen? Aus welcher geheimnisvollen Gegend kamen sie? Und wo zogen sie hin? Niemand weiß es. Frag den Mond und die Sterne. Frag das Meer, das sie verschlungen hat.

Starr vor Angst floh ich in andere und höhergelegene Gegenden, die, so bildete ich mir ein, sicherer waren. Und ich vergaß völlig, meinen wissenschaftlichen Freund zu begraben.

1914

Der grosse Brand

I

Es ist jetzt über dreißig Jahre her. Doch jener Schreckensmorgen lauert wie ein Raubtier in meiner Erinnerung. Jede traumschwere Nacht durchlebe ich ihn. Und ich fahre mit einem Angstschrei hoch ... Triefend vor Schweiß, erwache ich mit der qualvollen Empfindung zu verbrennen.

Ich habe seitdem ganz anderes und wirkliche Gefahren erlebt. Ich wäre beinah in einem norwegischen Gebirgswasserfall ertrunken. War unangenehm nahe daran, in Manhattan, N.Y., zu verbrennen. Und daran, in einem Zyklon in *the far west* umzukommen. Aber kein Nervenschock läßt sich mit jenem morgenfrischen Schrecken vergleichen.

Ich war damals ein zwölfjähriges Kind. Ein außerordentlich sensibles Kind, in dessen Phantasie jede kleinste Begebenheit riesige Dimensionen annahm. Ja, für das ein heftiges Wort genug war, es in Affekt zu versetzen. Oder schon der Klang einer Stimme. Worte wie *Tod* zu hören ertrug ich zum Beispiel nicht. Der Anblick eines Kranzes genügte, daß ich das Zimmer verließ. Ein starker, unmotivierter Lichtschein brachte mich für Stunden aus dem Gleichgewicht.

Jeder unerwartete Laut ebenso. Eine Dampfpfeife oder ein Festsalut ließen mich eiligst mit den Fingern in den Ohren weit weglaufen. Mit angstklopfendem Herzen. Und ein schöner Sonnenuntergang konnte mich in eine musikalische Ekstase versetzen, die mich mit langen, süßen Harmonien tagelang gefangenhielt. Welchen Schrecken mußte dann diese Begebenheit in mir auslösen.

Dies vorauszuschicken ist notwendig, damit diese Erzählung glaubwürdig werden kann.

Wie gut erinnere ich mich an diesen milden Januar in der hügeligen Stadt am Meer ...

Die Weihnachtszeit war noch nicht vorüber in jenen Tagen. Man feierte noch mit kleinen Geselligkeiten in den guten Familien. Den ganzen Januar hindurch. Und für uns Kinder gab es abends oft Backwerk, Marmelade und andere Weihnachtsleckereien. Obwohl die Ferien längst vorbei waren und die kälteschauernden, gewissensschweren Morgenmärsche zur Schule angefangen hatten. Diese dunklen und straf- drohenden Morgen mit den sparsam qualmenden Öllaternen der Straßen, die langsam erstarben. Und dann die Skrupel wegen der schwierigen Stellen in Äsops Fabeln und *De bello gallico.*

Es gab genug Vorzeichen, die diese unheilvolle Begebenheit ankündigten. Beinah ebenso viele und fürchterliche wie vor Cäsars Tod. Eine alte Frau, *Aase,* die im Nachbarhaus wohnte, hatte vor zwei Wochen ein sonderbares Licht gesehen, das am Dachfirst des Hauptgebäudes gewissermaßen entlangfräste. Ein armes Fräulein namens *Rubine,* das jeden Freitag zum Erbsenessen zu uns kam, behauptete, sie habe gestern – mitten am hellichten Tag – von der Storelva-Brücke aus eine glühende Feuerkugel gesehen, die dicht über den Dächern der Stadt einen langen Schweif hinter sich herzog. Bis sie mit einem lauten Knall in Richtung Stadtwald verschwand. Also stand uns sicher etwas Furchtbares bevor.

Letzte Woche aber passierte etwas so Absonderliches und Unheilschwangeres, daß alles andere Gerede verstummte.

Wir rodelten vom Wald aus am Kongebakken, wir Kinder. Vergaßen in unserem Eifer Verkehr wie Polizeiverbot. Und rodelten weit hinunter in die Stadt zu Weinhändler Claesens Hof mit dem schmiedeeisernen Geländer. Ja, schließlich rodelten wir in unserer absoluten Verachtung für Regeln Polizist Tangens schweren Knotenstock durch, so daß wir ins Gäßchen an der Posthalterei flüchten und uns in einer dunklen Ecke verstecken mußten.

Der Abend ging oxydiert im Westen unter und erstarb. Einzelne Sternbilder sickerten aus der tiefblauen Dunkelheit hervor. Der Große Wagen stand schon da, ruhig nach Norden funkelnd. All unsere Kleider dufteten nach frischem Schnee.

Da begann plötzlich die Luft über uns rot zu werden.

»Oh, nein, sieh nur, wie hübsch und rot es über uns wird«, sagte der kleine, dunkle *Marcus*, der so unwissend über jede Gefahr da oben im Stadtwald sogar beinah im Moor geblieben wäre.

Ich haßte ihn für diese Bemerkung. Warum mußte sich diese Null auch erlauben, auf das Entsetzliche aufmerksam zu machen? – Ich hatte wirklich Lust, ihn zu verhauen ... Und so schubste ich ihn über den Schlitten, daß er unten lag. Aber er klammerte sich nur fest und lachte. Er glaubte auch noch, ich hätte die Absicht, ihn den Hang hochzuziehen. Der Trottel.

Wir waren wieder nach oben zum Wald geklettert. In atemloser Stille. Aus Angst vor der Polizei und der Ewigkeit. Und wir sahen neugierig nach oben.

Das ganze Gewölbe war wie wattiert mit kleinen, roten Wolken, die immer dichter und leuchtender wurden. Bis sie schließlich die schwarze Sternennacht verdeckten. Der unglaubliche Himmel flammte gewissermaßen rosafarben.

Alle Gesichter wurden so seltsam schön in diesem rötlichen, geisterhaften Dämmerlicht. Ich erinnere mich besonders an meine Cousine *Hjørdis*. Ihre trotzigen Züge bekamen in diesem Augenblick eine leidenschaftliche Schönheit hinzu. Als wagte sie alles auf der Welt. Ich liebte insgeheim diesen unbekannten Ausdruck. Blieb dort stehen, um ihn zu lieben, obwohl ich fror und am liebsten heimwollte.

Denn dieses erstaunliche Lichtphänomen beunruhigte mich. Ich ließ die anderen lachen und plaudern. Mich aber durchliefen seltsame Angstschauer. Das Ungewöhnliche war da. Und alles mögliche Unerwartete und Erschreckende konnte passieren. Ich wollte unbedingt heim. Und ich fing an, den Schlitten zu ziehen, trotz des entrüsteten Protestes der anderen. Doch bald kamen auch sie. Stille sank in ihre Seelen.

Denn jetzt war es keine angenehme Dämmerungsröte mehr. Nein, es war wie der Widerschein eines gewaltigen Weltbrandes. Das ganze Gewölbe stand in einem einzigen lodernden Flammenball. Und gleichzeitig blies ein merkwürdig lauer Föhnwind aus Westen. Alte Leute krochen aus ihren warmen, kleinen Holzhäuschen und starrten hinauf zu dem schicksalhaften Himmel. Ab und zu sah ich ihre schreckensstarren Kupfergesichter und hörte ihr erschauerndes Murmeln. Dies mußte etwas Schreckliches bedeuten. Vielleicht das Ende der Welt.

Ein inneres Frieren packte mich. In Panik warf ich mich bäuchlings auf den Schlitten und fuhr wie der Blitz den Hang hinunter.

Daheim verkroch ich mich fröstelnd in eine Ecke und lauschte den Mutmaßungen der Erwachsenen. Es war Besuch da. Und aus der Küche duftete es herrlich nach Ochsenbraten. Aber ich konnte nicht fassen, daß man jetzt an Essen und Trinken denken konnte, in einer solch gefährlichen Stunde, da der ganze Himmel in Flammen stand …

Indessen schob der vorsichtige, alte Naturlehrer die Gardine leicht beiseite und guckte hinaus.

»Sieh da, sieh da«, sagte er. »Jetzt verschwindet ja die ganze Illumination.«

»Sieh da, sieh da« sagte er dauernd. Von ihm war ein Ausspruch im Umlauf, seit ihn einmal seine Freunde an seinem Geburtstag überrascht hatten: »Sieh da, sieh da, man sitzt vor seinem Gänsebraten, und dann kommen die eigenen Freunde und essen ihn auf.«

Aber der distinguierte alte Herr mit den antiquierten, hohen Vatermördern und der zierlichen, schwarzen Redingote beruhigte mich an diesem Abend sehr. Er erklärte das Phänomen für eine ungewöhnlich prächtige *aurora borealis*. Und allein, daß es einen Namen hatte – noch dazu einen lateinischen Namen –, war ein großer Trost für mich. Die grenzenlose Weisheit des alten Herrn imponierte wirklich. In meiner sicheren Lebensfreude knackte ich für ihn später am Abend ununterbrochen Nüsse.

Für den Mann aus dem Volk aber war das letzte Vorzeichen entscheidend. Es gab keinen Zweifel mehr: Schreckenerregende Begebenheiten standen bevor. Viele gab es, die meinten, die Welt werde untergehen. Doch die meisten sagten, bald werde *Der rote Hahn* über der alten Holzstadt krähen.

Und sie bekamen recht.

II

Der letzte Tag, an dem die alte, winklige Holzstadt stand, war ein Sonntag. Wie entschieden abgeschlossen wirkten diese Ladenfenster auf mich ... Wie hilflos verriegelt alles ... Nicht einmal ein Blick auf die See. Dieser blinde Nebel brütete vom Morgen an über der Stadt. Ein sonderbares Bleigewicht auf der Brust, so daß die Menschen stehenbleiben mußten, um zu atmen. Eine Ahnung des Unabwendbaren.

Gegen Mittag begann der Nebel, als stiller Sprühregen zu fallen, der sich kränklich klamm auf Gesicht und Kleidung legte. Ließ den letzten Fleck Schnee an Schwindsucht sterben, so daß die Straßen fast unbefahrbar wurden. An manchen Stellen waren sie wie ein verbeulter Spiegel in der hügeligen Stadt am Meer. Alte Leute kamen mit einem Eimer und streuten Asche vor ihren Häusern. Ich weiß nicht, warum. Aber es erschien mir im Augenblick so grenzenlos grabestrist.

In der frühen Nachmittagsdämmerung hatte es zu wehen begonnen. Kleine, schnelle Windstöße, die unvermittelt um die scharfen Straßenecken in dieser höchst zufälligen Bebauung schlugen. Oh, diese engen, gewundenen Straßen mit dem ausgeprägten Eigenstand jedes einzelnen Hauses ... Wie gut erinnere ich mich an alle. Da lag Kaufmann Seemanns wohlzugeknöpftes Patrizierhaus vornehm zurückgezogen. Hier der herausfordernd lange, einstöckige Stadthof des Konsuls vorspringend in der Lücke. Dazwischen schlich sich ein häßlicher Ziegelschornstein eines Hauses in ganzen drei imposanten Stockwerken. Der einzige üble Bote einer modernen Zeit hier in diesem gemütlichen, alten Skippernest.

Aber inmitten all dieser braven Bürgerhäuser lag *Pøtten.* Ein kleines, niedriges, gelbes Gebäude, wo grünes Moos üppig auf dem Dach herrschte.

Nach meiner geringen Meinung unbedingt das interessanteste Haus der Stadt. Denn es wurde regelmäßig von umherstreifenden Gauklern und Straßenmusikanten besucht. Es war wie von einem goldenen Hauch verbotener, geheimer Lüste umgeben. Denn zur Frühlingszeit klangen ausgelassene Töne von Flöte und Messinghorn aus dem niedrigen, unterwürfigen

Haus. Sie tönten weit in die anbrechende Nacht hinaus ... Ja, sie klangen so verlockend aus einer unbekannten, festlichen Welt. Zur großen Irritation des Spießbürgerschlafs natürlich. Aber zu meiner Begeisterung.

In dieser frühen Winterdämmerung mit der drükkenden Luft und den seltsam beunruhigenden Windstößen hatten diese Häuser merkwürdigerweise alle miteinander ihr vorheriges persönliches Gepräge verloren. Früher standen sie da und flüsterten mir gewissermaßen etwas besonders Liebes ins Ohr, jedesmal wenn ich vorbeiging. Ich kannte sie und verstand sie. Jetzt sahen sie mich höchst gleichgültig an. Als wollten sie nichts mehr von mir wissen. Im Gegenteil. Sie standen da wahrhaftig alle und guckten mich schief an, als wollten sie mir Böses. Und sie sahen auch so alt und müde aus. Ich hörte gewissermaßen ein geheimes Seufzen aus ihrem Inneren.

Vielleicht war es nur der Wind. Doch bange Ahnungen regten sich in mir. Die vertrauten Straßen waren hinter mir her. Wollten mich plötzlich packen. Festhalten ... Und ich eilte heim. Rutschte manchmal auf dem schlüpfrigen Eis, während das Tauwetter aus jeder Dachrinne schüttete und mir ins Gesicht spritzte.

Mit klopfendem Herzen ging ich daheim durch die Tür. Nie war mir das hohe Haus mit der strengen Fassade und den grünen Jalousien so heimelig sicher vorgekommen. Als ich ins Wohnzimmer mit den bekannten Birkenholzmöbeln kam, schlich ich mich still in eine Ecke und genoß die mollige Wärme des

Ofens. Ein unfreiwilliges Stöhnen der Erleichterung entschlüpfte mir.

Meine Mutter, die gerade den Mantel anzog, hörte das und fragte, ob ich krank sei. Aber nein – das wagte ich nicht zu sagen. Überhaupt wagte ich damals nie, meine kleinen, privaten Stimmungen bekanntzugeben. Sonst wurde ich konsequent für krank erklärt und ins Bett geschickt. Und jetzt wollten meine Eltern zu einer Einladung beim Naturlehrer. Aus diesem Anlaß kamen am Abend ein paar Cousinen zu unserer Unterhaltung. Und diese Freude vor allem durfte ja nicht verdorben werden.

Bald löste sich auch meine vorherige unheimliche Stimmung in unbändigem Jubel auf, als unsere wilden Verwandten eintrafen. Nur das alte Mädchen *Thea* war zu Hause, um auf uns aufzupassen. Und Thea war lieb. Für sie konnten wir einen ganzen Hexentanz aufführen. Was wir auch gewissenhaft taten. Im Kinderzimmer, wo wir uns aufhielten, lagen bald Stühle und Spielzeug durcheinander. Und fröhliches Indianergeheul schrillte bis in die Küche, so daß Thea ab und zu hereingucken und uns beruhigen mußte.

In einem solchen günstigen Augenblick hatte sie gerade noch Zeit, uns vor Brandstiftung zu bewahren. Denn eine altmodische Stehlampe war natürlich sorgfältig auf einem Klapptisch plaziert, der bei einer allzu heftigen Bewegung von mir genauso selbstverständlich umkippte. Als ich nämlich Hjørdis' dunklen Schopf packen wollte. Die Lampe kippte um, und es floß brennend über den Boden. Da griff Thea resolut nach einer Decke und erstickte das Feuer.

Nun verordnete sie autoritär, wir hätten bitteschön mucksmäuschenstill im Dunkeln zu sitzen. Doch dieses Kommando der alten Thea ertrug ich natürlich nicht. Mein Widerstand war sofort bereit. Worauf ich in die Küche lief und auch ihr die Lampe ausblies. Steckte dann Kieferfackeln an, die wir anschließend löschten. Und mit dem glühenden Rest machten wir im Dunkeln ein ganzes Höllenfeuerwerk. Wir schrieben unsere Anfangsbuchstaben damit und schufen Sonne, Mond und Sterne. Schließlich stachen wir in unserer unmäßigen Wildheit mit unseren Fackeln nach dem alten Mädchen.

Thea war ganz erschrocken und meinte, Jesses, wir trieben mit ihr – wißt schon – Scherz.

Da schlug ein gewaltig krachender Windstoß gegen die Hauswand. Wir hörten plötzlich den Südsturm da draußen. Er zog mit dumpfem Brausen vom Meer und von den Wäldern über die Stadt. Er heulte im Schornstein und pfiff jämmerlich überall in Ritzen und Fugen. Dröhnendes Türenknallen und Glas, das splitternd herunterfiel. Und der Wind jagte das klatschende Tauwetter befreit durch die vereisten Straßen.

Erstaunlich still verkrochen wir uns alle in einer Ecke. Lauschten dem Sturm und Theas eintöniger Stimme, nun sei die Welt so sündhaft und das Ende nah …

Das Fest war unweigerlich vorbei. Die Dienstmädchen meiner Verwandten kamen auch, um die müden Überbleibsel abzuholen. Und meine gute Tante war schon von der Einladung zurückgekehrt. Sie war ja verantwortlich für die Leitung unseres weitläufigen

Hauses, wo so viele Münder gestopft werden und früh am nächsten Morgen aus dem Haus mußten. Und mit ihr kehrte für uns Kinder immer ein nüchterner Respekt zurück.

Aber lange nachdem ich zu Bett gebracht worden war, lag ich da und lauschte dem Wind. Er hatte sich zu einem schwarzen Orkan ausgewachsen, der mit seinen Stößen die Grundfesten des Hauses zu bedrohen schien.

Es war, als kochten verbissen böse Kräfte irgendwo da draußen im Dunkeln einen Zaubertrank.

III

Die alte Thea hatte mich an jenem entsetzlichen Montagmorgen wie gewöhnlich genau um halb sieben geweckt.

Ich blieb liegen, um noch ein paar kostbare Minuten genüßlich zu dösen. Unter der Suggestion des gemütlich rotglühenden Auges des Ofens und des molligen Wohlgefühls. Während der ganze Schultag mit kompromittierenden Lücken in den auswendig zu lernenden Lektionen und einem halbgeschriebenen deutschen Aufsatz auf mir lastete. Daß man unschuldige Kinder auf diese schikanöse Weise quälen konnte ... Außerdem war da eine gräßliche Hafergrütze, die durchpflügt werden mußte, bevor der Café au lait genossen werden durfte. Das war nicht das einzige Übel. Dann kamen Wurmsamen und Eisenpillen und Lebertran. Gott weiß, was noch alles kam – vor dem Malzextrakt. Aber der war dafür süß und angenehm. Eine letzte Freude, bevor die Frühstücksdose gepackt wurde. Daß Eltern in ihren hygienischen Vorschriften so unbarmherzig streng waren ... Sie sollten nur selbst einmal probieren, wie lecker das war.

Die längliche Schlafkammer mit ihrer spartanischen Einrichtung stand besonders an diesem Morgen in jedem verborgenen Detail vor mir. Die alte Kommode mit dem Toilettenspiegel, in dessen kleiner Schublade ich die fremden Kupfermünzen und andere Kostbarkeiten aufbewahrte. Wie seltene Steine und Konchylien, die ich am Strand gefunden hatte. Um die kleine Spiegelschublade kreisten meine Gedanken in den trägen Schulstunden oft. Und dann die alten Polsterstühle mit roten Bezügen ... Jeder hatte seine intime Erinnerung für mich. Auf *dem* hatte ich unglücklich gesessen, als die Nachricht kam, daß unser gelockter Pudel *Passop* erschossen worden war. Und auf *dem* hatte meine Mutter mir glücklich eine feine Samtbluse mit Seidentroddeln an der Seite angezogen, weil ich auf meine erste abenteuerliche Seereise in die nächste Nachbarstadt sollte.

Ach ja. Selbst die Doppelfenster wirkten auf mich an diesem Morgen wie eine segensreiche Erfindung. Obwohl sie mir sonst erbarmungslos im Weg waren, wenn ich in notwendiger Eile einen Kameraden da draußen erwischen mußte. Doch der Sturm aus der Dunkelheit draußen heulte schlimmer denn je. Und da war es gut, mollig hier drinnen zu liegen.

Mein Blick fuhr wohlig die Wände mit den rötlichen Tapeten entlang. Bis er an einem kleinen Dreieck hängenblieb, das ich in schlaflosen, selbstmitleidigen

Abendstunden zerrissen hatte, nachdem ich ins Bett geschickt worden war, obwohl aus dem grünen Saal Gesang und Spiel und große Gesellschaft erschollen. Dieses einsame, wehmütige Loch in der Tapete war beinah das Allervertrauteste im Zimmer. Es war ja geradezu ein Mitwisser des großen Unrechts in meinem Leben.

Hört – die Windstöße nahmen zu. Das Waldesrauschen steigerte sich zur Raserei, als schwankten die Wurzeln. Ein strafendes Wetter des Herrn war entfesselt.

Und dann mußte ich hinaus in diesen eisigen Wind und das gefährliche, glatte Dunkel. Gebe Gott, daß der alte Kasten von einer Schule abbrannte!

Eine plötzliche Angst befiel mich. Meine lateinische Grammatik. Die zu lernen hätte ich beinah vergessen ... Das schwierige Sprichwort: *tunc tua res agitur paries cum proximus ardet.*

Ja, ich mußte augenblicklich büffeln. Und ich griff nach dem Buch. Mein Regal war in schmucker Ordnung auf einem niedrigen Tisch am Fuß meines Bettes. Ich richtete mich auf und griff im Dunkeln nach der Grammatik. Wußte genau, wo sie stand. Oh, ich mußte versuchen, beim Feuerschein des Ofens zu lernen ...

Im selben Augenblick ertönten zwei donnernde, schnelle Schüsse. *Brandschüsse.* Sofort begann die Turmglocke zu läuten. Das bedeutete einen großen Brand.

Ein elendes Zittern durchfuhr mich. Mein Körper zitterte so, daß die lateinische Grammatik auf den

Boden fiel. Doch hinter dieser Angst eine kleine, geheime, freudebebende Ahnung: Kommst nicht zur Schule heute. Du hast frei. Wart's nur ab, das alte Rattennest brennt.

Da fiel ein gefahrdrohender, roter Lichtschein ins Zimmer. Besinnungslos schlotternd fuhr ich hoch. Das konnte unmöglich die Schule sein. Die lag weit von hier weg. Draußen auf der Ebene in sicherer Abgeschiedenheit. Es mußte etwas viel Näheres und Gefährlicheres sein. Ich versuchte, den Schauplatz von meinem Fenster aus zu beobachten. Aber nein. Ich sah nur den nächsten Giebel in einer fremden, blutig roten Beleuchtung.

Von meiner Kammer lief ich ins Schlafzimmer meiner Eltern, das zur Straße hin lag. Mein Vater schlief trotzdem ruhig. Aber meine Mutter war nervös wach.

»Wo ist es?« fragte sie ängstlich. »Sicher ganz nah. Sieh zu, daß du dich anziehst, Kind!«

Ich konnte nicht antworten, so klapperten mir die Zähne. Ein Schreckensblick hinaus hinter die grüne Jalousie. Denn ich mußte sehen ... Der rote Flammenschein da draußen loderte vor dunklen Giebeln und Fensterscheiben. Und ein dichter Funkenregen stob mit dem rasenden Südwind. Es sah beinah so aus, als ob das Haus des Nachbarn in Flammen stand.

Eine große Unentschlossenheit packte mich. Ich fing an zu wimmern, lief herum:

»Oh, und ich muß in die Schule ...«

»Warte, du mußt nirgendshin, bevor wir wissen, wo es ist ...« Mutter griff resolut nach dem Klingelstrang.

»Doch, ich muß, muß ...«

»Zieh dich nur an, sage ich. Daß auch die Thea nicht einmal kommen kann, daß ich erfahre, wo es ist.«

Und sie klingelte erneut energisch.

Doch ich war ziemlich gefühllos gegenüber all dieser entschlossenen Offenbarung von Leben. Ich befand mich im Ring einer Angstpsychose, in der die Schule und die ungelernten Lektionen ein hervortretender Jüngster Tag waren. Außerdem leckten echte Flammenzungen hier daheim nach mir. Wo sollte ich hin? Wo fand ich wohl Schutz vor den Ängsten?

Dunkel hörte ich meine Mutter meinen Vater wekken, der tief schlief. Aber ich achtete nicht darauf. Rannte nur in meine Schlafkammer und griff im Wahn nach der lateinischen Grammatik. Während ich zähneklappernd meine letzte Weisheit stöhnte: »*tunc tua res agitur paries cum proximus ardet.*« Obwohl ich mit diesen ominösen Worten nicht den geringsten Sinn verband.

Wie ich mich angezogen habe, weiß ich heute noch nicht. Ich klemmte mir nur die gräßliche lateinische Grammatik unter den Arm und rannte durch die Küche ins Eßzimmer. Das Buch war auch das einzige, was ich retten konnte.

Im Eßzimmer war schon gelüftet. Die alte Thea ging aus und ein und deckte den Tisch, als wäre nichts passiert. Aus der Küche duftete es nach frischgekochtem Kaffee. Ein Kaffee, der nie getrunken wurde.

Sie war so irritierend ruhig, wie sie vom und zum Frühstückstisch ging, daß ich auf sie losraste und sie schlug. Da hörte ich sie mit der gleichen schläfrigen Auswendigstimme sagen:

»Paß nur auf, hast gestern abend solchen Scherz getrieben. Da siehst du's.«

Kurz darauf mit etwas sanfterer Stimme:

»Aber es ist doch weit unten in der Straße. Bei Weinhändler Claesens, sagt der Hausknecht. Und hier ist ja ein großes Wasserwerk.«

Na, ich pfiff auf ihren Hausknecht und ihr Wasserwerk. Samt all ihrer irritierenden Ruhe. Denn ich spürte augenblicklich einen schleichenden Geruch, von dem ich wußte, was er bedeutete. Brandgeruch. Der unglückselige Brandgeruch, der hier in diesem gelüfteten Raum immer deutlicher und klarer wurde. Und ein wilder Jammer ergriff mich.

Ich war mir krankhaft sicher, daß ich verbrennen würde. Entsetzlich allein. Und ich lief herum und rief nach Mutter und Tante. Waren sie noch nicht aufgestanden? – Doch, jetzt waren sie dabei, sich anzuziehen.

Verwirrt lief ich in diesem morgendunklen Eßzimmer umher, wo der Feuerschein die gelben Wände rot färbte. Aber hier war es ja noch entsetzlicher als in meiner Schlafkammer ... Hier lag ja das jalousielose Fenster direkt zur Brandstelle. Mit dem ganzen feuerroten Höllenrachen aus stiebenden Funken und Rauch vor dem dunklen Himmel. Oh, dieser Schein der Vernichtung. Könnte ich ihn nur nicht sehen. Aber ich mußte ihn trotzdem sehen. Mußte ihm die ganze Zeit entsetzt in die Augen sehen. Und unterdessen schwirrten Theas grausame Worte in mir:

»Paß nur auf, hast gestern abend solchen Scherz getrieben.«

Ja, es war ganz bestimmt alles meine Schuld. Ich hatte das Schicksal so verspottet. Mit brennenden Kieferfackeln und anderem. Und hatte mir auch noch gewünscht, die Schule sollte mitsamt ihren schimmeligen Karten und Lehrern verbrennen. Ich hatte ... Oh, großer Gott, was hatte ich nicht alles auf dem Gewissen ... Ich lief mit geschlossenen Augen und rang die Hände. Ja, ich heulte. Ein übermenschliches Grauen erfüllte mich und zwang mich in die Knie. Mich, den größten Sünder der Welt.

Da knallte ein gewaltiger Funken gegen die Scheibe. Ich schoß hoch, paralysiert vor Angst. Die Scheibe war zersplittert. Bald würden die brennenden Fakkeln, die durch die Luft rasten, auch hier eindringen. Kein sicherer Ort mehr hier daheim. Keine Mutter, kein Vater, keine Tante ... Denn die verbrannten sicherlich alle. Sie waren ja so gemein spät dran mit dem Anziehen. Sie machten sich ewig die Haare. Die Haare, die Haare. Als wären die Haare das einzig Lebensnotwendige.

Ich stand da und starrte mit wilder Energie zu Malermeister Thuesens langer Rückseite einer Holzwand, die unseren Torweg nach Westen hin abschloß. Mit jeder splittrigen Tatsache dieses trostlos nackten Rückens, die uns sein unangestrichenes Flügelgebäude zeigte, war ich vertraut. Er fand ja nie Zeit, um für sich selbst zu malen, der Arme, da er sich nämlich ständig betrinken und für andere malen mußte. Deshalb ging auch die Bretterverkleidung an den Fugen hier und da aus dem Leim. Im Augenblick aber kam mir dennoch dieses knochentrockene Elend geradezu wie ein Bollwerk gegen die Ängste vor. Geriet es in Brand, war alles vorbei. Über den schmalen Torweg würden die Flammen im Nu bei uns hereinschlagen. Doch nichtsdestoweniger erschien mir diese gebrechliche Wand höchst unangreifbar.

Da züngelte es wie Feuerschlangen an ein paar Stellen auf dem niedrigen Dach. Die Funken hatten es doch erwischt. Trotz meines Glaubens an die magische Widerstandskraft des Bollwerks.

Im selben Augenblick brach irgendwo etwas entsetzlich laut ein. Und ich sah ein knisterndes Flammenmeer über der Holzwand des Malers. Ich meinte im Wahn, es sei sein Dach, von dem die Flammen aufschlugen. So schrecklich nah kam mir alles vor.

Der Orkan tobte mit gewaltigen, wachsenden Stößen gegen das Haus.

Die zerschlagene Scheibe fiel splitternd herein. Und jetzt füllte sich das Zimmer ganz mit dem häßlichen Brandgeruch. Alles war unweigerlich vorbei. Heim, Sicherheit und Freude. Tod und Vernichtung überall. Oh, Mutter, Mutter!

Mit einem Angstschrei flüchtete ich hinaus in die kühle Diele und die Bodentreppe hinauf. Es kam mir so vor, als greife jemand nach mir. Als hörte ich Theas schläfrige, aufgebrachte Stimme unten. Doch ich beachtete das nicht. Im Gegenteil war es mir ein freudebebender Genuß, einer großen Gefahr entronnen zu sein. So wie meine entblößten Nervenstränge in der Angstekstase zitterten.

Ich wußte, die Kleiderkammer war dort wie ein rettender Turm. Hoch über allem Grauenhaften. Von dem Fenster kam noch Luft. Und nicht nur dieser Brandgeruch, der erstickende Rauch, der hier unten hereinkroch. Es lag darüber hinaus nach Norden. Ich mußte das entsetzliche Flammenmeer nicht mehr sehen. Und wenn ich mich gut hinter Mutters Seidenröcken versteckte, würde ich bestimmt sicher sein. Außerdem hing meine blaue Samtbluse dort. Meine schöne Sommerbluse, in der ich letztes Jahr in so vielen festlichen Stunden aufgetreten war ... Es würde wunderbar sein, sie wieder anzuhaben. Sie würde mich bestimmt retten. Sie würde mich in eine andere Zeit hinüberbringen. Zurück zum Sommer.

Noch heute erinnere ich mich an den schwülen, staubigen Kleiderduft da drinnen. Im Dunkeln tastete ich mich vorwärts, zitternd wie welkes Laub. Aufgelöst, wie ich in den innersten Fugen meines Wesens war. Mein Herz hämmerte mir bis zum Hals. Und meine Bewegungen waren steif vor blinder Angst. Aber eine seltsame Macht zwang mich zu dem kleinen Fenster, das in einer Spitze auslief. Ich mußte mich noch einmal der wirklichen Verhältnisse vergewissern.

Da begegnete mir ein noch entsetzlicherer Anblick.

Aus einem bleichen Himmel brach gerade der Morgen hervor. Und um den langen Hofplatz lagen die rotgestrichenen, hohen Holzgebäude in einem flakkernden, gelben Schwefelschein. Hier und da brannte es an den pulvertrockenen Giebeln. Kleine, leckende Flammenzungen, die mit dem Wind davoneilten. Während ein ewiger Feuerregen den Hofplatz zu füllen schien. Ein rauchender Feuerschlund überall. Ach, wo war nur eine Freistatt zu finden ...

»Ach, wäre ich doch nur schon tot!« stöhnte ich.

Völlig besinnungslos taumelte ich hinter Mutters Seidenröcke. Ein innerer Zerfall drohte jede Kraft in mir zu vernichten. Und eine kribbelnde, krampfhafte Steifheit setzte in meinen Händen ein. Seltsame Zuckungen durchzogen meinen Körper, der klamm und gefühllos war. Ganz so, als gehörte er mir nicht mehr.

Die Angst war ja auch auf allen Seiten um mich. Ich mußte mich einfach verstecken. Meine Augen vor dem Unumgänglichen bewahren. Und mit einem elementaren Tierinstinkt suchte ich die dunkelste Ecke. Begrub mein Gesicht in ein paar leeren Kleidersäcken, die vom Sommer noch so herrlich nach Kampfer dufteten.

Da durchfuhr mich ein heftiges konvulsivisches Zucken. Beinah wie ein elektrischer Schlag. Ausgeprägter Eisengeschmack füllte meinen Mund. Mein Herzschlag wurde unmerklich schwächer. Eine undeutliche Angst überfiel mich: Stell dir vor, wenn das wirklich der Tod war ... Und gleichzeitig eine mitleidige Rührung mit mir selbst.

Dann nahm ich nichts mehr wahr. Es war so, als glitte ich plötzlich weg ... Glitt immer weiter ... In die Unendlichkeit. Ein ersticktes und schwindeliges Gefühl.

Wie lange ich dort bewußtlos lag, weiß ich nicht genau. Vielleicht ein paar Minuten. Vielleicht länger. Ich erwachte jedoch wieder, als ich eine schnurrende, feuchte Schnauze an meiner Wange spürte. Miez hier? Ich sah befremdet auf. Unsere dicke Angorakatze hatte mich doch gefunden. Sie schmiegte sich liebkosend an mich, als wollte sie mich trösten. Eine sichere, befreiende Freude streichelte mich. Und ich wurde so weich ... Unendlich weich. Schluchzend drückte ich das Tier an mich. Und meine Reue auch ihm gegenüber fing an.

Denn wie war es nicht nur gestern gewesen? wie hatte ich sie nicht einfach als Spielzeug benutzt? und sie herumgeworfen? Mein Gott, das arme Tier. Es zeigte mir nicht einmal die Krallen, obwohl ihm bei meiner gewaltsamen Behandlung ein Schmerzensschrei entschlüpfte. Aber es verstand wohl, daß ich ihm nicht weh tun wollte. Ach, liebe, süße, graue Miez, die mir auf meinen langen Touren im Wald wie ein Hund folgte ... Kluge Miez, ich wollte dir wirklich nicht weh tun. Und ich kraulte sie versöhnlich hinterm Ohr, bis sie schnurrte wie eine gemütliche, alte Mühle. Ja, der dicke Körper bebte. Es dröhnte darin. Und er brachte mir in diesem Augenblick so eine selige, falsche Sicherheit.

Da hörte ich plötzlich einen fauchenden Laut über meinem Kopf. Ein sonderbar beißender Geruch drang in meine Nase. Und dicker, schwarzer Rauch wälzte sich herein, so daß es mir fast den Atem nahm. Die Angst war wieder über mir.

Eine wilde Lebensenergie loderte in mir auf. Ich wollte nicht verbrennen. Nein, ich wollte nicht ... Ich wollte hinaus ... Hinaus in Luft und Licht. Und ich krabbelte auf allen vieren über den Boden. Hier war erstickendes Dunkel. Nicht einmal ein lebendiger Laut von unten. Nichts außer diesem fauchenden Knistern um mich. Oh, du wirst sehen, sie waren längst alle aus dem Haus ... Sie hatten mich einfach vergessen ... Und ich war dazu verurteilt, hier oben in der dunklen Kammer einsam zu verbrennen. Mutter, Mutter – wo war wohl Mutter? – Dieses Gefühl, in dem brennenden Haus ganz allein zu sein, war entsetzlicher als alles. Und ich kroch um mein Leben. Versuchte, die Tür zu entdecken. Aber nein. Mein Gesicht stieß überall an aufgehängte Kleidungsstücke. Da war nirgends eine Tür. Oh, diese unglückselige Kammer, die mich gefangen zu haben schien ... Und die mich nie mehr lebend weglassen würde. Ich haßte diese staubschwüle Kleiderkammer mitsamt all ihren süßen Sommererinnerungen. Und ich kroch weiter herum wie im Fieberwahn.

Endlich stieß ich an die Wand. Dort fiel ein stärkeres Licht vom Fenster herein, und ich entdeckte die Tür dicht daneben. Sie war angelehnt. Ich kroch auf den Dachboden hinaus und richtete mich mit zitternden Knien auf. Aber hier war die raucherfüllte Dunkelheit noch dichter. Ich konnte nicht das geringste sehen. Starr vor Angst blieb ich stehen und schnappte nach Luft. Was, wenn die Treppe schon brannte? – Da hörte ich vor mir Seidenmiez jämmerlich miauen. Und ich tastete mich nach dem Laut vorwärts. Sie strich ein paarmal zärtlich schnurrend um meine Beine und lief dann weiter. Wieder miaute sie. Diesmal ganz hinten an der Treppe. Mit einem Satz war ich da. Rutschte in rasendem Tempo das Geländer hinunter. Schnappte meinen Mantel vom Haken. Konnte aber in der Eile die

Pelzmütze nicht finden. Meinen Retter Seidenmiez vergaß ich auch. Nur an das Buch dachte ich. Die gräßliche lateinische Grammatik, die ich fest unter den Arm gepreßt hielt. So rannte ich die letzte Treppe hinunter. Wieder war es so, als griffen tückische Hände nach mir, um mich festzuhalten.

Draußen auf dem Hofplatz wälzte sich unter einem heftigen Funkenregen der Rauch wie Wolkenmassen. Ich versuchte, durch das Tor zu entwischen. Aber die Hitze war allzu glühend. Es war ganz so, als stieße mir eine nach Luft schnappende Faust vor die Brust. Ich taumelte zurück. Raste dann durch den Funkenregen und den langen, engen Hofplatz. Wo es an allen Giebeln knisterte und wo, wie ich wußte, die Pulvertonnen und die anderen explosiven Stoffe gelagert waren. Die ganze Zeit rief ich jämmerlich:

»Mutter, Mutter! komm und hilf mir!«

Die Gartenpforte sprengte ich mit unbändiger Kraft. Lief hinauf durch den gespenstischen Wintergarten mit den nackten Büschen und Bäumen. In einem von ihnen brannte es schon. Setzte über den Zaun auf den häuserlosen Weg den Wald entlang.

Ich atmete auf. Der ganze Morgenhimmel war messingblank. Ein grellgelber Orkan trieb die roten, raubgierigen Flammenzungen über die erwachende alte Holzstadt.

Neben mir muhte es zornig. Da stand eine altmodische Kalesche, an deren Feder zwei Kühe gebunden waren. Einiges Hausgerät war auch heraufgeschleppt worden. Der sonst so tote Weg entlang dem Wald war plötzlich bevölkert. Den Hügel hinauf war es voll von

Möbeln und schreienden Kindern. Und die Leute schleppten immer mehr an.

Als ich an der Kalesche vorbeirannte, rief es deutlich nach mir. Ich sah erschrocken hin. Die alte Aase saß darin. Die in dem gelben Hinterhaus neben uns wohnte und die längst ein Gesicht von der Feuersbrunst gehabt hatte. Und hier saß sie mit ihren zitternden neunzig Jahren in einer kreuzlahmen Kalesche ohne Gespann. Nur mit zwei verrückten, muhenden Kühen hinter sich, die sich jederzeit losreißen konnten. Das kam mir beinah wie das Angsterregendste von allem vor. Ich wagte nicht stehenzubleiben. Wagte das unheilverkündende Vieh nicht länger anzusehen. Sondern eilte einfach weiter.

Es war auch das letzte Mal, daß ich sie sah. Sie starb direkt nach dem Brand als Folge der Nervenerschütterung.

Auf der Höhe des Hügels mußte ich mich umdrehen und zurückblicken.

Das Grauenhafte war in vollem Gang. Es loderte über allen heimatlichen Dächern. Das Flammenmeer verschlang bald die halbe Stadt. In ein paar Augenblicken existierte mein Heim nicht mehr. Wo waren meine Eltern? meine Geschwister? Ich wußte es nicht. Nur weiter, weiter. Aber wohin?

Da schien mir Onkel *Karls* Haus ein sicherer Zufluchtsort zu sein. Es lag ganz oben auf dem Hügel. Und so weit reichte die Hitze wohl nicht. Da würde ich vielleicht auch die Meinen wiederfinden. Und ich lief los, während mich diese heiseren Feuerglocken und die Funken verfolgten.

Ein paar Minuten später war ich im Hofplatz. Tante *Tina* stand mit einer Handvoll Silberlöffel auf der Veranda und starrte hinunter.

»Du hier?« fragte sie. »Brennt es bei euch? Wo sind deine Eltern? Komm schnell herein!«

Doch ihre Stimme war so merkwürdig zornig. Mutter war dort ja auch nicht. Und außerdem fielen der Funkenregen und der wirbelnde, erstickende Rauch hier ebenso dicht wie irgendwo anders an diesem verfluchten Fleckchen Erde. Es war so, als sollte die Stadt völlig vertilgt werden. Genauso wie die furchtbaren, sündigen Stätten, von denen die Schrift erzählte. Ja, der Schwefelsee siedete schon dort unten …

Da fiel ein großes Stück brennendes Holz neben mir nieder. Die Erde schien unter meinen Füßen zu brennen. Im selben Augenblick ging die Tante hinein. Und ich fühlte: Selbst hier an der Spitze war keine Sicherheit mehr zu finden.

Nun flüchtete ich erneut. Hinauf durch die Wälder flüchtete ich aufs Geratewohl. Und ich hörte den Sturm wie eine tiefgestimmte Orgel durch die Baumkronen brausen. Es klang wie eine Posaune des Jüngsten Tags.

Hinter mir eine ganze brennende Stadt. Heim für Heim wie nach einer Kriegsverheerung zerstört. Und das Heulen von da unten verfolgte mich weiter. Wilde Todesschreie von Menschen und Tieren. Das Dröhnen von Schornsteinen, die zusammenfielen. Das Knallen kleiner Explosionen. Und dann dieses ständige Glockenläuten, das diesen Fluch herbeizurufen schien.

Die Angstwellen schlugen immer gleich neu und eisig kalt durch mich. Würde das Grauenhafte denn nie aufhören?

Aber nein. Der Sturm heulte gleich laut durch die hundertjährigen Kronen der Wälder. Und der Funkenregen von der Hölle da unten verfolgte mich überall. Es war, als ob die Luft selbst auch brannte.

Da spürte ich komischerweise einen winzig kleinen Gewissensbiß: *die Schule.* Aber die versäumte ich ja. Noch immer hatte ich die lateinische Grammatik unter den Arm geklemmt. Und gleichzeitig gewann diese schicksalsschwangere Institution ein großes Sicherheitsgefühl für mich. Ich sehnte mich geradezu nach ihr und den ruhigen Gesichtern einzelner meiner Lehrer. Dort war bestimmt die ersehnte Sicherheit zu finden. Dorthin würde die Feuersbrunst nie kommen.

Und im Laufe weniger Minuten war ich auf weiten Umwegen dort hinaus auf die Ebene gelaufen. Atemlos blieb ich vor dem alten Torgewölbe stehen. Der Pedell, ein schnurrig veranlagter Bootsmann mit Ohrringen, war gerade dabei, die schweren, eisenbeschlagenen Türen zu öffnen. Er sah mich verdrießlich und mißtrauisch an, so wie er es immer tat, und sagte mürrisch:

»Hier ist sicher keine Schule heute. So wie es brennt. Marsch, heim mit dir.«

Nicht einmal *dort.* Nicht mucksmäuschenstill hineindürfen ... Heim, heim? Tja, wo hatte ich wohl ein Heim. Und ich schwankte wie ein Todkranker den langen Hügel hinauf. Ich schloß die Augen und schwankte davon. Wohin? – Wußte es nicht mehr. Ich hatte ja kein Heim. Vielleicht keine Mutter, keine Schwester mehr. Nein, sie fummelten immer zu lange herum. Das war die Sache mit den Haaren.

Und unterdessen spürte ich den versengten Brandgeruch, der überall in der Luft schwamm. Hörte Haus um Haus zusammenfallen. Das Todesheulen von Menschen und Tieren. Und dann das unheimlich flache, eilige Glockenläuten, das mich ständig verfolgte.

Da wollte ich hinaus aus der Angst. Weit, weit weg. Und ich rannte hinauf bis auf die *Maanesletten* zu einem alten Schuhmacher, zu dem wir gingen. Dorthin hinter alle Wälder würde sich der Brand doch nicht wagen. In seiner kleinen Hütte, wo ich mich sonst der Flöhe wegen kaum zu setzen wagte, fand ich heute einen willkommenen Zufluchtsort.

Erst gegen Abend fand ich wieder zu den Meinen. Der Sohn des Schuhmachers kam aus der Stadt heim und berichtete, daß sehr nach mir gefragt wurde. Die Leute glaubten, ich sei verbrannt. Und meine Mutter war tief verzweifelt. Aber die Meinen befanden sich alle wohlbehalten bei einem Holzhändler X, dessen Haus verschont weit draußen in einer der Vorstädte lag.

Ein kribbelndes und doch gemischtes Freudenlächeln stieg in mir auf. Weil ich gerettet war und weil ich endlich meine gute Mutter wiedersehen würde. Aber im selben Augenblick durchjagte mich eine entsetzlich klare Gewißheit. Wäre ich in meinem Angstparoxysmus bewußtlos in der Kleiderkammer liegengeblieben ... Und wäre nicht Seidenmiez gekommen ... Dann wäre ich unweigerlich verbrannt.

Auf weiten Umwegen über die Ebenen erreichte ich endlich das Haus des Holzhändlers. Zitternd vor möglicher Schelte und Angst vor dem Feuer. Denn die glomm noch immer in mir. Wildes Heulen erscholl aus dieser Richtung. Einstürzende Schornsteine und Knistern. Aber das angstvolle Glockenläuten hatte endlich aufgehört. Der Brand war schließlich zu Ende. Er konnte auch nicht weiter kommen. Der feuchte Buchenwald hatte ihn aufgehalten.

Doch da war auch der ganze Hauptort verbrannt.

Ein einziges Mal drehte ich mich nach der Zerstörung um. Es war eine seltsam verlockende Macht, die meinen Nackenmuskel bewegte. Versteinert stand ich vor diesem Anblick, der mir begegnete. Unter einer Schicht wie einer bösen Wolkenmasse lauerte die Glut eines Raubvogelauges über der Ebene. Und durch die Rauchschicht hindurch leckten zuweilen blaue und gelbe Flammenzungen. Die Gehenna unseliger Seelen.

Mit einem Schrei stürzte ich los und direkt in die Arme meiner Mutter. Schluchzend vor Freude drückte sie mich an sich. Es war, als wollte sie mich nie mehr loslassen.

Ich fragte sofort nach der Katze. Nach der schönen, dicken, grauen Angorakatze, die mir immer folgte. Meiner eigenen Miez. Meinem Retter.

Ja, wurde dann erzählt. Als Vater mit den Rechnungsbüchern und der Geldkassette zum letztenmal aus dem Haus ging, folgte sie ihm. Und im Tor legte sie sich ihm vor die Füße und miaute so flehentlich zu ihm hinauf. Genau als wollte sie sagen: Nimm mich mit!

Er lockte sie. Aber sie kam nicht. Sie lief nur mit erhobenem Schwanz und einem verzweifelten Schreien wieder in das flammende Haus.

Beinah haßte ich meinen Vater deswegen. Warum konnte er seine mächtigen Protokolle und die Geldkassette nicht loslassen und die Katze in seine Arme nehmen? –

»Ach, es war doch nur ein Tier«, sagte Mutter. Ich aber weinte viel heimlich über meinen lieben Freund, der einen so unverdienten, jämmerlichen Tod sterben mußte.

IV

Dieser Abend erschien mir wie der letzte. Mir war beinah so, als könnte danach kein Tag mehr kommen. Er setzte auch ganz richtig einen ernsten Punkt hinter einen ganzen Lebensabschnitt.

Trotzdem erwachte ich am nächsten Morgen mit einem glücklichen Gefühl. Gott sei Dank – ich hatte frei. Keine Lektionen, keine Schule. Und dann lange Ferien daheim bei Großmutter in dem schönen, alten Haus hinter der Allee dort in meiner Märchengegend ... Und mein Herz schwoll an vor Freude.

Dennoch mußte ich zunächst einen quälenden Gang antreten. Ich wurde von der kräftigen Hand meines Vaters durch die abgebrannte Stadt geschleppt. Trotz meines lautstarken, energischen Protestes. Aber nein – ich sollte bitteschön dem Unglück ins Auge sehen.

Da kam ein erstickend unglückliches Schicksal über mich. Hier und da brannte es noch in den Ruinen. Und eine dicke, trockene Hitze schlug mir entgegen. Zusammen mit einem herben, mageren Sodageruch. Es überraschte mich, wie schmal diese Straßen waren. Wie lächerlich kurz diese Entfernungen, die früher unermeßlich gewirkt hatten. Und wie winzig klein war unsere eigene Fassade geworden, die doch einmal so imponierend gewesen war.

Raum- und Zeitverhältnisse waren völlig verrückt. Es war ein ernster Schock. Ich, der ich früher eine träumende, scheue Natur gewesen war, wurde nach diesem Erlebnis lärmend leichtsinnig. Tja, was konnte auch nicht alles passieren? Das Unerwartetste, das Wahnwitzigste. Es schien mir keine Grenzen mehr für die Lebensängste zu geben.

Und als der Zug langsam an den rauchenden Ruinenhaufen, die früher meine liebe Stadt gewesen waren, vorbeikeuchte, legte sich eine unheimliche, große Leere über mich. Trotz meines unbändigen Freiheitsgefühls und der Freude über das Neue. Ich hatte ein furchtsames Gefühl, daß etwas Entscheidendes zu Ende war. Eine süße, ruhige Kinderzeit, die nie wiederkommen würde.

Denn jetzt war ich heimatlos geworden.

1924

Knut Brynhildsvoll: Das lange Vergessen und die späte Wiederentdeckung eines Meisters der Modernen prosa

Der Fall Sigurd Mathiesen ist in der norwegischen Literaturgeschichte einmalig. Nachdem der Autor 1903 mit seinem Erstlingswerk Junge Seelen einen großen Kritikererfolg gelandet hatte und es ihm in den Anschlußwerken gelungen war, an diesen Erfolg anzuknüpfen, sollte man meinen, daß ihm als Schriftsteller Tür und Tor offengestanden hätten. Das Gegenteil von all dem ist eingetreten. Ungeachtet des anhaltenden Kritikerlobes verweigerte sich ihm das Publikum und schloß ihn aus seiner Gunst aus. So kam es, daß einer der talentiertesten Autoren seiner Generation in Norwegen auf Grund der Mißachtung, die er und sein Werk erfuhren, mehr und mehr isoliert wurde, obwohl ihm die Intellektuellen unter den Kritikern noch lange die Treue hielten. Nachdem er endgültig als moderner Autor an der Ignoranz und Verständnislosigkeit der literarischen Öffentlichkeit seiner Heimat gescheitert war und ihn die Armut hart an den Rand der Selbstaufgabe gebracht hatte, sah er sich Mitte der zwanziger Jahre dazu veranlaßt, seine bisherige Identität als Autor aufzugeben. Er tauschte seinen eigenen Namen gegen das Pseudonym Leo Lønn aus und veröffentlichte fortan unter diesem Namen Romane, in denen er als letzte Konzession an die zeitgenössischen Geschmackspräferenzen kulturgeschichtliche Stoffe aus seiner südnorwegischen Heimat in der in Norwegen gefragten konventionell-realistischen Machart anfertigte. Auch diesmal blieb ihm die erhoffte Zustimmung des Publikums versagt, so daß sich seine materielle Lage durch den Identitätswechsel nicht verbesserte. Als im Jahre 1950 der letzte Teil seiner kulturgeschichtlichen Trilogie, wiederum unter dem Namen Sigurd Mathiesen, erschien, war er als Autor längst in Vergessenheit geraten, und als er 1958 siebenundachtzigjährig in seiner Wahlheimat Langesund verstarb, war dies lediglich ein regionalkulturelles Ereignis. Während er in den größeren Literaturgeschichten bis in die Nachkriegszeit noch ein Wiedergängerdasein als angeblicher Vertreter einer neuromantischen Epigonalpoesie fristete, fiel er in den neueren Literaturgeschichten aus dem Kanon verzeichnungswürdiger Autoren gänzlich heraus und der vollständigen Vergessenheit anheim. Erst 1998, fast hundert Jahre nachdem er die ersten Erzählungen veröffentlicht hatte und vierzig Jahre nach seinem Tode, erschien zum ersten Mal seit ihrer Erstveröffentlichung wieder eine Auswahl seiner Kurzprosa auf russisch; dieser Ausgabe schloß sich in diesem Frühjahr eine norwegischsprachige Edition an, und die hier vorliegende Auswahl in deutscher Sprache setzt die Reihe der Neuausgaben fort.

Es drängt sich vor dem Hintergrund dieser ungewöhnlichen Rezeptionsgeschichte die Frage auf, wieso ein Autor, der mit Knut Hamsun, Arne Garborg und Tryggve Andersen zusammen der modernen Prosadichtung seines Landes den Weg ebnete, ein solch mißliches Schicksal als Schriftsteller erleiden konnte. Nur wer die politische Entwicklung Norwegens und den Zustand der Gesellschaft in den Jahrzehnten vor und nach der Jahrhundertwende angemessen berücksichtigt, dürfte darauf eine halbwegs zutreffende Antwort finden. In der bürgerlichen, von Beamten geprägten norwegischen Gesellschaft des ausgehenden 19. Jahrhunderts war der Autor eine geduldete Instanz, solange er sich in seinem Werk nicht mit dem Staat und dessen Institutionen anlegte. Diese Zurückhaltung wurde indes immer problematischer, nachdem sich viele Autoren nicht nur in Norwegen der ästhetischen Programmatik des Dänen Georg Brandes anschlossen, derzufolge es gerade zu den Pflichten einer lebendigen Literatur gehöre, sich einzumischen und gesellschaftliche Mißstände anzuprangern. Wer wie Ibsen Tabuthemen wie etwa Geschlechtskrankheiten auf die Bühne brachte (Gespenster) oder wie Alexander Kielland die Staatskirche in der Folge von Kierkegaards Absage an das verbeamtete Priestertum einer satirischen Kritik unterzog, der brauchte auf die repressiven Gegenmaßnahmen der Staatsmacht nicht lange zu warten. Nicht von ungefähr verzögerte sich die norwegische Erstaufführung von Gespenster um Jahre. Ebenso bezeichnend für die neu entstandene Kluft zwischen Kunst und Gesellschaft war es, daß selbst das ansonsten so liberale Kabinett Johan Sverdrup dem Schriftsteller Kielland wegen dessen Kirchenkritik ein Staatsstipendium verweigerte. Der darin zutage tretende Konflikt spitzte sich im Laufe der achtziger Jahre mehr und mehr zu und gipfelte in den Provokationen der subkulturellen Bohèmebewegung. Deren führender Kopf Hans Jæger verkündete in seinem Roman Christiania-Bohème Thesen über die freie Liebe, die wegen ihrer radikalen Verleugnung der bürgerlichen Ehe die staatserhaltenden Kräfte dazu veranlaßten, hart durchzugreifen, den Autor zu inhaftieren und das Buch zu beschlagnahmen und zu verbieten. Dieser umstrittene Eingriff in die vom Grundgesetz garantierte Meinungsfreiheit bewog seinerseits Christian Krogh, den Altmeister unter den bildenden Künstlern des Landes, dazu, den Roman Albertine zu schreiben, in dem er gegen die Doppelmoral der bestehenden Gesellschaftsordnung zu Felde zog und ihren Vertretern den Vorwurf der stillschweigenden Duldung menschenunwürdiger Zustände machte.

Die im Zeichen dieser zeitkritischen Tendenz stehende Literatur wurde schnell zu einem Exportschlager und begründete den Ruf Norwegens als literarische Großmacht nicht zuletzt in Deutschland, wo Arno Holz und Johannes Schlaf bezeichnenderweise ihren gemeinsam verfaßten Erzählband Papa Hamlet unter dem skandinavisch klingenden Pseudonym Bjarne F. Holmsen herausgaben, um auf diese Weise die Vermarktungschancen ihres Werkes zu verbessern.

Die Literatur dieses Durchbruchs der Moderne hatte es auf die Aktualisierung der Inhalte abgesehen; ihre Modernisierungsleistung blieb daher im wesentlichen auf die Problemgestaltung beschränkt. Zwar hatte Henrik Ibsen bereits im Jahre 1867 mit seinem Peer Gynt und mit seinen späten symbolischen Dramen dem modernen Stationendrama und dem episch-analytischen Theater den Weg geebnet, aber es blieb der Romankunst der 1890er Jahre vorbehalten, diese Erneuerungsansätze entschieden aufzugreifen und sie noch radikaler fortzuschreiben. So zeichnen sich in Knut Hamsuns Hunger (1890) die Konturen eines labyrinthischen, zyklisch-seriellen Schreibens ab, bei dem sich das Erzählen in einer hybriden Mischung aus epischen, dramatischen und essayistischen Gestaltungselementen im Kreise anhaltender Wiederholungen analoger Erfahrungsmomente dreht. Nirgends eindringlicher als in dieser vorkafkaesken Allegorie auf die Vergeblichkeit aller Sinngebungsbemühungen erfährt der Nihilismus der Jahrhundertwende eine literarische Umsetzung. Gleichzeitig zeigt Hamsun aber auch, wie das Sinnvakuum sich mit Fiktionen und Reflexionen füllt, die allerdings in ihrem selbstreferentiellem Regreß auf die Funktionen und Voraussetzungen des eigenen Mediums nur noch die Agonien eines spätzeitlichen Aufbegehrens bezeugen können. Vor diesem konzeptionellen Bruch mit den in Skandinavien vorherrschenden Traditionen des Entwicklungsromans standen die Leser meist ratlos da. Die wenigsten konnten mit Formexperimenten dieser Art etwas anfangen, schon gar nicht, wenn sich das Fragment zum stilbildenden Agens der Kunstprosa verselbständigte, wie zum Beispiel in Arne Garborgs Roman Müde Seelen (1891), in dem noch konsequenter als bei Hamsun ein Protagonist auf seinen Wanderungen durch die Stadt Kristiania Notizen macht und Materialien für einen Roman sammelt, der wegen der ausgebliebenen redaktionellen Bearbeitung jedoch nie zustande kommt; das Fragment ist zum konstitutiven Bestandteil des Romans geworden, so daß mit Recht behauptet wurde, daß Garborgs Textcollage nicht nur ein klassischer Dekadenzroman sei, sondern das womöglich erste überzeugende Beispiel eines dekadenten Romans überhaupt.

Die an diesen Textexperimenten sich abzeichnende Formerneuerung ist in ihrer Bedeutung für die Entstehung einer modernen europäischen Kunstprosa in ihrer ganzen Tragweite noch kaum erfaßt worden. Erst zögerlich und mit großer Verspätung ist man in Norwegen darangegangen, die Quellen der eigenen Moderne zu erforschen, und obwohl sich kein abschließendes Bild ergibt, darf man als Zwischenbilanz bereits feststellen, daß die norwegische Prosaliteratur des ausgehenden 19. Jahrhunderts eine Vorreiterrolle in der Modernisierung literarischer Ausdrucksformen gespielt hat. Allein der Anteil der norwegischen Literatur an der Entstehung und Fortentwicklung eines literaturrevolutionären Formenkanons scheint auch im europäischen Kontext viel größer gewesen zu sein, als man gemeinhin angenommen hat.

Klarer als früher erkennt man inzwischen, daß – um nur ein Beispiel zu erwähnen – das Frühwerk Hamsuns die expressionistische Allegorie vorweggenommen hat und daß seine August-Trilogie eines der Hauptwerke des europäischen Surrealismus ist. Damit scheint sich eine Werkeinschätzung zu bestätigen, die nachträglich verständlich macht, warum einige Hauptvertreter eben dieser klassischen Moderne, darunter Franz Kafka und André Breton, sich vom Werk Hamsuns haben anregen lassen. Die punktuelle Neubewertung des Hamsunschen Werkes hat also gezeigt, daß Hamsun nicht nur ein Meister der satirischen und ironischen Schreibart ist, was man schon längst wußte, sondern einer der Stammväter der klassischen Moderne, dem sein ganzes literarisches Umfeld unendlich viel zu verdanken hat.

Die erneute Aufmerksamkeit, die man der Literatur der neunziger Jahre und des anbrechenden neuen 20. Jahrhunderts geschenkt hat, hat indes nicht nur zur Folge gehabt, daß man den Werken längst etablierter Autoren neue Aspekte abgerungen hat. Sie hat auch zur Wiederentdeckung eines Autors geführt, der in seiner Heimat völlig in Vergessenheit geraten war. Die Neuausgabe des Frühwerks von Sigurd Mathiesen darf als der bislang wichtigste Ertrag dieser Bemühungen um die Literatur der Jahrhundertwende gelten.

Wenn man sich der Frage des rezeptionsgeschichtlichen Scheiterns der Werke Sigurd Mathiesens von seiten der Werkgenese her nähert, zeichnen sich die Konturen einer Antwort ab, die ich im Vorgriff auf eine abschließende Präzisierung dergestalt zusammenfassen möchte: Mathiesen hatte das Glück, entscheidende Anregungen von Künstlern aus seinem unmittelbaren Umfeld zu erhalten. Gleichzeitig sahen sich seine Erstlingswerke einer literarischen Öffentlichkeit ausgesetzt, die sich diesen Erneuerungsversuchen verschloß. Infolge der Unionsauflösung von 1905 kam es zu einer vollständigen Kehrtwende. Der regionalromantische Geschmack beherrschte das Feld und ließ keinen Raum mehr für experimentelle Literatur. Sigurd Mathiesens Misere als Autor ohne Publikum war so gesehen kein Zufall.

Sigurd Mathiesen, Jahrgang 1871, wuchs in behüteten Verhältnissen in der Stadt Larvik, südlich von Kristiania, dem heutigen Oslo, auf. Sein Vater, ein wohl-habender Kaufmann, schickte den Sohn aufs Gymnasium ins benachbarte Skien, die Geburtsstadt Henrik Ibsens. Aus dieser Zeit stammen seine ersten dichterischen Versuche; sie sind in der Schülerzeitung des Gymnasiums protokolliert: Gedichte, kleine Erzählungen, polemische und satirische Fragmente, epigonales und zum Teil ziemlich pueriles Zeug, kaum etwas, was den späteren Meister der Kurzprosa verrät. Sein Mitschüler Halvdan Koht, der spätere Historiker, Ibsen-Biograph und Außenminister im Vorkriegskabinett Nygaardsvold, vermittelt in seinen Erinnerungen aus frühen Jahren einen Eindruck von Sigurd Mathiesen. Er habe demzufolge nie ein Hehl daraus gemacht, daß er Dichter werden möchte; dabei habe er eine Vorliebe für allerlei skurrile und grausige Geschichten an den Tag gelegt und dazu geneigt, sich bei einer betont rationalen Haltung ins Überspannte und Abstruse zu verlieren.

Nachdem sein Vater in wirtschaftliche Schwierigkeiten geraten war und daher gezwungen war, sein Geschäft aufzugeben, mußte Mathiesen zu früh die Schule beenden und nach Hause zurückkehren, wo er sich in den darauffolgenden Jahren mit Gelegenheitsjobs mehr schlecht als recht durchs Leben schlug, ohne jedoch seine literarischen Pläne aus den Augen zu verlieren. Während er seinen Zeitgenossen als eine etwas fremdartige Gestalt mit dandyhaften Neigungen auffiel, litt er in Wirklichkeit an der bürgerlichen Enge seiner Umgebung und suchte zum Ausgleich Anschluß an Künstlerkreise. In Kristiania schloß er Freundschaft mit den führenden Autoren der jungen, neuromantischen Generation, Lyrikern in erster Linie, die ihm zu ersten Publikationen seiner Gedichte und Prosatexte verhalfen. Nachdem er auf Drängen der Eltern verschiedentlich versucht hatte, in einem bürgerlichen Beruf Fuß zu fassen, kehrte er 1898 nach Kristiania zurück, wo er in kürzester Zeit in einer Privatschule das Abitur nachholte. Um dieselbe Zeit konnte er einige Beiträge in Zeitungen und Zeitschriften unterbringen, darunter die Novelle Junge Seelen, die im Herbst 1898 in der angesehenen Tageszeitung Dagbladet erschien. In diesem Prosatext hat Mathiesen nach einer langen Anlaufzeit zum ersten Mal zu einer originellen Diktion gefunden, die er später zu einem unverkennbaren, ihm eigenen Stil fortentwickelte. Die Geschichte setzt sich mit dem in der fin de siècle-Literatur verbreiteten Thema der Jugend auseinander und stellt anhand alltäglicher Szenen den Vorgang eines Initiationsritus dar. Die beiden Protagonisten verkörpern den ursprünglichen Zustand einer harmonischen Unschuldsbeziehung, die nach dem Übergang durch »den entsetzlichen Ort« und nach der Messerattacke gegen das Gesicht des einen der beiden Freunde unwiederbringlich verlorengeht. Die Erzählung läßt viele Deutungsmöglichkeiten zu. Man kann sie unter dem Aspekt des Reifungsprozesses und des Identitätswechsels betrachten und sie als eine Geschichte vom Zerfall der spiegelbildlichen Einheit von Körper und Seele lesen oder als die Diagnose einer sexuellen Inversion, bei der am Ende der körperlich intakt gebliebene Freund die durch den Weggang der Verlobten leergewordene Stelle an der Seite des Freundes mit den artifiziell rekonstruierten Gesichtszügen einnimmt. Diese Offenhaltung der Erzählung in einer polysemantischen Schwebe gehört mit zu den charakteristischen Merkmalen vieler Erzählungen Mathiesens auch aus der späteren Produktion.

Wie vielen seiner Künstlerfreunde blieb ihm die Erfahrung nicht erspart, daß sich auf die gelegentliche Annahme einer Erzählung keine Schriftstellerexistenz begründen läßt. Fast dreißigjährig, kehrte Mathiesen ins elterliche Haus zurück, enttäuscht und verunsichert. Er machte eine schwere seelische und körperliche Krise durch und stimmte nach deren Überwindung einem Vorschlag seiner Eltern zu, nach Amerika auszuwandern. Ein bereits in der Neuen Welt lebender Onkel beteiligte sich an den Kosten der Überfahrt und amortisierte diese Investition durch die rücksichtslose Ausbeutung der Arbeitskraft seines Schützlings auf der Farm im Mittleren Westen. Im Nachlaß des Autors finden sich viele Darstellungen aus dieser Zeit, in denen er seine abenteuerlichen Erfahrungen schildert. Nach New York zurückgekehrt, wo er bei einer Tante in Brooklyn Unterschlupf fand, nahm er, soweit es ihm die Zeit erlaubte, seine schriftstellerische Tätigkeit wieder auf, die er während der ganzen Zeit nie aus den Augen verloren hatte. Auf Anraten eines norwegischen Philologen, der seine Erzählungen gelesen hatte und ihm eine glänzende Zukunft als Autor prophezeite, kehrte er nach wenig mehr als einem Jahr in die Heimat zurück, fest entschlossen, diesmal den Durchbruch als Schriftsteller zu erzielen.

Im Sommer 1902 setzte er sich nach Jütland ab, um sich in der ländlichen Abgeschiedenheit der Dünenlandschaft seinen schriftstellerischen Plänen zu widmen. Als ihm im Herbst die finanziellen Mittel knapp wurden, blieb ihm nichts anderes übrig, als nach Kopenhagen zu fahren, um Verlagen und Redaktionen seine inzwischen abgeschlossenen Arbeiten anzubieten. Der Redakteur der namhaften

Zeitschrift Tilskueren, Valdemar Vedel, dem er die Novelle Blutdienstag zur Beurteilung gab, nahm sie begeistert zum Druck an und fragte gleich nach, ob er wohl mehr von derselben Art habe. Die Pläne für die Herausgabe einer ersten Novellensammlung nahmen festere Konturen an, und im Frühjahr 1903 war es dann soweit. Im Nordischen Verlag in Kopenhagen erschien Junge Seelen. Sieben Erzählungen von Sigurd Mathiesen. Die Rezensenten in Dänemark und Norwegen waren sich in der Bewertung der literarischen Qualität dieser Erzählungen einig. Ein neuer Stern war am literarischen Firmament Skandinaviens aufgegangen. Aber obwohl Mathiesen seinen Kritikererfolg mit Romanen wie Hide Unas (1903), Groll (1906) und Erzählbänden wie Heimatliche Erde (1908) und Das unruhige Haus (1914) wiederholte, konnten sich die Texte am Markt nicht durchsetzen und fanden den Weg zum Leser nicht.

An den Texten lag das gewiß nicht, denn namentlich die Erzählungen lassen die Umrisse einer Literatur erkennen, die in den gleichzeitigen Formexperimenten der im Entstehen begriffenen klassischen Moderne ihren Ausdruck fand. Dabei waren die Erzählverfahren, die in Mathiesens Texten erprobt werden, nicht völlig neu; er versteht es, sich die narrativen Errungenschaften der romantischen und postromantischen Ästhetik zunutze zu machen und sie fortzuschreiben, indem er Erfahrungen wie Entfremdung, Subjektzerfall, Angst und Leere einbezieht. Der Verlust der vertrauten Welt und die damit verbundene Orientierungskrise waren nicht mehr mit dem Instrumentarium mimetischer Darstellung zu bewältigen. Mathiesen hat die Konsequenz daraus gezogen: was einem nicht vertraut und ganz geheuer ist, begegnet einem in seinen Erzählungen in der konkreten Gestalt des Fremden, Unbekannten und Angsteinflößenden; was nicht mehr in das Strukturgefüge einer ein für allemal definierbaren Kohärenz des Ichs paßt, begegnet einem bei Mathiesen in den Projektionen des Selbst in andere. Seine Texte reden von mehr oder weniger markierten Schwellenzuständen mit einem regen Transfer zwischen realistischer, phantastischer oder symbolischer Referenz. Sofern sie markiert sind, kündigt sich das durch atmosphärische Veränderungen und Perzeptionseinbrüche an; am hellen Tag verdunkelt sich auf einmal der Himmel; es legt sich von einem Augenblick auf den anderen eine Dunstglocke über die Landschaft, unter der die Menschen zu ersticken drohen; Fäulnisdämpfe sickern aus den Spalten der Erdoberfläche heraus und tauchen die Landschaft in eine sinnenbetäubende Atmosphäre. Als Mittel zur Herbeiführung des psychischen Transfers von der empirischen Wirklichkeit in eine Welt, in der alles anders ist, dienen dem Autor durchaus vertraute anästhetisierende Drogen wie Alkohol, Psychopharmaka, halluzinogene Stoffe oder bewußtseinsmanipulierende Techniken wie Hypnose und mesmerisierende und magnetisierende Verfahren. Mathiesens Gestalten bewegen sich durch ästhetische Felder, die ihnen jene andere Wirklichkeit erschließen, die unter der Vorherrschaft der Rationalität notdürftig unter Verschluß gehalten wird. Das erlaubt es dem Autor, die manifeste Seite der gesellschaftlich integrierten Existenz als entfremdet, bedroht und zum Schizoiden neigend darzustellen.

Die Erzählung Kranke Perioden ist dafür ein gutes Beispiel. Der Arzt Aage Basse versucht in regelmäßigen Abständen, den Zwängen der bürgerlichen Konventionen zu entkommen. Zu diesem Zweck therapiert er sich selber mit denselben Opiaten, die er seinen Patienten großzügig verschreibt. Dieses Vorgehen ruft jedoch sogleich eine Kontrollinstanz in Gestalt des Juristen und Zeitungsredakteurs De-Place auf den Plan, der Falschmeldungen über den Tod des Arztes durch Ertrinken in die Welt setzt und mit allen Mitteln versucht, ihn zu vernichten bzw. zur Um- und Rückkehr in die geregelte Welt bürgerlichen Wohlverhaltens zu zwingen. Es handelt sich bei diesem Ringen um den Machtkampf zweier Instanzen in ein und derselben Person, von denen die eine angepaßt ist, während die andere gegen die rationale Beschneidung ihres Daseins aufbegehrt. Dieser Streit spielt sich in Form einer Verfolgungsjagd ab, bei der das Verhältnis von Verfolger und Verfolgtem nach Analogie magnetischer Attraktionen und Repulsionen erfolgt, wobei der Ausbrecher gegen die domestizierenden Maßnahmen De-Places keine Chance hat. Die Bewegungsabläufe der Akteure sind den Konfigurationen des Marionettenspiels nachempfunden. Man kann in dieser Erzählung sehr schön beobachten, auf welche Weise das Marionettenmotiv, wie man es in symbolistischer

Form aus Henrik Ibsens Drama Die Frau vom Meer kennt, in an Samuel Beckett gemahnende Weise reduktionistisch aufgegriffen und modernisiert wird. Wenn De-Place den Arzt am unsichtbaren magnetischen Gängelband durchs Handlungsfeld führt, mal an der langen, mal an der kurzen Leine, und ihn je nach Laune terrorisiert und bestraft, erkennt man unschwer das vorweggenommene Interaktionsmodell der beiden Clowns in Becketts Warten auf Godot wieder. Die eingelagerten Schreckensszenarien sind dem Repertoire der grotesken Tradition entnommen, wobei die halluzinierte Enthauptungsszene die angestrebten Entmachtungsabsichten von De-Place an einem revolutionsgeschichtlichen Motiv veranschaulicht, das an entsprechende Darstellungen in Oscar Wildes Salome oder Frank Wedekinds Frühlingserwachen erinnert. Das Geschehen mündet in den wiederhergestellten Zustand einer gesunden Periode, nachdem es De-Place gelungen ist, den Aussteiger an seinen hypnotischen Fäden über den Fjord in die Garnisonsstadt F. (Fredrikstad) hinüberzuziehen, wo er im Schutze der Befestigungsanlagen aus der Psychose erwacht, für eine Weile wieder sicher vor dem erneuten Zugriff psychotischer Anfechtungen.

Diese Geschichte eines bad trip ist in mancher Hinsicht symptomatisch für das Erzählinteresse Sigurd Mathiesens. Mit ihrer Hinwendung zur Drogen- und Rauschthematik knüpft sie an weitverbreitete Traditionen romantischen Schreibens an, wie sie in der Literaturgeschichte von Thomas de

Quincey über Edgar Allan Poe bis Charles Baudelaire und Joris-Karl Huysmans dokumentiert sind. Darin spiegelt sich in der Literatur der Jahrhundertwende ein erneutes Interesse für allerlei merkwürdige psychische Zustände, für okkulte Traditionen, parapsychologische Phänomene, Telepathie, Magie, Spiritismus, Suggestionserscheinungen etc. In der skandinavischen Literatur braucht man hier nur an August Strindberg zu denken, der solche Themen in der Literatur salonfähig machte und dem Sigurd Mathiesen auch in dieser Hinsicht viel zu verdanken hat, obwohl damals, wie man an den vielen Büchern und Zeitschriften sieht, die sich solcher Themen annahmen, ein breites Interesse an diesen Randbereichen vorhanden war. Madame Blavatsky, Carl du Prel u.a. waren in aller Munde, Strindberg und Bjørnson besuchten Charcot in der Salpêtrière in Paris und bekundeten ein lebhaftes Interesse an der im Entstehen begriffenen Psychoanalyse. Sigurd Mathiesen wurde bereits während er an seinem ersten Erzählband schrieb, von seiner Lebensgefährtin und späteren Ehefrau, der norwegischen Autorin Anna Munch, an okkulte und theosophische Vorstellungen herangeführt; unter dem Einfluß Schopenhauers hatte sie Geschmack am Buddhismus und an indischen Weisheitslehren gefunden.

Diese geistesgeschichtliche Orientierung findet in vielen Erzählungen Mathiesens ihren Niederschlag. Darin drückt sich nicht so sehr ein Unbehagen in der Kultur aus, als vielmehr die Faszination an den irrationalen und triebgesteuerten Seiten menschlicher

Existenz in ihrem Verhältnis zur Rationalität. In der Konzentration auf die Grenzbereiche zwischen Vernunft und Wahnsinn, wie sie auch in der Erzählung Kranke Perioden beleuchtet werden, artikuliert sich die Sorge, daß der Mensch den Ansprüchen einer durchrationalisierten Welt nicht mehr gewachsen ist und daher nach Schlupflöchern sucht, um den vernachlässigten Seiten seiner Natur zu ihrem Recht zu verhelfen. In der Novelle Die schwarze Woche wird erzählt, wie eine sensible Frau als Folge von Deklassierung und Verelendung in die geistige Umnachtung getrieben wird; als Anhängerin magischer Heilpraktiken richtet sich ihre ganze Wut gegen die herkömmliche Schulmedizin und die institutionalisierten Formen pietistischer Frömmigkeit. Die Protagonistin der Erzählung könnte ein Beispiel für die Stichhaltigkeit antipsychiatrischer Konzepte abgeben; sie reagiert durchaus normal, das heißt mit Verrücktheit auf den Zustand einer ihrer Ansicht nach ver-rückten Welt. Am Ende findet sie sich wieder, eine lebende Tote, eingesperrt hinter Friedhofsmauern, in den Kulissen romantischer Grabespoesie.

Mathiesen hat diese Novelle mit Bedacht an den Anfang seines Erzählbandes gestellt. In der Schauergeschichte hat die Erzähltradition des Unheimlichen eine ihrer wichtigsten Wurzeln – und die sieben Erzählungen des Erstlingswerkes stellen eine Reise durch verschiedene Stadien des Unheimlichen dar. Sie knüpfen an zeitgenössische Inferno-Darstellungen, etwa bei Strindberg, Heidenstam und Garborg, an.

In Asser Hein werden die Elemente des Schauerromans in Anlehnung an Nachtstücke der bildenden Kunst, etwa bei Caravaggio und Salvator Rosa, weitergeführt. Als Vorbild mögen auch Werke der deutschen Romantik wie Die Nachtwachen des Bonaventura oder *Hoffmanns Erzählungen* gedient haben, in denen Topoi des Schauerromans wie Ruinen, Felsen, Friedhöfe zu inneren Landschaften unheimlicher Erfahrung geworden sind. Die Binnengeschichte spielt nachts in einem spärlich beleuchteten Hotelzimmer, in dem sich eine Versammlung anrüchiger Einheimischer und Jahrmarktsbesucher im flackernden Kerzenlicht eingefunden haben, um den reichen Gutsbesitzer Asser Hein beim Kartenspielen auszunehmen. Asser Hein ist sich durchaus über die wahren Absichten seiner zügellosen Spiel- und Saufkumpane im klaren; er läßt sich dennoch im Bewußtsein seiner Überlegenheit darauf ein, weil seine zeitweilige Spielleidenschaft Teil eines selbstzerstörerischen Planes ist. Der Ich-Erzähler, bislang von den Anfechtungen der Spielleidenschaft verschont geblieben, gerät ungeachtet innerer Vorbehalte immer mehr in den Bann des Gutsbesitzers, wobei er im Verlaufe des nächtlichen Geschehens allmählich die Züge Asser Heins annimmt; in dem Moment, als sich ihre Blicke im maurisch gerahmten Spiegel treffen, schmelzen ihre Gesichter zusammen. Zum Schluß ist der Ich-Erzähler zum professionellen Spieler geworden, nachdem sein Vorbild Asser Hein nach einer durchzechten Nacht – in einer intertextuellen Anspielung auf Oscar Wildes

The Portrait of Dorian Gray – vor dem Spiegel desselben Hotelzimmers mit einer Kugel im Kopf tot aufgefunden worden ist. Der Verführungsprozeß endet damit, daß der Verführte den Platz des Verführers einnimmt. Im Hintergrund spukt als Referenztext Søren Kierkegaards Entweder – Oder, aber bei Mathiesen findet – anders als in Kranke Perioden, wo der Aussteiger durch die Lenkungsmaßnahmen De-Places in die Obhut der gesellschaftlichen Ordnung zurückfindet – eine Umkehrung der Kierkegaardschen Stadienfolge statt. Als Ehemann ist Asser Hein – wie der Ich-Erzähler auch – in der ethischen Sphäre des Allgemeinen verwurzelt, aber mit ihrer Hingabe an den Spieltrieb entfernen sich beide immer weiter aus dieser Sphäre und nähern sich jenem Stadium an, das Kierkegaard das Ästhetische nennt. Die Beteiligten liefern sich ganz ihrer individuellen, asozialen Obsession aus. Überdies spielen beide mit gezinkten Karten. Diese Spielpraxis ist nicht nur moralisch verwerflich, weil sie sich über die Regeln des Fair play hinwegsetzt, sondern sie widerspricht auch der Logik des Spiels, weil sie es als Spiel außer Kraft setzt.

Betrachtet man indes die Verletzung der Spielregeln unter dem Blickwinkel der ästhetischen Selbstreferenz des Textes, wird man dem Motiv der Regelübertretung sogar eine immanente Programmatik abgewinnen können. Es geht dem Autor nicht nur in dieser Erzählung, sondern in seiner ganzen Debütsammlung offensichtlich darum, gegen die Regeln einer am Realismus geschulten Schreibweise systematisch zu verstoßen und neue Artikulationsweisen zu erproben, die den Erfahrungen junger Seelen um die Jahrhundertwende angemessener Rechnung tragen.

Ganz besonders intensiv fällt diese Orientierung in der Novelle Blutdienstag aus. Darin werden krisenhafte Vorgänge aus dem Leben früh- und spätpubertärer Jugendlicher dargestellt. Man ist geneigt, dem Kritiker Carl Nærup zuzustimmen, der seinerzeit mit Bezug auf diese Novelle behauptete, es sei die beste, die je in norwegischer Sprache verfaßt worden sei. Es ist dem Autor gelungen, die freigesetzten Triebe und Aggressionen unbewältigter Kindheits- und Jugenderfahrungen heraufzubeschwören, wie sie ein paar Jahre später in ähnlicher Weise, wenn auch nicht mit derselben Konsequenz, Robert Musil in seinen Verwirrungen des Zöglings Törleß dargestellt hat.

Wie bei Musil spielt die Geschichte unter Schülern, wie bei ihm sind homoerotische Neigungen in ein Interaktionsfeld hierarchischer Macht- und Unterwerfungshaltungen eingebaut. An einem düsteren Dienstag nachmittag um die Osterzeit des Jahres 1838 brechen einige Schüler nach dem Unterricht auf, um sich ein paar vergnügliche Stunden zu machen, und kehren nicht wieder zurück. Ihr plötzliches Verschwinden gibt Rätsel auf und zu allerlei Spekulationen Anlaß. Damit ist in der Rahmengeschichte eine Ursituation allen Erzählens geschaffen, die auch nach dem Ableben aller Zeitgenossen weiter wirkt; die Lücke, die das unaufgeklärte Ereignis hinterlassen hat, ruft nach narrativer Ausfüllung. In der Binnengeschichte wird diese Leerstelle mit einer möglichen Variante des Hergangs besetzt. Der Erzähler, dessen Onkel zu den Vermißten gehört und dessen Namen er trägt, gibt die Geschichte wieder, wie er sie in einem Zustand zwischen Schlafen und Wachen in der Form einer Halluzination erlebt hat. Für ihre Dauer macht er eine Zeitreise und erlebt in der Gestalt seines Onkels an den ursprünglichen Schauplätzen jene Ereignisse, die zum Verschwinden der Schüler geführt haben. Ihr Weg führt sie aus der Zivilisation in eine immer kargere und kahlere Umgebung. Unterwegs passieren sie einen eingezäunten Gutshof, umgeben von hohen schlanken Pappeln, möglicherweise eine beabsichtigte Anspielung auf Böcklins Toteninsel. Das Ziel des Unternehmens ist ein von Felsen umgebener, mit grünen Algen bedeckter Tümpel, an dem sich das Ungeheuerliche zuträgt. Es wäre sicherlich nicht verkehrt, sich das ganze Geschehen nach Analogie der Lemmingzüge vorzustellen, freilich mit dem nicht geringen Unterschied, daß hier in der Gestalt des Edgar Duus ein Rudelführer vorhanden ist, der die Mordorgie und die anschließenden Selbstmorde der beiden übriggebliebenen Jugendlichen nach Maßgabe eines genau durchdachten Kalküls inszeniert.

Wer sich einem solchen Text mit den ästhetischen Maßstäben naturalistischer Dichtung nähert, wird notgedrungen seinen Sinn verfehlen. Gewiß, auch hier ließe sich im Rekurs auf Freuds und Adlers

Studien zum Phänomen des sexuellen Inversionsverhaltens die psychopathologischen Voraussetzungen der Ereignisse ausleuchten, etwa durch Fokussierung auf die Rolle der jeweiligen Störungen im Ablauf der Kind-Eltern-Beziehung; aber da die Geschichte nicht primär auf die Entstehung eines psychischen Konflikts abhebt, treten Faktoren wie Vererbung und Milieu in den Hintergrund. Statt dessen wird in symbolistisch überhöhten Erzählsequenzen dargestellt, wie in einer Allianz von Lebensüberdruß und Blutrausch destruktive Energien freigesetzt werden, die sich in einer tödlichen Katastrophe entladen, wie man sie von den Sektenführer initiierten Ritualmorden unserer Tage kennt. Das äußere Geschehen wird dabei durch das Blut- und Opfermotiv in einen umfassenden mythisch-religiösen Kontext hineingestellt. Der Opfertod Christi, das Zentralmotiv des Ostergeschehens, wird nur noch in der säkularisierten Form des frühlingsbegleitenden Tieropfers wahrgenommen und kündigt sich als Ekel vor den österlichen Schlachtpraktiken und vor dem Verzehr von Blutwurst, Blutsuppe und sonstigen Blutgerichten an. An diesen rein äußerlichen Ritualschlachtungen entzünden sich in der Erzählung Vorgänge, die an die Kinder- und Menschenopfer vorchristlicher Kulturen anschließen und diese in semantisch aufschlußreicher Weise mit dem Rattenfängermotiv kombinieren. Dieser Motivkomplex ermöglicht es, das Dargestellte als eine Parabel auf die Beziehung zwischen Führer und Verführten zu begreifen. Nur wer sich, wie die beiden unterwegs umkehrenden Kinder, dem Führungsanspruch des Rudelführers verweigert, vermag sich der Pervertierung des Opfers und des Opfergedankens zu entziehen.

Liest man die Erzählung im Hinblick auf das abschließende Selbstaufopferungsszenario, so rückt das auch im Titel angesprochene Blutmotiv in den Vordergrund, ein Motiv, das bis zu seiner Diskreditierung durch die Blut- und Boden-Literaten des Dritten Reiches sehr verbreitet war, namentlich in den von Nietzsche inspirierten Dichtungen der Jahrhundertwende und im späteren Expressionismus. Die beiden Protagonisten begehren gegen die ermattete Umwelt auf und suchen noch den eigenen Tod durch Verbluten als eine ekstatische Steigerung des Lebens zu erfahren. Damit verbindet sich ein naturmythisches Auferstehungsmotiv, das mit der Fähigkeit des Blutes zusammenhängt, über die Generationen hinweg Leben zu rezirkulieren. Das wird am Konvergenzpunkt von Binnengeschichte und Rahmengeschichte sehr sinnfällig vor Augen geführt, wenn der eben verstorbene Arthur von seiner translokalen Exkursion in die lokale Bewußtseinssphäre zurückkehrt.

Ich habe mich so ausführlich bei dieser Erzählung aufgehalten, weil sie nicht nur einen bedeutenden Platz im Schaffen Sigurd Mathiesens einnimmt, sondern weil in ihr in konzentrierter Form viele Motive enthalten sind, die in späteren Texten variiert werden, und weil sie in der deutschsprachigen Literatur unseres Jahrhunderts ihre Spuren hinterlassen hat. Hans Henny Jahnn hat zur Zeit seines norwegischen Exils im Ersten Weltkrieg das Erstlingswerk Mathiesens tief beeindruckt gelesen und hat viele Jahre später Passagen aus Blutdienstag wortwörtlich einem Kapitel seines großen Romans Perrudja einverleibt.

Mathiesen war nie ein Dichter für die schönen und beglückenden Stunden des Lebens. In seinen Erzählungen und Romanen sucht er mit Vorliebe die extremen, zumeist schrecklichen Erfahrungen und die Katastrophen auf – und das hat ihm den Ruf eingetragen, der norwegische Edgar Allan Poe zu sein. Nur einmal, in der mit leichter Hand und in satirischer Absicht hingeworfenen Erzählung Schatten, hat er das Gegenbild jenes anderen Poetentyps entworfen, dem jede Erfahrung und jede menschliche Beziehung zum Material seines redseligen, sentimentalen Palavers wird und der alles zerredet und zersingt. Auch die Trauer über die ertrunkene Tochter gerät ihm nach kurzer Zeit zum Gegenstand pathetischer Rhetorik. Man mag darin einen satirischen Seitenhieb auf jene Dichter des schönen Scheins und der rührseligen Innerlichkeit sehen, auf deren Erzeugnisse große Teile der literarischen Öffentlichkeit in Norwegen nach 1905 hereinfielen. Kaum zu übersehen ist, daß Mathiesen in der Gestalt des Dichters Azelius eine Satire auf den Vertreter der Lebenslüge geschrieben hat, indem er zwei Gestalten aus zwei Ibsen-Dramen miteinander zu einer Figur synthetisiert hat: den Skalden Jatgeir aus dem frühen historischen Drama Die Thronprätendenten, der, um Dichter zu werden, die Gabe der Trauer benötigt, und zum anderen Hjalmar Ekdal aus Die Wildente, den unermüdlichen Schöpfer kreativer Scheinwelten, dem Doktor Relling prophezeit, daß ihm der Tod der Tochter Hedvig bald zum Gegenstand deklamatorischer Bekundungen werden wird.

In der großen Erzählung Abigael stellt Mathiesen eine Figur dar, die durch ihre Herkunft aus einer samisch-niederländischen Ehe in zwei Kulturen verwurzelt ist und zwischen ihren primitiv-naturhaften und ihren zivilisierten Neigungen hin- und hergerissen ist. In der Erzählung wird das Panorama eines magischen Weltbildes entworfen. Der Autor spielt mit okkulten Traditionen, die es ermöglichen, mit Abwesenden und sogar mit Toten zu kommunizieren. Am Beispiel Abigaels wird die Genese einer sadomasochistischen Psychose dargestellt. Bereits als Kind fügt sie einer Ente aus dem Hofteich große Schmerzen zu, indem sie ihr mit einem Nagel den Schnabel durchbohrt. Den bei dieser ebenso unerwarteten wie unerklärlichen Aktion erzielten Lust/Schmerz-Gewinn kehrt sie am Ende der Erzählung gegen sich selbst, indem sie ihren treu ergebenen Hund so lange peinigt, bis er sie zerfleischt. Sie folgt damit den Lockrufen ihres verstorbenen Liebhabers, dem sie, so darf man vermuten, durch magische Einwirkung eine tödliche Schwindsucht übertragen hat. Wenn sie ihre Lippen an die blutbefleckten des sterbenden Liebhabers drückt, erfährt sie, wie im Falle des verletzten Vogels, mit genüßlichem Schauder, daß Liebe und Schmerz unzertrennlich miteinander verbunden sind. Es zeugt vom Raffinement dieser psychogenetischen Fallstudie, daß ihr Autor sie mit Anspielungen auf alttestamentliche und homerische Referenztexte verbindet.

Die beiden Erzählungen Das Spukschiff und Das unruhige Haus nehmen Bezug auf die politischen Ereignisse ihres Erscheinungsjahres und stellen in parabelhafter Verschlüsselung den Untergang der europäischen Zivilisation in den Materialschlachten des Ersten Weltkriegs dar. Die Titelnovelle Das unruhige Haus ist ein Pastiche auf Edgar Allan Poes The Fall of the House of Usher, in dem der Autor mit viel Sinn für das Schwelgerische ein üppig mit asiatischen Antiquitäten ausgestattetes Herrenhaus darstellt, dessen Bewohnerin in einer inzestuösen Erinnerung an ihren verstorbenen Bruder lebt – in Erwartung des scheinbar unvermeidlichen Untergangs ihres Hauses und ihres dekadenten Geschlechts.

Die Hauptperson der Erzählung Das Spukschiff, der alternde Botaniker Jan van der Blumenwelde, hat sich sein Leben lang ausschließlich dem Studium der Pflanzen gewidmet und sich in einem Genrebild mit Blumen verschanzt, ohne auf die Anzeichen zu achten, die seine Idylle von außen bedrohen. Es trifft ihn völlig unvorbereitet, daß das stürmische Meer eines Tages die Dämme der heimatlichen holländischen Küste zu durchbrechen droht, daß ein Schiff mit seinem Riesenbug als Menetekel am Kamm der Dünen strandet, ehe es ins Binnenland gespült wird, das in kürzester Zeit im Wasser versinkt. Während die Binnengeschichte in der Form einer Vision ein apokalyptisches Geschehen mit zeitgenössischer Relevanz darstellt, hat, wie die Rahmengeschichte zeigt, diese Vision auch eine zweite Bedeutungsebene: sie beschreibt in komprimierten Bildern des Untergangs die letzten Sekunden im Leben des Botanikers, an dessen Todesvision der Erzähler partizipiert. Dieses Stück Prosa nimmt in kontrastiver Weise Bezug auf Henrik Wergelands Jan van Huysums Blumenstück, ein Hauptwerk der skandinavischen Romantik. Während Wergelands Werk ein romantisches Kunstmärchen ist, wird Mathiesens Erzählung zur expressionistischen Parabel, gewissermaßen zu einer Prosaversion von Jakob van Hoddis' Gedicht Weltende. So mag es vielleicht kein Zufall sein, daß der Sturm und der Jüngste Tag, die beiden Zentralmetaphern der Erzählung, gleichzeitig auch die Titel der führenden Zeitschrift und der wichtigsten literarischen Reihe des deutschen Expressionismus sind.

Es ist aus heutiger Sicht nur schwer verständlich, warum Texte, die an der Entwicklung der modernen Prosa einen so großen Anteil hatten, ihren Weg zum Leser in Skandinavien nicht fanden und sehr schnell dem Vergessen anheimfielen. Ohne die antimodernistische Restauration nach 1905 wäre der Prosa Sigurd Mathiesens dieses Schicksal höchstwahrscheinlich erspart geblieben. Gegen eine literarische Öffentlichkeit, die auf den Konsum einer leicht verständlichen Widerspiegelungsprosa getrimmt war, kamen die Texte Sigurd Mathiesens mit ihren größtenteils düsteren Themen und ihren verschlüsselten Formen nicht an, obwohl sie von ihrer Machart her dem Schauerroman und der Spannungsprosa verpflichtet sind, Gattungen also, von denen man vermuten sollte, sie hätten wenigstens als Kontrastprogramm eine Leserschaft gereizt, die in einem saturierten und spannungsfreien Raum lebte. Davon konnte aber keine Rede sein. Sigurd Mathiesen wurde, noch ehe er seinen frühen Kritikerruhm festigen konnte, an den Rand gedrückt, und diese marginale Position behielt er noch bis zu seinem Tode und darüber hinaus.

Daß der Nährboden für eine ausgesprochene Heimatliteratur gerade in Norwegen so gut gedüngt war, hat natürlich historische Gründe. Nachdem Norwegen 1905 seine volle politische Souveränität wiedererlangt hatte, bestand ein großes Bedürfnis, die seit dem späten Mittelalter unglücklich verlaufene Nationalgeschichte literarisch aufzuarbeiten. So entstand auf breiter Basis eine Prosaliteratur mit kulturgeschichtlichen Schwerpunkten, die auf Grund ihrer dominanten Stellung dazu beitrug, einen Anschluß der norwegischen Prosaliteratur an die gleichzeitig im Entstehen begriffene klassische Moderne in Europa zu verhindern. Gerade im Hinblick auf die deutschsprachige Öffentlichkeit sollte es einem unter diesem Aspekt zu denken geben, daß viele der erfolgreichsten Erzeugnisse dieser Prosaliteratur im Deutschland des Dritten Reiches zu Bestsellern wurden, in einem faschistischen Umfeld also, in dem die moderne Kunst als entartet aus den

Museen entfernt und die moderne Literatur den Flammen übergeben wurde. Man kann sich fragen, ob nicht auch in Norwegen die massive Abwehrhaltung gegenüber modernen Erscheinungsformen von Kunst und Literatur durch Max Nordaus 1892/93 erschienene Studie über das Phänomen »Entartung« zusätzlichen Auftrieb erhalten hat, zumal dieser unter anderem unter Berufung auf die Werke des italienischen Psychopathologen Cesare Lombroso alle Spielarten des Ästhetischen ablehnt, wenn sie von einem als »gesund« und »natürlich« postulierten Zustand abweichen, den er mit dem des historisch Gegebenen in Kultur und Gesellschaft gleichsetzt.

Es wäre allerdings unangebracht, die Ausgrenzung der modernistischen Prosa Sigurd Mathiesens mit den Verbotsverfügungen totalitärer Kulturpolitik in einen Topf zu werfen. Dennoch hat sie im Falle Sigurd Mathiesens zu einer ebenso unbewußten wie radikalen Form der Auslöschung geführt. Die von Søren Kierkegaard gegen H. C. Andersens Roman Nur ein Geiger vorgetragene Kritik, wonach sich Begabung auf jeden Fall und gegen jede Unbill durchsetzt, läßt sich – wenigstens bisher – am Beispiel des schriftstellerischen Schicksals Sigurd Mathiesens nicht bestätigen. Bei all seinen vergeblichen Anläufen muß dem Autor zumute gewesen sein wie jenen Feuerwerkern in der Beschreibung Schopenhauers, die ihre in jahrelanger Arbeit hergestellten Erzeugnisse in die Luft schießen und dabei erschüttert feststellen müssen, daß sie am falschen Ort sind: auf dem Gelände einer Blindenanstalt.

Bereits im Jahre 1951, zum achtzigsten Geburtstag des Autors, hat Gunnar Reiss Andersen, einer der wichtigsten Lyriker norwegischer Sprache in der ersten Hälfte dieses Jahrhunderts, in einem Beitrag der Zeitschrift Samtiden darauf aufmerksam gemacht, daß Sigurd Mathiesen in seinem Frühwerk einen Modernismus vertritt, der seiner Zeit weit voraus ist. Niemand hat auf ihn gehört. Erst in diesem Jahr scheint sich mit der Neuausgabe seiner Prosa in drei Sprachen die Wiederkehr eines Verkannten anzubahnen, die zweifellos zu einem nuancierteren Urteil über die norwegische Literatur der Zeit nach der Jahrhundertwende führen wird.

INHALT

JUNGE SEELEN 5
DIE SCHWARZE WOCHE 42
ASSER HEIN 60
BLUTDIENSTAG 103
KRANKE PERIODEN 126
ABIGAEL 147
DAS UNRUHIGE HAUS 228
SCHATTEN 299
DAS SPUKSCHIFF 314
DER GROSSE BRAND 334

Knut Brynhildsvoll: Das lange Vergessen
und die späte Wiederentdeckung eines Meisters
der modernen Prosa 364

Knut Hamsun im dtv

»Hamsun ist der Autor, den ich ganz bewusst nachzuahmen versuchte, offensichtlich ohne Erfolg.«
Henry Miller

Segen der Erde
Roman
Übersetzt von J. Sandmeier
und S. Angermann
ISBN 3-423-**11055**-4

Mysterien
Roman
Übersetzt von S. Weibel
ISBN 3-423-**11157**-7

Hunger
Roman
Übersetzt von J. Sandmeier
und S. Angermann
ISBN 3-423-**11398**-7

Nach Jahr und Tag
Roman
Übersetzt von J. Sandmeier
und S. Angermann
ISBN 3-423-**11433**-9

Bjørger
Erzählung
Übersetzt von Gert
Imbeck und Eva Maagerö
ISBN 3-423-**12460**-1

Victoria
Die Geschichte einer Liebe
Übersetzt von J. Sandmeier
und S. Angermann
ISBN 3-423-**12639**-6

Pan
Aus Lieutenant Thomas
Glahns Papieren
Übersetzt von J. Sandmeier
und S. Angermann
ISBN 3-423-**12709**-0

Benoni
Roman
ISBN 3-423-**12786**-4
Übersetzt von J. Sandmeier
und S. Angermann

**Auf überwachsenen
Pfaden**
Übersetzt von E. Ihle
ISBN 3-423-**12942**-5

Klassiker der französischen Literatur im dtv

Charles Baudelaire
Les Fleurs du Mal
Die Blumen des Bösen
Vollständige zweisprachige Ausgabe
ISBN 3-423-**12349**-4

Emmanuel Bove
Ein Junggeselle
ISBN 3-423-**12994**-8
Menschen und Masken
ISBN 3-423-**13041**-5

Eugène Dabit
Hôtel du Nord
ISBN 3-423-**12885**-2

Alexandre Dumas
Die Kameliendame
ISBN 3-423-**12479**-2

Gustave Flaubert
Madame Bovary
ISBN 3-423-**12398**-2

André Gide
Die Falschmünzer
ISBN 3-423-**12208**-0
Die Verliese des Vatikans
ISBN 3-423-**12285**-4
Der Immoralist
ISBN 3-423-**12345**-1
Die enge Pforte
ISBN 3-423-**12427**-X
Der schlechtgefesselte Prometheus
Erzählungen
ISBN 3-423-**12651**-5
Die Schule der Frauen
Erzählungen
ISBN 3-423-**12772**-4
Stirb und Werde
ISBN 3-423-**12859**-3

Victor Hugo
Die Elenden
Les Misérables
ISBN 3-423-**08518**-5

Pierre Loti
Islandfischer
ISBN 3-423-**12537**-3
Im Zeichen der Sahara
ISBN 3-423-**12736**-8
Nach Isfahan
ISBN 3-423-**12763**-5

Stéphane Mallarmé
Sämtliche Dichtungen
Zweisprachige Ausgabe
ISBN 3-423-**12878**-X

Guy de Maupassant
Die vertane Schönheit
Novellen
ISBN 3-423-**12801**-1
Die Liebe zu dritt
Über das Leben und die Kunst
ISBN 3-423-**12802**-X

Klassiker der französischen Literatur im dtv

Georges Perec
Ein Mann der schläft
ISBN 3-423-12981-6

Was für ein kleines Moped mit verchromter Lenkstange steht dort im Hof?
ISBN 3-423-13066-0

Marcel Proust
Der gewendete Tag
Hrsg. und übers. von Christina Viragh und Hanno Helbling
ISBN 3-423-12877-1

Albertine
Ein Roman aus der ›Suche nach der verlorenen Zeit‹
Hrsg. und übers. von Hanno Helbling
ISBN 3-423-12883-6

George Sand
Ein Winter auf Mallorca
ISBN 3-423-12497-0

Nimm Deinen Mut in beide Hände
Briefe
ISBN 3-423-02238-8

Sie und Er
Roman
ISBN 3-423-02295-7

Mauprat
Geschichte einer Liebe
ISBN 3-423-02300-7

Lelia
ISBN 3-423-02311-2

Jeanne
ISBN 3-423-02319-8

Flavie
ISBN 3-423-02327-9

Der Müller von Angibault
ISBN 3-423-02379-1

Émile Zola
Nana
ISBN 3-423-12603-5